Le manoir de Lakesedge

Collection Stardust dirigée par Dorothy Aubert
Ouvrage dirigé par Dorothy Aubert
Couverture : design par Natasha MacKenzie / Images © Shutterstock

Titre original : *Lakesedge*
Première publication par Henry Holt and Company, éditeurs depuis 1866. Henry Holt est une division de Macmillan Publishing Group, LCC.

Pour la présente édition :
© 2022, Hugo Stardust, département de Hugo Publishing
34-36, rue La Pérouse
75116 Paris
www.hugopublishing.fr

ISBN : 9782755695489
Dépôt légal : novembre 2022
Imprimé en France par CPI Bussière

Le manoir de Lakesedge

LYNDALL CLIPSTONE

Traduit de l'anglais par Karine Forestier

STARDUST

À SLK : je promets que toutes les plantes
de Lakesedge sont des espèces endémiques.

Tu dois être dehors par le verger,
où les violettes assombrissent secrètement la terre.
Ou là-bas, dans les bois du crépuscule,
avec les pulsatilles que le vent agite.
Pense à moi, ici dans la bibliothèque,
qui essaie et essaie une chanson qui vaut
des larmes et des épées à mon cœur,
des flèches qu'aucune armure ne saura détourner.

DH Lawrence, *Lettre de la ville : Par un matin gris de mars*

1

Il y a des monstres dans ce monde.

Il y a des monstres dans les bois.

Ils se glissent à l'intérieur, la nuit. Ils rampent à travers les murs de notre cottage. Ils s'insinuent dans les rêves de mon frère.

Cela fait des semaines, voire plus, qu'Arien a fait son dernier cauchemar. Mais je savais qu'ils reviendraient ce soir. Toute la journée, ça m'a suivie, cette lourdeur familière dans l'air. Je les sens venir même avant lui.

Je suis toujours éveillée. Recroquevillée sur mon lit étroit dans la petite chambre ordinaire que nous partageons. Je le regarde. J'attends. Il est minuit passé. La nuit est chaude, pas un souffle d'air, même avec notre fenêtre grande ouverte.

– Violeta ?

Il m'appelle et me tend la main alors que l'obscurité le traverse. Des ombres jaillissent de ses mains comme des rubans déployés, enveloppant le sol d'une brume d'encre. Il me regarde avec des yeux devenus entièrement noirs :

ils changent quand il rêve, et ces yeux vides sur son visage effrayé, ça me fait mal. Arien est doux et gentil. Il ne devrait pas avoir une noirceur pareille en lui. Elle ne devrait pas *être* lui, et pourtant…

Je m'approche de lui et les ombres nous envahissent, qui emplissent la pièce comme des nuages. Au début, elles sont une fumée, une brume qui s'épaissit. Puis elles grossissent et grossissent encore, jusqu'à ce que toute la lumière disparaisse, et il ne reste qu'Arien, moi et l'obscurité croissante.

– Leta ? il m'appelle à nouveau, l'air apeuré, puis sa voix se transforme en un long grognement : Leta, Leta.

Je lui prends la main, en commençant à trembler : même si je me déteste pour ça, je suis incapable de m'arrêter. L'obscurité se déverse entre nos doigts liés, masquant le clair de lune. Les ombres sont comme un gel hivernal contre ma peau, un froid qui brûle.

Je me cramponne à Arien et je lui murmure : « Je suis là, je suis là », sans le lâcher non plus quand il grogne méchamment et commence à me griffer. Il m'écorche le visage, la gorge, les bras. Je retiens un cri de douleur, saisissant son autre main avant que les griffures n'empirent.

Il me fera plus de mal que ça. Je repousse l'idée, je la ravale tant et si bien que ma bouche prend un goût de cuivre et de sel. C'est mon frère. Il ne ferait jamais une chose pareille, il ne veut pas…

D'autres ombres arrivent, plus rapides maintenant, violentes, et je serre Arien tout contre moi tandis qu'elles nous enveloppent, s'enroulent de plus en plus étroitement. Elles sont comme du lierre, comme des épines. Je sens les ténèbres partout sur moi, je les sens glisser et se faufiler sous ma peau. La panique me noue le ventre et un cri s'échappe de ma gorge. Prenant une profonde inspiration, j'essaie de parler calmement.

– Arien, mon chéri, tu es en sécurité, tu es en sécurité.

Les mots que je répète depuis si longtemps. Depuis que les rêves ont commencé. Depuis que nous sommes venus vivre ici.

C'est mon dix-septième été, le treizième pour Arien. Mère nous a trouvés sur la route à côté des bois de Vair. Arien était bébé, mais moi assez grande pour lui dire nos noms – Arien et Violeta Graceling – et que nos parents étaient morts, mais pas grand-chose d'autre. Ce qui a bien pu nous jeter dans la forêt au milieu de l'hiver… je ne laisse pas ces pensées-là s'approcher de trop près.

Du feu pour brûler l'infection. Des étincelles qui traversent le ciel nocturne. L'odeur de la cendre. Les arbres qui se dessinent dans le clair de lune. Un murmure à travers les branches.

Je me rappelle encore la façon dont Mère a pris ma joue dans sa paume pour la première fois, ses doigts couverts de la peinture des icônes qu'elle réalisait. La façon dont le soleil d'hiver brillait sur ses cheveux de soie de maïs quand elle s'est penchée vers moi. L'odeur de l'huile de lin.

Elle a ramassé Arien, pris ma main et nous a ramenés à son cottage.

« C'est la Dame qui vous a envoyés », nous a dit Mère un jour.

Au début, ça ne ressemblait pas à une menace. Mais nous avons passé toute notre vie ici, ou presque. Les choses sont différentes maintenant.

Maintenant, tout ce que je sais, c'est que je ne peux pas laisser cette terrible obscurité submerger mon frère. Peu importe à quel point cela m'effraie, je dois le protéger.

– C'est un rêve, Arien.

– Tu ne peux pas l'arrêter, Leta. Tu ne peux pas...

Il crache les mots entre ses dents que dénudent ses babines retroussées. J'ai envie de reculer, mais je me force à rester immobile. La voix d'Arien, la façon dont il me repousse... ce n'est pas lui. Ça ne peut pas être lui. Je dois l'aider à surmonter ça. Il faut qu'il revienne. Je ne le laisserai pas se perdre dans l'obscurité.

– C'est un rêve, Arien. Ce n'est pas réel.

– Tu ne peux pas l'arrêter.

Des ombres remplissent ma bouche et mes poumons, goût de fumée et de cendre. Je noue les bras plus fort autour de mon frère et je m'accroche à lui. Je mets ma peur de côté et j'imagine que nous sommes ailleurs, dehors, dans notre petit jardin. Je pense au soleil et aux fleurs. Mes mains enfoncées dans la terre. Les paniers de cerises de Flordété que j'ai cueillies toute la semaine. J'en garde une image vivace dans mon esprit.

Je sens une traction unique et insistante au fond de ma poitrine. Comme si une corde me reliait à Arien. La chaleur commence à bourdonner sous ma peau. Je pense aux jardins et à la lumière du soleil. Pas aux ténèbres, pas aux ombres, pas à mon frère avec ces yeux vides et inhumains.

Lentement, lentement, les ombres cessent de jaillir de ses mains. L'obscurité s'installe et s'adoucit dans les coins de la pièce. Je retiens mon souffle jusqu'à ce que les dernières traces s'effacent, puis je me couche contre Arien avec un lourd soupir.

Il touche mon poignet, retire rapidement la main lorsqu'il sent les zébrures sur ma peau.

– Je t'ai encore fait mal ?

Je ferme ma main sur les marques.

– Non. Je vais bien.

À l'extérieur, par la fenêtre, la lune est basse, logée entre les nuages épaissis. Elle fait luire faiblement la collection de pierres que je garde sur le rebord de la fenêtre. Je passe mon doigt sur celle dont l'ondulation ressemble à de l'or, celle qui est si lisse et si lourde qu'elle épouse parfaitement le creux de ma paume.

Je m'oblige à respirer régulièrement, à ralentir les battements de mon cœur encore affolés.

– Tu ne m'as pas fait mal, j'insiste, pour essayer de rassurer Arien tout autant que pour me rassurer moi-même. C'est fini, mon chéri. Tu es en sécurité maintenant.

Il se met à pleurer. Des sanglots forts et enragés qui retentissent à travers la pièce et au-delà, à travers la maison.

– Je suis désolé, Leta.

Je le prends dans mes bras.

– Tu n'as pas à être désolé.

Puis, sachant que je dois le dire :

– Mais tu dois te calmer.

Il enfouit sa tête contre moi, tâche d'étouffer le bruit de ses larmes. Ses cheveux, roux comme les miens, lui tombent sur le visage. Je les écarte de sa joue.

Il ravale un sanglot quand je lui murmure doucement à l'oreille :

– S'il te plaît, Arien, tu dois arrêter. Elle va t'entendre. Mère va t'entendre. S'il te plaît…

Je m'interromps brusquement lorsqu'il saisit ma main, m'écrase les doigts. Nous nous taisons tous les deux alors que des bruits de pas résonnent dans le couloir et qu'on pousse notre porte si fort qu'elle claque contre le mur. Mère entre en trombe dans la pièce.

Éclairée par la flamme de la lanterne, elle a la peau claire parsemée de légères taches de rousseur, les cheveux dorés qui brillent à la lumière. Mais c'est une beauté de verre taillé, tout en arêtes acérées. La douceur éventuellement présente en elle quand elle nous a vus pour la première fois – deux enfants perdus sur la route – a disparu depuis longtemps. Depuis que les ombres sont apparues.

Elle attrape brusquement Arien par le poignet, lui ouvre les doigts de force. Il a les mains tachées de noir. Des ombres sont restées accrochées à sa peau, comme elles le font toujours. Les marques sont lentes à s'estomper, et elles s'accentuent chaque fois qu'il rêve. On ne peut les effacer, même en frottant, malgré le nombre incalculable de fois où Mère l'a obligé à essayer.

– Arien.

De son autre main, elle lui attrape le menton, le tient fermement jusqu'à ce qu'il la regarde dans les yeux. Il passe une lueur sur le visage de Mère qui pourrait être de la tristesse ; puis la lumière change et devient froide.

– Ça n'a pas recommencé.

Il se tortille dans son emprise pendant qu'elle le traîne hors de la pièce. Je me précipite derrière eux.

– Lâchez-le ! Il ne peut pas s'en empêcher, vous savez qu'il ne peut pas !

– Retourne te coucher, Violeta, me crache Mère par-dessus son épaule.

Elle resserre sa prise sur le bras d'Arien, le tire dans le couloir alors qu'il se débat. Je suis juste derrière eux. Quand nous atteignons la cuisine, il promène frénétiquement les yeux entre la cave et la porte extérieure. La dernière fois que c'est arrivé, elle l'a forcé à descendre sous la maison. La fois précédente, elle l'a enfermé dehors et obligé à passer toute la nuit dans le verger.

Elle pense que si elle le garde dans le noir, les ombres disparaîtront – comme si une obscurité annulait l'autre. Elle a essayé de le nettoyer avec acharnement, de toutes les manières possibles, mais aucune n'a jamais fonctionné. Elle est convaincue que ces ombres sont la preuve d'une sombre alchimie.

Mais tout ce que je sais de la magie noire – qu'elle est dangereuse, toxique et mauvaise – ne correspond pas à Arien. Il n'est pas la sinistre lueur au fond de la forêt ni le poison rampant dans un champ de ruines. C'est mon frère et j'irai avec Arien où qu'elle l'emmène. J'irai avec lui dans le noir sous la maison ; je sortirai dans le verger au clair de lune. Je resterai avec lui et le garderai en sécurité.

Mais au lieu d'aller vers la porte ou la cave, Mère traîne Arien jusqu'à l'autel de la Dame. Elle lui tord le bras pour le forcer à s'agenouiller, puis allume les bougies sur l'étagère. Elles s'illuminent, une par une.

La Dame a créé le monde. Elle est le monde. Sur toutes les icônes de Mère, elle a le même aspect : dorée et brillante, peau de bronze et longs cheveux flottants. Cette icône montre la Dame avec les doigts pressés contre la terre, qui se dissout dans la lumière traversant toute existence. La scène est belle, mais alors qu'Arien s'écroule dessous, une ombre traverse le tableau et, l'espace d'un instant, les doigts dorés de la Dame semblent transformés en griffes. Les commissures de son sourire s'aiguisent.

Mère approche de force les doigts tachés d'Arien des bougies. J'attrape son bras, essayant de la tirer en arrière.

– Arrêtez ! Vous ne pouvez pas faire ça !

Tout s'enchaîne rapidement, comme quand une étincelle dévore une mèche. Elle se retourne vers moi, le visage crispé, et me gifle. Le son fracture l'air et le monde devient blanc sous la douleur soudaine. Je tombe contre la table, la main plaquée sur ma joue qui me lance.

Tandis que j'essaie de me débarrasser du bourdonnement à mes oreilles, Mère me montre les marques noircies sur la peau d'Arien.

– Tu sais ce qu'est cette obscurité, Violeta. Le Seigneur d'En Dessous va l'emmener.

– Non, il ne fera pas ça. Il ne fera pas ça !

La flamme de la bougie grandit. Mère pousse Arien en avant. Il ravale un cri quand le bout de ses doigts rougeoie, auréolé de flammes.

Mère pense que l'obscurité en lui appartient au Seigneur d'En Dessous, le seigneur des morts. Que les ombres l'appelleront à elles comme il serait attiré par une âme mourante. Mais Arien est gentil et bon. Les ombres ne sont que des rêves. Il n'est pas comme les ténèbres du Seigneur d'En Dessous ni comme la magie de son monde.

De nouveau, je lui attrape le bras.

– Il n'est pas un champ infesté qu'il faut brûler!

– Leta, murmure Arien, calme et désespéré. Leta, arrête.

Mais je l'ignore. Que Mère me fasse du mal, à moi, je m'en fiche. Au moins, elle laissera Arien tranquille. Je me prépare à être frappée de nouveau, je l'espère presque, mais non, elle secoue le bras et remet les mains d'Arien au-dessus des flammes. Il ferme les yeux, paupières serrées, siffle entre ses dents. Je les regarde fixement, impuissante, en colère.

Je dois faire quelque chose. Elle va le brûler jusqu'à ce que ses mains soient propres. Elle va continuer de lui faire du mal, à moins que je ne l'oblige à arrêter.

Sur la table se trouve une idole de verre, dont le centre accueille une bougie allumée. Je l'attrape et la jette – violemment – au sol. Elle explose en une étoile déchiquetée. Le son fige l'air.

Mère pâlit, elle pince les lèvres en une ligne aiguë et furieuse. Une colère incandescente allume ses yeux, elle enjambe le verre brisé et m'attrape le poignet. Ses doigts mordent mon bras, ajoutent de nouveaux hématomes sur ceux de sa dernière colère. Je laisse la douleur m'envahir, je l'accueille avec joie, la joie que ce soit moi qui souffre et non Arien.

Elle me pousse vers le sol.

– Agenouille-toi.

– Quoi ?

– Agenouille. Toi.

Je regarde les bris de verre, les éclaboussures de cire, la fumée de la bougie fichue. Arien secoue la tête, empli d'une fureur née de son impuissance. Il a des larmes sur les joues et ses doigts brûlés sont recroquevillés dans un pli de sa manche.

– Mère, non ! (Il hésite, regarde les bougies, se prépare à replonger les mains dans les flammes.) Je vais le faire, je vais le faire.

Comment Mère peut-elle penser que lui faire du mal, me faire du mal, nous protégera ? En cet instant, s'il y a quelque chose dont nous devons être protégés, ce n'est pas du Seigneur d'En Dessous. Pas de l'obscurité. C'est d'elle.

Je me sens aussi brisée et fichue que les éclats de verre sous nos pieds. Pourtant, je garde mon regard fixé sur le visage de Mère. Avant qu'elle puisse dire quoi que ce soit, avant qu'Arien puisse bouger, je m'agenouille. Un genou, puis l'autre.

La première coupure me fait l'effet d'un choc lumineux. Je pose les mains sur le sol, en essayant de ne pas faire de bruit alors que je plane au-dessus des bris de verre.

Je ne peux pas faire ça.

Je dois le faire.

Le verre me transperce les genoux et une douleur atroce me pique de partout : le bout des doigts, le cuir chevelu, la plante des pieds. Je cille, mais un reste de fierté me retient. Arien est en sécurité, à l'abri des bougies, à l'abri d'une réclusion dans le noir, à l'abri de tout. Pour l'instant.

Mère nous a déjà fait du mal, mais jamais avec une telle violence.

Elle s'accroupit et prend ma joue dans sa paume, incongrûment douce à l'endroit où elle m'a frappée.

– J'essaie de le protéger, Violeta. J'essaie de vous protéger.

Son expression et sa voix sont douces, comme si elle était vraiment désolée de me voir dans cet état. Et une partie de moi, horrible et perfide, veut caresser sa main, la laisser me réconforter. Les larmes me piquent les yeux, mais je les refoule d'un clignement de paupières. Les yeux rivés sur Mère, les dents serrées, je laisse le verre s'enfoncer davantage dans mes genoux.

Elle me contemple, immobile, puis elle se lève et lisse les plis de ses jupes. Elle traverse la cuisine, bientôt j'entends ses pas résonner dans le couloir avant qu'elle ne regagne sa chambre. Le loquet grince lorsqu'elle ferme la porte à clé.

Une fois que nous sommes seuls, Arien éteint les bougies de l'autel d'un souffle rapide. La fumée s'échappe dans l'air. Il m'aide à m'éloigner des tessons et je me recroqueville au sol près de l'âtre, dos contre le mur. La pièce dégage une odeur douce-amère à cause de la cocotte sur la cuisinière, pleine des conserves de cerises que j'ai faites. Sur l'étagère au-dessus se trouvent des bocaux vides, attendant d'être remplis une fois que la confiture aura refroidi : notre contribution à la dîme du village demain.

Arien s'accroupit à côté de moi. Il est hésitant, comme s'il voulait me toucher mais n'osait pas. L'obscurité a disparu de ses yeux maintenant. Ils sont du même gris argenté que les miens.

– Leta, je suis désolé. J'aurais dû l'empêcher. J'aurais dû…

Je rabats l'ourlet de ma chemise de nuit.

– Tu peux me passer un chiffon ?

Pendant qu'il est parti, je me penche en avant pour examiner les coupures. Retenant mon souffle, j'entreprends de retirer les tessons incrustés dans la peau. Je les repose un à un sur le sol. À travers le sang, le verre brille, miroir sinistre de ma collection de pierres polies.

Arien m'apporte des bouts de linges. Il prend la bouilloire à l'arrière du poêle et remplit un bol d'eau chaude et de sel. Il y trempe un tissu et le presse sur mon genou. Celui-ci devient rapidement cramoisi et l'inquiétude plisse le front d'Arien. Il rince le tissu, le replie pour couvrir la tache et l'applique à nouveau.

Je reste assise sans bouger pendant qu'il éponge le sang. Dehors, par la fenêtre de la cuisine, les feuilles du pommier bougent et tremblent comme des taches de peinture dans le ciel sombre de la nuit, noir sur noir. J'ai très froid, même s'il fait chaud à côté du poêle rempli de braises.

Une pensée me taraude, malvenue. Je fais le vœu de quelque chose de plus fort que moi, d'assez fort pour m'enlever toute ma peur et ma douleur. Quelque chose d'inébranlable, comme un arbre énorme qui me grifferait la joue avec son écorce rugueuse lorsque je m'appuierais contre son tronc.

Je veux maman. Je veux papa.

Je me souviens de la grande main de mon père, chaude autour de la mienne. De ses doigts, délicats, qui balayaient mes cheveux de mon front. De ma mère fredonnant pour Arien endormi dans son berceau.

Leur absence est une atroce douleur.

Maintenant, il n'y a plus que moi, engourdie, triste et terne comme la boue balayée par le vent après une tempête. Et si je ne suis pas assez forte pour protéger Arien, alors personne ne le fera.

Arien commence à enrouler deux longues bandes de tissu autour de mes genoux, pour panser les entailles.

– Arrête de te battre contre elle. Ça ne fait qu'empirer les choses.

Sa voix est fluette dans le silence de la pièce. Je prends sa main et inspecte doucement ses doigts. Ils sont couverts de cloques, de zébrures claires et enflées. Je souffle doucement sur sa peau, il parvient à esquisser un sourire.

– Je ne la laisserai pas te faire du mal, Arien. Pas comme ça. Pas du tout. Peu importe ce qu'elle me fait.

– S'il te plaît, Leta.

Je noue mes bras autour de lui.

– Je vais essayer.

Il pose sa joue contre mon épaule et soupire, découragé.

Jusqu'à ce soir, je savais comment le protéger de la colère de Mère. Maintenant, les nuits à venir sont pleines de rêves, d'ombres et de flammes. J'essaie de penser à une issue, à un endroit où nous pourrions aller pour échapper à tout ça. Mais il y a notre cottage et Mère, et puis il y a le monde, vaste et inconnu, et pas plus sûr qu'ici. Car ici, au moins, je peux apprendre la nouvelle forme de nos vies.

Je ferme les yeux pour essayer d'imaginer comment les choses vont se passer à partir de maintenant : je visualise un couloir plein de portes verrouillées, aux murs bordés d'autels sans fin où les bougies brûlent, brûlent et brûlent. Moi, au centre, les bras écartés, tandis qu'Arien se tient derrière moi.

Je prendrai tout : la peur de Mère, sa colère, le feu et le sang. Que tout tombe sur moi. Peu importe ce que je devrai faire, je ne permettrai plus jamais qu'Arien soit blessé de cette manière.

– Je vais te protéger, lui dis-je. Je te le promets.

2

Le jour de la dîme, Greymere bourdonne comme une ruche. L'air a la luminescence du pollen. Les voix des villageois sont aussi fortes qu'une litanie chantée. Arien et moi traversons la foule vers la place du village. Tout le monde attend, les bras lourdement chargés de sacs de grains, de paniers de fruits, de rouleaux de toile de lin finement ourlée.

Nous prenons place dans la file et je me penche pour déposer notre panier sur le sol, à côté de mes pieds. Quand je me redresse, une douleur aiguë et féroce me traverse les genoux. Je siffle entre mes dents et Arien me regarde, inquiet.

– Ça va, je lui dis, les yeux baissés vers le panier et les bocaux de confiture. Je vais bien.

Ce matin, du sang frais suintait encore de mes coupures. Il y avait tellement de morceaux de verre, et ils étaient enfoncés si profond que je ne sais pas si j'ai bien enlevé tous les éclats. J'ai refait mes bandages, puis j'ai enfilé mes bas de laine les plus épais pour les camoufler.

Je remarque Mère de l'autre côté de la place. Le gardien du village et elle se tiennent à côté de l'autel. Une toile est étendue par terre avec ses pots de peinture et ses pinceaux bien alignés. Elle passe les mains sur l'icône, avec révérence, pour en vérifier l'usure. Elle va travailler toute la journée à la réparer, une tâche qu'elle accomplit chaque saison. Elle ajoute de la couleur, puis polit et vernit le cadre de bois.

Plus tard, lorsque le soleil sera descendu, nous nous rassemblerons tous en cercle autour de l'autel, les mains pressées contre la terre, pour montrer notre respect à la Dame.

Arien me touche le bras, ramenant mon attention sur lui.

– Leta ? J'ai… j'ai réfléchi. Et si, après la dîme, on ne rentrait pas à la maison ? Et si on ne rentrait pas, jamais ? Tu sais que Mère ne nous retiendrait pas.

Il frotte les ampoules au bout de ses doigts, puis son regard tombe sur mes genoux camouflés. Je m'oblige à lui sourire.

– Et on se construirait une maison dans l'arbre le plus haut de la forêt ? Je nous ferais un édredon avec des pissenlits et je préparerais un ragoût de crapauds pour notre dîner ? Les oiseaux pourraient nous peigner les cheveux.

Arien fronce le nez, comme il le fait toujours quand je le taquine.

– Je suis sérieux.

– Où irions-nous, si nous partions ?

Le mot est étrange dans ma bouche. C'est la première fois que l'un de nous le prononce à voix haute.

– On pourrait rester ici. On pourrait rester au village.

La pensée est vive, tissée d'or. Je regarde les bâtiments qui entourent la place. La chaumière de la guérisseuse avec ses parterres de fleurs sous les fenêtres de devant. Le magasin avec ses barils de farine et ses rouleaux de tissu. On pourrait travailler au magasin. Je pèserais le sucre pendant qu'Arien mesurerait les longueurs de tissu. Ou aider au jardin de la guérisseuse. S'occuper de ses fleurs, cueillir les pétales et les feuilles dont elle fait des médicaments.

Quand je pense à ce que j'ai ressenti hier soir en regardant les mains d'Arien dans les flammes, je veux rester au village. Vraiment. Mais tout le monde ici nous traite déjà avec méfiance. Ils savent comment Mère nous a recueillis, comment nos vies ont été frôlées par la mort. *Une fois marqué, le Seigneur d'En Dessous connaît ton nom.* C'est ce que croient les gens. Et s'ils apprenaient pour Arien, pour les ombres…

Les rêves d'Arien ne ressemblent pas à la magie des alchimistes, qui puisent dans le pouvoir d'or que la Dame a répandu sur le monde. Leur magie est lumineuse. Ses cauchemars, pleins d'ombres qui prennent vie, s'apparentent davantage au pouvoir qui vient du Seigneur d'En Dessous. Arien n'est pas comme ça, il n'est pas sombre, mauvais et horrible… Mais dès que les gens entendraient ses cris ou verraient ses yeux devenir noirs, c'est ce qu'ils croiraient. Ils le traiteraient de corrompu. Ils le craindraient.

Je garde les yeux fixés sur mes bottes maculées de poussière, incapable de regarder Arien, de voir l'espoir timide dans ses yeux.

– J'ai promis de te protéger. Je ne sais pas si tu serais en sécurité au village.

– Alors nous irons ailleurs, quelque part très loin.

– Je ne sais pas. Peut-être.

Arien soupire, frustré. La file d'attente commence à bouger, je me penche pour ramasser le panier et nous avançons.

De l'autre côté de la place, une femme sort de sa chaumière. Ses yeux balaient la foule – passent sur nous – avant de s'arrêter au sol. Elle puise quelque chose dans un bocal. Une poignée de sel. Elle la jette lourdement dans la rue, puis passe ses doigts couverts de sel sur sa poitrine. Deux doigts, de gauche à droite, une ligne en travers du cœur. Le symbole de la Dame : une protection contre les ténèbres.

– Pourquoi a-t-elle fait ça ? demande Arien, méfiant.

J'observe la foule plus attentivement. Mais les gens ne sont pas concentrés sur nous ni sur quoi que ce soit que je puisse voir. Il y a juste un vague crépitement nerveux, une agitation, comme l'air avant un orage.

Tout le monde a revêtu ses plus beaux atours. Bottes cirées, chemises en lin impeccables, tresses relevées, robes délicatement brodées. Nous nous sommes rassemblés comme si c'était une fête. Et c'en est une. Du moins, ça devrait l'être. Pourtant, dans la file où nous attendons, munis de notre dîme, les gens murmurent entre eux avec anxiété. Autour de la place, d'autres portes s'ouvrent. D'autres villageois répandent du sel sur leur seuil. La guérisseuse a accroché des guirlandes de romarin et de sauge à ses fenêtres.

– Vous avez entendu ?

Une jeune fille longe la file d'attente, un crayon et un carré de parchemin dans les mains. Elle a la peau brun chêne et un nuage de beaux cheveux bouclés, qu'elle écarte de son visage avant de scruter les personnes à proximité, déstabilisée. Sa voix s'assourdit jusqu'à devenir un murmure.

– Lord Sylvanan est ici. Il est venu réclamer la dîme.

Un frisson nerveux me parcourt.

– Lord Sylvanan ? Ici ? Il ne vient jamais les jours de dîme.

La dernière fois que nous nous sommes réunis à Greymere, c'était il y a six ans ; c'était à notre tour de payer la dîme aux Sylvanan, qui possèdent toutes les terres de la vallée. Il n'y avait rien à craindre, alors.

Le seigneur qui était venu le jour de la dîme était plus âgé que Mère. Il était grand et beau, portait ses cheveux noirs attachés soigneusement en arrière. Il avait aidé les villageois à remplir le chariot qu'il avait fait venir pour tout rapporter à son domaine. Ensuite, il avait lentement traversé la place et contemplé le village d'un air appréciateur. Ses yeux s'étaient plissés aux commissures quand il nous avait souri, à Arien et à moi, qui courions au milieu d'un méli-mélo d'enfants.

Mais il y a un nouveau seigneur maintenant. Son fils. Parce que, juste après notre dernière dîme, toute la famille Sylvanan est morte. Tous sauf lui, le nouveau seigneur.

Parce qu'il les a assassinés.

Ses parents, son frère, toute sa famille. Il les a noyés un par un dans le lac derrière leur propriété.

On dit que son père a été retrouvé allongé sur le rivage, blanc et immobile, comme s'il avait été vidé de tout son sang. Que la gorge de sa mère était enserrée dans des joncs, si fort que la peau était entaillée.

– Il est peut-être déjà là, répond la jeune fille, avant de marquer une pause pour scruter la foule autour de nous, puis de passer les doigts en travers de sa poitrine.

Mon village est à côté de son domaine. Nous lui donnons un nom, là-bas.

– Calathea?

Un homme a traversé la foule à grandes enjambées fluides. Il a la même peau brune et les mêmes traits, bien qu'il ait rassemblé ses boucles en un nœud sur la nuque, sans qu'une seule mèche ne s'en échappe.

– Thea, qu'est-ce que je t'ai dit?

Thea baisse la tête, peinée.

– « Coche la liste. Ne te laisse pas distraire. »

Elle jette un coup d'œil dans notre panier et trace rapidement quelques lignes sur le parchemin avec son crayon.

– Désolée, Père. C'étaient les derniers.

Il lâche un profond soupir.

– Tu devrais déjà avoir terminé au lieu de perdre du temps. Il nous reste encore à préparer toutes les dîmes pour le transport jusqu'à Lakesedge.

Il la saisit par le bras et l'attire plus près de lui, baisse la voix.

– Je ne veux pas rester ici plus longtemps que nécessaire, pas avec *lui* dans les parages.

– Je ne voulais pas m'attarder. Je t'aiderai à charger les paniers quand ils seront prêts.

– Non. Tu peux rester là-bas, loin des problèmes.

Sur quoi, son père oriente Thea loin de nous, vers un chariot.

– Attends! je lui crie alors qu'elle s'éloigne. Le nom qu'ils donnent à Lord Sylvanan dans votre village, quel est-il?

Thea se retourne vers nous.

– « Le monstre de Lakesedge ».

Le soleil est encore haut au-dessus de la cime des arbres. De la sueur perle dans ma nuque et j'ai une bande de peau brûlée par le soleil qui commence à s'étendre sur mon nez. J'ai chaud et mes bas de laine me démangent, ils me piquent. Pourtant, quand j'entends ce nom, je me mets à frissonner.

– Thea. Assez, lui marmonne discrètement son père à l'oreille, la mine tendue.

Elle le suit près du chariot, les yeux baissés, mais lorsqu'elle s'installe sur le siège, il lui tapote le genou pour la réconforter.

Une douleur étrange me serre le cœur tandis que je regarde Thea et son père et me rappelle le mien. Ses mains puissantes, usées par le travail au jardin, mais toujours douces quand il me touchait. S'il était là, il nous protégerait.

– Le monstre de Lakesedge.

Je l'ai répété à voix basse, pourtant les mots ont un goût de fumée et d'obscurité.

Arien se rapproche de moi.

– Tu le vois ?

Je me hausse sur la pointe des pieds pour regarder par-dessus les gens devant moi. Il y a une table dressée près de l'autel, à l'ombre de deux grands pins, où seront déposés les produits de la dîme. Une femme vêtue d'une longue robe brodée se tient derrière. Autour de son visage hâlé, ses cheveux argentés pendent dans son dos en une tresse qui se desserre en vagues tombant en cascade.

– Il n'attend pas les dîmes.

– Il est peut-être comme un loup des bois. (Arien montre la forêt, où les ombres sont épaisses entre les arbres.) Et il ne peut pas sortir à la lumière du jour.

– Ils n'existent pas. C'est juste une histoire que j'ai inventée.

Mais ce qui s'est passé à Lakesedge ressemble aussi à une histoire inventée. Une maison fermée à clé et presque vide. Une famille entière assassinée.

Un nœud s'est formé dans mon estomac. Qui se resserre à chaque minute qui passe. Je ne peux m'empêcher de scruter la foule. À mesure que le soleil descend, les ombres des pins au bord de la place s'allongent sur le sol. Chaque mouvement d'ombre et de lumière me fait sursauter. Je m'attends à me retourner et à voir le monstre juste là, comme si je l'avais invoqué en prononçant son nom.

À côté de moi, Arien est soudain immobile et silencieux. Son visage a commencé à pâlir.

– Qu'est-ce qui ne va pas ? Tu t'inquiètes pour Lord Sylvanan ? Je ne le vois pas. Il n'est peut-être même pas là.

Il resserre ses bras autour de lui.

– Non. C'est bon. Je vais bien.

Sa peau, presque complètement blanche, semble exsangue.

– Arien. Qu'est-ce qu'il y a ?

– Je… Je ne…

Il secoue la tête, puis se retourne et s'éloigne rapidement sans ajouter un mot.

Je cligne des yeux, abasourdie. Il ne me faut qu'un instant pour me ressaisir et le suivre. Mais quand je traverse la place, je l'ai déjà perdu de vue.

Je me glisse entre une rangée de bâtiments. La chaleur du soleil de l'après-midi qui a cuit les murs de pierres brutes irradie jusqu'à mon visage. Je passe devant le magasin à toute allure. Devant la chaumière de la guérisseuse. Je vois des empreintes de pas dans la poussière, de la taille des bottes d'Arien. Barbouillées et à moitié effacées, comme s'il avait couru. Le bruit de la foule s'estompe de plus en plus. Je suis en dehors du village maintenant, dans un champ de fleurs. Les abeilles vrombissent autour d'une ligne blanche de ruches. Les arbres s'élèvent au-delà.

Les bois. Arien est parti dans les bois.

Les bois de Vair s'étendent de Greymere jusqu'à notre cottage. Je connais ces bois. Je les vois tous les jours. Mais je n'ai jamais aimé m'y rendre. Non loin d'ici se trouve l'endroit où Mère nous a trouvés il y a tant d'années.

Lorsque je franchis la limite de la forêt, mes bottes s'enfoncent dans le sous-bois dense. L'air flotte à travers les feuilles comme une voix chuchotée.

– Arien ?

Je regarde devant moi, mais il n'y a que des arbres, puis d'autres arbres encore, puis l'obscurité. Le soleil de l'après-midi est bloqué par les épais rameaux des branches.

– Arien, tu es là ?

Enfin, mes yeux s'ajustent et je le vois au loin – peau blafarde, cheveux flamboyants –, au-delà d'une rangée de cèdres serrés. Les yeux grands ouverts et blancs, il est immobilisé par une terreur sans nom.

Les ombres ont déjà commencé à s'enrouler autour de ses paumes.

Je cours vers lui. Des branches s'accrochent à mes jupes et griffent mes joues. L'obscurité s'insinue dans ses yeux, et ses pupilles se dilatent. Son regard devient noir, tout noir.

– Leta ?

Je saisis ses mains. Elles sont déjà glacées. Je ne comprends pas. Jamais jusque-là les ombres n'étaient venues comme ça. C'est toujours la nuit. Pas au centre du village, à la lumière du jour en plein Flordété, tout en clarté et en feuilles vertes. Pas comme ça.

La terreur m'envahit. *Pas maintenant, pas ici. Il ne faut pas, il ne faut pas.* Il suffit de peu pour imaginer ce qui se passerait si quelqu'un nous voyait en ce moment. Ses yeux noirs et vides. Les ombres. On le prendrait pour un monstre.

Je saisis son poignet, il tressaille. Je l'ai serré trop fort, à l'endroit où Mère l'a meurtri hier soir. Je desserre rapidement mes doigts mais ne le lâche pas.

Je pensais avoir tracé les limites de cette chose qui hante mon frère. Elle avait des frontières de temps et d'espace : seulement la nuit, seulement dans notre chambre. Mais maintenant, tout a changé. C'est nouveau. Ce n'est pas normal.

Les ombres montent et nous enveloppent. La forêt sombre s'assombrit encore. J'essaie de penser à des choses chaudes. La lumière du soleil. Les abeilles dans les lianes de la glycine. Ce que l'on ressent en faisant l'observance, quand on met les mains dans la terre et qu'on sent la lumière dorée qui relie le monde entier. Mais il fait trop froid, trop sombre.

Ce n'est qu'un rêve, sauf que non, non. Nous sommes dans les bois, en plein jour, et les ombres sont tout autour de nous.

– Arien ! (J'enfonce les doigts dans son bras. Il émet un son aigu et douloureux.) Arien, rappelle-les, tu dois les rappeler.

C'est la première fois que j'énonce tout haut cette terrible pensée : que les ombres pourraient être quelque chose qu'il peut contrôler. Je l'ai gardée enfermée, tout au fond de moi, pendant longtemps. Mais maintenant je l'ai lâchée.

Je sens se crisper les tendons de son poignet. Les ombres passent sur mon visage et entrent dans ma bouche. Ma gorge brûle à sentir leur goût. J'ai si froid que ça me fait mal ; je suis perdue dans l'obscurité. Il n'y a que le son de notre respiration. La pulsation régulière causée par la douleur de mes genoux coupés. Une chaleur humide où le sang frais s'est infiltré à travers les bandages.

Lentement, je détache mes doigts des poignets d'Arien. Je prends son visage dans mes mains. J'essaie de trouver quelque chose à dire pour le rassurer, en vain. Alors je le tiens simplement. J'imagine la lumière du soleil dans la clairière. Je respire l'odeur de terre cuite qui s'échappe des herbes folles près de la forêt. Je passe mes pouces sur ses joues.

– Rappelle-les, Arien, je chuchote. Arrête-les.

Il s'immobilise. Au bout d'un long moment, les ombres s'adoucissent ; il plie les mains alors que les dernières volutes se dissolvent. L'obscurité s'estompe de ses yeux, ils redeviennent gris. Nous nous éloignons. Il renverse la tête en arrière, haletant.

Tout semble faux et fracturé. Comme si le sol était sur le point de se fendre sous mes pieds.

– Qu'est-ce que c'était ? Arien, pourquoi est-ce arrivé maintenant ?

– Je ne sais pas.

Il donne des coups de pied au sol, éparpillant les feuilles. Puis il me pousse pour passer, se dirige vers le chemin.

– Viens. Ce doit bientôt être à notre tour pour la dîme.

Nous regagnons le village en silence. Quand nous arrivons sur la place, la file des gens a disparu. Tous les autres ont donné leur dîme. Je prends notre panier sur le sol où je l'ai laissé et je me dirige rapidement vers la table. La femme aux cheveux argent est partie. Arien et moi sommes seuls.

Les pins qui encadrent la table sont sombres, la lumière derrière eux paraît avoir bruni. Puis une ombre s'échappe de sous les arbres. Elle prend la forme d'un homme. Des bandes d'ombres de diverses couleurs le découpent – gris, noir, gris, noir – alors qu'il franchit la distance qui nous sépare. Je le reconnais instantanément.

« Monstre ». Ma bouche forme le mot, mais je n'émets pas un son. Ce n'est pas un loup des bois. Pas l'une des créatures féroces et terrifiantes de mes histoires, avec des griffes, des crocs et trop d'yeux.

Le monstre de Lakesedge est un garçon aux longs cheveux bruns et à l'envoûtant visage acéré. Et d'une certaine manière, c'est encore bien pire.

Il est jeune, plus vieux que moi, mais pas de beaucoup. Ses cheveux descendent plus bas que ses épaules. Leurs ondulations sont négligemment rejetées en arrière, la moitié supérieure attachée avec une longueur de cordon noir. Même avec la chaleur de l'été, il porte une lourde cape drapée en travers d'une épaule. Il a des cicatrices sur le visage. Une série de marques irrégulières allant de son front à sa mâchoire.

Il me regarde de haut en bas avec une expression indéchiffrable.

– Qu'est-ce que vous offrez ?

Je sens ses mots, froids et tranchants comme l'hiver. La lumière vacille et, le temps d'un battement de cœur, il y a quelque chose, là, au coin de mon champ de vision.

Je me souviens d'une voix ancienne dans une forêt gelée. La question qu'elle a murmurée à mon oreille.

Que vas-tu m'offrir ?

Je me mords la lèvre, fort, et me ramène au présent.

– Rien. Je… je ne…

Arien me prend le panier et le pose sur la table.

– Cerises fermentées. C'est notre offrande. Et l'autel réparé.

Le monstre tourne les yeux là où Mère est en train de ranger ses peintures. Le cadre en bois de l'autel est recouvert de vernis neuf. Sur l'étagère en dessous, les bougies ont été allumées, baignant l'icône de lumière.

Je saisis le bras d'Arien, sur le point de l'entraîner.

– Attendez.

Les bottes du monstre s'écrasent sur le sol. Il s'approche.

– Restez !

Je me place devant Arien. J'ai les paumes poisseuses, soudain froides et moites, mais je redresse les épaules et je croise le regard sombre du monstre sans ciller.

– Nous n'avons rien d'autre pour vous.

Il y a quelque chose de sauvage dans sa façon de bouger, comme un renard traquant un lièvre.

– Ah ? Moi, je pense que si.

– Non, rien.

Le monstre tend les mains. Il porte des gants noirs et les manches de sa chemise sont bien serrées jusqu'aux poignets. Il fait signe à Arien, puis attend avec impatience.

– Vas-y, montre-moi.

Arien lève ses propres mains en écho au geste du monstre. Les doigts de mon frère, brûlés hier soir par les bougies de l'autel, sont désormais tachés de noir.

Le monstre me jette un coup d'œil.

– Ce n'est pas tout à fait rien, si ?

– C'est…

Il se tourne vers Arien, et l'expression féroce de son visage s'intensifie.

– Dis-moi : comment t'es-tu fait ces marques ?

Arien me regarde, impuissant. Tout ça est ma faute. J'avais promis de le protéger.

La peur et la fureur montent en moi avec l'élan brûlant d'une onde. Je m'immisce entre eux jusqu'à me trouver tout contre le monstre, les pointes éraflées de mes bottes contre ses bottes polies.

– Notre mère est peintre. Ce sont des taches de peinture.

Il me regarde froidement. Il est beau, mais le mal s'accroche à lui. C'est aussi étouffant que l'odeur aigre-douce du sucre dans la cuisine hier soir. Entre les lacets du col de sa chemise, j'aperçois quelque chose de sombre sur sa gorge. Je regarde, horrifiée, toutes les veines de son cou se colorer en vif, comme des stries d'encre dessinées sous la surface de sa peau.

Puis je cligne des yeux, et ce que j'ai vu – ce que je pensais avoir vu – a disparu.

La bouche du monstre s'incurve en un léger sourire.

– Je suis désolé. D'évidence, je me suis trompé.

Il n'a pas l'air désolé du tout. Tout ce que je veux, c'est attraper Arien et m'enfuir, pourtant je me force à rester immobile. Je froisse les bords de mes jupes entre mes doigts serrés.

D'un geste brusque, il enlève ses gants qu'il jette sur le sol aux pieds d'Arien.

– Tiens. Garde-les.

Et il s'éloigne sans nous accorder un autre regard, ses mains désormais nues profondément enfoncées dans les poches de sa cape.

Arien se penche pour ramasser les gants. Il les enfile rapidement. J'ai beau le regarder fixement, il ne me voit pas. Ensemble, nous traversons la place pour rejoindre la foule qui s'est rassemblée devant l'autel. Nous nous agenouillons et posons nos mains contre la terre.

– Arien, je murmure. Tout à l'heure, dans la forêt…

– S'il te plaît, oublie ça. La forêt. S'en aller. Tout ça.

Il tourne son visage vers l'icône et le banc de bougies dorées.

Nous entonnons la litanie de l'été. Je ferme les yeux et enfonce mes doigts dans la terre. Alors que la lumière m'envahit, j'essaie de me perdre dans la chaleur et le chant. Mais tout ce à quoi je pense, c'est que désormais il n'y a peut-être aucun endroit en ce monde où je puisse garder mon frère en sécurité.

3

C'est presque l'heure du coucher du soleil quand nous arrivons à la maison. Mère entre dans le cottage, mais Arien et moi restons dehors, dans le jardin. Le ciel du soir est sans nuages, sans fin. Le vent agite les branches de notre verger et l'air est lourd d'une chaleur persistante. Je marche entre les rangées de plantes d'été, je respire le parfum de la sauge et de l'ortie, dont mes jupes frôlent les feuilles. Arien me suit.

Nous entrons dans la maison du puits. Il fait sombre à l'intérieur, où ne filtrent que de faibles rais de lumière à travers les fissures des murs. Je soulève le lourd couvercle en bois et remonte le seau du fond. Il y a toujours quelque chose d'étrange dans ce moment. Cet espace entre la surface et l'eau. Le puits profond et silencieux avec le flou des ondulations, tout en bas.

Je lave mon visage couvert de sueur avec une poignée d'eau. Arien enlève les gants et les tient froissés dans son poing. Il a l'air épuisé. Son visage est blême et ses yeux, cernés de fatigue. Je pose ma main dans sa nuque et il soupire en s'appuyant contre le froid de ma paume.

– On pourrait toujours partir.

Mon murmure résonne dans l'obscurité. Le son s'attarde. *Partir. Partir. Partir.*

Il secoue la tête, puis prend de l'eau au creux de ses paumes et s'en asperge le visage. Il s'essuie les mains contre son pantalon et renfile les gants.

– Je t'ai dit d'oublier ça.

Avec un soupir, je remplis à nouveau le seau et le décroche de la corde pour pouvoir le porter jusqu'à la cuisine. Nous retraversons le jardin en silence, Arien devant moi. Il a tellement grandi ces derniers mois. Sa chemise est serrée au niveau des épaules, alors que je viens d'en reprendre les coutures. Il ressemble beaucoup à notre père, grand et maigre, tandis que je tiens de notre mère, petite et ronde.

Un souvenir me vient, aussi flou que la lumière du soleil déclinant. Notre père au travail dans le jardin. Ses manches retroussées jusqu'aux coudes, ses mains dans la terre. Notre mère avec un panier de fleurs coupées dans les bras. J'éprouve un sentiment des plus étranges quand je pense à eux ainsi : mi-réconfort et mi-douleur.

Je ferme les yeux un instant et laisse l'image s'attarder avant d'entrer dans la maison.

À la cuisine, Mère est debout derrière la table. Ses mains sont crispées sur le dossier d'une chaise, comme si elle attendait que quelqu'un s'assoie. Nos regards se croisent et elle agrippe la chaise si fort que ses jointures virent au blanc. Son expression est sauvage, mélange de peur et de colère.

– Violeta, Arien, que s'est-il passé au village aujourd'hui ?

Mes bottes s'accrochent au plancher et je m'arrête brusquement. Le seau s'incline. L'eau coule et trempe ma jupe.

Arien me prend le seau des mains et le pose avec précaution. Nous échangeons un regard. Il ouvre la bouche, mais je me dépêche de répondre avant qu'il ne puisse parler.

– Rien. Il ne s'est rien passé.

– Vraiment ? lance une voix de l'autre côté de la pièce, une voix qui, quoique nouvelle, est terriblement familière. Ce n'est pas ce que je me rappelle.

Instinctivement, je pousse Arien derrière moi. Le monstre se tient contre le mur du fond, hors de portée de la faible lueur du poêle. Derrière lui, l'autel avec ses bougies éteintes s'élève dans l'ombre de son ombre. Il n'est qu'une silhouette, au visage caché sous le capuchon rabattu de sa cape.

Le monstre est là.

– On n'a rien fait. Je vous ai déjà dit…

Il lève une main.

– Ne te fatigue pas à mentir. Je vous ai vus tous les deux dans les bois de Vair. J'ai vu ton frère avec les ombres.

J'ai l'impression que le monde vacille, jusqu'à me faire perdre l'équilibre. *Il a vu. Il sait.*

Mère regarde Arien, les yeux écarquillés.

– Qu'est-ce que tu as fait ? (Blême, elle se tourne vers le monstre.) Je suis désolée. J'ai essayé de le guérir. Mais il y a trop de ténèbres en lui. C'est trop fort.

– C'est pour ça que je suis là, dit le monstre d'un ton acide. Je le veux précisément à cause de ces ténèbres.

– Vous voulez qu'il vienne avec vous, à Lakesedge ? demande Mère d'une voix tremblante.

Je ne l'ai jamais entendue aussi nerveuse.

– Oui.

J'enfonce mes ongles dans mes paumes.

– Arien ne vous accompagnera nulle part.

Mon frère me jette un regard d'avertissement.

– Leta, c'est notre seigneur.

La colère monte d'un coup, comme au village lorsque le monstre a vu les mains d'Arien pour la première fois. Des étincelles dansent devant mes yeux.

– Vous voulez qu'il vienne avec vous, dans cet endroit où vous avez assassiné toute votre famille ?

Le monstre émet un grognement sec.

– Assez ! Écoutez, je vais être clair. Soit Arien vient avec moi, soit je retourne à Greymere et je raconte ce que j'ai vu. D'ici le coucher du soleil, tout votre village sera au courant.

Tout le monde saura. Des gouttes de sueur froide perlent sur ma peau quand j'imagine Arien traîné devant l'autel de Greymere, le banc de bougies illuminé, ses doigts tenus de force au-dessus des flammes.

Arien baisse les yeux vers ses mains, vers les gants que le monstre lui a donnés. Il ne l'a donc pas fait par gentillesse. Il voulait juste lui donner le temps de s'éloigner du village bondé, afin de pouvoir venir proférer ses menaces là où personne ne l'entendrait. Pour pouvoir le réclamer.

– Ça fait longtemps que tu le caches, n'est-ce pas ? (La voix du monstre est une lame voilée.) Tu étais terrorisé. Tu n'auras pas à te cacher, pas avec moi. Je peux t'aider.

Arien se mordille les lèvres. Il a une marque écarlate à l'endroit où ses dents ont mordu sa lèvre.

– Vous m'aideriez ? Comment ?

– Il n'a pas besoin de votre aide !

Je balaie la pièce du regard, en quête d'une échappatoire, de n'importe quoi qui pourrait empêcher cette catastrophe, mais il n'y a pas d'issue, nulle part où aller pour nous. L'expression du visage d'Arien est encore pire. Il a peur. Sauf qu'à côté de cette peur je décèle une brève, une infime lueur d'espoir. Une partie de lui veut ça. Veut accepter l'aide du monstre.

Arien prend une profonde inspiration, comme pour rassembler son courage.

– Si je viens avec vous, qu'arrivera-t-il à Leta ?

Le silence s'installe. Quand le monstre répond enfin, on dirait qu'il crache chaque mot.

– Je ne veux pas d'elle. Seulement de toi.

J'avance d'un pas vers lui, les mains plantées sur les hanches. J'ai peur, mais je ne peux pas laisser Arien affronter cette situation tout seul.

– C'est mon frère. Où il va, je l'accompagne.

Le monstre ne bouge pas, il reste si immobile que je pourrais presque le confondre avec une ombre.

Et je suis plantée là, avec mes mains abîmées par le travail et ma robe trempée par l'eau du puits. Sans rien à offrir et sans rien pour me faire aimer. Pendant un moment, je me demande si je ne devrais pas être plus douce pour lui faire cette demande. Mais il n'y a rien de doux en moi – ni la brusquerie de ma voix ni mes mains rugueuses encore serrées comme des poings.

Je m'avance. Le monstre détourne son visage, le bord tranchant de sa bouche dessine une grimace pincée. Il veut emmener Arien et se refuse à seulement poser les yeux sur moi. J'attrape sa cape qui pend de son épaule, j'en noue le tissu autour de mon poing et je tire d'un coup sec.

– Espèce de créature maudite des cendres ! Je ne vous laisserai pas faire ça !

– Violeta !

Mère s'avance, les joues brillantes de fureur. Arien la pousse et renverse la chaise avec fracas. Au désespoir, il regarde tour à tour Mère et le monstre.

– Non, s'il vous plaît ! Ne lui faites pas de mal !

Sans ménagement, le monstre détache mes doigts de sa cape. Ses mains se referment sur mes poignets. Nous sommes si proches que je peux l'entendre haleter.

Je ne quitte pas ses yeux sombres du regard.

– Je veux venir avec vous.

– Tu es la dernière personne – la dernière, tu m'entends ? – que je veux près de moi.

Puis il baisse les yeux vers mes bras et se tait. Mes manches sont retroussées, laissant apparaître les bleus sur ma peau claire, étalés comme s'ils avaient été peints au pinceau. Certains sont frais, qui fleurissent comme des pétales sombres. D'autres sont estompés, n'en restent plus que les infimes traces des doigts qui ont creusé et pincé.

Sa prise se desserre, mais il ne me lâche pas pour autant. Nous restons campés face à face, tous les deux silencieux, mes yeux fixés sur son visage. *Prenez-moi avec vous.*

Le léger tapotement des branches du pommier contre la fenêtre est le seul son audible dans la pièce silencieuse. Le monstre libère mes poignets et passe devant moi sans un mot, à pas lourds sur le sol de la cuisine. Il rabat sa capuche et se penche pour que son visage soit au niveau de celui de Mère. Elle tressaille.

– Ils viennent tous les deux avec moi, annonce-t-il doucement, puis il se redresse et lui tourne le dos.

D'un geste du menton, il désigne la porte qui mène au reste de la maison.

– Allez préparer vos affaires. Je vous attends dehors. Dépêchez-vous.

Et il disparaît, sa cape gonflée comme un nuage de minuit alors qu'il sort en trombe par la porte du fond. Il la claque derrière lui, dans un bruit lourd, dur et définitif. Mon cœur bat la chamade, tout est noyé dans l'afflux de sang à mes oreilles.

Arien me regarde avec crainte.

– Leta, tu n'aurais pas dû.

Un rire incrédule s'échappe de ma gorge.

Arien commence à tordre sa manche. Je pose ma main sur la sienne, mais ses doigts continuent de bouger, mus par son angoisse.

– Je ne le laisserai pas te faire du mal, Arien. Quoi qu'il arrive.

Mère s'avance vers nous et, déplacé par ses grandes enjambées, l'air apporte une bouffée d'huile de lin. Je pense à la façon dont elle a pris ma main et bercé Arien dans ses bras. La façon dont elle nous a ramenés ici, au cottage. Elle était gentille, au début, mais son attention pour nous s'est éteinte peu à peu, comme un feu de camp dont il ne reste plus que des cendres grises.

– Je suis désolée, je lui dis.

Elle lève une main, comme si elle voulait me toucher. Mes genoux m'élancent et, l'espace d'un instant hideux, je pense que je vais pleurer.

Puis sa main retombe et son expression se durcit.

– Tu ne sais pas ce que tu as fait, hein ? (Elle jette un coup d'œil à la porte fermée et sourit froidement.) Ce monstre vous mérite tous les deux. Et vous le méritez.

Arien et moi fourrons précipitamment nos vêtements dans des sacoches, puis nous sortons. Le monstre nous attend, mais il n'est pas seul : la femme aux cheveux argent du village est là aussi, qui tient les rênes de deux chevaux.

Elle doit travailler pour lui, c'était la raison de sa présence à Greymere, pour aider à collecter les dîmes. Je remarque maintenant qu'elle porte un trousseau de clés et une lampe en argent au bout d'une longue chaîne autour du cou. Comme notre gardien, au village.

Le monstre se tient à côté d'elle. Ils sont tous les deux plongés dans une conversation chuchotée et urgente, mais lorsqu'ils nous remarquent, Arien et moi, ils se taisent. Le monstre se met à tourner en cercles incessants sur la route, ses bottes raclent rageusement la poussière.

La femme nous observe lentement, son visage se plisse.

– Alors c'est lui ? Mais c'est juste un enfant.

Arien croise les bras.

– J'ai treize ans. Je ne suis pas un enfant.

Le monstre s'immobilise un instant et soupire.

– Oui, Florence. C'est lui.

Il écarte les mains, comme pour la mettre au défi de trouver quelque chose à y redire. Elle reste silencieuse, cependant ses yeux s'attardent sur Arien et elle secoue la tête, clairement peu convaincue. Puis elle me regarde et semble encore plus confuse.

– Et elle, alors ?

Je remonte la sangle de ma sacoche sur mon épaule. Ils parlent d'Arien et moi comme si nous n'étions pas là.

– Je suis sa sœur.

Ses yeux d'un vert translucide se font incrédules.

– Tu es aussi… ?

Le monstre l'interrompt.

– Ne t'occupe pas d'elle. Elle n'est personne.

Il s'approche d'un des chevaux, détache le sac de la selle et en sort une autre paire de gants. Il les enfile, en les attachant fermement au niveau de ses poignets.

– Allons-y. J'ai déjà perdu assez de temps ici.

Florence passe son bras autour des épaules d'Arien et le guide vers l'un des chevaux. Elle l'aide à monter avant de sauter habilement en selle derrière lui. Ni mon frère ni moi ne sommes jamais montés à cheval, et Arien semble tout petit, perché sur le dos de sa monture.

Puis Florence donne un coup de rêne et Arien et elle s'éloignent sur la route dans un nuage de poussière, qui diminue rapidement. Je suis toute seule. Seule… avec le monstre. Ses traits acérés se tordent quand il me regarde. La façon dont il m'a décrite – « personne » –, ça fait encore mal.

– Je dois monter avec vous ?

Il repousse le capuchon de sa cape, passe une main gantée dans ses longs cheveux.

– À moins que tu ne préfères rester derrière.

Je secoue rapidement la tête. Le cheval me paraît énorme, avec des yeux liquides d'une profondeur incommensurable. Il s'agite sur ses sabots argentés. Je peux voir le bout des clous, là où ils ont été enfoncés dans ses pattes pour maintenir les fers en place.

D'une main tremblante, je touche son flanc. Muscles, côtes et chaleur roulent contre mes doigts tandis qu'il prend une respiration caverneuse.

Le monstre me regarde avec insistance. L'effroi me gagne à l'idée de nous deux, serrés l'un contre l'autre pendant le trajet.

– Vous allez devoir m'aider à monter.

Il me tend la main. Je ramasse mes jupes et il pose un air dédaigneux sur mes bottes boueuses. Sous la cape, sa chemise de lin sombre n'a pas un seul pli. Ses bottes à lui sont polies et brillent d'un éclat terne. Je pèse lourdement sur sa main pour me hisser, en espérant le salir d'autant de poussière que possible.

Il me regarde avec ironie, puis il rit – un rire sinistre et incrédule.

– Pourquoi portes-tu des bas de laine en plein Flordété ?

Je saisis mes jupons et les tire vers le bas pour couvrir mes genoux.

– Et vous, pourquoi portez-vous un manteau d'hiver ?

Il ignore ma question, mais pose distraitement la main sur le col de sa cape pour ajuster le fermoir où elle est attachée à son épaule. Puis il monte en selle derrière moi. Tenant les rênes d'une main, il passe son bras autour de ma taille. Avec un hoquet involontaire, je me penche aussi loin de lui que possible. D'un coup de talon, il met le cheval en mouvement. Le sable de la route se soulève et la poussière m'étouffe.

Chaque mouvement du cheval, chaque secousse, chaque coup de sabot sur la route me font redouter un vol plané sur le sol. Seul le bras du monstre, si serré autour de moi, me maintient en place. Je sens la chaleur dense de son torse contre mon dos, son souffle rude qui agite mes cheveux.

Les arbres défilent à toute allure, striés de pourpre par le soleil couchant. Le crépuscule répand ses lueurs rougeoyantes et ses ombres obscures sur la forêt. Au détour d'un virage, j'aperçois Arien et Florence, loin devant.

– Que vouliez-vous dire en affirmant que vous pouviez aider mon frère ? je demande au monstre. Que voulez-vous de lui ?

Je pivote pour essayer de voir son visage et je tressaille. Sa peau est rougie par les dernières lueurs du soleil, comme trempée de sang.

– Tu ne le sais pas, vraiment ?

Il attend, mais je ne réponds pas. Alors, la mine renfrognée, il continue :

– Je veux ses ombres.

– Ce ne sont pas les siennes. Ce ne sont que des rêves. Arien n'a rien qui puisse vous intéresser.

Je refuse de penser à ce qui s'est passé au village, dans les bois, à la lumière du jour. Tout ce que Mère craignait, à savoir qu'il y ait de l'obscurité à l'intérieur d'Arien, que le Seigneur d'En Dessous ait un droit sur lui, ça ne peut pas être vrai. Ce n'est pas possible.

Le monstre secoue la tête avec mépris.

– Des rêves…

Et puis, avant que je puisse m'en empêcher, la question sort :

– Est-ce vrai ce qu'on dit de vous, ce que vous avez fait à votre famille ?

Je pousse un cri quand il entortille mes cheveux dans son poing et se penche plus près, au point que sa bouche touche presque mon oreille. Son souffle passe sur ma joue lorsqu'il répond :

– Oui. Tout ce qu'on dit de moi est vrai.

Un frisson me parcourt. J'ouvre la bouche, mais aucun son n'en sort. Je n'entends plus que l'écho de sa voix. Il relâche sa prise et mes boucles emmêlées par le vent se libèrent. Son bras se resserre autour de ma taille et il éperonne le cheval pour aller plus vite. Je regarde de chaque côté, scrute les abords de la route en quête d'un sentier, d'une maison, n'importe quoi. Mais il n'y a pas d'échappatoire. Seulement la forêt, le ciel, la nuit. Et le monstre qui me serre contre lui.

Nous traversons une clairière, où la terre de chaque côté de la route est nue, à l'exception d'un arbre tombé. Ses racines, arrachées, sont tordues dans l'air vide. Soulignées par le soleil qui se couche derrière, elles ressemblent à des griffes.

Le froid m'envahit.

Enfin, nous arrivons au bord d'un chemin, où j'aperçois un chalet entouré d'un bosquet d'oliviers. Il fait nuit maintenant, le ciel nocturne est argenté par une lune presque pleine.

Le monstre prend les rênes dans une seule main et met prestement pied à terre.

– Il y a encore une journée entière de voyage avant d'arriver à Lakesedge. Nous dormirons ici et repartirons demain matin.

Je regarde le minuscule chalet qui ne doit contenir qu'une seule pièce. J'étais tellement focalisée sur mon inquiétude pour Arien que je n'ai même pas pensé à la façon dont nous allions devoir passer la nuit si près du monstre. Au fait que, dans son domaine maudit, nous allons être avec lui toutes les nuits à partir de maintenant.

Il me tend une main, que je prends pour qu'il m'aide à descendre de cheval. Je trébuche lorsque mes pieds touchent le sol et, sans réfléchir, je m'accroche à sa cape afin de me stabiliser. Il me dévisage. Un frisson me parcourt devant sa bouche qui s'étire sur un sourire aiguisé.

– Ne me dis pas que tu as froid, avec ces bas de laine ?

– Non, ça va.

Je le repousse et me hâte de rejoindre Arien qui est resté planté, hébété, à côté de l'autre cheval. Je le prends dans mes bras.

– Tu vas bien ?

Je touche sa joue : il est livide dans la lueur de la lune, fatigué et soucieux, mais pas blessé.

Il hoche la tête, tout en frottant sa cuisse courbaturée avec une grimace.

– J'ai mal partout.

Le chalet abandonné est plongé dans la pénombre, ses fenêtres et ses volets tous obstinément clos. Le lourd parfum de la glycine enchevêtrée au toit étouffe l'air.

J'attrape la main d'Arien et je la tiens fermement quand nous entrons à l'intérieur.

4

Dans la pièce, il fait chaud et la seule source de lumière est une lampe posée sur la table. Appuyé contre le mur opposé aux fenêtres fermées se trouve un autel. L'icône représente la Dame, tête inclinée et paumes tournées vers le haut, des vignes jumelles enroulées entre ses doigts. Une rangée de bougies brûlées jusqu'à la base se trouve en dessous.

Agenouillé près de l'âtre, le monstre essaie d'allumer un feu. Ses cheveux sont emmêlés par le vent et il y a une trace de terre sur sa joue. La lumière du feu danse sur lui, teignant sa peau bronzée d'ambre et d'orange. Mais même ainsi, doré et beau, je ne peux pas oublier ce qu'il est vraiment. Le mal s'accroche à lui. L'obscurité qui se tapit dans les coins de la pièce semble d'ailleurs tendre les mains et se rassembler à ses pieds.

Il prend une poignée de brindilles dans la caisse de bois et les jette parmi les flammes réticentes. Je regarde ses mains et j'imagine leurs doigts enroulés autour d'une gorge. Quand je ferme les yeux, l'image reste. Un visage blanc, flou sous l'eau, un afflux de bulles qui surgit dans un cri terrible et silencieux.

Il se redresse quand il nous entend entrer. Il rabat le capuchon de son manteau sur ses cheveux et incline la tête vers la porte.

– Arien. Un mot.

Il pose la main sur l'épaule de mon frère et le guide vers l'extérieur. Florence me retient par le bras quand je vais pour les suivre.

– Non. Cela ne te concerne pas.

– C'est mon frère.

Elle est presque aussi grande que le monstre, et la façon dont elle me regarde est presque aussi effrayante.

– En effet. Et il est juste à côté. Il sera parfaitement en sécurité.

À l'extérieur, par la porte ouverte, je vois Arien et le monstre dans un cercle de lumière. Le monstre parle rapidement, d'une voix basse et indistincte. Je tends l'oreille, mais ne parviens à saisir que des bribes de mots.

– Deux jours… la pleine lune…

Florence me fourre une bouilloire en fer-blanc dans les mains et me désigne d'un signe de tête l'évier dans un coin.

– Tiens. Va me remplir ça.

Je serre la bouilloire contre ma poitrine et me dirige vers l'évier. D'un geste brusque, je place la bouilloire sous le robinet. J'en cogne le bord, provoquant un claquement sonore. La cuvette de l'évier est remplie de feuilles séchées et de corps de papillons de nuit émiettés. La pompe est raide. Je l'agrippe fermement et j'appuie dessus de toutes mes forces. L'eau ainsi libérée, teintée de rouille, éclabousse le devant de ma robe et emporte la poussière d'ailes et les feuilles dans la canalisation.

Je remplis la bouilloire sans quitter la porte des yeux. Le monstre se penche vers Arien. Sa bouche forme le même mot, encore et encore. Arien secoue la tête, essaie de reculer. Il jette un regard nerveux vers moi, les dents enfoncées dans sa lèvre.

Je tends la bouilloire à Florence, qui a commencé à déballer un dîner de fortune de l'un des sacs qu'elle a apportés avec elle. Je traverse la pièce à la hâte et le monstre se tait soudain lorsqu'il me voit approcher. Il se détourne et s'éloigne, jusqu'à se fondre à demi dans la nuit. Je pose une main sur la joue d'Arien.

– Qu'est-ce qu'il te demandait ?

Il ferme les yeux et presse son visage contre ma paume.

– Rien.

– Arien. Dis-moi.

Il jette un regard méfiant vers l'endroit où le monstre est parti, loin dans l'obscurité.

– Il a dit…

– Rien ! crie le monstre.

Ses bottes crissent sur le sol lorsqu'il regagne la pièce. Il croise les bras, appuie l'épaule contre le cadre de la porte. Ses yeux me dévisagent froidement.

– Ce n'était rien.

L'obscurité derrière lui est pareille aux profondeurs d'un puits, mais son visage est éclairé par la lampe. Il a d'autres cicatrices autour de la gorge. Des marques acérées et noircies, tressées sur sa peau comme un collier d'épines.

Mes doigts se lèvent, contre ma volonté, pour toucher ma propre gorge.

Comment a-t-il été blessé ? Qu'est-ce qui lui a laissé ces terribles marques ?

Et puis, l'espace d'un instant, les veines de sa gorge deviennent… sombres. Comme au village. La lumière qui se reflète dans ses yeux tourne au cramoisi.

Angoissée, je balaie la pièce du regard, depuis les fenêtres à volets jusqu'à la porte ouverte. L'oliveraie est un mur d'ombres sous le ciel éclairé par la lune. Combien de pas nous faudrait-il pour courir du bord du chemin jusqu'aux arbres ? Mon esprit s'emballe alors que j'essaie de calculer si nous pourrions y arriver assez vite, atteindre la forêt avant que le monstre nous rattrape.

L'eau se met à bouillir dans un sifflement perçant. Je sursaute, le souffle coupé, alors que des taches blanches envahissent ma vision. Je me bats pour aspirer de l'air dans mes poumons comprimés tandis que Florence retire la bouilloire du feu. Elle la pose lourdement sur le support en fer, puis descend une pile de tasses en émail de l'étagère au-dessus de la paillasse.

Elle remplit un pot et entreprend de faire du thé en y déposant à la cuillère des feuilles provenant d'un petit bocal étiqueté à la main. Le monstre l'observe depuis la porte jusqu'à ce qu'elle termine, puis s'avance pour prendre une tasse quand elle la lui tend.

Il n'y a pas de table, pas d'endroit où s'asseoir, à l'exception des couvertures pliées qui ont été disposées pour former quatre lits de fortune, tous parfaitement alignés. Je prends les deux couvertures les plus éloignées et les traîne de l'autre côté de la pièce. Arien et moi nous y serrons l'un contre l'autre, si proches que nos épaules se touchent.

Florence nous passe à chacun une tasse de thé et une assiette avec un carré de gâteau aux amandes, épicé et sucré, à base de pommes séchées et de sucre roux.

– Un long trajet nous attend demain, annonce-t-elle en prenant une gorgée à sa propre tasse. Finissez ça, puis essayez de dormir un peu.

Je ne me rappelle pas la dernière fois où j'ai mangé, mais mon estomac n'est qu'un vide béant, complètement engourdi. Je pioche dans le gâteau qui s'effrite sous mes doigts, puis je bois une gorgée de thé avec méfiance. Il est amer, avec une légère touche sucrée qui me reste sur la langue. Je repose la tasse sur le côté, puis m'allonge sur les couvertures tandis qu'Arien s'étend à côté de moi.

Grattement dans le fourneau quand Florence attise le feu, bruissement sur les couvertures. Puis la pièce tombe dans un silence tendu.

Allongé sur le dos, Arien a les yeux rivés sur le plafond de chaume. Son visage est plissé par l'inquiétude et je distingue des ombres fatiguées et plombées sous ses yeux.

– Je suis désolé, Leta. J'ai vraiment tout gâché.

– Arien. Ce n'est pas ta faute, pas du tout.

Il soupire. Je me penche et touche sa main, en quête d'un moyen de le réconforter.

– Tu veux que je te raconte une histoire ?

Les histoires constituent mon souvenir le plus clair de notre vie d'avant. Et maintenant, chaque fois que je les raconte à Arien, j'entends le grondement sourd de la voix de mon père quand il me les lisait à haute voix. Je sens la main de ma mère quand nous allions au village, qui me promettait une autre histoire si je marchais juste un peu plus longtemps.

Arien se retourne pour me faire face. Sa bouche s'incurve sur un léger sourire.

– Mm ? Oui, s'il te plaît.

– Tu veux laquelle ? Le chevalier et le prince ?

C'est sa préférée : un prince oublié, secouru par un habile chevalier. Je ne lui ai jamais demandé s'il s'imaginait en chevalier ou en prince, sauveur ou sauvé. Mais j'ai vu la lueur heureuse, quoique discrète, sur son visage quand je lui raconte des histoires qui se terminent sur deux garçons qui tombent amoureux. Je sais que certaines choses sont gardées au fond de soi, trop précieuses pour être partagées.

Il se frotte la joue, l'air las.

– Non. Raconte-moi plutôt ta préférée, à toi.

Je me rapproche de lui et passe mon bras autour de ses épaules. Les mots de l'histoire montent facilement, qui me réchauffent et me rendent heureuse au moment où je les prononce.

– Au-delà de sept forêts, au-delà de sept lacs, il y avait un labyrinthe. À l'intérieur vivait un monstre. Et un jour, une jeune fille courageuse partit à la recherche d'un merveilleux trésor…

Cette histoire, je l'aime depuis aussi loin que je me souvienne. Mes parents me la racontaient tous les deux, encore et encore, autant de fois que je parvenais à les en convaincre.

Le labyrinthe est profondément enfoui sous la terre, avec des murs faits d'arbres. Et au centre, un terrible monstre dort sur un lit constitué d'ossements. De tous ceux qui y sont entrés, nul n'en est jamais ressorti. Mais la jeune fille, lorsqu'elle entre, a une pelote de ficelle cachée dans sa poche. Et en marchant, elle déroule le fil derrière elle.

– Le monstre l'a poursuivie, mais elle était rapide. Elle suivait sa ficelle à travers les arbres…

Arien somnole, sourire aux lèvres, tandis que je poursuis l'histoire. Et pendant un moment, c'est comme si nous étions de retour dans le cottage, avec les murs autour de nous et le monde au loin. À l'époque où l'on se sentait encore presque en sécurité, avant que tout ne change.

Puis je regarde au-dessus de lui. De l'autre côté de la pièce, Florence est allongée, immobile, le souffle ralenti par le sommeil. Mais le monstre… lui, est éveillé. Les reflets des flammes dansent dans ses yeux tandis qu'il me regarde. Et qu'il m'écoute.

Je m'interromps brusquement. Quand il se rend compte que je l'ai remarqué, il se retourne prestement et remonte la couverture sur ses épaules. Mes joues s'embrasent. J'ai l'impression d'être mise à nu. A-t-il deviné, à ma voix, combien je brûle d'être sans peur, à l'image de la fille du labyrinthe ? Sait-il que j'aimerais par-dessus tout avoir mon propre chemin, sûr, serré au creux de mes mains ?

Je reste auprès d'Arien, le temps qu'il s'endorme. La porte a été laissée ouverte pour faire entrer la brise dans la pièce, mais l'air de la nuit est dense, stagnant. Je regarde par l'ouverture les branches immobiles des oliviers. Soudain, je prends conscience du silence qui règne dans la pièce, de la paralysie. Le monstre est une forme sombre, son souffle est lent et lourd.

– Arien. (Je colle ma bouche contre son oreille, le secoue doucement pour le réveiller.) On ne peut pas rester ici. On ne peut pas rester avec lui.

Il se réveille avec un grognement. Je me redresse lentement, osant à peine respirer. Son visage s'éclaire quand il comprend en voyant la porte ouverte. Nous nous levons. Chaque bruissement de tissu, le moindre craquement de planches est bruyant et sans fin. Je garde les yeux rivés sur le monstre, mais il ne bouge pas.

Sur la pointe des pieds, nous traversons la pièce. Devant la porte, nous marquons une pause. Arien jette un regard méfiant au monstre, puis m'adresse un signe de tête, résolu. Nous courons ensemble vers la forêt aride, éclairée par la lune.

Nous courons longtemps, longtemps, à travers les rangs serrés des oliviers. Je ne sais pas où nous allons, seulement que nous partons loin. Je dois mettre autant de distance que possible entre le monstre et mon frère. Je laisse les bois se refermer sur moi, jusqu'à ce que les branches bien alignées s'écartent et laissent place à une forêt plus sauvage.

Arien trébuche en essayant de suivre mon rythme.

– Leta, pourquoi tu n'as pas couru vers la route ?

– Il nous verrait sur un espace dégagé. On pourra bifurquer une fois qu'on sera sortis des arbres.

Mes pieds s'accrochent à une branche tombée et je trébuche. Mes genoux heurtent le sol et la douleur me coupe le souffle. J'enfonce les doigts dans les amas de feuilles.

– Aaah ! je m'écrie, au compte de la frustration. Maudite forêt !

Arien s'accroupit à côté de moi, ses yeux effrayés passent du sol aux arbres et au ciel.

– Tu es blessée ?

Je me relève, incapable de réprimer un grognement de douleur, tant elle est intense.

– Ça va.

Nous continuons. Je garde les yeux braqués sur le chemin devant moi, à l'affût d'un passage à travers les arbres. De temps en temps, je fais une pause, je tends l'oreille, tous mes muscles se contractent un peu plus à chaque instant qui passe. Les bois sont pleins de bruits étranges : les oiseaux de nuit, le craquement du bois, le bruissement des feuilles.

Et au-delà, indistincte et rageuse, une voix se fait entendre. Le monstre, qui appelle Arien.

Derrière moi, Arien hésite et tourne la tête vers le cri. Je tire sur son bras.

– Ne t'arrête pas !

Nous allons de plus en plus loin. La forêt est sans fin. Notre respiration devient laborieuse et mes poumons me brûlent. La lumière commence à décliner, passant du gris à la suie, puis au noir complet à mesure que les arbres se referment sur nous. Même le faible clair de lune qui illuminait les branches pâles a disparu.

Arien trébuche, puis se rattrape à moi.

– Tu aurais dû voler une torche, murmure-t-il, irrité.

Un rire nerveux me serre la gorge.

– Je m'en souviendrai, la prochaine fois qu'on fuira un monstre.

Puis la voix du monstre, dure et furieuse, retentit à travers les arbres. Nous tombons dans un silence désespéré.

Je tire sur le bras d'Arien, le guidant entre deux troncs. Nous avançons rapidement dans l'obscurité.

L'air est chaud, lourd de la moiteur de l'été piégée par les branches en treillis. La sueur imbibe ma robe et me descend le long du dos. Je me passe la manche sur le front et soulève le poids de mes cheveux de ma nuque. Entourée par les arbres, la chaleur et l'obscurité, je ne vois rien, je ne peux pas reprendre mon souffle. Pourtant, nous devons continuer d'avancer.

Je cours, la main tendue devant, saisissant l'air. J'entends un écrasement de feuilles, quelque chose tire sur mon bras. Arien recule en titubant, sa main s'arrache à la mienne alors que je tombe en avant.

– Arien ? (Je tourne en rond, je cherche.) Où es-tu ?

– Je suis là… (Sa voix est étouffée, lointaine.) Leta ? Je n'y vois rien !

Puis sa voix se tait, une absence qui se confond avec la nuit. Je retiens ma respiration, cherche à l'entendre à travers l'obscurité.

– Arien !

Mes doigts se heurtent à un autre tronc. Mais plutôt que froide et lisse, l'écorce est humide, maculée d'un liquide épais et poisseux. Je retire ma main et la frotte contre mes jupes. Le sol est humide, lui aussi. La boue s'accroche à mes bottes tandis que le froid s'infiltre à travers mes bas et sur mes pieds.

Je me trouve dans une clairière entourée d'arbres. Des racines squelettiques dépassent ici et là du sol de la forêt. Au-dessus de la canopée, j'avise un morceau de ciel nu tacheté d'étoiles et éclairé par la lune.

Et au centre de la clairière, un grand arbre, solitaire. Son écorce n'est pas claire mais huileuse, d'un noir de nuit.

Le bosquet est ravagé. La magie de la terre – la lumière de la Dame qui circule à travers le monde – est empoisonnée par les ténèbres du monde d'En Dessous, et elle s'est répandue au sol, aux racines, aux arbres. C'est arrivé dans le verger d'amandiers près de Greymere, une fois, mais jamais ça n'a été aussi terrible. Ici, même l'air paraît vicié.

Mes pieds avancent dans la terre détrempée autour de la clairière, mais le chemin qui m'a menée ici a disparu. Je suis emprisonnée par les arbres. Arien fait des allers-retours de l'autre côté, dans l'espoir de trouver un passage. Il me regarde, l'air effrayé. Sa peau argentée ne tarde pas à être engloutie par l'obscurité entre les troncs.

Puis un grognement grave déchire l'air.

– Arien ?

Il ne répond pas. Tout est immobile. Je n'entends même pas le monstre.

Le grognement revient.

Je me plaque contre les arbres à la lisière du bosquet, le cœur battant à tout rompre. Derrière l'arbre infesté, un mouvement flou. Une créature sort de l'obscurité, courbée vers le sol.

Elle prend forme. De longues pattes, une queue, des oreilles pointues.

Des dents aiguisées.

Un loup.

Tête baissée, il avance à grands pas. Je suis pétrifiée par la peur, captivée par l'intensité de ses yeux. Il se rassemble, gueule ouverte, un grognement au fond de la gorge.

Je crie par-dessus mon épaule.

– Cours, Arien ! Tu dois courir, tu…

Le loup bondit. Je me jette à terre et me recroqueville, les yeux fermés. J'attends que ses dents déchirent ma peau.

Puis une vague de chaleur vive passe devant mon visage. Je lève précipitamment les yeux. Le monstre est là, grand, sombre et furieux, avec une torche en pin serrée dans une main. Arien est derrière lui, qui brandit une branche cassée.

Le monstre se rue entre le loup et moi. Ils se percutent dans un entremêlement flou de cape, de griffes et de dents. Il feinte, puis le loup est sur lui, qui claque férocement les crocs. Une morsure écœurante, le monstre qui hurle quand le loup lui attrape le bras. Il se libère avec un grognement, un son craché entre ses dents. Il a l'air aussi effrayant que le loup, aussi dangereux.

Il lance la torche en avant. Les étincelles emplissent l'air et le loup se tortille. Puis tout arrive dans un brouillard, si vite que je comprends à peine ce que je vois. Il y a le son, un geste vif, une éclaboussure de sang noir sur le sol.

Le monstre presse sa main contre la terre, là où le sol est humide, noir et meurtri. L'air tremble, et la sensation d'avant, que rien ne va, monte et enfle en moi.

Je le sens dans ma poitrine. J'ai son goût, aigre, sur ma langue. Des vrilles de ténèbres se déploient du sol et emprisonnent le loup, s'entortillent autour de ses pattes comme des lianes. Il geint, lutte pour se libérer, les babines retroussées et les yeux révulsés, demi-lunes blanches remplies de peur.

Sur un autre grondement, le monstre retire sa main du sol. Les ombres s'évaporent en un instant et le loup, libéré, s'écroule avec un glapissement. Il se débat pour se redresser, ses pattes creusent la boue, puis il se retourne et s'enfuit vers la forêt.

Le monstre le regarde s'éloigner avant de s'effondrer à genoux dans un grognement. Sa tête tombe en avant, le visage caché par ses cheveux. Il tient son bras contre sa poitrine.

Arien jette la branche et court vers moi.

– Je suis allé le trouver. Il est revenu te chercher ; il ne voulait pas, mais on a entendu le loup, et...

Je jette un rapide regard au monstre, affalé sur le sol, puis je regarde la forêt où un espace est apparu entre les arbres. Il ne nous rattrapera pas maintenant, si nous partons en courant. Nous pouvons le laisser ici. Nous pouvons fuir.

Mais les mots d'Arien sont comme un couteau sur ma gorge. « Il est revenu te chercher. »

Je fais un pas en avant.

– Vous m'avez sauvée.

Le monstre redresse brusquement la tête. Il a une tache de sang près de la bouche. Sa manche est déchirée et son bras porte les traces d'une profonde blessure – coup de dents, de griffes ou les deux – d'où coule un sang écarlate. Nous nous toisons alors que la vérité s'installe. Ce monstre, selon qui il y a des ténèbres dans mon frère, qui voulait emmener Arien et me laisser derrière, il est revenu me chercher.

J'attrape mes jupes, je les rassemble dans mes mains. Le motif brodé que j'ai cousu à l'ourlet est rugueux sous mes doigts tremblants. C'est la plus jolie de mes deux robes, celle que je garde pour les occasions spéciales. J'enroule le lin autour de mes mains et je tire, fort.

Je tire une fois, deux fois, puis un morceau se déchire avec un craquement sonore. Je tiens la longueur de tissu entre nous. Le monstre ne bouge pas, mais l'espace d'un bref instant, son expression s'adoucit. C'est comme voir un masque glisser puis se remettre rapidement en place.

Je m'accroupis à côté de lui.

– Je peux vous aider.

Il laisse échapper un rire dur.

– Ah oui, tu m'as bien aidé, jusqu'à présent.

Pourtant, il reste assis pendant que j'essuie son entaille avec le tissu. Le sang imbibe le tissu et se répand sur mes doigts. Je commence à trembler, submergée par le souvenir de mon propre sang, trop rouge et trop rapide, alors qu'Arien m'aidait à bander mes genoux. Le tissu glisse de mes doigts tremblants. J'essaie de le rattraper, au lieu de quoi je pose maladroitement la main sur le poignet du monstre.

Il me regarde, surpris. Je parviens à lâcher :

– Désolée. J'ai juste…

– Si tu es dégoûtée par le sang, ne le fais pas. Mais la prochaine fois, peut-être, évite de t'enfuir dans la forêt dévastée.

– Je ne savais pas que les arbres étaient pourris !

Impatient, il saisit le tissu et entreprend de s'en entourer le bras. Ses gestes sont habiles, pas du tout maladroits, bien qu'il n'utilise qu'une seule main. Comme s'il lui était déjà arrivé de faire ça.

Puis je remarque une autre entaille sur sa paume, que laisse apparaître une déchirure dans son gant. Je regarde de plus près. Elle a l'air différente de la coupure à son bras. Le sang est plus foncé.

Ayant surpris mon regard, il referme rapidement les doigts dessus.

Je déchire une autre bande de ma robe et la lui tends. Il me l'arrache et me tourne le dos pour enrouler le tissu autour de sa main.

Quand il commence à se lever, je lui tends la main pour l'aider, mais il m'ignore. Il se lève péniblement, puis reste debout un moment, les mains pressées contre ses tempes, le temps de se ressaisir. Il vacille lourdement et prend une profonde inspiration.

– Aaah, bon sang. Tous les deux, vous avez provoqué un désastre après l'autre.

Arien soulève la torche du sol et me la tend.

– Merci d'être revenu.

– Je ne sauverai pas ta sœur une seconde fois. Ne me fuyez plus jamais, ni l'un ni l'autre.

Il saisit la torche, en rallume l'extrémité avec une pierre à feu tirée de sa poche. Puis il désigne les arbres d'un mouvement de la tête.

– Allez, on y va.

Sans mot dire, nous retournons dans la forêt. Le monstre devant, Arien et moi sur ses talons. Florence nous rejoint à mi-chemin avec une lanterne. Elle écarquille les yeux à la vue du visage ensanglanté du monstre, des bandages qu'il a au bras et à la main.

– Que s'est-il passé ?

Elle tend la main, mais il la repousse.

– Ne t'occupe pas de ça. Il y a un bosquet d'arbres infestés. (Du doigt, il indique la direction, puis prend sa lanterne, lui donnant la torche à la place.) Retournes-y et brûle les arbres. Tu devras surveiller le feu pour qu'il ne s'étende pas à toute la forêt.

Florence hésite, la main toujours tendue vers lui.

– Tu es sûr que ça va ?

Il la regarde fixement.

– Oui.

Elle se retourne avec un soupir et disparaît dans le bois.

Nous parcourons le reste du chemin en silence. Lorsque nous atteignons la limite des arbres, le monstre fait signe à Arien de passer devant et m'attire à part.

Il pose ses mains gantées sur mes avant-bras et se penche vers moi. Mon regard passe de ses yeux sombres à sa bouche ensanglantée et je suis envahie par une étrange sensation de chaleur qui n'est pas tout à fait de la peur. Il fait glisser ses mains le long de mes bras et tient mes poignets sans les serrer. Du pouce, il effleure l'endroit où ma manche cache les hématomes.

– Tu es vraiment désolée que je vous ai emmenés tous les deux loin de ce cottage ? demande-t-il avant de baisser les yeux et de continuer tout bas : Je ne vais pas te faire de mal.

Le reste résonne, sous-entendu, rendu explicite par le contact de ses doigts sur mon poignet. *Je ne vais pas te faire de mal... pas comme ça.*

– Et Arien ? Qu'avez-vous prévu pour lui ?

Il m'adresse un regard prudent.

– Ce n'est pas ton problème.

– Je m'en fiche que vous me fassiez du mal.

Mes dents se serrent à cette idée, mais je ne me libère pas de son étreinte. Après tout ce que j'ai subi avec Mère pour garder Arien en sécurité, je sais que je pourrais le supporter si le monstre se montrait cruel avec moi. *Je suis prête.*

– Laissez-le tranquille.

– Tu en sais suffisamment sur Lakesedge pour comprendre que je ne peux pas te promettre la sécurité.

Il me lâche et rentre dans la chaumière sans un regard en arrière pour vérifier si Arien ou moi allons le suivre.

Il n'en a pas besoin. Il sait que nous n'avons nulle part où aller.

5

Le domaine de Lakesedge se détache telle une silhouette sur le ciel nocturne. La route fait place à une allée gravillonnée, délimitée par une arche en fer forgé faisant office de portail. Alors que nous passons dessous, Florence tend la main pour attraper une lanterne éteinte accrochée au pilier. Elle l'allume avec sa pierre à feu. Et en suivant sa flamme incolore qui luit dans l'obscurité, nous chevauchons vers la maison.

Il y a des collines tout autour, couvertes d'arbres et hérissées d'affleurements de granit pointus. On dirait un monde à part, calme et tranquille sous le clair de lune discret. Je m'accroche au bord de la selle pour regarder autour de moi, essayer d'en voir plus. Mais il fait trop sombre. Au-delà du halo de la lanterne de Florence, tout s'abandonne aux ténèbres.

L'allée descend en pente ; la maison est tout au bout. Nous nous arrêtons et le monstre saute rapidement de notre cheval. Il ne m'a pas dit un mot de tout le trajet. Et maintenant, il évite délibérément tout contact visuel en m'aidant à descendre.

Ce que je fais de façon peu élégante, trébuchant lorsque je mets pied à terre. Je suis endolorie par ces deux jours passés sur la selle et je dois prendre un moment à inspirer pour calmer la brûlure de mes muscles si noués qu'ils éveillent des douleurs inconnues.

Le monstre me dépasse, il mène son cheval dans l'obscurité au-delà de la maison.

– Attends, l'appelle Florence. Tu ne veux pas de lumière ?

Elle prend les rênes de son cheval et le suit avec la lanterne, nous laissant Arien et moi seuls dans le silence devant la porte d'entrée.

Je m'approche de lui, ma sacoche serrée contre ma poitrine. Presque toute ma vie est entassée là-dedans : mon pull d'hiver qui gratte, une chemise de nuit effilée aux coudes, une paire de bas raccommodés aux orteils. Et une poignée de pierres, mes trésors du rebord de la fenêtre de notre chambre à la campagne.

– Ce qu'elle est grande ! commente Arien en regardant la maison. On la croirait sortie d'une de tes histoires, Leta.

– Elle est… (Je cherche le mot, hésitante.) Elle est magnifique.

Toutes les rumeurs affirment que Lakesedge est maudit. Mais aucune ne mentionne la beauté passée, négligée de l'ensemble. Je m'étais figuré un endroit tout en pointes et en ombres. Mais Arien a raison, c'est comme dans une histoire.

La plupart des fenêtres sont fermées et un épais enchevêtrement de lierre s'enroule entre les volets en bois. La porte d'entrée est sculptée d'un motif en relief. Je passe les doigts dessus, sur des lianes et des feuilles si délicates qu'elles paraissent brodées sur le bois. La poignée en fer est également sculptée. Un énorme anneau en forme de couronne, autour duquel s'enroulent des feuilles et des clochettes. Quand je pose la main dessus, le contact froid de l'acier me fait frissonner. Mais, lentement, le métal commence à se réchauffer sous ma paume.

Une étrange émotion s'immisce en moi, comme le lierre entre les planches des volets. Ce pauvre manoir solennel, avec les yeux fermés de ses fenêtres et l'anneau froid de sa porte, dégage quelque chose d'immensément triste. On le dirait sous l'emprise d'un sortilège qui le maintient endormi depuis trop longtemps. Je pose la main contre le mur de pierre. Ferme les yeux. Je sens un frémissement sous la pulpe de mes doigts. Comme si la maison respirait, profondément et lentement.

Puis un cri aigu retentit depuis la pente au-dessus du manoir. Je retire prestement ma main. Une forme emplumée s'envole dans la nuit. Arien et moi nous agrippons l'un à l'autre. Mon cœur se met à battre la chamade, aussi bruyant que l'oiseau qui vient d'être dérangé.

La porte s'ouvre et une fille se tient là. Petite et ronde, elle a mon âge ou moins. Sa peau blanche est parsemée de taches de rousseur cuivrées et ses cheveux châtains sont coiffés en cinq tresses qui lui descendent presque jusqu'à la taille. Elle nous observe de derrière ses grosses lunettes à monture ronde et sourit timidement.

– Bonjour. Je suis Clover Aensland.

Elle recule pour nous laisser entrer. Le hall est de loin le plus grand espace dans lequel j'aie jamais pénétré. Il est surplombé par une fenêtre en arche, percée en haut du mur, au-dessus du palier de l'étage supérieur. À travers le carreau, je distingue des poignées d'étoiles. Il est tard, c'est l'heure floue d'avant l'aube.

Clover rit de bon cœur en me voyant contempler la pièce.

– Je sais. La maison de ma mère tout entière tiendrait dans ce vestibule.

Arien regarde autour de lui, les yeux écarquillés.

– C'est tellement vide.

C'est vrai que c'est vide. J'entends des voix venant des profondeurs de la maison – les notes mesurées de Florence, le timbre plus grave du monstre –, mais le hall d'entrée est silencieux et immobile. Il n'y a presque pas de meubles, les murs sont nus. Et pas de lumière à l'exception d'une unique bougie. Une lampe est suspendue dans la pénombre, au-dessus de nos têtes mais, couverte de toiles d'araignées, elle n'est pas allumée. Sous la poussière, les abat-jour en verre brillent comme des pierres précieuses.

Nous suivons Clover à travers le hall, jusqu'à un long couloir.

– Tu es ici depuis longtemps ? je lui demande.

– Environ un an. C'est mon premier travail, mon premier séjour loin de chez moi. (Elle tire sur l'extrémité d'une de ses tresses et sourit, timide mais fière.) Je suis l'alchimiste de Lakesedge.

Je la regarde avec surprise. J'ai entendu dire que les alchimistes quittaient parfois les Maylands – leur commune près de notre lointaine capitale – pour vivre sur un domaine et se mettre au service du seigneur. On les dit capables de merveilles. De guérir au-delà du pouvoir des herboristes des villages. De faire pousser des cultures dans des champs dévastés par la sécheresse. Mais les matériaux utilisés pour leur magie étant rares et chers, la plupart des endroits comme Greymere n'ont qu'un guérisseur.

– Oh ! s'écrie Arien, le visage illuminé par un étrange désir. Je peux voir tes sorts ?

Clover rit et remonte sa manche pour nous montrer son bras. Sa peau est entièrement couverte de minuscules marques tracées à l'encre. Des cercles et des lignes aux angles aigus reliées entre elles. Arien se penche pour regarder de plus près.

– C'est magnifique, Clover.

J'aimerais pouvoir partager son émerveillement. Les symboles sont beaux, d'accord, mais l'idée d'avoir des sortilèges tatoués sur moi, marqués à jamais sur mon corps, est déstabilisante.

Clover nous conduit dans une vaste cuisine. Il y a une table au centre et le poêle en fonte vient d'être allumé. Encore jeune, le feu projette un miroitement orangé dans la pièce. Clover s'affaire à dresser la table pour le thé. Pendant qu'Arien l'aide, je vais regarder par la fenêtre. Derrière la maison se trouve un jardin envahi par la végétation, silencieux sous le clair de lune.

Le monstre entre dans la pièce. Sans nous prêter attention, il s'arrête près de l'autel sur le mur opposé pour allumer les bougies. Il en prend une sur l'étagère et la place dans un bocal, qu'il pose soigneusement sur la table à côté des tasses de thé que Clover a disposées.

Débarrassé de sa cape, il a l'air plus jeune sans le poids de celle-ci autour de ses épaules. Si je ne le connaissais pas mieux, je pourrais tout simplement le prendre pour un garçon, avec ses cheveux noués par le vent et les lignes fatiguées sous ses yeux sombres.

Je me dirige vers lui. Je ne sais pas ce qui me pousse à le faire. Comme une impulsion téméraire, semblable au jet d'une pierre dans un puits juste pour entendre l'éclaboussure de l'eau. Ou peut-être que je veux me prouver que je n'ai pas à avoir peur.

Je déglutis malgré ma gorge serrée.

– Lord Sylvanan ?

Il lève brusquement la tête.

– Ne m'appelle pas comme ça. Je n'utilise pas mon titre.

– Ah bon, alors… vous avez un nom ?

Il me dévisage comme si c'était la question la plus ridicule du monde. Je m'approche encore un peu. La lumière de la bougie transforme nos ombres en fantômes sur le sol. De près, je distingue de petits détails que je n'avais pas remarqués auparavant : ses cheveux ne sont pas noirs mais châtain foncé, très foncé ; ses deux oreilles sont percées de rangées de minces anneaux argentés.

Finalement, il soupire.

– Rowan.

– Rowan.

La forme du mot persiste après que je l'ai prononcé à haute voix. Un monstre. Un garçon. Un garçon avec un nom que je peux sentir sur ma langue. Doux et sombre, comme du thé au miel. Pour contrecarrer la chaleur qui commence à se répandre sur mon visage, je lâche un rire nerveux.

– J'imagine que vous êtes un peu trop jeune pour être un vrai seigneur.

Le monstre – Rowan – se renfrogne.

– Je suis plus vieux que toi. (Quand je hausse un sourcil, il continue.) J'ai dix-neuf ans.

– Deux ans d'écart ? Oh oui, une éternité.

– Attendez, intervient Clover. Rowan, qu'est-ce que tu as au bras ? Pourquoi ne m'as-tu pas dit que tu étais blessé ? Ça a l'air horrible !

Elle tend la main vers le tissu ensanglanté enroulé autour de sa manche, puis essaie de lui toucher la main, où il a noué un bandage frais par-dessus son gant déchiré. Mais tout comme avec Florence, il la repousse.

– Ce n'est rien. Je vais bien.

Elle soupire, irritée, sans pour autant discuter. L'eau se met à bouillir et Arien retire la bouilloire du feu. Clover retourne à la table et entreprend de préparer le thé. Pendant qu'il infuse, elle sort une petite fiole en verre de sa poche. À l'intérieur, le liquide est d'un vert virulent. Elle sert le thé, puis décapsule la fiole ; un filet de vapeur s'en échappe alors qu'elle verse un peu de l'étrange potion dans chaque tasse.

Arien veut se saisir de la sienne, mais je pose la main sur son poignet.

– C'est pour quoi faire ?

– Juste vous aider à dormir, répond Clover d'un ton léger. Pour que vous ne rêviez pas.

Rowan boit son propre thé ainsi dosé sans hésiter, ensuite il me regarde, moi, puis ma tasse intacte.

– Tu penses qu'elle veut t'empoisonner ?

Son regard n'est que défi. Sans le quitter des yeux, je soulève ma tasse et avale une timide gorgée. Le thé sent l'été : les feuilles, les fleurs, un ciel clair et sans nuages.

En revanche, il a un goût affreux, pire que n'importe quel bouillon de l'herboriste.

Arien boit aussi. Il grimace et avale avec difficulté.

Clover nous montre un pot.

– Vous voulez du miel ?

Arien boit encore, luttant pour ne pas tousser.

– Mm. Non merci.

Nos yeux se rencontrent et sa bouche esquisse un sourire. Mon frère me fait une grimace et je lui réponds de la même façon. Je me force à boire une autre gorgée de thé, puis je repose ma tasse sur la table.

Rowan pousse un soupir las. Il se passe une main dans les cheveux, puis resserre le cordon qui les attache.

– Arien, il y a une chambre disponible à l'étage, la première du palier. (Il fronce les sourcils, puis me regarde.) Je suppose que je vais devoir te mettre quelque part aussi. Essaie la porte d'en face, elle devrait être déverrouillée.

– Oui, merci, vraiment, de nous avoir trouvé de la place, je lâche, avec un coup d'œil au couloir des pièces abandonnées.

Rowan ramasse le photophore et me le tend.

– Veillez à ce que je ne le regrette pas. Avant que vous montiez, nous devons discuter de certaines règles. (Bien qu'il parle ostensiblement à Arien, il est concentré sur moi.) Ne vous promenez pas partout. Ne touchez à rien.

Je pose un regard appuyé sur la bougie qu'il m'offre.

– À rien ? C'est très… peu précis.

Il me fourre le bocal dans les mains, la flamme tremblote, malmenée par ses déplacements soudains.

– Tu m'as compris. Je ne veux pas que se répète votre stupide escapade d'hier soir au chalet. Et surtout, ne vous approchez pas du lac.

J'enroule étroitement les mains autour du verre chaud jusqu'à ce qu'il me brûle presque la peau. Je réalise soudain, avec horreur, que dehors, juste après le jardin plongé dans la pénombre, se trouve l'endroit où Rowan a noyé sa famille.

Il sait que j'ai peur. Je suis sûre qu'il en est ravi. Mais je ne lui donnerai pas la satisfaction de le lui montrer.

– Je ferai de mon mieux pour me souvenir de toutes vos règles. (Je traverse la pièce, puis m'arrête dans l'embrasure de la porte.) Bonne nuit, Rowan.

À son nom, il s'immobilise un instant. Dans la lumière changeante de la flamme de la bougie, son expression vacille. Je perçois une lueur d'émotion dans ses yeux, que je ne sais pas déchiffrer.

Enfin, il tend un doigt autoritaire vers le couloir.

– Rappelez-vous ce que j'ai dit.

Arien et moi montons à l'étage dans le halo lumineux de la bougie. Nous trouvons deux chambres l'une en face de l'autre, désignées par les seules portes ouvertes dans un couloir aussi nu que l'espace d'en dessous.

Dans la chambre d'Arien, le lit est recouvert d'un édredon en patchwork et les meubles sont propres et bien rangés : commode, bureau, table. Ma chambre n'a pas été pensée comme telle, a priori. La couche de poussière est épaisse sur la cheminée et il y a un tas de feuilles mortes dans l'âtre. Les meubles sont recouverts de draps de lin.

Je me tiens dans le couloir, à tortiller la lanière de ma sacoche. Je n'arrive pas à me décider à faire un pas dans un sens ou dans l'autre. L'étage de Lakesedge a la même beauté fanée que les pièces du dessous. Mais la maison tout entière est remplie de bruits inconnus. Le vent grince à travers les murs comme un murmure. Dans la lumière tamisée, les fleurs du papier peint semblent épineuses et pointues.

Puis quelque chose palpite, au loin. Un murmure plus long et plus bas qu'une rafale de vent. Il se faufile le long du couloir et envahit l'air ambiant.

Je pose une main sur le bras d'Arien.

– Tu as entendu ça ?

Il plisse les paupières dans l'obscurité, puis secoue la tête.

– Je suis sûre d'avoir entendu un son.

La petite flamme de ma bougie projette des ombres sur les murs alors que je m'enfonce d'un pas hésitant dans le couloir. Le bruit du vent ressemble presque à des mots maintenant. Je vais vers l'une des autres portes fermées. J'actionne la poignée. Elle ne tourne pas. La maison est aussi creuse et vide que l'intérieur d'un coquillage.

Depuis sa chambre, Arien me regarde faire les cent pas.

– Tu vas user le sol, à force d'arpenter le couloir.

Il fouille dans la table de chevet, trouve une pierre à feu et la frotte à la lampe à côté de son lit. Puis il commence à déballer son sac. Moi, j'entends encore le son. Je le suis, bougie levée bien haut et oreille à l'affût, jusque dans la chambre d'Arien. C'est plus fort. Le bruit a changé.

Un froufrou humide. Comme… de l'eau. Comme s'il y avait de l'eau sous le plâtre des murs, qui dégouttait et…

Je pose la main contre le mur et ça se tait.

– Tu l'as entendu cette fois ?

– Leta. Je pense que tu devrais aller te coucher. Il est tard. (Comme je ne bouge pas, Arien me pousse doucement.) Allez. Tu n'as pas besoin de traîner toute la nuit avec cette expression peinte sur le visage.

– Quelle expression ?

– On dirait que tu t'imagines toutes les choses horribles qui pourraient m'arriver.

– Je suis sûre qu'il y a des choses auxquelles je n'ai pas encore pensé. (Nous allons vers le lit et nous y asseyons ensemble. J'appuie le menton sur son épaule.) Qu'est-ce que Rowan t'a dit, la nuit dernière, dans le chalet ? Que veut-il de toi ?

Arien se penche et délace ses bottes, puis les retire d'un coup de pied.

– Il a dit qu'il pouvait m'aider. Avec mes ombres. Il peut m'aider à les contrôler.

– Mais ce ne sont que…

Ma bouche a un goût amer et un nouveau frisson me parcourt. *Ce ne sont que des rêves.*

Le regard rivé droit devant lui, il refuse de croiser mon regard.

– Non. Non, ce n'en sont pas.

Nuit après nuit, j'ai regardé ses yeux s'assombrir. J'ai senti les ombres me piquer la peau lorsqu'elles s'échappaient de ses mains. Je me suis répété que je n'avais pas peur. Qu'elles ne me feraient pas de mal. *Ce ne sont que des rêves.* Et elles le submergeaient, elles s'emparaient de lui. Mais elles ne lui appartenaient pas.

Je baisse les yeux sur la bougie et regarde la flamme danser à l'intérieur du pot. Je respire l'odeur de la cire mielleuse.

– Arien, tu crois vraiment que tu peux lui faire confiance?

Il s'allonge avec un soupir et me tourne le dos.

– Je suis fatigué. Je veux dormir.

– Tu sais ce qui est arrivé à sa famille. Ce qu'il leur a fait.

Il enfouit son visage dans l'oreiller.

– S'il te plaît, Leta. Va te coucher. Ce n'est pas comme si le monstre de Lakesedge allait venir ici ce soir pour nous dévorer.

– Il pourrait.

– Tu seras sa première victime. Parce que tu l'as énormément agacé.

– J'aimerais bien le voir essayer.

Je me lève, emportant la bougie, puis je traverse le couloir et je gagne ma chambre. Ça sent le renfermé, en plus du camphre et de la suie de cheminée. Les coins sombres portent les signes manifestes d'un entretien négligent. Je pose ma bougie, ouvre la fenêtre pour faire entrer de l'air frais. Mais il fait chaud dehors et l'air stagne. Les rideaux se drapent autour de moi en volutes remplies de poussière. Je fouille l'obscurité, mais il n'y a rien à voir. Seulement la faible pente des collines, la silhouette des arbres et le ciel étoilé au-dessus du paysage obscurci.

Si le lac est là, il est caché par la nuit.

En rabattant le couvre-lit, je ne découvre qu'un matelas nu ; le lit n'est pas fait. Je dépose ma sacoche sur le sol, puis je m'allonge, recroquevillée sur le côté, sans quitter mes bottes, et mes genoux douloureux repliés sous ma robe. C'est la première fois que je dors seule, dans mon propre espace. Bien que la bande de couloir entre la chambre d'Arien et la mienne ne soit pas beaucoup plus large que la distance entre nos lits au cottage, elle me donne l'impression d'être aussi vaste qu'un océan.

Mes paupières sont lourdes. Je lutte contre le sommeil un moment, mais elles se ferment. Je suis si fatiguée que mes os sont comme meurtris, et la potion de Clover a tout rendu flou. Ma vision commence à s'obscurcir. Mes membres s'engourdissent. Je suis allongée dans un champ, des lianes enroulées autour de mon corps m'étouffent.

La bougie brûle jusqu'à s'éteindre.

Je suis à moitié endormie quand les cris surviennent.

Leurs sons déchirent l'obscurité. Des hululements enchevêtrés et épineux. Je m'assieds et fixe la porte ouverte. Je peux voir la forme recroquevillée d'Arien, endormi dans sa propre chambre. Ce n'est pas lui.

Je retiens ma respiration et fouille l'obscurité, essayant de donner un sens aux cris qui reviennent. Au début, ils sont incohérents, mêlés au battement sourd de mon pouls. Puis ils commencent à former des mots.

Elan… Elan… s'il te plaît…

Ce n'est pas Arien. Mais c'est le même son. Les mêmes cris. C'est le son des cauchemars. Le mot résonne, se répète encore et encore jusqu'à perdre son sens. Un nom, un appel, une prière impuissante.

Elan… s'il te plaît…

Le rideau est une tache fantomatique devant la fenêtre. La nuit se presse contre la vitre. J'attrape ma sacoche et en déboucle les fermetures en tremblant. À l'intérieur, sous mon pull, ma robe de rechange et mes pierres, se trouve une petite forme solide. Une icône.

Arien l'a peinte pour moi. Mère ne nous laissait jamais entrer dans son atelier, mais elle lui donnait parfois des bouts de bois ou des restes de peinture. Celle-ci est la première qu'il a réalisée. Les touches de couleur sont larges et floues, comme un visage vu dans un rêve. Plus un mélange de couleurs que des traits, vraiment. Les bords sont usés, polis, lisses à force d'avoir été manipulés, elle forme une ligne courbe qui se cale au creux de ma paume.

Je fais courir mes doigts sur le bois. Un chant se forme dans ma bouche, plus désordonné, plus indistinct que n'importe quelle litanie. *Protégez-nous, protégez-nous, que ce ne soit pas une erreur…*

L'air a un goût de cendre et de fumée. Un souvenir indistinct surgit, celui d'une forêt éclairée par la lune, par une nuit d'hiver. Du givre dans l'air et sur mes joues. Un poids lourd dans mes bras. Mon souffle comme un nuage de vapeur alors que je murmure dans l'obscurité. Mes mains s'ouvrent au froid. *S'il vous plaît, aidez-nous…*

Je m'enveloppe étroitement de mes bras et un frisson me parcourt.

Les cris s'atténuent et le vide s'emplit d'un nouveau son. Un silence. Un soupir. La lumière de la pièce s'adoucit. L'obscurité argentée, éclairée par la lune, noircit, clignement d'yeux après clignement d'yeux.

Les ombres commencent à se lever. *Des ombres.* Elles s'échappent des coins, lentes et alanguies, puis s'élèvent comme une brume autour des bords de mon lit. *Non, non, non…* Un courant d'air froid pénètre dans la pièce avec un sifflement. Qui gonfle les rideaux puis les rabat contre la fenêtre. Tous les tissus drapés sur les meubles claquent et s'envolent comme des oiseaux effrayés.

Des ombres. Les mêmes ombres qui se déploient des mains d'Arien quand il rêve.

Je me lève et me précipite dans le couloir. Son lit est vide. Sa chambre est vide.

Je me retourne vers la porte. Tout a disparu. Il n'y a plus qu'une couche de ténèbres épaisse sur le mur. Les ombres rampent vers moi et je recule en titubant, glacée de terreur. La pensée que cette obscurité me touche, m'ensevelisse sous elle, me remplit d'une panique désespérée.

Ça avance, me repousse de plus en plus loin au fond de la pièce, jusqu'à ce que je me retrouve sur le lit d'Arien. La plaque dure de la tête de lit est derrière moi, solide contre ma colonne vertébrale, et l'icône est un poids de plomb dans ma main. Les battements de mon cœur font résonner leur panique dans mes oreilles et pulsent fort au bord de ma gorge.

Je ferme les doigts, me rappelant l'acier froid de la porte d'entrée, comment il s'est réchauffé lentement à mon contact. Cette belle maison, avec ses fleurs sculptées, ses papiers peints défraîchis et sa beauté négligée enveloppée de lianes, me ferait-elle du mal ?

Au-dessus de ma tête, j'entends un *ploc ploc ploc* rythmé. Je lève les yeux. Le plafond est noir d'encre. Des ruisselets d'un liquide épais et sombre suintent des corniches et s'étalent sur les murs. Le sol ondule, les ombres deviennent une mare d'eau. La nouvelle et humide obscurité recouvre le sol.

L'air de la pièce s'épaissit, au point que tout sonne creux et sourd. C'est comme le silence humide de la maison du puits. Cet air silencieux au-dessus de la surface de l'eau. Je suis là, j'attends dans l'obscurité sans souffle. Je veux crier, mais je ne fais que gémir.

Je pense à Rowan, à ses mains sur mes bras quand nous étions près des arbres, à la rudesse de sa voix quand il a dit : « Je ne peux pas te promettre la sécurité. » Mon cœur se serre désespérément dans ma poitrine. Je n'ai pas peur. Je n'ai pas peur. C'est juste la lumière, juste le vent. C'est un rêve, sûrement. Les ombres d'Arien ne m'ont jamais fait de mal, et celles-ci ne me feront pas de mal non plus. *Ce ne sont que des rêves.*

Mais les ombres d'Arien ne sont pas des rêves. Ce sont des ténèbres. Une obscurité que Rowan veut lui prendre, et je…

Une autre bouffée d'air s'abat sur moi. Le froid est un baiser sur mes joues. L'eau monte, de plus en plus haut. Je suis dans le lac. Des tiges de laîche commencent à s'enrouler autour de moi… Je me gratte la gorge alors qu'elles se resserrent de plus en plus, jusqu'à m'entailler la peau. L'eau m'immerge le visage et le monde se transforme en un flou de vaguelettes opaques.

J'ouvre la bouche pour crier, mais l'eau noire et glacée se déverse dans mes poumons.

6

Je me réveille le souffle court, seule dans la chambre d'Arien. Un coucher de soleil cramoisi se répand par la fenêtre ; c'est le soir, presque une journée entière s'est écoulée pendant que je dormais. Et le cauchemar… je peux encore le ressentir. Encore le voir. Les ombres qui se sont glissées au-dessus de mon lit, l'eau noircie qui dégoulinait des murs.

C'était un rêve, c'est tout. Il n'y a pas d'ombres dans les coins. Les murs sont couverts d'un papier lisse et décoloré, les planches nues du parquet sont sèches.

D'un coup de pied, je me libère des couettes emmêlées et sors du lit. Arien a déballé ses affaires. La poignée d'objets qu'il a apportés du cottage est bien rangée sur la commode : ses pinceaux, ses peintures, un rouleau de parchemin. Sa chemise d'hier est froissée dans un coin, de la manière négligente caractéristique du soin qu'il accorde à ses vêtements.

Je lisse le tissu froissé de ma robe et peigne mes cheveux avec les doigts, tout en essayant de me raisonner. Ce qui a dû se passer, c'est ça : j'ai fait un cauchemar, je me suis glissée dans la chambre d'Arien. Je dormais profondément quand il s'est réveillé ce matin et il est parti ailleurs dans la maison. C'est tout.

Je sors dans le couloir, où tout semble aussi vide que la nuit dernière. Pas de voix. Aucun mouvement dans aucune autre pièce. Je n'entends d'autre son que l'écho de mes pas. Sur le palier, la fenêtre en arche est baignée par le soleil couchant. Je me trouve tellement en hauteur que lorsque je regarde dehors, je peux voir le domaine tout entier.

La propriété est comme découpée, selon une forme étrangement étroite, par un énorme mur recouvert de lierre. L'espace est complètement négligé, envahi de mauvaises herbes et de fleurs qui se sont étalées au-delà des bordures autrefois soignées.

Et après les fleurs sauvages et les mauvaises herbes… il y a le lac.

L'eau est noire. Comme de l'encre, plus sombre que de l'encre. C'est la même. Exactement la même eau qui a rempli ma chambre la nuit dernière, dans mon rêve.

Le rivage est noir, aussi, et déchiré. Une blessure à vif tout le long du sol. Ça fait mal à regarder. J'ai l'impression que quelqu'un m'a tailladé la peau et a laissé les mêmes cicatrices dentelées sur mon corps que sur la terre en contrebas. C'est le verre dans mes genoux, les bleus sur mes poignets, les ombres dans la nuit.

Et trois silhouettes se déplacent sur la rive du lac. Clover et Arien, avec Rowan à leurs côtés. Je le regarde poser sa main gantée sur l'épaule d'Arien et se pencher vers lui pour lui parler. Puis ils s'avancent à la lisière de la terre noircie, au bord de la ligne où l'herbe se change en boue, où la boue se change en eau.

Non, non, non.

Je m'écarte vivement de la fenêtre. Rowan Sylvanan veut l'obscurité qui est en Arien, il veut ses ombres qui sont plus que des rêves. Et maintenant, il a emmené mon frère au bord du lac où il a noyé sa famille, un membre après l'autre.

Je cours.

Je descends les escaliers en courant, traverse la cuisine, où des cocottes fument sur la cuisinière, bouillent, débordent, je sors par la porte de derrière et arrive dans le jardin.

Le crépuscule de Flordété est lourd, l'air sent le brûlé. Alors que je cours sur le chemin, des branches m'écorchent les bras et déchirent mes jupes. Le gravier s'éparpille. Mes genoux me brûlent, la douleur est vive, comme si j'avais des charbons sous la peau. Les coupures se rouvrent, le sang coule sur mes jambes.

Je cours jusqu'à ce que le jardin se transforme en forêt. Écorce blanchâtre. Feuilles mortes écrasées sous mes bottes.

– Arien !

Ma voix se perd dans les arbres.

J'atteins la rive. De près, le lac est bien pire. Une eau sombre qui avale ce qui reste de lumière du soleil. Quand je marche dans la boue, je sens le froid à travers mes bottes comme si j'avais les pieds nus. L'obscurité paraît vivante. Elle a faim.

Mes pieds s'enfoncent plus profondément à chaque pas. Je respire par petites bouffées brusques alors que je me fraie un chemin dans la boue vers mon frère.

– Arien !

Arien lève les yeux, effrayé. Ses yeux sont aussi noirs que le lac. Je suis sur le point de l'atteindre quand Rowan me devance et m'attrape le bras. Il me tire brusquement en arrière. Je tombe contre lui avec un bruit mat qui me coupe le souffle. Il m'agrippe fermement, ses mains gantées plaquées sur le haut de mes bras, et me tire loin de l'eau. Loin d'Arien.

– Lâchez-moi, lâchez-moi !

Je le frappe. Je le griffe. Il siffle entre ses dents quand mes doigts lui râpent la gorge.

– Je te l'avais dit ! (Ses yeux sont étrécis, son visage, rougi. Il est furieux.) Je t'ai dit de rester à l'écart !

Il me traîne jusqu'au rivage. Je me débats, je me débats. Je suis forte, ma force s'est construite dans le transport des seaux d'eau du puits, des paniers au village, dans les coups de hache pour le bois de chauffage. Je suis forte, mais Rowan l'est davantage. Je pourrais aussi bien me battre contre les rochers ou les arbres.

À l'orée de la forêt, il s'arrête. Nous restons face à face un instant, puis il me fait pivoter avec un grognement de frustration et me serre contre lui. Mon dos est plaqué contre son torse et je sens battre son cœur aussi vite que le mien, peut-être même plus.

Son souffle est rauque et saccadé.

– Tu ne devrais pas être ici. Je t'ai dit…

– Enlevez vos pattes de moi !

Je plante les doigts dans ses bras. Faute de pouvoir atteindre sa peau parce qu'elle est couverte par ses gants et sa cape, j'enfonce un coude contre ses côtes.

– Arrête de me griffer, bestiole !

Je me tortille contre lui. Je dois m'enfuir, je dois retourner auprès d'Arien.

– Lâchez-moi !

Au son de ma voix, Arien lève les yeux. Il hésite un instant, se mord la lèvre avec incertitude. Puis il redresse les épaules et son visage prend une expression déterminée.

– Leta, va-t'en d'ici ! Laisse-moi tranquille !

Sa voix porte clairement sur le rivage sans relief. Le choc de ses mots me prive d'un coup de toute combativité, je m'immobilise. Il se détourne et marche vers l'eau.

Clover me jette un regard compatissant, puis Arien et elle commencent à se déplacer ensemble à pas lents, comme un rituel. Cinq pas : je les compte. Leurs pas forment un cercle en pointillé, que Clover relie entre eux en faisant glisser ses doigts dans la boue. Elle conduit Arien au centre du cercle. Ils s'agenouillent ensemble. Arien appuie ses mains contre le sol.

Je recommence à me débattre contre Rowan, le ventre noué par la peur. Une série d'images confuses et terrifiantes se précipite dans mon esprit. Le lac noir, les cadavres de sa famille. Sa voix, rauque, quand il m'a parlé près de la forêt. « Je ne peux pas te promettre la sécurité. »

– Vous m'avez dit que vous ne lui feriez pas de mal !

– Je n'essaie pas de lui faire du mal. Il la répare, lâche Rowan avec un son méprisant. Tu n'as jamais vu personne utiliser l'alchimie ?

– L'alchimie ? Mais Arien, il n'est pas…

Je regarde mon frère qui se fige complètement. L'air autour de lui commence à s'assombrir. Des ombres – ses ombres – jaillissent de ses mains comme l'eau d'une cascade.

Clover retrousse ses manches. Les symboles sur ses bras rougeoient et des rais de lumière jaillissent de ses paumes. Elle touche le symbole, et la magie illumine les lignes gravées d'une touche d'or. Puis elle met ses mains sur celles d'Arien et pousse vers le bas, jusqu'à ce que la terre se referme sur leurs doigts.

– Maintenant ! (Ses dents sont serrées sur une grimace déterminée. Elle enfonce ses mains plus loin dans la boue.) Maintenant, Arien !

Mon regard commence à se brouiller et je cligne des paupières, fort. Je refuse de pleurer. Pas ici, pas devant Rowan. J'ai tellement de larmes que si je commence maintenant, je ne serai pas capable de m'arrêter.

– C'est ce que vous vouliez ? Vous vouliez vous servir de lui contre ce... contre cette...

– Corruption.

– Corruption ?

Le poids du mot me reste dans la bouche. Il a donné un nom aux ténèbres. Quand je déglutis, je sens le goût de ce mot, lourd comme l'air épais dans la clairière de la forêt, où les arbres dégoulinaient d'ombres.

Je secoue la tête, un cri incrédule coincé dans la gorge.

– Arien n'est pas... il n'est pas comme ces terribles ténèbres !

Arien se tourne et nous regardons le rivage. Son visage, ses yeux ronds sont empreints de la même douleur que lorsque Mère a mis ses mains au-dessus des bougies. Sa bouche s'ouvre, mais il ne parle pas.

– Tu penses vraiment ça de lui ? me demande Rowan. (Son étau sur mes bras se relâche et il me fixe d'un regard brûlant.) Pas étonnant qu'il ait si peur de son pouvoir, à la façon dont tu l'obliges à mentir et se cacher. Combien de temps comptais-tu prétendre que sa magie n'était qu'un mauvais rêve ?

Je me libère de l'emprise de Rowan et le gifle, fort, au visage. Il recule en titubant, porte la main à la marque rouge sur sa joue. Avant qu'il ne puisse réagir, je le repousse et je cours vers l'eau. Clover et Arien sont cachés maintenant, encerclés par les ombres. Je prends une inspiration et je plonge dans l'obscurité.

Pour tomber à genoux, dans la boue noire et froide. Au loin, j'entends la voix furieuse de Rowan qui m'appelle.

– Reviens, bon sang… Laisse-les faire !

Je tends la main et trouve celle d'Arien. Il essaie de me repousser.

– Non, Leta ! Tu vas tout gâcher !

Une secousse me traverse et la chaleur me brûle la peau. J'ai l'impression que tous mes os sont enflammés. Au centre de ma poitrine, je ressens une pression, brève et forte, mes doigts se crispent. L'espace entre nos mains bourdonne, bourdonne et brûle. Et les ombres… elles se calment. Elles s'adoucissent.

Le nuage indiscipliné se replie sur lui-même. Les volutes de ténèbres se réduisent à des spirales concentrées qui se déploient entre nos doigts serrés.

Et les ténèbres d'Arien – *ses ombres* –, leurs fils s'enroulent et se tissent avec la magie de Clover, nets comme des points de suture. Jamais ça ne s'était déroulé de cette façon auparavant. Sous son contrôle.

Pendant un moment, tout se maintient. Un treillis de magie se pose sur la terre entière, parfaitement maîtrisé.

– Ça a marché, souffle Clover.

Puis il y a une secousse. Le sol vacille sous nos pieds. Je m'appuie sur Arien, mon épaule contre la sienne, pour tenter de garder l'équilibre. Le front marqué par l'inquiétude, Clover jette un regard inquisiteur à Rowan. Une autre secousse parcourt le sol en un frisson prolongé.

Elle se lève d'un bond, tire sur le bras d'Arien et me tend la main.

– Vite. Vous deux, levez-vous. On doit…

Le sol se fissure et se soulève tant qu'il nous fait tous trébucher. Le cercle que Clover a gravé dans la boue est maintenant une blessure ouverte.

Rowan s'avance vers nous. Il attrape mon bras et commence à me tirer en arrière. Je me débats.

– Vous ne pouvez pas faire ça, vous ne pouvez pas l'obliger à faire ça !

Il ne répond pas. Ses yeux sont fixés sur Clover, sur Arien, sur le sol qui se soulève.

Des fils de magie s'échappent de leurs doigts. Clover tire Arien plus près de la blessure récemment ouverte. Sa magie étincelle autour d'eux alors qu'elle essaie de l'aider à ramener les ombres dans la terre.

– Arien ! je crie. Tu dois arrêter !

Le lac s'agite et un torrent d'eau se déverse dans la déchirure du sol. Tombe en cascade au fond de l'obscurité. Arien s'appuie sur Clover. Ses mains couvrent les siennes qui s'enfoncent dans la boue. Et sous eux, le sol se déchire, s'ouvre encore, encore.

Je ne peux pas les laisser faire ça. C'est comme… comment Rowan a-t-il appelé ce phénomène ? La « Corruption » ?

Comme si elle se défendait. Comme si elle voulait se protéger de ce que Clover et Arien tentent de faire.

Au désespoir, je tends la main vers Arien, mais l'étau de Rowan se resserre sur mon bras ; je ne peux pas m'en libérer.

– Non, gronde-t-il, supplication dure dans son souffle. Non, non, non.

Mon cœur s'emballe, la terreur lorsque la boue passe par-dessus les mains d'Arien. Elle recouvre ses poignets, ses avant-bras, s'élève jusqu'à ce qu'il soit immergé jusqu'aux coudes, son visage n'est plus qu'à un baiser du sol. Des taches d'ombre – de magie – se déplacent et tourbillonnent sous la surface de sa peau. Il grimace, montre les dents dans un grognement, les muscles de son cou se contractent sous l'effort.

– S'il vous plaît ! je sanglote. S'il vous plaît, ça va le tuer !

Arien pousse un hurlement.

Le son vient de partout, en même temps. Ce n'est pas sa voix, ça ne ressemble à aucun autre cri que je l'ai entendu pousser, même lorsqu'il était en proie aux pires de ses cauchemars. Un cri, un rugissement, un hululement, tous entremêlés. Les cris remplissent mes oreilles, mon sang, le monde.

Rowan me repousse. Il se dirige vers la blessure, vers la boue labourée. Il attrape Arien par l'arrière de son maillot, sans ménagement, le remet sur ses pieds et l'éloigne de l'eau. Je me précipite et attrape Arien dans mes bras. Mais je me tords le pied et nous tombons ensemble, rudement, par terre.

Je le tiens serré contre moi. Il a arrêté de hurler maintenant. Ses yeux sont dénués d'expression.

– Je suis là. Je te tiens.

J'écarte ses cheveux de ses joues humides de sueur, découvre les traces sombres laissées par la boue sur sa peau.

Clover se tient à côté de Rowan, au bord de la plaie.

– Il va falloir…

Elle s'interrompt, le visage marqué par l'angoisse. Rowan enlève sa cape, qu'il laisse tomber négligemment dans la boue derrière lui. Il porte la main à son poignet. Ses doigts s'accrochent à l'extrémité de sa manche, qu'il remonte plus haut que le coude, dénudant la peau au-dessus de la ligne noire de son gant.

Il a un couteau dans la main. Petit et soigné, avec la lame insérée dans le manche. Il la déplie dans un mouvement sec, bien rodé. L'acier a un bord tranchant et argenté qui brille lorsqu'il attrape la lumière du soleil déclinant. Mon estomac se vrille, je suis écœurée par l'horreur de ce qui est en train de se produire.

Rowan porte la lame à son poignet.

Tout se passe si vite. Les images se séparent en une série de flashs.

Sa peau.

Le couteau.

Une coupure.

Il s'entaille sans aucune hésitation. Cette image – de toutes – est celle qui reste quand je ferme enfin les yeux. La stabilité de sa main quand il enfonce la lame dans son bras et s'ouvre la chair.

Rowan s'agenouille dans la boue et presse son poignet ouvert contre le sol. Un rouleau de terre s'élève et s'enveloppe autour de son bras, s'enroule autour de lui, grimpe de plus en plus haut jusqu'à lui enserrer la gorge. Il reste terriblement, terriblement immobile, ne résiste même pas lorsqu'elle commence à l'entraîner vers le bas. Son bras – celui qu'il a entaillé – est maintenant complètement enfoui dans la terre. Sa tête se penche, sa bouche s'ouvre, et les volutes de ténèbres se faufilent à l'intérieur.

– Rowan, je murmure, un son aigu, blessé.

Il relève brusquement la tête. Nos yeux se rencontrent. Sa peau est veinée de sombre sur les côtés du cou. Les cicatrices, comme des traces d'épine qui lui ceignent la gorge, ressortent, en colère et en relief. Ses yeux sont cramoisis, injectés de sang, ses pupilles, énormes et noires.

C'est ça, c'est l'obscurité que j'ai entrevue la première fois que je l'ai vu. Les ombres qui délimitaient ses contours, toujours hors de portée. Maintenant elle est là, mise à nu. Je le regarde changer, son regard devenir froid tandis qu'il est envahi par une faim sauvage et cruelle.

Il soutient mon regard sans sourciller.

– Violeta.

C'est la première fois qu'il prononce mon nom. Sa voix ressemble au sifflement des vagues sur le rivage.

– Violeta, pars d'ici tout de suite.

Je laisse le monde entier se fermer. Je me ferme au bruit du lac. À la sensation du sol qui tremble. À la voix de Clover, effrayée et urgente. Je laisse tout s'effacer jusqu'à ce qu'il ne reste que la main d'Arien dans la mienne, notre peau râpeuse de boue, ses doigts devenus froids. Je me lève. Et comme un somnambule, il me suit.

Lorsque nous atteignons l'endroit où la forêt s'éclaircit avant de devenir le mince jardin de la propriété, nous manquons entrer en collision avec Florence, qui descend de la maison. Je la croise sans m'arrêter, la repousse. Elle nous appelle, mais je continue. Je ne me retourne pas.

Je serre la main d'Arien et je me mets à courir.

7

Main dans la main, avec les arbres silencieux autour de nous, c'est comme si nous étions à nouveau dans les bois près du bord de la route. Maintenant que je connais la vérité, j'aimerais n'avoir jamais fait demi-tour cette fameuse nuit. Quand le loup a blessé Rowan, j'aurais dû le laisser là, à genoux, prendre Arien et fuir loin, très loin.

Je traîne Arien dans le jardin envahi de mauvaises herbes à l'avant de la maison. Je m'affale contre le mur, essayant de reprendre mon souffle, tandis qu'un plan prend forme dans mon esprit. Nous allons courir le long de l'allée jusqu'à l'endroit où le portail en fer en forme d'arche s'ouvre sur une route. Si nous la suivons assez longtemps, nous tomberons sur le village que nous avons traversé en venant ici.

– Il faut qu'on parte, j'annonce à Arien.

– On ne peut pas.

– Comment ça ?

Il me regarde tristement, puis remonte sa manche. Sur son poignet, je découvre une marque fraîche, en relief, faite de lignes délicates, à l'instar des symboles que j'ai vus sur les bras de Clover. Il referme les doigts dessus.

– On ne peut pas. Je ne peux pas. Je n'ai pas d'autre endroit où aller.

– Arien. (Ma voix tremble.) Arien, non.

– Tu l'as vu, Leta. Tu m'as vu.

Il me lance un regard désespéré. Le noir de ses yeux a déteint, il est désormais couleur argent, mais ses doigts sont encore noircis.

– Toutes ces nuits, toutes ces fois où Mère disait qu'elle devait me réparer, reprend-il. Elle m'a fait du mal. Elle t'a fait du mal. Et je ne pouvais pas l'en empêcher. Je ne pouvais rien faire. Maintenant je peux. Je veux rester. Je veux apprendre à utiliser ma magie. Clover va m'apprendre.

– Alors c'est ça, l'aide que Rowan t'a promise, je rétorque d'une voix mêlée de colère qui donne à ma bouche un goût plus amer que le thé le plus corsé. Clover va t'enseigner l'alchimie et, en retour, tout ce que tu auras à faire, c'est de risquer ta vie. Tu as vu ce que la Corruption a fait à Rowan.

Un regain d'horreur m'envahit quand je revois ses yeux injectés de sang, la façon dont il était assis, immobile et sans résistance, alors que la terre rampait sur lui.

– Et si ça avait été toi ? j'insiste.

Mais Arien n'en démord pas.

– Je m'en fiche si c'est dangereux. Au moins, ici, personne n'a peur de moi.

Sur ces mots, il détourne rapidement le regard, les joues rougies. La suite reste en suspens entre nous, un non-dit. *Ici, personne n'a peur de moi, sauf toi.*

Je ne voulais pas qu'il sache ce que je ressentais vraiment, mais il le sait. Bien sûr qu'il le sait. Et maintenant, il s'en remet à un monstre qui lui donnera ce que j'ai été incapable de lui offrir. Qui a vu ses ombres, sa magie, et n'en a pas eu peur.

Les larmes que j'ai retenues jusqu'à présent se déversent.

– Tout ce que je voulais, c'était te protéger.

Arien pose la main sur mon bras. Il est sur le point de parler lorsqu'un bruit déchire l'obscurité en provenance de l'arrière de la maison. Je m'approche sur la pointe des pieds, en restant près du mur, et je vois Rowan revenir à l'intérieur. Florence l'aide d'un bras passé autour de sa taille. Il marche la tête baissée, le visage caché par ses cheveux.

Sur leur passage, ils laissent une sombre traînée de sang, goutte à goutte sur les pierres.

Clover les suit, l'air las, la lanterne à la main. Elle est couverte de boue. Elle en a partout : au bout de ses tresses, sur ses lunettes, son visage. Elle lève les yeux et me remarque ; je l'entends murmurer quelque chose aux autres, pour les inciter à avancer.

Elle contourne la maison et nous rejoint. Elle touche la joue d'Arien, la mine inquiète.

– S'il te plaît, ne t'enfuis pas.

Il lui adresse un sourire faiblard.

– On ne s'enfuit pas.

Je m'interpose entre eux.

– Bon sang, Arien. Comment peux-tu agir comme si Rowan t'avait donné le choix, alors qu'il t'a pourchassé, qu'il t'a menacé ?

Clover tire sur une tresse, qu'elle enroule autour de ses doigts boueux.

– Violeta, ce n’est pas ce que tu crois. Le rituel n’était pas censé se passer ainsi.

– De quelle partie parles-tu ? Quand le sol s’est ouvert, ou quand le monstre de Lakesedge s’est entaillé pour nourrir cette… chose ? je siffle entre mes dents serrées. Je veux savoir ce qui se passe. Je veux connaître la vérité.

– Ce n’est pas si facile à expliquer.

– Tu es complice, tu aides quelqu’un qui a assassiné sa famille. Tu as forcé mon frère à pratiquer la magie noire. J’ai bon ?

Arien me jette un regard furieux.

– Leta, ce n’est pas sa faute.

Je donne un coup de pied dans le sol, agacée, sachant que je devrais m’excuser. Mais même si Arien a raison, même si ce qui vient de se passer n’était pas vraiment la faute de Clover, je suis toujours en colère. Contre elle, contre tout le monde.

– Tu peux au moins essayer de me dire ce que tu fais ici ?

– Tu as raison, Violeta. Tu mérites de savoir. Tu as vu un arbre mort, n’est-ce pas ? me demande Clover. Rowan m’a raconté ce qui s’est passé dans les bois, pendant que vous reveniez ici.

– Oui. Et l’amanderaie près de notre village a été infestée au cours d’une Fauchaison. Mais la Corruption… tu ne vas pas me dire que c’est la même chose qu’un arbre empoisonné.

Elle tend les deux mains, donnant l’impression de soupeser quelque chose dans ses paumes.

– C'est à la fois pareil et différent, répond-elle. Il y a la lumière, il y a l'obscurité, et généralement elles s'équilibrent. Et quand un déséquilibre survient entre elles, c'est comme une blessure. La magie dans cette partie du monde – dans le sol près du lac – est empoisonnée. Rowan m'a dit qu'il avait envoyé Florence brûler les arbres au bord du chemin. Qu'ont-ils fait avec le verger près de ton village ? La même chose ?

– Oui. Le gardien a ordonné qu'il soit brûlé.

– La Corruption, ce n'est pas comme ça. Il ne suffit pas de couper ou de raser un morceau. Mais dans les Maylands, j'ai étudié les infestations et j'ai créé un sortilège qui peut réparer la terre, pour éviter de devoir tout brûler.

Des pensées affluent à mon esprit : de choses lointaines que j'ai essayé d'obtenir. Midiver. Mes parents gisant au sol à côté de notre maisonnette. Une torche approchée des murs. Le feu strié d'étincelles orange sur le ciel froid de la nuit.

Je secoue la tête, repousse le souvenir.

– Alors tu comptes débarrasser Lakesedge de la Corruption grâce à ton sort ? Et le sang alors ?

Je me frotte le poignet en repensant au couteau sorti par Rowan. À son expression hideuse et résolue quand il s'est coupé, comme si ça ne lui faisait même pas mal.

– Ça aussi, ça fait partie de ton sortilège ? j'ajoute.

Clover soutient mon regard sans ciller, tandis que je déglutis, au bord de la nausée.

– Oui. La Corruption réagit à son sang et j'utilise son sang dans mon sort. À chaque pleine lune, Rowan et moi essayons de réparer la Corruption. Mais jusqu'à présent, ça n'a jamais fonctionné.

Arien s'avance et tend les mains.

– Parce qu'il manquait quelque chose. La magie de Clover est lumineuse, et la mienne est... sombre. Nous nous équilibrons l'un l'autre.

Clover lui adresse un bref sourire.

– Aucun alchimiste ne peut élaborer le genre de pouvoirs magiques que tu possèdes. C'est vraiment notre seule chance de réparer la terre.

Elle renverse la tête en arrière et l'appuie contre le mur, puis lâche un soupir chaud et las dans la nuit chaude et lasse.

– Je suis certaine que nous pouvons y parvenir si nous travaillons ensemble, conclut-elle.

Je la revois pendant le rituel : les dents serrées, les doigts fermés autour du poignet d'Arien. Sur le moment, je l'ai trouvée impitoyable, maintenant elle a juste l'air usée et petite.

Je repense au verger infesté de Greymere, aux habitants qui s'étaient tous rassemblés autour du champ, après que les arbres avaient été brûlés et que les cendres avaient refroidi. On avait allumé des bougies. On avait planté les mains dans le sol calciné et mélangé les cendres à la terre en chantant la litanie d'automne. Puis, l'année suivante, on a planté d'autres arbres. Ils ont poussé, et bientôt on aurait dit qu'il ne s'était jamais rien passé.

Arien pourrait-il faire la même chose ? Utiliser ses ombres pour réparer la Corruption, pour transformer le rivage noirci et le lac noir d'encre en sable et en eau claire ?

Je me tourne vers lui et pose une main sur son bras.

– Arien, s'il te plaît.

– Je veux le faire, Leta. Je veux aider. Rowan t'a sauvée dans les bois, ajoute-t-il d'une voix radoucie en me regardant avec solennité. Il n'était pas obligé de revenir pour toi, pourtant il l'a fait.

Je laisse échapper un rire sec.

– Il m'a sauvée uniquement parce qu'il voulait que tu l'aides.

– C'est vraiment ce que tu penses ?

Je ferme les yeux pour repousser la pensée de Rowan, de la façon dont il m'a parlé à l'orée des arbres. La façon dont son pouce a effleuré les bleus à mon poignet.

– Il voulait qu'on se sente redevables.

Arien soupire.

– Ou peut-être qu'il était inquiet pour toi.

– Si on reste… (Je m'interromps, laisse les mots s'installer dans ma bouche.) Ce sera pour toi, Arien. Parce que tu veux être ici, pas parce qu'on lui doit quelque chose.

Arien lève le menton.

– Je veux être ici, Leta.

Les yeux de Clover sont pleins d'espoir.

– Alors vous allez revenir dans la maison ?

Je ne fais pas confiance à ma voix. Je déglutis, péniblement. Sens le goût du sel et de la cendre.

– D'accord.

On marche jusqu'à la porte d'entrée. Avant qu'on la franchisse, je lève les yeux vers la maison. Tout est sombre, à l'exception d'une des fenêtres tout en haut, où luit une lumière diffuse. Le type de lumière qui proviendrait d'une bougie d'autel, presque consumée. Je m'imagine

Rowan caché dans sa chambre. Son bras tailladé. Des traces d'obscurité en train de s'effacer sur sa peau.

Le hall d'entrée est immobile et silencieux. J'ai l'impression de commettre une grave erreur en revenant ici au lieu d'être sur la route, loin du monstre de Lakesedge et de son horrible, de son maudit domaine.

Clover nous précède devant des rangées de portes fermées. Je pose les yeux sur les lianes sculptées dans les panneaux de bois au mur, les motifs du papier. *C'est votre maison maintenant.*

Je serre les dents et j'essaie de retrouver un peu de l'émerveillement que j'ai ressenti la veille, à notre arrivée, avant mes rêves d'eau noire et de voix qui murmurent. Quand j'ai vu la beauté fanée du manoir et que j'ai senti en lui un ami potentiel.

Après l'obscurité du hall, la cuisine est lumineuse. Je me tiens dans l'embrasure de la porte, une épaule contre le cadre en bois. Je laisse ma vision redevenir nette jusqu'à ce que tout se transforme en une lueur orangée.

La cuisine est remplie de la vapeur des casseroles qui mijotaient sur le fourneau un peu plus tôt. La table est couverte d'écheveaux de bandages. À côté d'eux se trouve un bol en émail, au fond éclaboussé d'un liquide sombre, couleur d'encre. Un tissu taché de sang est froissé dans le reste d'eau. Mon estomac se vrille. Je détourne rapidement le regard.

Florence entre dans la pièce. Elle est tachée de boue, aux endroits où Rowan s'est appuyé contre elle, et il y a une trace de sang sur une épaule de sa robe. Elle nous regarde, passe une main dans les pointes de ses cheveux et soupire.

– Eh bien. Vous avez tous besoin d'un bain, d'un dîner et d'environ dix ans de sommeil. Asseyez-vous.

Elle commence à débarrasser la table, entrant et sortant de la pièce dans un bruissement de jupes. Elle fourre les bandages au fond d'un panier, puis prend le bol avec son contenu répugnant et le dépose dehors. Arien se balance d'un pied sur l'autre à côté de moi, puis s'avance en titubant et s'affale sur une chaise.

Je m'assieds à côté de lui.

– C'est une très mauvaise idée.

– Je ne sais pas, dit Clover. J'ai bien aimé ce qu'elle a dit sur le dîner.

Je ferme les yeux et me masse les tempes. J'ai mal à la tête. Ma robe est collée à mes genoux en deux taches sombres, là où mes coupures ont saigné.

Ma peur et ma panique de tantôt se sont transformées en un état de choc glacé, et je me suis mise à grelotter. Tout ce que j'ai vu ce soir ressemble à un horrible cauchemar. Ma ruée vers le lac, le sol noirci, la façon dont il s'est ouvert sur cette affreuse blessure insondable. Ça ne semble pas réel.

L'idée qu'on va rester ici, non plus, ne semble pas réelle. On va aider le monstre à combattre les ténèbres ?

La bouilloire commence à fredonner. Florence sort un nouveau bol et nous donne à chacun un tissu propre et plié. Elle remplit le bol d'eau chaude, y verse des herbes séchées, puis une poignée de sel. La vapeur d'eau monte. L'amertume emplit l'air tandis que les herbes s'imprègnent et que le sel se dissout.

Clover déboutonne les manches de sa robe brodée et les retrousse. Une fois que l'eau a suffisamment refroidi, elle prend un chiffon, le trempe dans le bol et entreprend de frotter la boue qu'elle a sur elle. Puis Arien remonte ses manches à son tour et se nettoie les mains avec un tissu propre.

Quand il a fini, je trempe mon chiffon dans l'eau. Je suis sale, mais fais de mon mieux pour laver la boue sur mes mains et mes bras. En dessous, la peau est sensible. Comme une ampoule ou une brûlure. Je regarde Arien. Ses mains sont pareilles : rougies et douloureuses aux endroits où la boue les a touchées.

Je pense à Rowan, plié en deux par terre. La façon dont les volutes de ténèbres lui ont couvert les bras, le visage, avec avidité. Si ces simples petites traces de Corruption nous font mal comme ça, quelles souffrances a-t-il dû endurer, lui ? J'agrippe le rebord lisse de la table de la cuisine et tente de réprimer un frisson.

– Combien de fois encore devras-tu faire ça ? je demande à Arien. Est-ce que le jeu en vaut la chandelle ?

Florence pose une assiette devant moi.

– Rowan ne fait pas ça pour le plaisir, Violeta. Il ne demande à personne de risquer plus que ce qu'il affronte lui-même.

Je soupire et m'empare de ma fourchette. Mon estomac se dénoue assez longtemps pour gargouiller lorsque je vois le repas. Orties et pois gourmands, fraises sauvages, tomates découpées en quartiers et saupoudrées de sel. De la nourriture d'été. On mangeait ça à la maison, quand il faisait trop chaud pour allumer le feu dans le fourneau.

Puis le thé. Clover verse encore des fioles de son liquide vert dans les tasses. Ça siffle et ça fume.

– Tu sais, c'est dégoûtant, lui dis-je.

Elle semble offensée.

– C'est un médicament !

Arien étouffe un rire dans le bout de sa manche.

– Leta a raison. Comment quelque chose qui sent si bon peut-il avoir si mauvais goût ?

– Ce n'est pas censé avoir bon goût. De toute façon, vous n'en aurez plus besoin très longtemps. Plus on utilise sa magie, plus on apprend à la contrôler, moins on rêve.

Je fais tourner la tasse dans mes mains.

– Pourquoi tu m'en as donné, alors ? Je n'ai pas de pouvoirs magiques.

– Ça t'aidera quand même à dormir. C'est pour ça que Rowan en boit.

– Je ne pense pas que ça fonctionne. J'ai fait des rêves horribles la nuit dernière.

Je bois le thé rapidement, en tâchant de passer outre son amertume. Arien avale le sien avec une grimace.

– Le rituel va devenir plus facile, ajoute Clover. Nous avons jusqu'à la prochaine pleine lune avant de pouvoir réessayer. Ça nous laisse le temps de nous préparer. Cette tentative…

– A été un désastre.

– Leta, je ne veux pas qu'on se dispute là-dessus, dit Arien, qui tripote le bord de sa chemise, là où les poignets sont couverts de boue. Ils ont besoin de moi.

– Tu devrais laisser Rowan combattre ses ténèbres lui-même, je réplique.

Florence s'assied et appuie ses coudes sur la table.

– Quoi que tu aies entendu sur Rowan, toutes ces histoires, ce n'est pas vrai, déclare-t-elle en plongeant ses yeux dans les miens.

– Vous voulez dire qu'il n'a pas tué toute sa famille ?

Sa bouche se pince.

– Il n'est pas cruel, Violeta, intervient Clover d'une voix calme. Il veut aider ton frère, pas lui faire du mal. D'accord, on a besoin de la magie d'Arien pour mon sortilège, mais en retour, je lui enseignerai l'alchimie. Tu ne veux pas qu'il apprenne ?

Une boule se forme dans ma gorge. Je regarde les doigts d'Arien, tachés de noir par les ombres. Les marques me rappellent quand il était petit et que Mère nous avait donné un morceau de pâte pour façonner un tout petit pain. J'avais dit à Arien de surveiller le fourneau, et quand j'étais revenue du jardin, je l'avais trouvé en train de le surveiller, oui, mais de la fumée s'échappait par les interstices du poêle et le pain brûlait. Nous l'avions mangé quand même, j'avais tartiné de miel les bords calcinés. C'était sucré et merveilleux.

Ce pain brûlé avec quelques gouttes de miel… Les douces mains d'Arien qui répandent de la magie noire… Depuis toujours, je cherche à le protéger des ténèbres. Mais maintenant, il semble que la seule façon pour lui d'être, sinon en sécurité, du moins heureux, c'est d'appeler les ombres plutôt que de les chasser.

J'exerce une pression sur sa main.

– Je suis désolée. Je t'aime.

Remplis de larmes, ses yeux brillent à la lumière du feu.

– Je t'aime aussi, Leta. Et je sais que tu t'inquiètes pour moi, mais je veux le faire. (Il se redresse.) Si je peux apprendre à utiliser les ombres, à les contrôler, je n'aurai plus à avoir peur. Je veux apprendre à être un alchimiste.

Fatiguée, je me penche pour délacer mes bottes. Ma robe est tout abîmée, l'ourlet est arraché là où je l'ai déchirée dans les bois, le reste du tissu est souillé de boue noircie. Je replie mes jupes et enlève mes bas. Maintenant qu'ils sont secs, les tissus qui me bandent les genoux sont devenus raides et sombres. Les mains tremblantes, je les ôte. Les coupures ne sont pas belles à voir. La peau est rouge vif sous la croûte de sang.

Clover hoquète lorsqu'elle voit leur état et échange un regard horrifié avec Florence.

– Je pourrais… commence-t-elle en me jetant un regard nerveux. Je pourrais te les réparer.

– Les « réparer » ?

Je la dévisage, perplexe. *Réparer*. C'est le mot qu'elle a utilisé pour décrire ce qu'ils essaient de faire avec la Corruption. C'est étrange de penser qu'avec la magie, la terre et ma peau peuvent être réparées comme un drap déchiré.

Elle se rend dans l'office à côté de la cuisine et revient munie d'un étui de bois clair. D'un geste habile, elle l'ouvre. Il y a une lueur de fierté dans ses yeux quand elle m'en montre le contenu. La mallette est divisée en compartiments qui, chacun, abritent des trésors. Rangées de minuscules pots avec bouchon, pierres polies, fagot de minces bougies en cire d'abeille. Papiers pliés, crayon à manche de nacre, bouteille d'encre bleu vif.

Arien regarde l'étui, avide et curieux. Son visage me rappelle moi, à Greymere, lorsque je voyais des jarres de bonbons dans la vitrine d'un magasin.

– Tu vas la laisser faire ?

Il lève les yeux vers moi, les dents enfoncées dans sa lèvre. Je vois cet instant comme une chance. Une façon pour moi de dire à Arien toutes les choses pour lesquelles je ne trouve pas de mots. *Je suis désolée. J'ai eu peur de tes ombres, de ta magie, mais jamais de toi.* Je hoche lentement la tête.

– Tu peux me réparer.

Clover s'accroupit sur le sol.

– Je dois toucher ta peau pour vérifier ce dont j'aurai besoin pour le sort, m'annonce-t-elle doucement. Je peux ?

Je hoche à nouveau la tête. Elle pose ses mains sur mes genoux. Ferme les yeux. Puis elle se rassied et presse ses doigts les uns contre les autres en comptant tout bas, comme si elle faisait une addition.

– Il restera des cicatrices en guise de paiement.

Je ne comprends pas bien ce qu'elle veut dire. Mais elle se montre délicate quand elle mouille un tissu et nettoie le sang. Ça pique. Elle prend un petit pot dans sa mallette, rempli d'une pommade odorante, et en enduit les coupures. Avec son stylo, elle dessine rapidement un symbole sur son poignet. Puis elle se penche plus près, les yeux concentrés. Fascinée, je regarde les entailles changer de couleur. Elles ne deviennent pas noires comme celles d'Arien, mais d'un doré clair. Clover pose ses paumes chaudes à plat sur mes genoux.

Je grimace à son contact, serre les paupières.

Une pression, un murmure. Ma peau se réchauffe en picotant. Et puis, je suis réparée.

J'ouvre lentement un œil, puis l'autre. Clover hausse un sourcil.

– Qu'est-ce qu'il y a ? Tu as peur que je te transforme en grenouille ?

– Bien sûr que non.

Elle me montre sa main. Sur sa paume ouverte, comme une offrande, il y a de minuscules bris de verre. Ils étaient toujours là, enfouis sous ma peau. Les coupures ont saigné, mon corps essayait de guérir autour de ces échardes cachées. Je me lève et je les lui prends pour jeter les morceaux de verre parmi les charbons ardents du poêle.

Florence vient se placer à côté de moi et pose une main hésitante sur mon épaule. Je me rappelle la vivacité avec laquelle Rowan s'est détourné d'elle au bord du chemin. Peut-être s'attend-elle à ce qu'on la repousse chaque fois qu'elle tend la main. Mais je la laisse me toucher. Je la laisse passer doucement ses doigts dans mes cheveux.

– Je suis heureuse que tu aies décidé de rester, Violeta.

Ses doigts me peignent soigneusement, défont les nœuds de mes boucles. Son contact, la lumière du feu, l'odeur de la cuisine, mélange de cendres du fourneau et de sucre brûlé, ça me fait du bien. Rien qu'un instant, je me sentirais presque en sécurité. Mais aucune preuve de gentillesse n'effacera la réalité de ce qui se trouve dehors, au-delà des murs de la maison.

Parce que le lac est là-bas. Qui attend et qui réclame.

8

En traînant des pieds, je remonte à l'étage dans la chambre qui est maintenant la mienne. À la lumière vacillante des bougies, elle est à peu près identique. Un lit défait. Des meubles recouverts de draps. De la poussière, de la négligence et une fenêtre ouverte sur la chaude nuit d'été.

Je fais les cent pas en un cercle agité entre le lit, la fenêtre et la commode. J'arrache les tissus des meubles, jusqu'à ce que le sol en soit jonché et que l'air ne soit plus qu'une brume de particules de poussière. Une fois tout découvert, la pièce semble plus vivante, plus éveillée que la nuit dernière. Mais elle ne me fait toujours pas l'effet d'être à moi.

Quand j'imaginais où nous pourrions aller, ce fameux jour au village où Arien a suggéré de nous enfuir, rien ne ressemblait à cet endroit. Pourtant, nous sommes là, dans ce lieu étrange et hanté. Je tourne et retourne cette pensée dans ma tête en arpentant la pièce. Qui est à moi désormais. Et Lakesedge sera ma maison.

Il y a des draps pliés à l'intérieur de la commode. Ils sentent le camphre et des plis quadrillent le tissu. Je fais le lit, puis j'enlève ma robe déchirée et tachée. Je la fourre dans l'âtre où le feu est éteint, car je la veux aussi loin de moi que possible.

J'enfile ma chemise de nuit et m'allonge sur les draps frais.

Ma bouche a un goût amer et je suis si fatiguée que tout semble flou, comme si j'étais sous l'eau. Je passe les doigts en long et en large sur les plis de la couette. Je pense à Arien, dans sa chambre, déjà endormi. Demain, il commencera à apprendre à utiliser sa magie.

Il est dans mes rêves quand je dérive lentement vers un sommeil agité et dispersé. Nous sommes dans les bois de Vair. Notre famille est morte, notre village a été emporté par la fièvre, notre chalet, réduit en cendres. Les arbres se dressent autour de nous comme des sentinelles sous le givre. Ma respiration affolée crée des nuages de vapeur. Arien pèse dans mes bras, et il est si lourd que je peux à peine le porter. Nous nous enfonçons à travers la forêt. Dans la nuit froide et immobile. Les ombres commencent à s'allonger sur le sol glacé.

Une voix m'appelle à travers l'obscurité.

Les ombres rampent vers nous, de plus en plus près.

Puis tout s'estompe et se transforme.

Je suis de retour dans ma nouvelle chambre. La bougie est consumée ; la lumière argentée de la pleine lune brille à travers le carreau. Le vent agite les rideaux de dentelle qui volètent comme de blancs fantômes. Des sons étranges proviennent de l'extérieur. Le bruissement des feuilles, le cri lointain d'un oiseau de nuit. En tremblant, je me détortille de mes couvertures et m'assieds.

L'air commence à scintiller, comme la lumière qui se reflète sur la surface de l'eau. Une gouttelette atterrit sur ma joue. Puis une autre sur le dos de ma main. Une tache humide, noire comme de l'encre. Je lève les yeux, le cœur battant. Le plafond est une mare ombragée, floue, ondulée et dégoulinante.

L'air est froid, froid comme une forêt en plein hiver, froid comme les bois de Vair.

Ma chambre est remplie d'eau, qui se déverse sur les murs et s'accumule dans les coins. Elle commence à se répandre sur le sol. Elle monte et monte, jusqu'à ce que des vagues noires et froides déferlent sur mon lit. Le souffle coupé, un son horrifié s'échappe de ma gorge. C'est exactement comme l'eau du lac.

Mais ce n'est pas réel. C'est juste un rêve. Le même rêve que la nuit dernière.

Je ferme les yeux et me recroqueville sous ma couette détrempée. J'inspire profondément, tant et si bien que mes poumons sont remplis de l'odeur du camphre, de la poussière et des pétales de rose. Tout ce que j'entends, c'est un *chhh chih chhh*, qui pourrait être le vent, le lac ou ma propre respiration erratique.

Puis un autre son traverse le mur. Doux pour commencer, comme le vent qui siffle et vibre dans les carex. Puis il se tord et s'aiguise, tournoie autour de moi, jusqu'à ce que le murmure se change en voix.

Dis-moi ton nom.

Je me recroqueville un peu plus et j'essaie de ne pas écouter. Rien de tout cela n'est réel. Ni les ténèbres, ni la voix, ni l'eau sur les murs.

Le son revient, plus proche maintenant. Entre mes côtes, je sens une déchirure aiguë. Comme si on venait de tirer sur un fil noué autour de mes os.

Dis-moi ton nom.

– Violeta.

C'est sorti tout seul, sans prévenir.

Ouvre les yeux, Violeta.

Je pense à la jeune fille dans le labyrinthe. Qui a affronté un monstre avec seulement une pelote de ficelle serrée dans ses mains. Je ne veux pas regarder. Mais je ne veux pas rester allongée ici à trembler dans le noir. Alors j'ouvre les yeux.

La pièce est vide. Le coin, juste un coin. Argenté et sombre. Le sol, rien qu'un sol. Des planches nues et sèches recouvertes d'une patine de poussière. Je rabats la couette, tends une main et touche le mur. Il n'y a pas d'eau. Juste du papier décoloré, rugueux sous la pulpe de mes doigts.

Il y a des monstres dans les bois, dans ce monde. Il y a un monstre dans l'ombre, et maintenant il connaît mon nom.

Je m'affale sur le lit. Je ne peux m'arrêter de frissonner. Parce que les vraies horreurs de Lakesedge ne sont pas dans cette chambre. Elles sont sur la rive noircie d'un lac sans fin, dont un monstre a nourri le sol de son sang. Où mon frère ira, avec ombres et magie, pour essayer de tout réparer.

Je suis réveillée par un coup violent à la porte. Je me dresse dans une pièce inondée de la lumière dorée du jour qui filtre à travers la fenêtre. Je me passe les mains sur le visage et regarde autour de moi. Tout est tel qu'avant mon sommeil, la pièce n'a pas été touchée par l'eau, le sol est jonché des draps que j'ai retirés des meubles.

Nouveau coup à la porte, rapide et impatient. Désorientée, je sors péniblement du lit et traverse la pièce.

Le monstre est devant ma porte.

Quand il me voit, il recule d'un pas. Il me jette un regard, puis se détourne aussitôt.

– Tu dormais ?

Je croise les bras. Je suis en chemise de nuit – coton fatigué, reprise mal rafistolée à une épaule. Mes cheveux ne sont plus qu'un énorme nœud.

– Oui, je dormais.

– C'est l'après-midi.

– Ces derniers jours ont été épuisants.

Il hausse un sourcil. Puis sa bouche s'ouvre sur le plus infime des sourires.

– Un doux euphémisme.

Je cherche sur son visage des traces de ce que j'y ai vu hier soir, pendant le rituel. De la créature qu'il est devenu quand il a été entaillé, piégé et consumé par la terre noircie. Mes yeux passent des cicatrices sur son visage à celles sur sa gorge. Je sais qu'elle est là, la noirceur, qu'il est là, le mal.

Mais à la lumière du jour, il est facile de croire que Rowan Sylvanan n'est qu'un garçon plein de vivacité, doté d'un beau visage aux yeux cernés par la fatigue.

Il soutient mon regard sans ciller ni parler, mais il ne s'éloigne pas.

– Vous m'avez réveillée pour une raison précise, ou… ?

– Ah. Oui. J'ai apporté quelque chose.

Il retourne dans le couloir. S'ensuit un bruit, le raclement du bois sur le bois, puis il revient avec une grosse malle. Pendant qu'il la transporte dans ma chambre, sa manche remonte. Il a ses gants, comme d'habitude, mais entre le revers de sa chemise et le bord de son gant, je distingue un bandage en lin propre enroulé autour de son poignet.

Je repense à la façon dont il a enfoncé le couteau dans son bras. La froideur dans sa voix quand il a prononcé mon nom. *Pars d'ici tout de suite.*

Il pose la malle au bout de mon lit. Quand il remarque mes yeux fixés sur son bandage, il redescend sa manche.

– Clover m'a dit qu'elle utilisait votre sang dans les rituels. (En même temps que je le dis, mon estomac se vrille à cette idée.) Vous êtes obligé de vous couper comme ça chaque fois ?

Ignorant ma question, il désigne le coffre d'un geste du menton.

– Vas-y, ouvre.

Je m'accroupis et passe les doigts sur le couvercle. Le bois poli sent la cire d'abeille. Le fermoir terni s'ouvre pourtant en douceur quand je le soulève. À l'intérieur, soigneusement pliés, il y a des vêtements. Assez pour constituer toute une garde-robe d'été, emballée dans du papier comme des bonbons dans un bocal. Des chemises de nuit, des débardeurs, des chasubles, des chaussettes à rubans. Et des robes. Tellement de robes. Je passe les doigts sur les plis du papier.

– À qui sont ces affaires ?

Rowan m'adresse le même regard que lorsque je lui ai demandé son nom. Visiblement, la réponse devrait être évidente.

– À toi.

– Mais j'ai déjà des vêtements.

Il regarde la cheminée, où ma robe tachée forme un petit tas.

– Je n'ai jamais prétendu le contraire.

Je referme le couvercle de la malle et vais ramasser ma robe dans l'âtre. Je passe les doigts sur l'ourlet déchiré, puis sur la broderie que j'ai cousue autour de l'encolure et des poignets. J'étais si fière quand je l'ai confectionnée. La ceinture de lin vert foncé, les détails brodés… Maintenant, pourtant, tout ce que je vois, c'est l'ourlet irrégulier, les accrocs et les effilochures.

– Je ne veux rien de vous. À l'exception de la promesse qu'Arien ne risque rien, or je sais que vous ne me la donnerez pas.

Rowan se passe une main dans les cheveux et soupire.

– Je pensais ce que j'ai dit quand je suis venu dans votre cottage. Je vais l'aider. Clover et lui ont déjà commencé leurs leçons dans la bibliothèque.

Je pense à Arien, à l'éclat que l'envie, l'espoir ont donné à son visage, lorsque Rowan lui a fait son offre. Puis la peur qui est apparue quand il a expliqué à Arien ce qu'il lui ferait s'il n'allait pas à Lakesedge.

– C'était un tour cruel, vous savez. La façon dont vous l'avez menacé pour qu'il soit obligé de venir avec vous.

– J'avais besoin qu'il soit ici avant la pleine lune. Le temps manquait pour lui expliquer toute la vérité.

– Et vous pensez que ça excuse votre conduite ?

Il s'approche et adoucit sa voix.

– Il n'a plus à cacher qui il est à présent.

J'enfonce les ongles si fort dans mes paumes qu'ils laissent de petits croissants sur ma peau.

– Ne faites pas comme si c'était un cadeau que vous lui offriez. Si vous vous souciiez vraiment d'Arien, vous la combattriez vous-même, votre Corruption.

Lentement, Rowan attrape sa manche. Il la remonte au-dessus du coude et me montre son bras nu. La peau autour du bandage de lin est scarifiée, d'anciennes blessures irrégulières, abîmées et mal cicatrisées.

– Je l'ai combattue, Violeta. (Il prononce mon nom doucement, comme un sortilège.) Je la combats encore. Et si j'avais un autre moyen, n'importe lequel d'y parvenir sans ton frère, je le ferais.

Je n'arrive pas à détourner le regard de son bras tendu. Les cicatrices, les coupures. Avant de pouvoir m'en empêcher, j'ai posé les doigts dessus, d'un mouvement presque inconscient. Ma main effleure sa peau. Il tressaille, mais se laisse toucher.

– Combien de fois avez-vous fait ça ?

– Clover est venue ici il y a environ un an avec son sort pour le rituel. Elle et moi avons travaillé ensemble pendant douze lunes, plus ou moins.

– Plus ou moins ?

– Avant qu'elle n'arrive, j'avais essayé tout seul.

J'imagine le même processus impitoyable du rituel – lame, peau, coupure – répété encore et encore, lune après lune. Tellement de fois qu'il en a perdu le compte.

– Comment tout cela a-t-il commencé ?

Il baisse les yeux, ses cils voilent son regard. Il reste silencieux un long moment.

– Ça a commencé parce que j'ai fait quelque chose de terrible.

– Vous voulez parler de ce qui est arrivé à votre famille ?

– Oui. (Il n'y a pas de remords dans sa voix, pas du tout.) Ça, et bien d'autres choses encore.

– Vous les avez vraiment noyés, n'est-ce pas ?

– Je te l'ai déjà dit. Tout ce qu'on dit de moi est vrai.

Mon cœur se met à battre plus vite. Je cligne des yeux, mais tout ce que je vois, c'est de l'eau sombre. L'eau du lac, l'eau qui remplissait ma chambre quand je rêvais. Le lac a pris leur vie, et maintenant l'eau, le rivage, la terre sont empoisonnés et infestés.

– Donc tout est votre faute. Et vous voulez maintenant qu'Arien arrange ça.

– Oui.

Ma main est toujours sur son bras. Je serre les doigts plus fort, le regard fixé sur la cicatrice juste au-dessus de son poignet, guérie depuis longtemps et pâlie. Il prend une brusque inspiration.

– Vous avez peut-être passé douze lunes et plus à vous faire du mal de cette façon (je lève mes yeux vers les siens), mais je ne vous laisserai pas lui faire la même chose.

Une expression étrange passe sur le visage de Rowan. La même que dans les bois, quand il était blessé et que j'étais sur le point de m'enfuir. La même qu'à la lumière du feu, quand je l'ai surpris en train d'écouter mon histoire.

– Arien veut rester, il veut aider. Mais… (Je retire ma main.) Ne le menacez plus jamais. Si vous voulez autre chose d'Arien, prenez le temps de lui dire la vérité.

– Je le ferai.

Je retourne vers la malle, m'agenouille et ouvre le couvercle. Une partie de moi désire toujours refuser le cadeau de Rowan, mais ma main plonge déjà à l'intérieur, comme de son propre chef, pour déplier le papier de soie. La soie, le coton et les rubans dansent sous la pulpe de mes doigts.

Les robes sont plus jolies que tout ce que j'ai jamais possédé. Plus que tout ce que j'ai jamais touché. Elles ont les couleurs du ciel, du coucher de soleil : pêche, sauge et lilas. Des jupes pleines de dentelle. Des manches ourlées de délicates broderies.

Et je les veux. Je les veux tellement que lorsque je les touche, je m'attends à ce que le désir fébrile dans mes mains enflamme le tissu. Je sors une robe. En coton crème, avec un motif de petits croissants de lune brodé autour du col.

Je la tiens contre ma poitrine et je caresse le tissu délicat.

– Merci, je chuchote.

Rowan se tourne, une main sur la porte, sur le point de partir. Il regarde tour à tour la robe et moi.

– De rien.

– Vous voulez bien attendre ? (Il s'immobilise, surpris.) Je dois m'habiller, mais je veux que vous me montriez le chemin jusqu'à la bibliothèque quand j'aurai fini. Autrement, je ne la trouverai jamais. Elle est trop grande, votre fichue maison.

Il hausse un sourcil.

– Tu veux que je te dessine un plan ?

– Tenez, j'en commence un pour vous. (Je trace une forme imaginaire en l'air, puis désigne les espaces pour indiquer les pièces.) Fermé, fermé, fermé, bibliothèque.

Il esquisse un sourire et secoue la tête.

– Je t'attends dans le couloir.

Nous avons passé presque une semaine ensemble. Je sais ce qu'il est et maintenant je sais ce qu'il a fait, je le sais avec certitude. Et ça fait bizarre, de le taquiner comme ça. D'autant plus étrange que ça me vient naturellement.

Je récupère encore quelques affaires dans le coffre – un débardeur, des sous-vêtements à bordure de dentelle et une poignée de pinces à cheveux –, puis je me dirige vers le coin, où un paravent sépare le lavabo du reste de la pièce. Je lève ma nouvelle robe devant la fenêtre. La lumière scintille dessus et des couches de tissu très fin luisent en attrapant le soleil. C'est magnifique.

Je me déshabille rapidement, gênée de le faire pendant que Rowan se tient juste devant la chambre, même s'il ne peut pas me voir. Je suis également gênée lorsque j'enfile les sous-vêtements neufs, sachant qu'il s'agit d'un cadeau. Je fronce les sourcils devant mes joues rougies dans le miroir au-dessus du lavabo, puis j'enfile la robe par la tête.

Il y a une longue ceinture en ruban à la taille. Une rangée de minuscules boutons nacrés tout le long du dos. Je noue la ceinture. Les boutons sont difficiles à atteindre, mais j'arrive à en fermer la plupart. Puis j'attache mes cheveux en une tresse désordonnée que j'enroule en couronne autour de ma tête, avant de la fixer à l'aide des pinces. J'ai les pieds nus, car j'ai laissé mes bottes couvertes de boue dans la cuisine. La jupe flotte telle une brume autour de mes jambes.

Je me sens dans la peau de cette créature fictive, délicate comme une goutte de rosée, tout droit sortie d'un conte. Je ne peux m'empêcher de faire courir mes doigts le long de la ceinture et sur les broderies qui ourlent les manches.

Lorsque je sors de la chambre, Rowan me contemple de la tête aux pieds, depuis mes cheveux tressés jusqu'au tombé de ma jupe. Sa bouche se retrousse légèrement lorsqu'il remarque mes pieds nus.

– Allez, viens.

Il se tourne et s'éloigne dans le couloir, attendant que je le suive.

Nous traversons le palier. L'air est sombre, éclairé seulement par les toutes dernières lueurs de l'après-midi. Mes pieds nus laissent mes empreintes sur le sol poussiéreux. Il est passé derrière moi, réglant délibérément son pas pour que nous ne marchions pas côte à côte. En haut de l'escalier, Rowan pose une main sur mon épaule.

– Violeta. Tu… ton…

Il s'interrompt.

Je me retourne pour le regarder, perplexe.

– Quoi ?

Il désigne d'un geste maladroit le dos de ma robe.

– Tu as oublié des boutons.

Je passe la main dans mon dos. Un pan de peau nue, la dentelle de mon débardeur, puis une rangée de boutonnières vides. *Oh.* La chaleur envahit mon visage alors que je me tortille pour essayer de les attacher, mais les boutons sont trop petits et me glissent entre les doigts.

Hésitante, je lui tourne le dos.

– Je n'y arrive pas. Vous pouvez m'aider, s'il vous plaît ?

Il ne bouge pas. J'attends, aussi gênée que si j'étais nue, avec les boutons défaits, et lui reste planté là.

Au bout du compte, sur un gros soupir, Rowan tend la main et essaie d'attacher les boutons sans me toucher, mais il n'y arrive pas. Il s'arrête, enlève ses gants, puis essaie à nouveau. Ses doigts effleurent ma peau. Sans les gants, ses mains sont chaudes, le bout de ses doigts rendu râpeux par les callosités.

– Pff. (Il baisse les mains.) Désolé, je...

Il s'empare de la robe en marmonnant un autre juron. Je sens le mouvement et le tiraillement du tissu et des perles. Des étincelles de chaleur crépitent dans mes doigts. Au centre de ma poitrine, je sens une étrange traction, comme si un fil avait été noué à l'intérieur de moi.

Enfin, il agrafe le dernier bouton et pose sa main à plat sur ma nuque. Je m'écarte d'un pas.

– Merci.

Le mot est resté à moitié coincé dans ma gorge.

Il se remet en marche, à pas rapides qui me forcent à le rattraper.

– La bibliothèque est par là.

Tandis que je le suis dans l'escalier, ma main monte s'enrouler autour de ma nuque. J'appuie sur le souvenir de son contact sur ma peau.

9

La bibliothèque est toute de soleil et de bois poli, une rangée de fenêtres qui révèle un ciel voilé de nuages d'été.

Les murs sont bordés d'étagères, elles-mêmes enveloppées de chiffons à poussière. Au centre de la pièce, Arien et Clover sont assis ensemble à une grande table encombrée de papiers, de livres, d'encriers et de stylos.

Arien se lève quand il nous voit entrer, Rowan et moi.

– Viens voir ce que j'ai fait ! s'exclame-t-il en me prenant la main, le visage illuminé d'un sourire ravi, tout en m'attirant plus avant dans la pièce. Clover m'a appris à dessiner des symboles. Elle est drôlement intelligente.

Clover s'esclaffe.

– Arien, tu es adorable. Ça aide bien que tu sois un excellent élève.

Arien farfouille parmi les piles de papiers sur la table. Il trouve un cahier et me le fourre avec empressement dans les mains. Je feuillette attentivement les pages, couvertes de belles illustrations complexes dessinées à l'encre délicate.

Je reconnais les mêmes symboles interconnectés que ceux du poignet d'Arien et des bras de Clover.

– Regarde, dit-il en posant les doigts sur le bord d'une forme. Ça, c'est le fer, et ça, c'est l'or, ça, le sel...

– Tous ces éléments font partie de la magie qui constitue le monde. La lumière de la Dame, diffractée en morceaux individuels, m'explique Clover. Chaque sort que nous jetons fait appel à différents éléments. Plus le sort est complexe, plus il nécessite d'éléments, et plus le sigil devient compliqué.

– Et c'est comme ça que tu canalises la magie ? je demande. En combinant les éléments pour en faire un symbole ?

– Exact. (Ses yeux tombent sur son poignet et elle passe les doigts sur ses marques.) Et c'est gravé à jamais sur ta peau ensuite.

C'est logique, sinistre mais logique, cette permanence des sigils. L'alchimie est si mystérieuse, si terrible qu'il n'y a rien d'étonnant à ce que l'énormité de cette magie laisse une cicatrice. Arien se touche le poignet en écho au geste de Clover, puis reporte son attention sur le cahier et me montre une nouvelle page.

– Et celui-ci, c'est mon préféré...

Ni lui ni moi ne savons écrire plus que notre nom. Mère ne nous a jamais montré, bien qu'elle nous ait appris à lire, afin que nous puissions apprendre les litanies. Mais Arien a toujours aimé dessiner. Il croquait des motifs sur les carreaux embués ou dans la terre entre les plates-bandes au jardin. Il ramassait des bouts de papier et les crayons à ardoise que Mère utilisait pour noter les factures. Il récoltait les restes de bois et de peinture qu'elle nous donnait parfois et les gardait comme un trésor.

Il faisait des dessins pour illustrer les histoires que je lui racontais. Des feuilles, des fleurs et des oiseaux. Des filles en robes aux teintes argentées avec des ailes de gaze. Des garçons aux yeux voilés de longs cils, des couronnes sur leurs cheveux ondulés. Maintenant, il me montre son carnet rempli de sigles alchimiques avec la même expression timide et fière.

– Ils sont magnifiques, Arien.

Et c'est vrai. Mais à mesure que je regarde les pages, une douleur lourde s'installe dans ma poitrine. Car ces sigils sont un autre marqueur irréfutable de sa nouvelle vie et de ce qui l'attend.

Rowan est toujours debout dans l'embrasure de la porte. Arien lui sourit.

– Tu veux voir ?

– Oh, fait-il, hésitant. Oui, bien sûr.

Il se dirige lentement vers la table et s'assied. À côté de lui, Arien lisse les pages ouvertes du cahier.

Rowan se penche, écoutant attentivement Arien lui parler des symboles et lui lire leurs noms. À un moment donné, il pose une main sur l'épaule d'Arien. Comme si ça l'intéressait vraiment. Je pensais que ces leçons servaient seulement ses propres intérêts. Que Rowan voulait former Arien juste pour qu'ils puissent utiliser sa magie. Mais il n'y a pas d'artifice dans la façon dont il écoute. Son expression, radoucie par rapport à son air renfrogné habituel, est gentille et… triste.

Clover remarque que je les observe. Avec un sourire, elle s'approche pour me montrer son propre cahier. Elle ouvre les pages qui affichent une version plus grande et plus complexe du symbole qu'elle arbore au poignet.

– C'est le sort que nous utiliserons lors du prochain rituel.

– Mais il n'a pas marché la dernière fois.

– Il a marché. C'est juste qu'Arien n'a pas pu tenir la magie assez longtemps pour que ça se répare. Il nous reste une lune entière afin de nous préparer. Je vais prélever des échantillons dans le lac, nous nous entraînerons à reproduire le sort et la prochaine fois, il sera parfait.

Arien feuillette son carnet de croquis, même si son enthousiasme s'est estompé.

– Je suis désolé de n'avoir pas pu le faire avant.

– Tu n'as pas à être désolé. Surtout quand tu n'avais aucune idée de ce qu'on te demandait, je lui assure avec un coup d'œil insistant à l'attention de Rowan.

Mais ses yeux restent fixés sur le livre d'Arien, il évite mon regard.

– Ne sois pas dur avec toi-même, Arien, reprend Clover. Dans les Maylands, nous nous entraînons presque constamment pour apprendre à lancer ce type de sorts. Toi, tu viens juste de commencer.

Le visage d'Arien s'illumine de nouveau, ses yeux pétillent d'intérêt.

– Les Maylands ? C'est comment là-bas ?

– C'est magnifique. Les maisons sont toutes construites en cercle, avec au centre une prairie pleine d'herbes et de fleurs. À cette époque de l'année, il y fait jour jusqu'à presque minuit et, quand le vent souffle de la côte, on sent la mer.

– Oh oui, ça a l'air magnifique, soupire-t-il avec nostalgie.

Je me le figure dans la commune où vivent et s'entraînent tous les alchimistes. Une vie pleine de livres, d'encre et de connaissances obscures. Une vie bien au-delà de tout ce que je pourrais imaginer.

– Tu as aimé y vivre ?

Clover tire sur le bout de sa tresse et se mordille la lèvre.

– Eh bien… J'étais douée pour ce que j'y faisais, mes recherches. Mais je ne me suis jamais intégrée. Ce n'est pas une occupation populaire, dans les Maylands, d'être alchimiste de famille. Vivre dans un domaine, aider les guérisseurs du village et entretenir les jardins, il n'y a pas de gloire là-dedans. (Elle rougit et lance un bref regard à Rowan.) Enfin, c'est ce que je voulais. Je ne suis pas assez impitoyable pour réussir dans les Maylands. Ici, en revanche, je peux faire une différence.

– En tout cas, tu as fait une différence dans la quantité de thés bizarroïdes que je suis obligé de boire, commente Rowan en riant, avant de redevenir sérieux. Bien sûr, je suis heureux de ton aide, Clover.

– Je t'ai conseillé de mettre du miel dans le thé. Mais merci quand même. (Elle sourit, satisfaite, puis elle se tourne à nouveau vers moi.) C'est étrange que tu n'aies pas de pouvoirs, toi aussi, Violeta. En général, c'est familial. Mais toi, tu ne sens rien ?

– Non.

Je vais à la fenêtre et regarde dehors. Il y a l'espace étroit du jardin, le mur couvert de lianes, l'autre côté dissimulé par les arbres. Au loin, je distingue la ligne noire de la rive et l'étendue de la Corruption au-delà du lac, espace gris de branches squelettiques entremêlées dans la forêt au bord de l'eau. Comme si le poison s'était infiltré et avait dévoré certains des arbres.

Un frisson me parcourt. Il fait bon dans la pièce, éclairée par la lumière chaude du soleil de l'après-midi, pourtant soudain j'ai froid.

Je me détourne des carreaux et de la vue sur le lac et entreprends d'inspecter les étagères. Je soulève un tourbillon de poussière en retirant le tissu le plus proche. L'étagère dévoilée est vide. Je passe à la suivante. Puis à la suivante. J'enlève chaque tissu jusqu'à ce que l'air ne soit plus qu'une brume de particules scintillantes, ambrées par la lumière du soleil.

Je passe les doigts sur la poussière des étagères et je ris, incrédule.

– Pourquoi il n'y a pas de livres dans votre bibliothèque ?

Rowan hausse les épaules.

– Je les ai rangés.

Puis il se retourne vers Arien et les cahiers, sans plus s'occuper de moi.

Je fais le tour de la pièce, passant d'étagère en étagère. Elles sont toutes vides, ce qui leur donne un air délaissé. Nous n'avions pas de livres au cottage, à part une petite collection bien usée de chants litaniques. Toutes les histoires que j'ai racontées à Arien étaient celles que je gardais en mémoire de l'époque où nos parents me les avaient racontées. Et maintenant que je suis devant cette bibliothèque dépouillée, je suis pleine de nostalgie. De cette envie qui a poussé mes mains à fouiller dans la malle de robes.

Il y a un dernier tissu que je n'ai pas ôté. J'en saisis le bord. Rowan lève soudain les yeux quand je tire dessus.

Il bondit de sa chaise.

– Non ! Pas celle-là.

Mais le tissu est déjà tombé. Et au lieu d'une énième série d'étagères vides, j'ai découvert un portrait accroché au mur dans un cadre doré ouvragé.

Rowan reste debout, sans un mot, comme pétrifié, les yeux fixés sur le portrait.

Le tableau représente une famille. Deux garçons, jeunes, avec sur le visage les derniers contours de l'enfance. Ils ont tous deux la même peau mate et des cheveux ondulés, beaucoup moins indisciplinés que mes propres boucles. Le plus grand des deux, l'aîné, affiche une expression sérieuse que je reconnais instantanément.

– Oh, mais c'est… vous. (Je recule d'un pas.) C'est votre famille.

Son père. Lord Sylvanan, qui nous a souri à Arien et moi, un jour de dîme il y a fort longtemps. Grand et beau, avec une peau fauve et des cheveux noirs soignés.

Sa mère. Petite et svelte, peau blanche et grands yeux marron, de la même couleur que ceux de Rowan. Et sa robe… Elle est douce et délicate, avec des jupons en tulle, une ceinture en ruban et des croissants de lune brodés sur le col. C'est ma robe, celle que je porte en cet instant.

Rowan ne voulait même pas de moi ici et pourtant il m'a donné tous les beaux vêtements de sa mère.

Je me tourne vers lui, m'attendant à ce qu'il soit en colère contre moi. Mais non. Son expression montre une honte claire et brute. Je tords le chiffon à poussière entre mes mains : plus que tout, je souhaiterais effacer ce moment.

– Je ne voulais pas…

Il se passe la main dans les cheveux et lâche un soupir tendu. Je fais un pas vers lui, mais il sort de la pièce en trombe.

Jetant le tissu, je m'élance derrière lui. Le couloir est vide, sombre et silencieux. Je passe les portes fermées, direction l'escalier. Il est là, sur le palier, encadré par la balustrade sculptée. Un bras appuyé contre le mur, la tête renversée en avant, le visage caché par la cascade de ses cheveux. Florence se tient à côté de lui, un plateau de thé en équilibre sur la hanche.

Quand elle lui pose une main sur l'épaule, un souvenir me revient, vague et flou. Ma mère et moi, pelotonnées dans le même fauteuil au coin du feu. À bascule, le fauteuil, et elle fredonnait en nous balançant d'avant en arrière. Et de ses doigts, elle coiffait mes boucles. Doucement, doucement.

Florence pose la main sur Rowan avec la même douceur, elle s'approche en lui parlant tout bas. Rowan la repousse d'un geste de l'épaule. Il lève les yeux et nos regards se croisent. Son visage est bouleversé, rougi et baigné de larmes. Tout s'arrête pendant une seconde horrible, interminable, jusqu'à ce qu'il se détourne.

Il passe devant Florence et descend l'escalier. Elle soupire.

– Je suppose que tu ne vas pas me dire ce qui s'est passé ?

– Il n'a rien dit ?

– Non.

J'écoute le bruit des pas de Rowan qui s'éloignent en m'efforçant de comprendre ce qui vient de se produire.

– Je l'ai contrarié.

– Oui, de toute évidence.

Florence soupire à nouveau, puis continue à avancer dans le couloir avec le plateau en équilibre précautionneux.

Je la suis, mon pas calé sur le sien. Une fois à l'intérieur de la bibliothèque, elle nous regarde, ma nouvelle robe et moi, puis les étagères dévoilées. Et elle voit le portrait.

Elle pose le plateau sur la table. Son expression est sévère, cependant il y a une lueur de tristesse dans ses yeux de pierre.

– Eh bien. Pas étonnant qu'il ait été bouleversé.

– Mais pourquoi ? Est-ce qu'il regrette ce qu'il a fait ?

Florence me lance un regard perçant.

– Ce qu'il a fait ?

Je désigne la fenêtre. Dehors, le lac s'étend au loin, une lueur d'eau baignée de soleil à côté de l'étendue noire de la rive.

– Il m'a avoué que les rumeurs étaient vraies.

– Écoute-moi bien, Violeta. Ce n'est pas un meurtrier. (Elle enroule les doigts autour des clés qui pendent à son collier, qu'elle fait glisser d'avant en arrière sur la chaîne d'argent.) Les histoires que les gens racontent sur Lakesedge tiennent beaucoup de la peur et très peu de la vérité.

– Mais il a admis que c'était vrai. Il a dit…

Une pointe de doute commence à s'insinuer en moi. Il y a une autre vérité, cachée entre ses mots. Ses cicatrices, le désespoir qu'il met à réparer la Corruption. Sa réaction quand j'ai découvert le portrait.

Sa famille – serait-il possible qu'il ait tué ces gens et qu'il les pleure désormais ?

– Je vivais déjà ici avant sa naissance, dit Florence. J'ai grandi avec sa mère, Marian. Quand elle a été mariée selon le rituel des mains liées[1], je suis venue avec elle pour être la gardienne de Lakesedge. Nous étions amies.

Étions. Le mot reste en suspens, grave et lourd de sens.

– Comment est-elle morte ?

– Elle a été la deuxième à se noyer. Kaede, Lord Sylvanan, a été le premier. Ils l'ont trouvé mort sur le rivage, le matin suivant le treizième anniversaire de Rowan. Marian est morte l'année suivante. Et puis, l'année dernière… Elan.

Ses yeux vont vers le portrait. Le frère de Rowan a un sourire doux et des joues rondes. Je me rappelle facilement Arien au même âge. Ses genoux écorchés. Ses envies d'histoires. Les plans élaborés qu'il concoctait concernant la maison de jeu que nous pourrions construire dans le verger.

Elan. J'ai déjà entendu son nom.

Les cris dans le noir, lors de ma première nuit ici. C'était Rowan. Clover m'a dit qu'il buvait un thé contenant des sédatifs « pour l'aider à dormir ». Les sons que j'ai entendus cette nuit-là, résonnant à travers les couloirs, enchevêtrés et torturés… C'était lui, qui appelait son frère.

---

1. Également nommée « la cérémonie des mains liées » ou « le rituel des rubans », la cérémonie du *handfasting* est une tradition ancienne qui trouve son origine dans les îles Britanniques. Cette cérémonie païenne liait deux personnes pour une durée déterminée d'un an et un jour au cours de laquelle ils devaient faire un enfant. Si ce but n'était pas atteint dans le temps imparti, le couple se séparait et reprenait sa vie chacun de son côté.

– Je connais Rowan, poursuit Florence. Et je sais qu'il n'est pas capable d'une chose aussi terrible. Quoi qu'il se soit passé, c'était un accident.

– Trois membres de sa famille noyés exactement au même endroit.

– Quatre, murmure Clover.

Florence se tourne brusquement vers elle.

– Il t'a parlé de ça ?

– Pas exactement. Mais… parfois les langues se délient, une fois que vous avez pris un sédatif.

– Comment ça, quatre ?

Mon pouls s'emballe sur un rythme dur et paniqué.

– Quand Rowan avait cinq ans, il a disparu pendant une journée entière. Au coucher du soleil, nous l'avons trouvé dans l'eau. On a d'abord cru qu'il était mort, et puis il a rouvert les yeux.

Florence se tait, comme pour se recueillir, le visage tourné vers la fenêtre. La lumière de l'après-midi strie d'or ses cheveux clairs.

– Et quand il a ouvert les yeux, le lac est devenu noir. Ce qui a marqué le début de la Corruption.

Je m'assieds lourdement sur une chaise avant que mes genoux ne lâchent.

Quand nous étions petits et que les rêves d'Arien ont apporté leurs premiers nuages d'ombre, Mère nous a mis en garde contre le Seigneur d'En Dessous. « Si vous vous approchez trop près de l'obscurité, il peut vous toucher. Vous toucher et puis vous renvoyer dans le monde du Dessus, mais corrompus. » Je refusais d'y croire. Pourtant ça avait du sens, d'une certaine manière, aussi terrible soit-elle.

Il est le seigneur des morts. Il vient à la fin de nos vies et nous guide dans le monde du Dessous. Et s'il venait vers vous mais qu'il vous laissait en vie… alors toutes les années que vous viviez ensuite, marquées par son contact, lui apportaient bien plus de pouvoir qu'une simple mort.

– Il… il était mort, je bégaie. Rowan était mort et le Seigneur d'En Dessous…

Arien prend ma main, le front barré par l'inquiétude.

– Leta, il n'est pas mort. Enfin, c'est évident. Il est toujours là. (Il donne une petite secousse à mon épaule, comme pour me taquiner.) Ou peut-être que depuis tout ce temps tu te disputes avec un fantôme.

– Le Seigneur d'En Dessous s'occupe des âmes dans le monde du Dessous, reprend Florence. Il ne les ramène pas. Je t'aurais pensée assez maligne pour ne pas croire à cette superstition.

Mais en dépit de ses paroles, elle se signe.

Clover verse le thé et m'en passe une tasse. Je m'adosse mollement à mon siège et serre ma tasse. Que mon visage soit lavé par la vapeur aux effluves de bergamote. Mais je suis obsédée par une pensée : les ombres dans ma chambre, l'eau qui coulait et les chuchotements qui prononçaient mon nom. Puis un souvenir plus profond m'attire à lui.

Les bois de Vair en hiver. La voix que j'ai entendue alors que l'obscurité s'accumulait entre les arbres.

Ce que j'ai vu, ce n'était pas réel ; pourtant quand mes yeux se ferment, je vois Rowan, à cinq ans, blême et immobile. De l'eau noire s'écoule de sa bouche, de ses yeux, tandis que la terre vire au noir sous lui.

Est-il possible que ce n'ait été qu'un rêve, ces choses que j'ai vues dans ma chambre ? L'eau sur les murs, les chuchotements dans le noir ? Peut-être que mes pensées se sont entremêlées à ces visions hideuses de voix et d'ombres. *Ce ne sont que des rêves.*

On dirait qu'il y a deux histoires sur Rowan, sur Lakesedge, écrites côte à côte dans un même recueil. L'encre de l'une déteint sur les mots de la page opposée. Un garçon qui a failli mourir. Un garçon qui est mort. Un garçon qui s'est noyé dans un lac et qui est revenu, changé en monstre.

Mais quelle est l'histoire véritable et laquelle n'est qu'un spectre fantomatique issu de la rumeur et de la peur ?

Nous finissons notre thé en silence. J'aide à ranger les cahiers, les encriers et les stylos. La lumière du soleil s'estompe et nous descendons l'escalier pour aller dîner. Par la fenêtre de la cuisine, la lune décroissante est lumineuse dans le ciel crépusculaire.

C'est un rappel inévitable qu'Arien devra bientôt retourner au lac et à la terre sombre et affamée qui a essayé de l'engloutir. Il ne reste plus que quelques semaines avant Midété et la prochaine pleine lune, où ils recommenceront le rituel.

Mais avant cela, je vais découvrir la vérité sur Rowan Sylvanan.

10

Il est tard. En cette nuit sans étoiles, mes yeux sont lourds de fatigue. Tout le monde dort, la maison est silencieuse autour de la chambre où je suis assise. La seule lumière est celle de la bougie à côté de mon lit. Je tiens cinq fioles de l'ébauche de sédatif que Clover verse dans notre thé. Je les ai volées à l'office. Le verre tinte dans mes paumes.

J'ai besoin de sommeil. Un sommeil qui me donne l'impression d'être enterrée vivante, incapable de fuir. J'ai besoin de m'enfoncer si profondément que lorsque les rêves arriveront, je ne pourrai pas m'en détourner.

J'ouvre la première fiole. Le verre est tiède contre mes lèvres, réchauffé par la chaleur de mes mains nerveuses. Un liquide horriblement amer m'emplit la bouche, si fort et si âcre que, lorsque je l'avale, le monde entier devient vert vif. La petite icône en bois qu'Arien a peinte pour moi – posée sur ma table de nuit – vacille dans le flou qui envahit ma vision.

Ces deux dernières semaines, j'ai regardé Arien et Clover se préparer sans relâche pour le prochain rituel.

Nous passons nos journées dans la bibliothèque, encerclés par des étagères chargées de bocaux d'eau noire d'encre et de boue sombre qu'ils ont draguées au fond du lac. Ils travaillent chaque jour jusqu'au coucher du soleil. Arien appelle les ombres et tisse sa magie autour des jarres de Corruption. Clover se tient à côté de lui et lui donne des instructions, en essayant de ne pas montrer sa frustration quand il faiblit.

Mais peu importent leurs efforts, Arien ne parvient pas à contrôler suffisamment sa magie pour jeter le sort.

– Encore, dit-elle quand il échoue et que les ombres se dissipent en une brume. Recommence.

Ses mains tremblent. Il serre les poings, puis se saisit du bocal.

– Je peux y arriver. Je sais que je le peux.

Si fort que Clover le stimule, Arien cherche toujours à aller plus loin. Ses bras sont couverts de sigils, ses mains, tachées de boue, de magie et d'encre jusqu'au poignet. Le noir ne disparaît jamais de ses yeux. *Encore, encore, encore.*

Assise dans la bibliothèque, je les observe en regrettant de ne pouvoir les aider. Je regarde la lune décroître, un croissant plus petit chaque nuit, et j'aimerais pouvoir prendre la place d'Arien.

Mais je n'ai pas de magie en moi. Tout ce que je peux faire, c'est chasser les ombres.

J'ai besoin de rêver à nouveau. J'ai besoin de revoir ces visions et d'entendre la voix qui connaît mon nom. J'ai essayé, essayé encore. Assise sur le lit, bien éveillée, les yeux fixés sur le coin de ma chambre. J'ai arpenté les couloirs et tenté d'ouvrir chaque porte verrouillée. J'ai suivi le chemin à travers le jardin éclairé par les étoiles, à travers les fleurs envahies par les herbes folles. Je suis même allée au lac, où j'ai contemplé l'eau immobile sous la lune amincie.

Mais j'ai eu beau regarder, j'ai eu beau attendre… rien.

J'ouvre la deuxième fiole. Je la verse dans ma bouche. Le liquide me brûle sur son passage. La nausée déferle en une vague brutale et soudaine. Je me recroqueville, le monde bascule, déséquilibré. Mon corps soudain léthargique acquiert le poids du plomb : on dirait que ma peau est pleine de pierres.

Toutes les fioles restantes me tombent des mains, le verre tinte lorsqu'elles roulent sur l'édredon. Je regarde fixement la pièce : les murs commencent à trembler et à se transformer, des taches de ténèbres apparaissent et disparaissent au-dessus du sol.

L'eau commence à s'accumuler dans les coins. Je me lève ; le plancher nu est froid, comme si j'avais mis le pied dans une forêt de glace au milieu de l'hiver. La flamme de la bougie vacille, tel un papillon de nuit frénétique et luminescent.

L'eau monte, monte, recouvrant mes pieds. Les murs sont lavés par la noirceur. Je tends la main. Un souffle d'air froid et vif embrasse le bout de mes doigts, comme une respiration emprisonnée sous la pierre et le plâtre.

Je pose ma paume contre le mur. J'ai dans la bouche le goût des herbes amères. Le goût de la cendre, du sel et du sang.

– Je n'ai pas peur. Je t'en prie. Dis-moi. Montre-moi.

Je l'entends : un son, un murmure. Je ferme les yeux et j'essaie, désespérément, d'écouter. Puis elle vient. La voix.

Elle me parle dans l'air nocturne. Dans un bruissement de feuilles sèches.

Suis.

Je rouvre brusquement les yeux. La pièce a disparu. La maison aussi. Je suis dehors, sous un ciel lavande, éclairé par l'aube. Il y a une forêt derrière moi ; le vent susurre dans les arbres pâles. Il y a une bande de terre. Des brins d'herbe haute, des roseaux. Et de l'eau. De l'eau à perte de vue. Plate et lisse comme un miroir, elle reflète les nuages pastel.

Le lac.

Je suis seule. Je ne suis pas seule. Il y a une présence – j'en suis sûre –, mais quand je me retourne, elle s'éloigne. Je ne la vois pas clairement, en dépit de mes efforts. Seulement des aperçus. Seulement des morceaux. Des ombres et le *ploc ploc* régulier de l'eau. Toujours juste à côté de moi, là et pas là. Je ne peux pas la voir, mais je la sens. Elle me regarde. Elle… attend.

Des formes sont disposées le long du rivage. Enveloppées d'un voile blanc qui m'évoque les draps poussiéreux qui recouvraient les meubles de ma nouvelle chambre. Je fais un pas hésitant vers elles. Ce sont des personnes. Étendues, immobiles sous les couvertures passées, sans même un léger mouvement de respiration. Chez aucune des quatre.

Le vent se lève, emmêlant mes cheveux. Il arrache le tissu qui recouvre la forme la plus éloignée. Le bord se rabat. Je ne peux pas regarder. Je ne peux pas ne pas regarder. Je m'agenouille lentement. Les cailloux sont pointus sous mes genoux. L'humidité du sol s'infiltre dans ma peau. Le clapotis des vagues lèche le rivage.

Je saisis le tissu. Je tire et tire jusqu'à ce qu'il soit bien noué autour de mes mains.

Le garçon est allongé en dessous. Sa peau est blême, ses cheveux bruns collés comme des bandes sur son visage. Il est plus petit, plus jeune, peut-être du même âge que moi quand je me suis égarée sur la route au milieu de l'hiver. Rowan Sylvanan, cinq ans : immobile, froid et mort.

Il s'assoit, me regarde. Des filets d'eau coulent de sa bouche et de son nez. Ses yeux se révulsent, pâles et limpides. Il tousse et s'étrangle. L'eau commence à virer au noir. Des filaments huileux dégoulinent sur sa peau. Le lac se met à bouillonner et à s'agiter. Les vagues se précipitent sur le rivage. Elles déferlent sur lui, sur moi.

Les ténèbres – les mêmes qui suintent de lui – se répandent sur le lac.

Les trois corps qui restent sur le rivage sont happés par les vagues. Un par un, ils sont emportés, emportés vers les profondeurs, de plus en plus loin. Son père, sa mère, son frère coulent et disparaissent sous l'eau.

L'obscurité se lève comme une brume. Elle se referme sur la rive, le lac, les arbres. Je ferme les yeux, gelée, désespérée, piégée dans le dernier moment avant que l'obscurité ne me prenne.

Puis je suis de retour à la maison, sur le palier, sous les fenêtres cintrées. La vitre est encore chaude de la journée d'été. Le ciel au-delà est sans lumière. Une nouvelle lune, une lune noire, à mi-chemin du prochain rituel.

Je me frotte les yeux. Je suis réveillée – oui, réveillée –, pourtant j'ai l'impression d'être encore prise par le rêve. Des pas retentissent, je baisse les yeux par-dessus la balustrade ouvragée : Rowan est en bas, dans l'entrée, enveloppé dans sa cape, la capuche rabattue sur les cheveux. Il tient une bougie dans un bocal. La flamme ainsi protégée est aussi minuscule qu'une lumière de fée quand il se déplace dans la maison.

Quelques secondes plus tard, j'entends le raclement de la porte de la cuisine.

Je descends l'escalier. Ma chemise de nuit traîne derrière moi, un papillon de nuit volète dans l'obscurité. La cuisine est éclairée par les braises du poêle et une bougie de l'autel qui s'éteint. La porte est toujours ouverte.

Il fait chaud dans le jardin, la chaleur sur mon visage me réveille un peu. Le monde devient un peu plus net. Je distingue tout juste Rowan, loin sur le chemin. Je le suis en titubant, en zigzaguant, le gravier se dérobe sous mes pieds instables.

Je trébuche dans l'herbe envahissante et me rattrape contre le mur couvert de lierre. Je continue, m'appuyant fortement sur les pierres pour me maintenir debout. Au bout de quelques pas, la forme du mur change sous ma main et les lianes font place au fer. Il y a un portail caché sous le lierre. Fermé à clé.

Je regarde à travers les barreaux recourbés. J'aperçois les contours flous d'un verger, les branches indigo ombragées par la nuit et une gerbe de fleurs sauvages qui s'est détachée d'une bordure en bois.

Un jardin. Il y a un autre jardin là-bas, enfermé derrière le mur.

Plus loin, les bottes de Rowan martèlent lourdement le gravier du chemin. Je continue à le suivre. Passe le portail, passe le lierre, jusqu'à ce que le mur s'ouvre sur un espace familier.

Le lac.

L'eau est un chuchotement obscur. Je suis revenue ici depuis le rituel, mais jamais plus loin que cette arche. J'avance d'un pas hésitant sur le sol noirci. Je cligne des yeux et la terre semble bouger. Un frisson me traverse quand je pense à la façon dont elle s'est déchirée puis ouverte. Dont elle s'est battue contre Arien et Clover.

Rowan parvient à l'endroit où ils ont gravé le sigil lors du dernier rituel. Le lac commence à s'agiter, comme si l'eau essayait de l'attirer. Sa capuche retombe en arrière pendant qu'il marche sur la boue sombre et humide. Il passe une main dans ses cheveux détachés et pousse un profond soupir. Puis il fouille dans sa poche et en sort un couteau.

Sous mes pieds, le sol donne l'impression de respirer. D'avoir faim.

Non, non, non.

– Attendez !

Je cours vers lui. La boue m'aspire les pieds. Froide, hideuse et mauvaise.

– Attendez, vous ne pouvez pas !

Il se retourne, surpris. Je le saisis par le bras. Son visage, voilé par ses cheveux, est tendu et sinistre. Il se libère de mon emprise.

– Violeta, éloigne-toi de moi, tout de suite !

L'eau s'engouffre autour de nos pieds, puis se retire dans un sifflement creux.

– Qu'est-ce que c'est ? Qu'est-ce que vous faites ?

Il s'efforce de parler mais parvient à sortir un seul mot, étranglé.

– La dîme.

Le son est presque perdu avec le bruit du ressac. *La dîme.* Je pense à Greymere. Aux tables sur la place du village. Aux bocaux de cerises marinées. Au sirop et au sucre. Je pense à Rowan taché par l'ombre la nuit du rituel, les yeux écarlates. À genoux, pris au piège de la terre autour de lui.

La dîme. Les rituels ne sont pas l'unique occasion où il donne son sang à la terre et au sortilège. Pas étonnant qu'il n'ait pas su me dire combien de fois il est venu ici, pour se couper, se saigner, pour nourrir la Corruption.

La terreur m'inonde, glacée comme les vagues.

– Non, vous ne pouvez pas faire ça.

Il s'agenouille. Ses mains tremblent quand il détache d'un geste brusque les lacets de sa manche et dénude la bande cicatrisée de son bras. Ses pupilles sont dilatées, ses iris, sombres comme la nuit.

– Violeta. (Il prononce mon nom dans un halètement tandis que l'obscurité s'étend sur sa gorge, progressant en spirale à partir des cicatrices.) S'il te plaît, va-t'en.

Il porte la lame à son poignet et je ne pense qu'à la façon dont il m'a regardée quand il m'a donné les robes de sa mère. Au chagrin dans ses yeux après avoir vu le portrait de sa famille. Quoi qu'il ait fait, quoi qu'il soit, je ne peux pas me détourner de lui. Je ne veux pas le laisser seul.

Je tombe à genoux dans la boue à côté de lui.

Il enfonce le couteau dans son bras. Du poignet au coude, une entaille profonde et vicieuse. Le sang coule sur sa peau, sur ses gants. Il descend sur sa paume, perle au bout de ses doigts.

Rowan plaque sa main contre la terre, ses doigts creusent des sillons profonds dans le sol.

La Corruption réagit instantanément. Des filets de boue se fendent et l'enveloppent. Ils s'enroulent avidement autour de son poignet, de son bras, plus haut. Je retire ma main avant que la boue ne puisse me toucher. Elle passe autour de sa gorge, sur sa mâchoire. Il ferme hermétiquement les yeux, fronce ses sourcils bruns sur une expression déterminée et douloureuse. Ses respirations sont des frissons.

À chaque expiration, des plaques de boue se détachent de sa bouche. La vase glisse, se reforme, le recouvre à nouveau. Elle est en lui, dans sa bouche, ses poumons, sous sa peau.

Et puis… la Corruption le transforme. Son regard devient froid et féroce, ses dents, acérées. Il ne s'agit pas seulement d'une saignée. Il s'y est perdu, il est submergé. Les ténèbres s'étendent et se répandent à travers lui, jusqu'à ce qu'il ne soit plus du tout Rowan, mais une autre créature faite de boue et de clair de lune.

Un monstre.

Je le regarde fixement, si impuissante que j'en sanglote. J'aimerais avoir du pouvoir, de la magie, un moyen de combattre la faim cruelle de la Corruption. Mais je n'ai rien. Je ne peux rien faire. Puis je me souviens d'Arien, pris par les rêves qui n'ont jamais été des rêves. Perdu et effrayé alors que ses ombres emplissaient notre chambre. Je le tenais dans mes bras en pensant à la chaleur, j'essayais de l'extraire de l'obscurité.

Je saisis le poignet de Rowan et enfonce mon autre main dans la terre. D'habitude, quand je touche le sol comme ça pendant l'observance, je sens la lumière du monde, je la sens briller. Mais quand je touche la Corruption, il n'y a que du froid et du noir.

– Laisse-le partir.

J'enfonce mes doigts plus profondément dans la boue. Je pense aux nuits d'été. Au fourneau de la cuisine. Au jardin fermé à clé, paisible et beau sous le clair de lune. *Laisse-le partir, laisse-le partir, laisse-le partir.*

La chaleur afflue sur ma peau. Une chaleur vive qui s'épanouit au centre de ma paume. J'imagine un fil, noué entre Rowan et moi, enroulé autour de ma main. Je ne comprends pas ce que cela signifie. Je ne suis même pas sûre que ce soit réel. Mais je ne supporte pas de le laisser comme ça, seul, dévoré par les ténèbres.

Je referme les doigts autour du fil et je tire.

Les vrilles se déroulent. La boue se détache et tombe. Une dernière secousse parcourt le sol, puis Rowan s'effondre. Les mains tremblantes, il gratte la boue qui lui recouvre la bouche.

Il me dévisage, sous le choc.

– Violeta… qu'est-ce que tu viens de faire ?

Je baisse les yeux vers mes mains. Je sens encore la chaleur résiduelle qui pulse dans mes doigts, comme une réplique de la précédente. En tremblant, je pose les mains sur le sol. Je ferme les yeux et j'essaie de retrouver cette chaleur, ce fil, la sensation que l'obscurité m'a entendue quand je l'ai appelée. Mais rien ne se produit. Il n'y a que la boue froide et un silence vide.

– Je ne sais pas. Je ne sais pas ce que j'ai fait. Vous aviez l'air si seul, et je… (La gêne me picote la peau.) Je voulais juste vous aider.

– Je n'ai pas besoin de ton aide. Tu n'aurais pas dû rester.

– Vous voulez que je parte maintenant ?

Fermant les yeux, il se détourne pour les rouvrir sur le lac. Puis doucement, brutalement, il murmure :

– Non.

Nous nous levons tous les deux. Rowan vacille un instant avant de tomber contre moi. Sa peau est chaude, comme s'il avait la fièvre. Je passe mon bras autour de sa taille et il pousse un gémissement de protestation lorsque je le touche. Mais ensuite, il s'appuie contre moi avec un soupir. Lentement, nous nous mettons en marche vers la maison.

Nous parcourons le chemin en titubant, ses bottes traînent sur le gravier. Je le soutiens du mieux que je peux, mais il est lourd. Ma tête atteint à peine son épaule et je suis encore engourdie, la vision troublée par les sédatifs. Je m'entrave avec mes propres pieds et dévie du sentier dans l'herbe enchevêtrée. Nous finissons quand même par arriver à la maison.

Une fois à l'intérieur, il se dirige vers la cuisine. Je le suis, entraînée par son élan. Il ouvre une porte pour révéler un espace sombre qui a pu être un salon autrefois. Il est moins fermé que le reste des pièces de la maison. Des draps recouvrent la plupart des meubles, mais il y a un canapé non couvert contre un mur avec une petite table à côté. Une fenêtre donne sur le jardin de devant. Les rideaux sont ouverts et une lanterne éteinte repose sur le rebord.

Rowan s'effondre sur le canapé, les genoux repliés et les mains plaquées contre son visage.

– Tu peux partir maintenant, lance-t-il avec un geste brusque vers la porte. (Du sang coule de ses doigts sur le sol.) Ça va aller.

J'attrape son bras et le tourne vers le haut, révélant une blessure profonde, aux bords irréguliers.

– Non, ça n'ira pas. Ça ne va pas bien.

Il s'affaisse, secoué par une quinte de toux grasse, puis lâche un son étranglé. Je me précipite à la cuisine et j'attrape le seau en fer-blanc que Florence utilise pour vider les cendres de la cuisinière. Je cours jusqu'au salon et le lui mets dans les mains. Il l'agrippe, les jointures blanchies, et se plie davantage en deux. J'hésite, puis je pose une main dans son dos.

– Ne fais pas ça.

La protestation de Rowan se transforme en toux rauque. Il se met à vomir de pleines goulées d'eau sale, couleur d'encre. Mon estomac se tord. Révulsée, je tourne les yeux vers la fenêtre pour ne pas avoir à le regarder. Je commence à trembler de façon incontrôlable.

– La Corruption, elle est en vous, n'est-ce pas ? Elle vous empoisonne.

– Oui.

– Vous saviez. Depuis le début, vous saviez, mais vous nous l'avez caché. Votre famille a été empoisonnée, elle aussi ? C'est ce qui les a tués ? (Je me retourne vers lui.) Si Arien est blessé à cause de vos secrets, je…

– Il ne lui arrivera rien. (Il tousse, de l'eau noire remonte, qu'il crache, puis il s'essuie la bouche avec sa manche.) Ça ne lui fera pas le mal que ça me fait.

Je prends le seau, je sors et j'en verse le contenu dans le jardin. Une autre vague de nausée me submerge. Que je ravale de toutes mes forces. Je prends de lentes, de profondes inspirations. L'air chaud de la nuit qui sent le pollen et les feuilles.

Quand je retourne au salon, Rowan a allumé la lanterne. Le tiroir du haut de la table à côté du canapé est ouvert. Il contient des bandages, des chiffons et un pot de la pommade au miel que Clover a utilisée sur mes genoux. Il a nettoyé sa coupure et enroulé une longueur de linge autour de son bras. C'est propre, appliqué et de toute évidence un geste répété mille fois, tout comme lorsqu'il a soigné ses blessures au bord du chemin.

Je m'assieds à côté de lui.

– Promettez-moi, sur votre vie, qu'Arien ne finira pas comme vous.

– Ma vie ne vaut pas tant que ça, fait-il dans un soupir, en ajustant le nœud qui maintient le linge en place. Il ne sera pas blessé. La Corruption ne veut que moi.

– Laissez-moi regarder ça.

Je montre son poignet. Le sang a commencé à traverser le bandage. Je prends un chiffon dans le tiroir et l'applique contre son bras. Il essaie de me retirer son poignet, mais je pose mon autre main sur lui jusqu'à ce qu'il se calme.

– Je vais chercher Clover. Elle peut vous réparer.

– Non. Ça ne marche pas là-dessus.

– Comment ça, ça ne marche pas ?

Je retire le tissu. Le bandage est taché. Pas écarlate, mais noir. Et ça ne ressemble pas à du sang. C'est plus sombre. Plus épais.

– La magie de Clover ne fonctionne pas sur moi pour la même raison qu'elle ne fonctionne pas sur la Corruption.

Je suis tellement horrifiée que je peux à peine parler. Je me souviens de l'eau dans sa bouche, du sifflement de sa voix.

– Vous ne cherchez pas seulement à guérir le lac, vous voulez vous guérir, vous.

– C'est une seule et même chose. Clover pense que s'ils jettent le sort à l'endroit où le fléau a commencé, sur le rivage, alors cela devrait réparer le fléau partout.

– Sait-elle que vous faites ça entre les rituels ?

– Elle sait qu'il existe un lien entre la Corruption et mon sang. Qu'elle réagit à moi. Mais je ne lui ai rien dit, ni à Florence, au sujet des dîmes.

Un rire se coince dans ma gorge, qui menace de se muer en sanglot.

– Oui, ce serait dommage qu'elles sachent. Elles pourraient s'inquiéter pour vous. Bon sang, Rowan. Vous ne pouvez pas cacher ça !

– S'il te plaît. Ne leur dis pas ce que tu as vu.

Son visage, pour la première fois, est ouvert, triste et terriblement sérieux.

– Vous l'avez laissée prendre tant de morceaux de vous. Que se passera-t-il quand il ne restera plus rien ?

– À la fin, ça va me tuer, répond-il, sans s'apitoyer le moins du monde sur son sort. Je n'ai pas peur de ça. Il y a des choses pires que la mort.

Je pense aux ombres, aux chuchotements et à l'eau profonde et sombre. Ce que je cherchais, quand j'ai tendu la main et l'ai posée contre le mur de ma chambre, quand j'ai écouté cette voix étrange.

– J'ai rêvé de vous. Non, ce n'était pas un rêve. Une vision. Je vous ai vu au lac. Je vous ai vu vous noyer quand vous étiez enfant. Je vous ai vu revenir.

– Tu m'as vu revenir ? répète-t-il en me dévisageant avec une expression, dans ses yeux sombres, qui me fait frissonner. Pourquoi m'as-tu suivi ce soir ? Depuis que tu es ici, tu hantes ma maison comme un petit fantôme trop curieux.

– Je voulais savoir la vérité sur vous.

– Qu'est-ce que tu essaies de me demander ? Vas-y. Dis-le.

– Vous vous êtes noyé. Vous êtes mort, puis vous êtes revenu. C'est pour cela que vous êtes ainsi.

– Tu crois vraiment que j'ai affronté le Seigneur d'En Dessous, puis que j'ai fui la mort ? Que je suis revenu empoisonné ? Et que c'est pour ça que tout arrive ?

La pièce s'incline, instable. La flamme de la lanterne flambe et vacille, bien que l'air soit immobile. Je pense au clair de lune, au givre et à mes mains tendues dans l'obscurité. À la voix qui m'appelait dans les bois de Vair.

– Oui.

– Tu penses que je suis un monstre ?

– Oui.

Sa voix devient grave et froide lorsqu'il me demande :

– As-tu peur de moi, Violeta ?

Je ne cille pas. Je ne me détourne pas. Je le vois, avec son bras déchiré et son beau visage : le garçon dont la vie a été volée par le lac, le garçon qui connaît le désespoir et les ténèbres.

– Non. Je n'ai pas peur de toi, Rowan Sylvanan. Mais tu dois me dire la vérité. Toute la vérité.

Il me regarde solennellement de derrière ses cils. Toute férocité a disparu. Il ne réagit pas au fait que je l'ai tutoyé.

– Chaque fois que je fais ça, l'expérience me change. Quand la Corruption prend la dîme, je me perds. C'est de plus en plus difficile d'en revenir. Parfois, je ne suis même pas sûr de ce qui est moi et ce qui est le poison.

Je lui tends la main, puis j'hésite.

– Tu veux bien enlever tes gants ?

Avec prudence, il obtempère et met les gants de côté. Même ses doigts sont scarifiés, et il y a une marque sur sa ligne de cœur, là où il s'est tailladé la paume pour combattre le loup. Je prends sa main entre les miennes et il se fige. Quand quelqu'un l'a-t-il touché comme ça pour la dernière fois ?

Je serre doucement sa main.

– Je ne te laisserai pas te perdre.

Il esquisse un sourire en coin.

– Tu n'as pas peur des monstres ?

– Ce sont plutôt les monstres qui devraient avoir peur de moi.

– Violeta, je suis désolé d'avoir fait venir Arien ici. J'aurais aimé qu'il y ait un autre moyen.

– Moi aussi.

– S'il te plaît, ne dis rien à personne à propos des dîmes. Après le prochain rituel, ce ne sera plus… ça n'aura plus d'importance, une fois que la Corruption aura été réparée.

– Bien. Je garderai ton secret jusque-là. Mais… (Je tapote son torse de la pointe du doigt.) Ça va te coûter cher.

Il rit, surpris.

– Et quel est le prix de ton silence ?

– Je voudrais un livre. L'un des livres que tu as rangés.

– C'est comme si c'était fait.

Nous restons assis ensemble, sa main dans la mienne. Cette nouvelle proximité entre nous est étrange, équilibre facile à briser que je devrai traiter avec soin. La lumière de la lampe danse sur lui : sa peau d'or fauve, les anneaux d'argent à ses oreilles, les vagues de ses cheveux bruns. Il a l'air très fatigué, avec les ombres enfoncées sous ses yeux.

Poussant un soupir, Rowan repose la tête en arrière contre le mur. Ses yeux se ferment. Ses cils dessinent deux croissants sombres sur ses joues. Ses traits se détendent l'espace d'un bref instant, puis il se redresse en sursaut. Ça me rappelle Arien. Comment il se battait contre le sommeil quand il avait peur de ses rêves.

– Je pourrais... Si tu veux dormir, je te réveillerai dès que tu commenceras à faire un cauchemar.

– Tu n'es pas obligée.

– Je veux rester.

Je me tais, intimidée de l'avoir affirmé si ouvertement.

Il fronce les sourcils, mais sous son incertitude, il y a une lueur de désir. Lentement, il s'installe contre moi. Je lui caresse les cheveux, en pensant aux histoires que ma mère nous racontait, à Arien et moi, sur la façon dont les fées faisaient des nœuds dans nos boucles pendant que nous dormions. Après un long moment, la respiration de Rowan devient lourde. Il pèse plus lourd contre moi. Son front s'appuie sur la courbe de mon cou. Quand je le regarde à nouveau, il s'est endormi. Ses mains, crispées, se relâchent lentement. Il émet un son. Un murmure qui pourrait être un nom.

– Elan. (Ses doigts se resserrent autour des miens.) Elan…

Je sais que je devrais être en colère pour la façon dont il a impliqué Arien dans tout ça. Et ma colère est toujours là, pourtant je ne peux pas lui en vouloir pour ce qu'il a fait. Pas maintenant, alors qu'il est là avec du poison dans les veines et le nom de son frère mort sur les lèvres.

Je tends une main hésitante et passe doucement mes doigts sur sa joue. Il marmonne d'autres mots qui se perdent dans une incohérence somnolente. Puis il continue à dormir. Il ne rêve pas. Je sens la chaleur fiévreuse de sa peau contre mon cou, pourtant je ne le repousse pas.

11

Rowan part dans la lumière blafarde de l'aube, alors que je suis encore à moitié endormie. Je remue assez pour m'asseoir, mais il secoue la tête avant de me rallonger doucement. Il ôte sa cape et m'en drape. Mon dernier souvenir de cette longue et étrange nuit est le bref contact de sa main sur mon épaule, puis ses pas qui s'éloignent doucement, remontant les escaliers.

Quand je rouvre les yeux, la lumière de l'après-midi entre par la fenêtre et baigne la pièce d'un éclat doré. Je suis pelotonnée sur le canapé, seule. Tout ce qui s'est passé me fait l'effet d'un rêve étrange, sauf que j'ai la cape, tachée de boue et encore humide. C'était donc bien réel. L'étrange vision de la mort de Rowan. La voix qui me pressait de suivre. La dîme.

Et une vérité : si Arien ne peut pas aider à réparer la Corruption, Rowan mourra.

Je me rassieds et je serre la cape autour de moi, rabats la capuche sur mes cheveux et noue le fermoir sur ma gorge. Elle dégage une odeur de sucre brûlé, de garçon, de limon et de sel et de sueur. J'enfouis mon nez dans le col et j'inspire profondément, puis je regarde autour de moi, rougissant de ma bêtise même s'il n'y a personne ici pour me voir.

Et je le remarque alors, fourré sous la cape, tout près de moi : un livre.

Je le sors avec précaution et l'emporte près de la fenêtre. La couverture est ornée de fleurs dorées, soigneusement estampillées. Le titre est entrelacé avec elles, comme si chaque lettre était une feuille ou un pétale. *Les Bois de Violette.*

C'est assez proche de mon prénom pour que ça paraisse encore plus éphémère et magique. Comme si une étrange alchimie s'était emparée d'une partie de moi et l'avait transmutée ici. Je suis une fille. Je suis l'encre et le papier.

Je fais courir mes mains sur les pages. Il y a aussi des images, chacune protégée par un cache transparent. Une princesse, dormant dans une tour envahie de ronces de mûriers. Une jeune servante, portant une robe magique de clair de lune. Une reine des fées aux ailes de brume, flottant dans un ciel étoilé.

À l'intérieur de la couverture, une petite carte carrée. Deux lignes, soigneusement tracées à l'encre.

Tu devrais être dans le verger, où les violettes assombrissent secrètement la terre.

Ces mots – *verger, violettes, terre* –, j'aime leur consonance. Un endroit caché, couleur feuillages. Seulement des fleurs et la lumière du soleil. Je serre le livre contre ma poitrine. Mon cadeau, pour un secret que je garde.

Maintenant qu'il fait jour, je découvre le salon plus clairement. Le papier peint est orné de lianes incurvées.

Le canapé est brodé de roses et de campanules. Et contre le mur opposé, encore à moitié caché dans la pénombre, se dresse un autel.

Je traverse la pièce pour l'examiner de plus près. L'autel est vieux, bien plus vieux que celui de Greymere. Il est encadré de bois, des bords sculptés qui sont devenus lisses avec le temps. Un banc de bougies borde l'étagère. Elles ont brûlé récemment et la cire a dégouliné autour. Et l'icône elle-même… Je n'ai jamais rien vu de tel.

Il y a deux personnages.

La Dame, visage tourné vers le haut, yeux fermés, dans le halo de soleil qui auréole ses cheveux. Ses doigts aux pointes d'or enfouis dans la terre. Et en dessous d'elle, peint à l'envers…

Le Seigneur d'En Dessous.

Il n'est guère qu'une silhouette. Un visage sans traits, la tête ceinte d'une couronne de branches. Ses mains sont levées, ses bras sombres tendus vers le haut. Ses doigts griffus sont joints aux mains de la Dame au centre de l'icône. Et des ombres – oui, des ombres – s'enroulent autour de ses paumes.

Tout ce que j'ai essayé d'oublier revient, me submerge dans un afflux soudain et hideux. Les bois de Vair. Le gel sur le sol et la glace dans l'air. Les ombres tendues vers moi.

La voix.

La voix qui m'a parlé dans la forêt en plein hiver.

La voix qui murmurait à travers les murs de ma chambre, qui prononçait mon nom, qui m'intimait de suivre et me conduisait vers la vérité.

C'était lui.

Je m'écarte brusquement de l'autel, m'entrave en me précipitant hors de la pièce. La cuisine est mal éclairée, lumière du poêle, vapeur de la bouilloire et douce odeur du gâteau aux amandes dans le four. Ma poitrine est oppressée, ma gorge, serrée, mes poumons emprisonnent un cri étouffé. Je vois encore la silhouette du Seigneur d'En Dessous sur l'icône, sa silhouette tel qu'il est apparu devant moi dans les bois de Vair. L'air est rempli de chuchotements et de l'écho trop fort des battements de mon cœur.

Violeta, Violeta, Violeta...

Il est venu à moi alors, et il vient à moi maintenant.

C'est impossible. C'est le seigneur des morts, et seuls ceux qui sont proches de la mort peuvent le voir. Quand je l'ai rencontré en cette nuit lointaine, la mort était proche, qui m'encerclait de son désir et de sa faim. Mais maintenant...

Que veut-il de moi cette fois ?

Les murs de la maison semblent se rapprocher de plus en plus. Je traverse la cuisine, j'ouvre la porte arrière à la volée et je me précipite dans le jardin.

Je cligne des yeux encore, encore, baignée par la lumière du soleil, et je prends une profonde, une avide inspiration. L'air sent le pollen du jacaranda. L'autel posé dessous – où nous irons, ce soir, pour l'observance de Midété – est saupoudré de pétales de lilas et de feuilles mortes. Cette icône est singulière. Juste la Dame, drapée de fleurs. Mais le vent change alors et une tache sombre, l'ombre des feuilles, s'étend sur le bas du tableau, comme un rappel de ce que j'ai vu à l'intérieur.

Le Seigneur d'En Dessous. Je l'ai rencontré dans les ténèbres. Je l'ai cherché. Je lui ai parlé.

Quand mes yeux réussissent à accommoder, je prends conscience que je ne suis pas seule. Arien est sur la pelouse à côté de l'arbre. Il a tracé un sigil dans la terre – un trait sombre et boueux entre les fleurs violettes et les feuilles de pissenlit. Au centre du cercle, un alignement de jarres, chacune remplie d'une eau noire d'encre.

Je pousse un cri, effrayée par sa posture. Il est à genoux, les mains serrées autour du bocal le plus au centre. Des ombres coulent entre ses mains. À l'intérieur du bocal, l'eau commence à bouillonner. J'entends son *ploc ploc ploc* contre le verre. Le même bruit que l'eau qui gouttait des murs de ma chambre.

Le Seigneur d'En Dessous est venu à moi. Il m'a appelée.

Je regarde Arien qui cherche désespérément à contrôler sa magie. Ses joues sont rouges, sa peau est humide de sueur. Morceau par morceau, la masse d'ombre commence à se déplacer et à se transformer. Elle devient plus lisse. Ce n'est plus un nuage de ténèbres, mais des volutes d'ombres bien ordonnées. Sauf qu'ensuite, tout se déploie. Les ombres se dissipent dans un nuage de charbon opaque qui volète dans l'air.

Il s'affaisse et heurte rudement le sol, avec un cri.

– Bon sang !

Puis il lève les yeux et me voit. Ses dents s'enfoncent dans sa lèvre. Je contourne prudemment le sigil et m'assieds à côté de lui. Il se frotte énergiquement le visage avec ses mains, laissant une trace de boue. Il a l'air vidé, comme une bougie qu'on aurait laissée allumée trop longtemps, juste avant qu'elle ne soit plus qu'une tache de fumée.

– Arien, mon chéri. Tu n'es pas obligé de faire ça.

– Si.

– Si tu n'es pas prêt…

Je laisse ma phrase en suspens et je regarde l'herbe, le sigil, les bocaux remplis de Corruption. Le rituel est seulement dans deux semaines. Le sol est empoisonné et le poison veut dévorer Rowan morceau par morceau.

Rowan, qui rêve de son frère mort. Rowan, qui a dormi à côté de moi dans le petit salon. Rowan, qui m'a donné une malle pleine de robes et un livre de fées. Qui m'a regardée avec une peur empreinte de tendresse quand il m'a avoué se perdre lentement dans cette obscurité affamée.

Je ne veux pas que Rowan se scarifie, qu'il soit dévoré lentement. Mais mon frère est son seul espoir de réparer la Corruption. Et il va se pousser jusqu'à la rupture.

Arien lâche un soupir de désespoir.

– Clover et Rowan sont allés au village. Les marchandises de la dîme sont arrivées de Greymere. Et j'ai décidé de m'entraîner pendant leur absence. Je me suis dit que je pourrais réussir, que je leur ferais la surprise et… (Il tire rageusement sur sa manche.) Si tu ne veux pas m'aider, Leta, alors va-t'en.

– Laisse-moi t'aider.

Arien me regarde, surpris.

– Tu ne vas pas encore essayer de m'en dissuader ?

– Oh, j'ai très envie de te dissuader. Je garde ça pour plus tard.

– Tu peux t'asseoir à côté de moi ? propose-t-il, tendant la main pour replacer l'un des bocaux. D'habitude je jette le sort avec Clover. Donc ça pourrait peut-être aider si tu étais là.

J'enjambe prudemment le bord du sigil et m'agenouille au sol. Arien s'installe à côté de moi. Il prend une inspiration. Ferme les yeux. Les ombres emplissent l'air, froides, lisses et visqueuses. Je me rapproche, de sorte que nous sommes serrés l'un contre l'autre, côte à côte.

Pendant un très bref instant, il contrôle la magie. Les fils de ténèbres se déplacent, point par point, en une toile de mailles fines enroulée autour de la jarre. Les épaules d'Arien se crispent. Ses yeux se ferment. Une veine pulse à sa tempe. Il retient son souffle.

Puis les ombres se détachent et se transforment en un nuage épais et sombre. Qui se déploie d'un coup autour de nous. Le froid, instantané, me glace la peau. Mes poumons brûlent et ma bouche a un goût de cendre. La lumière disparaît.

Arien soupire, dépité.

– Ça ne marche pas. Je n'y arrive pas.

Je pose ma main contre le sol, me rappelant la nuit dernière, quand la chaleur a jailli en moi et fait changer le sol. La terre sous ma paume est calme. Je ne sens pas de chanson ni de chaleur contre ma peau. Mais un doute me picote. Quand j'ai tenu Rowan dans mes bras, que j'ai essayé de l'arracher à la Corruption, quelque chose s'est produit.

Lentement, je ramasse le bocal.

– Arien, essaie encore le sort.

Nos mains, ensemble, s'enroulent autour du verre. Les ombres se rassemblent. Je pense au cottage, à notre chambre la nuit, au village le jour de la dîme. Toutes les fois où j'ai tenté – en vain – de le garder en sécurité. Comment je me sens depuis que nous sommes arrivés ici : frustrée et impuissante.

Je cherche désespérément à retrouver ce que j'ai ressenti dans l'obscurité au bord du lac. Il n'y a rien et rien, mais soudain... une lueur de chaleur. Petite et brève, j'ai à peine le temps de la voir, à peine le temps de comprendre. Puis la lumière, le pouvoir ou quoi que ce soit d'autre, s'estompe, m'échappe... pour pénétrer en Arien.

Les ombres s'entrelacent. Leurs volutes s'enroulent autour des pots, nettes, fines, contrôlées. La lumière du soleil de l'après-midi revient, la luminosité soudaine est aveuglante. Arien me regarde, les yeux écarquillés par le choc.

Il touche d'une main tremblante le bocal, désormais rempli d'eau claire. Il rit.

– Ça a marché. J'ai réussi, j'ai réussi !

L'eau est claire pas seulement dans la jarre qu'il tenait, mais dans toutes les autres. Et le sigil qu'il a gravé est carbonisé, comme si quelque chose avait brûlé le sol. Arien l'observe d'un air incrédule.

Je me lève et commence à reculer, éparpillant du gravier en marchant d'un pas chancelant vers la maison. Arien me rappelle, confus.

– Leta, qu'est-ce qu'il y a ?

Il ne comprend pas. Il ne sait pas que je l'ai aidé, que c'est grâce à moi que le sort a fonctionné et que la Corruption a été réparée.

– Je suis désolée, je dois y aller.

Ma bouche a encore le goût de la cendre. Je la sens toujours, cette chaleur soudaine qui m'a déchirée. Je regarde les bocaux d'eau maintenant propre et je me tords les mains alors que des étincelles de pouvoir brûlent sous ma peau.

Je pense à ma supplication de désespoir aux ténèbres quand Arien et moi étions perdus dans les bois de Vair. *S'il vous plaît, aidez-nous.* Et à la manière dont le Seigneur d'En Dessous y a répondu depuis l'obscurité : *Que me donneras-tu, si je le fais ?*

Je n'ai pas de pouvoir magique. Ce n'est pas possible. *Ce n'est pas possible.*

Dans la cuisine, Florence est à la table, saupoudrée de farine, en train de pétrir de la pâte à pain fraîche. Elle me regarde et sourit, mais je me précipite dans le couloir, vers la fraîcheur et la pénombre, je passe devant le salon et me dirige vers l'escalier.

Ma chambre est baignée dans la lumière du soleil de l'après-midi. Je tourne en rond, agitée, et froisse les plis de ma cape entre mes doigts nerveux. Les fioles en verre des sédatifs sont toujours sur ma couette, éparpillées au centre du tissu comme une poignée de pierres précieuses. Je vais de la fenêtre au coin, puis au mur. En tremblant, je pose ma main à plat contre le papier peint à motifs floraux et j'inspire profondément.

– Pourquoi êtes-vous revenu ?

Au début, il n'y a que le silence. Puis un murmure traverse le mur.

Pas vraiment une voix. Juste un chuchotement, un sifflement. Un frisson me parcourt le dos, comme si un doigt m'avait gratté la colonne vertébrale.

Je suis le son jusqu'à l'extérieur de ma chambre et au bout du couloir. Des portes fermées, des portes verrouillées et nulle part ailleurs où aller.

Depuis la périphérie de ma vision, l'obscurité s'élève. L'eau se répand lentement sur le sol, formant une mare noircie sous mes pieds. Je resserre la cape de Rowan autour de moi, mais le froid la traverse, traverse ma chemise de nuit et mes sous-vêtements jusqu'à ma peau nue. La lumière s'assombrit. Le murmure devient plus fort, prenant forme maintenant, jusqu'à se muer en une voix.

La voix du Seigneur d'En Dessous.

Les bois de Violette. Violette dans les bois. Violeta dans les bois de Vair.

– Nous avons conclu un marché, je lâche dans un frisson, en me rappelant la nuit d'hiver où j'ai murmuré ma supplication à la forêt silencieuse. Que voulez-vous de moi ?

Qu'est-ce que tu m'as dit ? L'air change. Un son – ma voix – retentit à travers les ombres

– Je n'ai pas peur. Je vous en prie. Dites-moi. Montrez-moi.

As-tu peur maintenant, Violeta ?

Rowan m'a posé la même question quand nous étions assis dans le noir. *As-tu peur de moi ?* J'avais répondu honnêtement en affirmant que non.

Mais il y a plus d'une sorte de monstre dans ce monde. Il y a le monstre de Lakesedge. Un garçon avec du poison dans les veines, lié à la magie dépouillée du sol. Il y a le Seigneur d'En Dessous. Le seigneur des morts, des ombres et des ténèbres. Il est ici. Il est juste derrière moi. Il connaît mon nom.

– Je n'ai pas peur. (Le mensonge a le même goût amer que les sédatifs volés.) Je n'ai pas peur de vous.

Je me retourne et lui fais face.

Il est là. Des ombres et des ombres et des ténèbres. Mais je ne peux pas le voir. Je distingue ses traits séparément.

Des yeux perçants, des dents aiguisées, des griffes acérées. Je vois sa silhouette : la même grande créature aux bords déchiquetés qui est apparue dans les bois de Vair. Mais j'ai beau observer et observer encore, je ne parviens pas à réunir les morceaux de lui en un tout. C'est comme si mes yeux ne me permettaient pas de comprendre ce qu'il est.

Menteuse. Il émet un son dur et creux qui pourrait presque s'apparenter à un rire. *Tu la portes bien, la peur. Mais je ne te ferai pas de mal.*

Je me plaque contre le mur. Il avance. Un mouvement et un scintillement, une forme qui ne devient pas tout à fait réelle. Les ombres m'enveloppent, et l'air est froid, froid, froid. Je pense au lac. À l'eau noircie. À la rive empoisonnée. La blessure a déchiré le sol quand le rituel a échoué. La terre s'est soulevée et a attrapé Rowan à l'instant où il a mis son poignet entaillé dans la boue.

Je n'arrive pas à respirer.

Tu as demandé mon aide. As-tu trouvé ce que tu voulais ? Sa voix est un baiser dans le creux de mon oreille. *Le garçon, le monstre, la vérité.*

– Je ne sais pas. Je ne sais plus rien. Seulement le goût amer de ma peur.

Je pense que oui, Violette des bois.

Je tends mes mains. Ouvertes vers le haut et vides. Ma peau est froide, mais je sens encore la chaleur qui s'est accumulée dans mes paumes quand Arien a jeté le sort.

– Ma magie a disparu. Elle est censée avoir disparu.

Mais ce n'est pas le cas.

– La nuit dernière, quand j'ai touché la Corruption… elle a changé. Pourquoi ?

Laisse-moi te montrer.

La vision m'envahit comme un nuage, soudaine et rapide. Je vois le lac, noir et sans fin. Deux lunes jumelles, toutes deux pleines. Une au-dessus dans le ciel nocturne, une en dessous, reflet sur l'eau. Il y a un sigil gravé dans le sol. C'est comme lors du rituel, sauf que je suis seule sur la rive.

Une bouffée de pouvoir crépite sous ma peau comme une dispersion de braises. Chaude et brillante, qui m'appartient.

La magie coule entre mes doigts, mais elle est différente de celle que j'ai vu Arien ou Clover lancer. Elle est sombre, elle est claire. Ombre et lueur dorée, elle recouvre ma peau d'un mélange de chaleur intense et de froid douloureux. Tout comme l'icône du salon, où la Dame et le Seigneur d'En Dessous ont les doigts entrelacés, clair et obscur, obscur et clair.

L'afflux de puissance m'inonde au point que mon cœur va s'arrêter, j'en suis sûre. Je suis dans le lac, à moitié sous la surface. Et l'eau est claire. Le rivage est lisse.

La vision se termine. Je suis de retour dans le couloir.

– J'ai le pouvoir de la réparer toute seule ?

Pas encore. Mais je pourrais te le donner. Tu as déjà accepté mon aide une fois, Violeta. Tu ne veux pas être capable de protéger tout le monde, qu'ils soient en sécurité ?

Si. Je le veux. Je veux cette magie. Je veux la force terrible et merveilleuse de ce pouvoir qui fera tout cesser.

– Mais je ne comprends pas. Vous avez créé la Corruption, pourquoi ne pouvez-vous pas la réparer ?

Je ne peux pas. Pas tout seul. Elle m'a dépassé maintenant.

– Si… si j'accepte, que se passera-t-il ?

Laisse-moi te montrer ce qui se passerait si tu ne le faisais pas.

Le sol se ramollit, se transforme en boue. Mes pieds commencent à s'enfoncer. L'eau noire m'envahit, transformant mon corps tout entier en glace. Je suis collée contre la porte, le bois sculpté et la poignée froide dans mon dos. Le Seigneur d'En Dessous s'approche.

Que se passera-t-il quand Rowan Sylvanan ne pourra plus payer sa dîme ?

– Il mourra.

C'est la première fois que je le dis à haute voix, et c'est plus douloureux que je ne le pensais, d'énoncer cette vérité.

– Il mourra et la Corruption disparaîtra.

Est-ce là ce que tu veux ?

Il se penche jusqu'à ce que son visage soit juste à côté du mien. Ses traits illisibles se déplacent et tremblent alors que la lumière le traverse. Il est là et pas là, réel et pas réel. J'incline le menton vers le haut. Je garde les yeux ouverts et je rencontre son obscurité.

Veux-tu assister à sa disparition ? À sa destruction, morceau par morceau, jusqu'à ce qu'il ne reste plus rien ? C'est ce qui va se passer.

Veux-tu me laisser t'aider ?

Un « oui » désespéré s'accroche à ma langue. Mais l'aide du Seigneur d'En Dessous a toujours un prix, je ne le sais que trop bien. J'ai fait un pacte avec lui une fois et je l'ai payé cher. Je ne peux pas recommencer.

– Non. Je ne veux pas de votre aide.

J'ouvre et ferme les mains. Mes doigts sont mouillés et engourdis mais, sous le froid, je sens encore la faible chaleur du pouvoir.

– Je peux y arriver sans vous.

Crois-tu que les miettes qui te restent seront suffisantes ? Tu sais, Violeta, ce pouvoir m'appartient de droit.

– Vous ne pouvez pas revenir sur notre marché, dis-je en resserrant mon emprise sur la porte. Vous avez promis…

Il rit, mélange de soupir et d'afflux de vagues, tous pris ensemble. L'eau monte autour de moi, jusqu'à atteindre ma taille, puis ma gorge, puis à me remplir la bouche. Le monde devient ténèbres et je suis perdue au fond du lac.

Je suis perdue, perdue… Mais soudain, un son transperce la vision. Un *toc toc toc* rapide, comme les branches du pommier lorsqu'elles tapaient contre le carreau de la cuisine, au cottage. Je tiens toujours la poignée de la porte. Je resserre ma prise et laisse les rebords durs mordre ma paume. J'entends le nouveau son, étrange. Je m'arrache à l'obscurité.

Les ombres ont disparu. L'eau a disparu. Le Seigneur d'En Dessous a disparu.

Je fais volte-face et me plaque à la porte, la joue contre le bois. Mon souffle est chaud contre les panneaux sculptés. La poignée ne veut pas tourner. Je l'actionne, violemment, et elle se tord dans un raclement rouillé. J'appuie alors l'épaule contre le bois et je pousse.

La porte se décoince, s'ouvre dans un grand souffle.

Je me retrouve à l'intérieur, la jambe mal assurée, et je claque la porte pour la refermer.

12

Le Seigneur d'En Dessous m'a libérée, mais chaque mot, chaque syllabe de ce qu'il a dit est logé au creux de ma poitrine. *Je peux t'aider.*

Je resserre mes bras autour de moi dans un frisson et je balaie la pièce du regard. Elle est aussi nue qu'une cellule. Rien d'autre qu'un feu éteint et un canapé rembourré au dossier sculpté, poussé contre le mur entre deux énormes fenêtres. Les formes vagues des meubles dans les coins : une armoire, un bureau, une commode. La seule lumière est celle du soleil de la fin d'après-midi qui dessine le contour des lourds rideaux.

De derrière ces rideaux, le son revient. Le *toc toc* frénétique qui m'a tirée de la boue, de l'eau et de l'obscurité. Je prends une inspiration. La pièce est mal éclairée, mais ces ombres ne sont que de la pénombre. Il n'y a pas de murmures, pas de présence aux limites de mon champ de vision. Lentement, je me décolle de la porte et me dirige vers la fenêtre. Mon cœur bat fort, en rythme avec le son. *Toc toc.*

Ma main tremble quand j'attrape le rideau et l'ouvre. La pièce est soudain inondée de lumière. Un nuage de particules scintillantes plane dans l'air.

Un oiseau.

Il y a un oiseau piégé dans la pièce. Il est petit et délicat, effrayé. Le bruit que j'entendais était celui de ses ailes contre la vitre. Des taches noires maculent ses plumes blanches. Il est peut-être tombé par la cheminée.

Je le frôle de la main pour ouvrir la fenêtre, l'oiseau a tellement peur qu'il ne s'éloigne même pas. Plus je le regarde voltiger, plus je me sens calme. J'étais si impuissante tout à l'heure, plaquée contre la porte pendant que l'eau noire montait autour de moi. Mais ici, je ne le suis plus.

Je saisis le loquet de la fenêtre. Il est coincé. Je serre les dents et je m'appuie de toutes mes forces avec l'épaule contre le carreau.

– Tu es sauvé, tu es sauvé.

Je me débats avec la fenêtre, les ailes tachées de suie de l'oiseau effleurent mes joues dans un mouvement flou.

– Laisse-moi ouvrir et tu pourras retourner dehors.

Finalement, le cordon de la guillotine émet un cri aigu et la fenêtre s'ouvre d'un coup. L'oiseau s'envole devant moi avec un petit gazouillis. Je le regarde disparaître dans le ciel clair et chaud. Essoufflée par l'effort, je me penche vers le soleil balayé par le vent, respire l'air tiède avec gratitude.

Quelque chose est coincé dans l'espace entre le carreau et l'encadrement. Avec les doigts, je le détache. C'est une lourde clé, aussi grande que ma main, gravée de feuilles torsadées qui me rappellent les sculptures sur la porte d'entrée de la maison.

Je referme les doigts autour de la clé. Je ne sais pas ce qu'elle peut bien ouvrir, il y a tant de portes fermées ici. Un long ruban est passé dans le cercle de la clé. Je le replie pour en faire une boucle, puis je le passe autour de mon cou.

La porte s'ouvre dans un grincement. Je me dépêche de fourrer la clé sous ma chemise de nuit pour la cacher. Des bruits de pas lourds se font entendre sur le sol. Une main passe à travers les rideaux emmêlés et m'attrape par l'épaule.

– Qu'est-ce que tu fais ?

Je me redresse dans un sursaut, si bien que je me cogne la tête contre le bord de la fenêtre ouverte.

– Aïe ! Punaise !

Je tire d'un geste coupable les rideaux devant la fenêtre ouverte et me tourne vers Rowan Sylvanan : les sourcils froncés, sans gants et la chemise à moitié déboutonnée.

Mes yeux dérivent, malgré moi, vers sa peau nue. Les cicatrices autour de sa gorge descendent plus bas que je ne le pensais, traversant ses clavicules et son torse. Le sang afflue à mes joues. Je détourne rapidement le regard.

– Violeta.

Sa mine renfrognée s'accentue et il tire maladroitement sur sa chemise, dont il resserre rapidement les lacets.

– Pourquoi es-tu dans ma chambre ?

Je regarde autour de moi. Les murs nus. Le peu de meubles. Le canapé sous la fenêtre.

– Ta chambre ? (Je remarque maintenant une couette étalée dessus, un oreiller à une extrémité.) Mais c'est tellement vide.

– Je préfère comme ça.

– Tu es le seigneur d'un domaine. Pourquoi dors-tu sur un canapé ?

Rowan émet un son à mi-chemin entre le soupir et la toux incrédule.

– C'est une méridienne, corrige-t-il, puis il plisse les yeux qui s'attardent sur moi. Tu portes ma cape ?

– C'est toi qui me l'as laissée, je lui rappelle avant de l'enlever rapidement et de la lui tendre. Tu peux la reprendre maintenant.

Il ne bouge pas. Le poids de sa cape glisse de ma main jusqu'au sol. Il la regarde tomber, les bras croisés.

– Que fais-tu ici exactement ?

– Il y avait un oiseau.

– Un quoi ?

– Il était piégé ici. J'ai dû ouvrir ta fenêtre pour le libérer.

Une soudaine rafale de vent balaie la pièce. Les rideaux claquent en provoquant un afflux de poussière. Nous éternuons tous les deux.

– Un oiseau ? C'est pour ça que tu es entrée ici en douce ?

Rowan éternue à nouveau et je commence à me moquer de lui quand il plisse le nez à cause de la poussière. Il se fraye un chemin à travers les rideaux et pousse la fenêtre, mais elle est aussi têtue pour se refermer que pour s'ouvrir.

– C'est coincé. Laisse-moi t'aider. (Je saisis le cadre. Mon épaule frôle la sienne et nos mains sont si proches qu'elles se touchent presque.) Et je ne faisais rien en douce. J'ai mieux à faire que de fouiner dans ta chambre.

– J'ai eu une journée assez longue comme ça sans devoir supporter tes bêtises, Violeta.

Il donne un autre coup à la gâche et la fenêtre se referme dans un claquement dont l'impact fait vibrer le carreau. Nous sursautons. Les rideaux, immobiles, forment en retombant un mur souple entre nous et le reste de la pièce. Sans filtre, la lumière du soleil coule sur nous. Je le regarde et j'ai envie de toucher les cicatrices qui strient sa mâchoire, sa bouche. Je garde les mains contre mes côtes pour m'empêcher de les tendre.

– Ça s'est très mal passé au village ?

Il soupire.

– À ton avis ? La dernière rumeur en date, c'est que Clover et moi essayons d'accomplir une sorte de sacrifice de sang.

Je regarde son bras bandé.

– Bon, ils n'ont pas entièrement tort.

Il laisse échapper un rire fatigué, puis entreprend de dérouler ses manches et de les défroisser.

– Je suis sûr que cela te ravit que tout le monde partage ton opinion, à savoir que je suis un monstre.

Je fais mine de l'étudier.

– Tu n'es même pas un monstre très crédible. Il te manque des crocs.

– Des crocs ?

– Ou peut-être une queue. Que tu pourrais remuer quand tu es en colère.

– Si j'avais une queue, elle remuerait, là, maintenant.

Je ne peux m'empêcher de sourire.

C'est un monstre. C'est un garçon. Triste et contrarié. Il écarte les rideaux pour moi. Je me faufile dans l'étroite ouverture, et il recule un peu avec un coup d'œil à ma chemise de nuit et une grimace.

– Tu es encore couverte de la terre de la nuit dernière.

Il sort après moi de l'espace derrière les rideaux, qui assombrissent la pièce en se refermant. Je m'examine. Ma chemise de nuit est crasseuse, mes cheveux, emmêlés, avec de la boue coagulée aux extrémités des mèches. Je me mets à rire.

– J'ai enfreint tes règles en matière de propreté ? Je n'ai pas eu le temps de me changer depuis qu'on est allés au lac.

– Tu pourrais prendre un bain avant le dîner.

Contrairement à moi, Rowan est habillé proprement. Le bandage à son poignet est la seule trace du désordre de la nuit dernière. Une envie irascible me prend de le décoincer. De le rendre désordonné. De marquer des traces de pas poussiéreuses sur ses bottes ou de défaire sa chemise. De le froisser.

– C'est quoi, le problème ? Tu as peur que j'abîme ta belle chemise toute propre ?

Je saisis sa manche et froisse le tissu dans mon poing. Horrifié, il attrape ma main.

– Tu as encore du sang sous les ongles !

– C'est ton sang !

Je m'affale contre son torse, hilare, réchauffée par le plaisir de le taquiner.

Il baisse sur moi un regard noir.

– Tu es une vraie plaie.

Il tient toujours ma main et j'entremêle mes doigts aux siens. Une étincelle fuse dans mon corps : de la poitrine aux côtes jusqu'au bout des doigts. Une chaleur m'enflamme la peau, comme un jardin de fleurs éclatantes qui écloreraient dans mes veines.

La lumière crépite entre nos mains jointes.

Choqué, Rowan a un mouvement de recul.

– Tu as de la magie, constate-t-il, prudent, mais il y a de la certitude dans ses mots. C'est ça que tu as fait la nuit dernière. Tu as utilisé ta magie contre la Corruption.

Ce pouvoir m'appartient de droit. Je frissonne au souvenir des mots du Seigneur d'En Dessous.

– Je ne...

Rowan soulève ma main et la tourne, paume vers le haut, puis il suit ma ligne de cœur du bout d'un doigt calleux. Nous prenons tous les deux une inspiration, les ténèbres se déploient sur sa gorge, le long des cicatrices. Alors que les volutes du poison s'enroulent autour de lui, je ressens un écho lointain, tout au fond de moi.

Et le pouvoir, la magie, ma magie, étincelle et brûle, brûle... Son éclat emplit la pièce comme des charbons ardents dans un poêle. Pendant un bref instant lumineux, avant que le pouvoir ne s'estompe, mes mains, mes paumes, mes doigts... rougeoient.

Rowan serre les dents alors que l'obscurité s'étend de son cou sur sa mâchoire. Il ferme les yeux et, lentement, les lignes commencent à s'estomper.

– Pourquoi n'as-tu pas avoué à Clover que tu avais de la magie, quand elle te l'a demandé ? me demande-t-il, les yeux rivés sur mes mains. Ce jour-là, dans votre cottage, si j'avais su que...

– Su que je t'étais utile, tout comme Arien ?

– Ce n'est pas vrai. Je ne veux pas t'utiliser, Violeta. Je...

Il lève la main, mais je recule.

– On peut juste oublier ça, s'il te plaît ?

– Je comprends que tu n'aies pas confiance en moi. Mais Arien ? Pourquoi le lui avoir caché ?

Parce que ça n'était jamais arrivé jusqu'à maintenant. Ma magie n'est plus qu'une palpitation désagréable au creux de mes mains, mais je peux encore sentir la façon dont elle s'est déployée quand Rowan m'a touchée. Les étincelles qui ont jailli de mes doigts. Quand j'y pense, je veux le repousser… et je veux l'attirer à moi. Pourquoi le fait d'être à Lakesedge, d'être avec lui, a-t-il fait vibrer en moi ce pouvoir étrange et perdu ?

– Tu ne dois parler à personne de ma magie. Ni à Arien ni à Clover. Je veux que personne ne soit au courant.

– Pourquoi la cacher ? Ton pouvoir pourrait être utile. Tu serais en mesure d'aider.

Ses mots sont un écho de ce que le Seigneur d'En Dessous m'a dit. Je secoue rapidement la tête alors que le froid me picote la peau.

– Non. Tu ne veux pas de mon aide.

– Violeta…

Il se penche, jusqu'à ce que son visage soit au niveau du mien. Il me tend la main, les yeux pleins d'inquiétude. Cette fois, je le laisse me toucher.

Ses doigts effleurent ma joue et, l'espace d'un souffle, tout est plus doux entre nous. Je réalise que Rowan est peut-être la seule autre personne à avoir vu ce que j'ai vu. La voix, les ombres, l'obscurité. La confession est une douleur logée dans ma poitrine, tranchante contre mes côtes. Je regarde autour de moi, cherchant comment lui dire la vérité. Que le Seigneur d'En Dessous m'a offert le pouvoir. Que j'ai conclu un pacte avec lui par une nuit de lune dans les bois de Vair.

Que je lui suis peut-être encore redevable.

– Rowan, que s'est-il passé quand le Seigneur d'En Dessous t'a sauvé ?

– Je te l'ai déjà dit. Je me suis noyé. Je suis revenu. Tout était empoisonné.

– Mais que t'a-t-il demandé en échange de son aide ?

Un éclair passe dans ses yeux que je ne peux pas déchiffrer. Un glissement du masque, avant que celui-ci ne revienne très vite en place. Puis la douceur du début s'évapore et il me jette un regard dur et froid.

– Ça, Violeta Graceling, ça ne te regarde pas.

Mais les rouages de mon esprit ont déjà commencé à tourner pour assembler les morceaux de tout ce que j'ai vu, entendu et appris.

– Tu m'as dit que la Corruption avait débuté à cause d'une erreur. C'était ta famille, n'est-ce pas ?

– Non. Je ne veux pas parler de ça, surtout pas avec toi.

– Tu les as donnés en échange de ta vie.

Il me pousse et ouvre la porte d'un coup sec.

– Je pense que tu devrais partir.

L'horreur de la chose m'envahit. Tout le monde dit qu'il a tué sa famille, mais la vérité est bien pire. Rowan a trompé la mort, tout comme moi.

Rowan a donné sa famille au Seigneur d'En Dessous en échange de sa vie.

– Je ne comprends pas. Florence m'a dit que ton père était mort après ton treizième anniversaire. Mais si tu les as donnés quand tu étais enfant, alors pourquoi…

Son expression s'assombrit, brutale et furieuse.

– Assez. Je ne discuterai pas de ça.

Le désespoir brûle au centre de ma poitrine.

– Le Seigneur d'En Dessous est-il revenu vers toi ?

– C'est le seigneur des morts. Seuls les morts peuvent le voir. (Il me toise, mauvais, puis incline le menton vers le couloir.) Sors de ma chambre, Violeta.

Comme je ne bouge pas, il s'avance vers moi, rapide comme l'éclair, et m'attrape le poignet. La magie jaillit de ma main tandis que je me débats.

Vu d'en dessous, comme il me surplombe, ses dents dénudées sont acérées.

– Je t'ai dit de partir.

J'essaie de me libérer. Ses doigts se resserrent autour de mon bras. Nous sommes si proches que lorsqu'il relâche son souffle, j'en sens la chaleur sur ma peau. J'ai le goût de la cendre, du sel et du sang, comme si le poison en lui s'était répandu dans l'air. Je ne sais pas si c'est un effet de la lumière, mais les cicatrices de sa gorge semblent noircir. Elles ont l'air humides, comme s'il avait été coupé, comme s'il saignait.

Hier soir, j'ai dit que je n'avais pas peur de lui, mais là, j'ai peur. Tout ce dont j'ai envie, c'est m'enfuir. Au lieu de quoi, j'arrête de me débattre et je pose une main sur la sienne.

Puis je prononce son nom, je le répète jusqu'à ce qu'il sonne comme une litanie.

– Rowan. Rowan. Rowan.

Il grogne, puis me repousse brutalement. Je sors de la pièce en trébuchant, me retourne pour l'apercevoir une dernière fois, empoisonné, dans l'ombre et dans l'erreur, alors qu'il claque la porte.

Je me frotte la peau dans un bain chaud jusqu'à ce que toute la boue ait disparu. Je passe une autre de mes nouvelles robes, couleur pétale de rose avec des feuilles brodées à l'ourlet, puis je trouve une paire de chaussettes à rubans à porter avec mes bottes désormais propres. Je fourre la clé, accrochée à son long ruban, à l'intérieur de ma robe.

La maison est silencieuse dans le jour qui s'étire vers une indolente soirée d'été. Il n'y a pas de chuchotements ni d'ombres changeantes. Je tiens la petite icône entre mes mains et je la sens qui se cale parfaitement dans ma paume tandis que j'observe les murs et le sol en espérant qu'ils ne changent pas. Ils ne changent pas. Toutefois, lorsque je passe devant le salon pour aller dîner, je m'arrête devant la porte fermée.

Je peux encore sentir le pouvoir que le Seigneur d'En Dessous m'a montré. J'étais alors forte et sûre de moi et j'ai gardé tout le monde en sécurité. Une petite partie de moi, téméraire, se demande ce qui se passerait si j'entrais dans la pièce à cet instant. Si j'allumais une bougie et que je m'agenouillais devant cet étrange et sinistre autel.

Je me dirige rapidement vers la cuisine, en essayant de repousser l'envie qui chante au bout de mes doigts. Lorsque j'entre dans la pièce, Florence m'accueille avec une pile d'assiettes en émail dans les mains. Elle me les passe, puis pose en équilibre sur le dessus une pile de serviettes en lin soigneusement pliées.

– Tiens. Tu peux mettre la table. (Pendant que je positionne les assiettes, elle observe le couloir vide, l'air d'espérer quelque chose.) Où est Rowan, d'ailleurs ? C'est son tour de corvées, ce soir.

Je pose la dernière assiette avec un bruit sec.

– Je pense qu'il reste à l'étage.

J'enroule les doigts autour de mon poignet, où je sens encore l'empreinte de ceux de Rowan. Il se perd dans la Corruption. Si le prochain rituel échoue, elle pourrait l'emporter entièrement.

Florence fronce les sourcils, soucieuse, mais elle est distraite par Arien et Clover qui rentrent du jardin. Ils sont tous les deux silencieux, l'œil inquiet. Le regard d'Arien passe de moi à la porte ouverte, où le sigil est toujours gravé dans la pelouse, au centre d'un cercle matérialisé par des bocaux.

– Je n'ai pas réussi, Leta. Ça a marché, au moment où tu étais là. Mais après ton départ, quand j'ai réessayé, je n'ai pas pu…

Il se dirige vers l'évier et se frotte frénétiquement les mains. Il les essuie avec un torchon, puis vient s'asseoir à la table en face de moi.

– Tu as encore le temps, lui dis-je.

Il pousse un soupir colérique.

– Non.

– Si, renchérit Clover, dont le sourire n'atteint pas vraiment ses yeux fatigués. La lune noire est à peine passée. On a du temps jusqu'à la prochaine pleine lune, le prochain rituel. À partir de demain, on s'entraînera encore plus dur.

Florence met sa main dans le dos d'Arien.

– Je suis sûre que tu peux y arriver.

Elle pose un plat sur la table et entreprend de couper une miche de pain au levain. La nourriture ici est la même que celle de nos repas au cottage. Des légumes verts : salade d'orties, pois gourmands et courgettes. Sur la table, un bol en argile contient du sel rose et, à côté, un pichet en étain est rempli de thé à la menthe.

Habituellement, les soirées passées ensemble à la cuisine ressemblent à une pause dorée. Un endroit où nous pouvons nous asseoir, parler et oublier le lac. Oublier de regarder la lune, qui, de noire, devient demi-lune avant d'atteindre sa plénitude dans le ciel nocturne de l'été. Mais ce soir, nous mangeons en silence dans une ambiance sombre et tendue.

Rowan entre dans la cuisine au moment où Florence commence à débarrasser la table. Je me tourne rapidement vers lui, le corps crispé par l'appréhension. Mais je ne retrouve aucun signe de ce à quoi il ressemblait avant, quand il était différent.

– Te voilà, dit Florence. C'est à ton tour de faire la vaisselle ce soir. Ne l'oublie pas.

Elle se dirige vers les étagères pour récupérer des couverts et une autre assiette, qu'elle remplit aux plats mis de côté près de la cuisinière.

Clover verse du thé à la menthe et le lui passe.

– J'allais te voler ta part de dessert.

Elle lui donne une petite tape pour jouer, mais il se contente de la regarder, morose. Avec un soupir, elle retourne à sa chaise tandis que lui s'assied à côté de moi. Quand nos genoux se frôlent sous la table, il se déplace aussitôt. Nous ne sommes pourtant pas plus proches l'un de l'autre que lorsque nous nous tenions près de la fenêtre, tout à l'heure, mais lui le perçoit comme tel.

Je baisse la voix, consciente que tout le monde peut m'entendre.

– Tu te sens mieux ?

– Je vais bien.

Il pose quelque chose sur la table. Un livre. Mon livre. *Les Bois de Violette*.

– Tu as laissé ça dans la poche de ma cape.

Clover nous regarde tous les deux avec curiosité.

– Tu as porté sa cape ? demande-t-elle dans un murmure à peine dissimulé.

Elle essaie, sans y parvenir, de camoufler son sourire.

Rowan ne prend pas la peine de lui répondre, il mange en silence, les yeux fixés sur son assiette. Lorsqu'il a terminé, Florence apporte le dessert : un gâteau aux griottes saupoudré de sucre.

– Est-ce que ça vient de la dîme ? je demande à Clover.

Elle grimace.

– Oui. Je ne veux plus jamais soulever un autre panier. J'aime bien les griottes, mais je ne suis pas sûre qu'elles vaillent le supplice d'une journée entière au village à se faire commander par le Gardien Harkness et son insupportable fille.

Florence coupe le gâteau en morceaux carrés.

– Je croyais que tu aimais bien Thea ?

Clover tire sur l'extrémité de sa tresse et ne répond pas. Maintenant, c'est à mon tour de cacher mon sourire.

– Je crois que c'est moi qui les ai préparées, ces cerises.

Je ris sous cape et me penche pour attraper une part de gâteau, avec un sentiment doux-amer au souvenir de tout le temps que j'ai passé dans le verger à cueillir les fruits, et aux fourneaux à touiller sans fin la gamelle.

Mais mon rire s'estompe quand je me rappelle la nuit dans la cuisine où l'air sentait le sirop, quand je me suis agenouillée sur les tessons de verre, qui se sont incrustés dans ma chair. À l'époque, tout ce que je voulais, c'était garder Arien en sécurité, peu importait à quel point cette entreprise pouvait me blesser.

Je sens encore la légère traction du fil de magie qui s'est noué entre nous lorsqu'il a jeté son sort aujourd'hui. Je le regarde de l'autre côté de la table. Il est resté silencieux pendant la majeure partie du repas. Maintenant, il picore son dessert, éparpille des miettes sur la table.

– Que se passera-t-il si je ne peux pas contrôler ma magie à la pleine lune ? Que se passera-t-il si je ne peux pas aider Clover à jeter le sort ?

– Alors vous attendrez, dit doucement Florence. Et vous réessaierez à la prochaine lune.

Je regarde Rowan. Sourcils froncés, il évite mon regard. Mon livre est posé sur la table entre nous, le prix que je lui ai demandé par taquinerie en échange de mon silence concernant les dîmes. Clover et Florence ignorent ce que ça va lui coûter, à lui, d'attendre tout ce temps supplémentaire.

Arien se mordille la lèvre, partagé entre espoir et nervosité.

– Si on avait plus de temps, je sais que je pourrais y arriver ! Ça a marché aujourd'hui. Leta, tu m'as vu ! J'ai réussi…

– Dis-leur.

Rowan regarde mes mains. Il veut que je leur parle de ma magie. Je secoue la tête.

– Non.

– Dis-leur, répète-t-il.

Je ne peux pas accepter l'offre du Seigneur d'En Dessous. Je ne peux pas avouer la vérité sur ma magie. Je ne peux pas non plus laisser Arien aller au rituel sans préparation, nous n'avons pas le temps. Et puis il y a Rowan… il va lui en coûter d'attendre. Il va lui en coûter d'échouer. Il lui en coûtera tout car il mourra.

Je suis là, à me battre comme si j'avais le choix. Aucun de nous n'a le choix.

Je secoue à nouveau la tête et murmure :

– Je ne peux pas.

Rowan se lève d'un coup. Sa chaise heurte la table, les assiettes s'entrechoquent, les couverts et les tasses de thé aussi. Florence le regarde, surprise.

– Qu'est-ce qui ne va pas ?

D'un geste brusque, il fourre son assiette et sa cuillère dans le plat.

– Rien. Il nous faut plus de bois pour le poêle.

Il prend la lanterne, attrape le panier à bois et disparaît dans le jardin. Le silence s'installe. Au bout d'un moment, le cognement régulier et rythmé de la hache retentit dans la cabane derrière la maison.

– Qu'est-ce qu'il voulait dire ? demande Arien, confus. « Dis-leur » ? Nous dire quoi ?

Je secoue la tête.

– Ça n'a pas d'importance. On s'est disputés tout à l'heure, c'est tout.

– Tu dois vraiment arrêter de chercher la bagarre avec lui.

Clover rit.

– Non, n'arrête pas. C'est très divertissant à regarder. Tu l'as vraiment mis dans tous ses états. J'ai bien cru qu'il allait enfin se lever et confesser l'ardeur avec laquelle il te regarde. (Elle agite une main en signe de protestation lorsque Florence lui lance un regard sévère.) Tu devrais être contente ! D'ici à ce qu'il en ait fini là-bas, on aura assez de bois pour tenir jusqu'à Mordété.

13

Après le dîner, nous sortons dans le jardin pour l'observance. Les prémices du long coucher de soleil de Midété ensanglantent le ciel de bandes cramoisies. Nous marchons jusqu'à l'autel, en prenant soin de contourner le sigil sur la pelouse, et nous agenouillons sur l'herbe piquetée de fleurs. Clover tend les doigts vers les bougies sur l'étagère, sous l'icône, et touche la mèche de chacune d'elles : sa magie les enflamme. Je croise les mains.

Dis-leur.

Je ferme les yeux et inspire l'odeur de la fumée, de la cire et du miel. C'est la première observance depuis que nous sommes à Lakesedge. La dernière fois, nous nous trouvions à Greymere le jour de la dîme, quand tout a changé. Je presse mes mains tremblantes contre mes genoux. La fumée, la lumière des bougies, l'autel… tout ça m'est étrangement familier. Ce sont les bougies que Mère a allumées pour brûler les mains d'Arien. C'est le parfum qui a flotté vers moi alors que je m'agenouillais sur les éclats de verre.

Un son s'échappe de moi, anxieux, juste un gémissement. Clover me jette un regard inquiet.

– Je… C'est juste… (Je cligne plusieurs fois des paupières.) J'ai juste…

Arien regarde fixement les bougies, en tortillant les mains à l'intérieur de ses manches. Depuis que nous sommes arrivés ici, je l'ai vu allumer des bougies sur l'autel de la cuisine et tremper les doigts dans le plat de sel, comme nous le faisions au cottage. Mais en cet instant, alors que nous sommes agenouillés dans la lumière des bougies, son visage est figé dans une expression dure et déterminée. Il passe ses doigts noircis à travers le banc de flammes dans un mouvement rapide et inattendu.

– Elle voulait me raser, comme si j'étais le champ infesté. (Il se mord la lèvre.) Comme si j'étais gâché. Comme si j'avais besoin d'être réparé.

Je lui prends la main. Sa peau est encore chaude à cause des flammes.

– Eh bien, tu n'es pas gâché. Et tu n'as aucun besoin d'être réparé.

Il regarde les bougies.

– Je sais. Ce n'est pas pareil, Leta. Pas pareil.

Florence traverse la pelouse. Elle vient s'agenouiller et passe un bras autour d'Arien.

– Personne ne vous fera de mal ici. À aucun d'entre vous.

Je pose mon front contre l'épaule d'Arien et prends une lente inspiration.

– Je sais que ce n'est pas pareil.

J'entends le bruissement des feuilles du jacaranda. Le son lointain de Rowan dans le cabanon à bûches, le rythme régulier de sa hache mordant dans le bois de chauffage. On n'est pas à l'autel de Greymere, avec Arien qui essayait de cacher sa magie incontrôlée. On n'est pas dans la cuisine de notre cottage, entre une Mère effrayée et un Arien blessé.

Je pose mes mains sur le sol, puis je passe mes doigts dans l'herbe jusqu'à sentir la terre chauffée par le soleil. Des feuilles, des pétales et de la terre. Nous commençons à entonner ensemble la litanie de l'été. Nos voix s'entremêlent comme les volutes des ombres qu'Arien a passé les dernières semaines à tenter si désespérément de contrôler.

Bercée par le rythme de la chanson, je ferme les yeux et m'abandonne à ce moment de sons, de voix et de lumière. Même après tout ce qui s'est passé – le cottage, Mère, les nuits interminables de peur, d'ombres et de « ce ne sont que des rêves » –, ce moment, cette observance est toujours aussi belle à mes yeux.

Je sens le bourdonnement et le rougeoiement de la lumière de la Dame à travers le monde, à travers moi.

Je sens sa magie.

Je sens ma magie.

Faible, petite et si longtemps enterrée. Mais bel et bien là.

Je pense avec nostalgie à l'offre du Seigneur d'En Dessous. Si je le laissais faire, il m'aiderait. Je pourrais réparer la Corruption à moi toute seule. Je pourrais protéger tout le monde. Je pourrais m'assurer que personne que j'aime ne souffre plus jamais.

Mais quel en serait le prix ? Rowan a dû renoncer à toute sa famille. Je ne peux même pas imaginer ce que le Seigneur d'En Dessous exigerait de moi en échange du terrible et merveilleux pouvoir qu'il m'a offert.

Négocier avec lui n'est pas le seul choix qui s'offre à moi. J'ai toujours la magie qui, de manière inexplicable, dormait en moi depuis tout ce temps. Elle n'est pas assez puissante pour que je l'utilise seule. Mais j'ai aidé Rowan quand il a payé la dîme. J'ai aidé Arien à contrôler sa magie quand il a lancé le sort. J'ai quand même fait *quelque chose*.

Je prends une inspiration. L'air est plein de chansons. La terre est pleine de lumière. Je sens la chaleur dans mes mains et la laisse s'écouler. Le Seigneur d'En Dessous a un droit sur ce pouvoir. Que nous fera-t-il, à moi, à Arien, si je refuse son aide et que j'utilise plutôt ces infimes touches de magie ?

Sur l'autel, le banc de bougies scintille. Une seconde lumière se reflète dans la terre. Dorée, chaude et à moi. Je laisse la magie sortir de mes mains. Je la laisse briller à travers la terre.

Autour de moi, les voix se taisent. Arien me dévisage sans mot dire tandis que Clover prend ma main et la tient doucement entre les siennes. Des larmes me picotent le coin des yeux. Les bougies de l'autel bougent et se brouillent.

– Je peux vous aider, leur dis-je. Je peux vous aider pour le rituel.

Le silence s'étire tandis que je cherche le moyen de leur expliquer ce que j'ai fait. J'ai gardé tellement de choses secrètes que je ne vois qu'une façon : reprendre du tout début. Avant l'eau sombre dans ma chambre, avant la voix qui a appelé mon nom.

– Quand nos parents sont morts de la fièvre d'hiver, le seigneur a brûlé notre maison. Il voulait brûler tout ce que la maladie avait touché. Je pensais qu'il allait me brûler, parce que j'avais vécu dans la maison où il y avait la fièvre. Je pensais qu'il allait te brûler, toi aussi, j'ajoute à l'attention d'Arien.

Il ne se rappelle pas, je le sais. Il était trop petit. Mais quand je ferme les yeux, j'y suis à nouveau. Arien et moi, perdus dans le désordre et le chaos causés par l'épidémie qui avait balayé notre village. Le seigneur avec un tissu noué sur la bouche et une torche à la main.

Clover pose les doigts sur mon épaule.

– Qu'est-ce que tu as fait ?

– J'ai pris Arien et je me suis enfuie. On a quitté le village par la route. On n'était jamais allés aussi loin de la maison avant. Le plus long trajet que j'avais parcouru, c'était de notre maison à l'autel du village. Quand je me suis retournée pour regarder derrière nous, j'ai vu la lumière des feux. J'ai senti la fumée.

Ça me revient maintenant. L'air épais de cendre, la façon dont les flammes peignaient le ciel nocturne d'un orange nauséeux. Le poids d'Arien dans mes bras – j'avais dû le porter parce qu'il était trop petit pour marcher. J'ai essayé de le mettre sur mon dos, attaché dans mon châle, comme notre mère le faisait.

– Vous deviez être à Farrowfell, annonce Florence avec solennité. Je me souviens d'en avoir entendu parler, de tous ces gens qui étaient morts et du village brûlé. Tu es allée dans les bois, c'est ça ?

Je hoche la tête. La chaleur de l'été emplit l'air du crépuscule, pourtant je frissonne, glacée par les souvenirs d'une route sans fin sous le clair de lune hivernal.

Nous n'avions nulle part où aller si ce n'était plus loin au milieu des arbres.

– Il faisait très froid. Et tu étais extrêmement lourd, j'ajoute avec un coup d'œil à Arien. J'ai marché et marché, dans les bois, des bois encore et toujours, et on était perdus.

Son expression s'assombrit.

– Que s'est-il passé alors ?

Je baisse les yeux sur mes mains.

– Le Seigneur d'En Dessous. Il est venu.

Florence porte le bout de ses doigts à son cœur et dessine lentement une croix sur sa poitrine. Elle secoue la tête. Ses yeux sont fixés sur l'autel.

– Je ne connaissais pas le nom qu'on lui donnait, à l'époque. C'était juste une silhouette qui m'est apparue dans la brume. Tout ce que je voulais, c'était qu'Arien et moi on revienne dans notre maison, près de la cheminée. Je voulais le thé au miel de maman, mon édredon en patchwork, être chez moi à nouveau. Seulement notre cottage avait disparu. Notre famille avait disparu. (J'inspire profondément et me passe la main sur le visage.) Et donc, je lui ai demandé de m'épargner, de nous montrer le chemin pour sortir des bois. Il est resté silencieux un long moment, puis il a demandé : « Que donnerais-tu pour qu'il en soit ainsi ? »

Les yeux de Clover, derrière ses lunettes, sont brillants. Elle me regarde avec une fureur emplie de sidération et d'inquiétude.

– Qu'est-ce que tu lui as donné ?

Je tends mes mains tremblantes couvertes de terre pour leur montrer mes paumes ouvertes.

– Je lui ai donné ma magie.

Arien lâche un hoquet.

– Mais tu n'as pas… Tu as dit que tu n'avais pas…

– Je ne savais même pas que j'étais alchimiste. Je pensais que je n'avais rien. Seulement ma cape, mon châle et mes bottes, la maigre somme de ma petite vie désordonnée. Mais alors le Seigneur d'En Dessous m'a dit de tendre les mains. Quand je l'ai fait, il m'a touchée et la magie s'est réveillée.

À ce souvenir, la chaleur enfle au creux de mes paumes. Je la sens telle qu'elle était autrefois, plutôt que les vestiges qu'il m'en reste désormais. Quand le Seigneur d'En Dessous me caressait les mains et que la magie pulsait, telle la lumière du soleil, sous ma peau.

– Il m'a prise par la main et, ensemble, on a traversé la forêt. Après un long moment, on a débouché sur une route. Le Seigneur d'En Dessous a déposé Arien à l'orée des arbres. Et puis…

– Tu étais en vie, dit Arien. Et ta magie avait disparu. Sauf que… elle n'a pas disparu ?

– Elle avait disparu. Je ne comprends pas comment, ni pourquoi, elle est toujours là. Ma magie lui appartient. Et si l'utiliser à nouveau signifiait que je lui suis toujours redevable ?

Florence regarde pensivement l'autel, où l'icône est éclairée par la lumière des bougies. De nouveau, elle passe les doigts sur son cœur.

– Bon, conclut-elle enfin. Les termes de votre marché étaient clairs. Tu ne l'as pas dupé, tu lui as donné ta magie. Mais ce pouvoir, là, il vient de la Dame. Il existe en tout. Peut-être qu'il était tellement bien enfoui en toi que le seigneur n'a pas pu tout prendre.

– C'est logique, commente Clover. On a tous été créés par la Dame, et sa magie fait partie de nous, même ceux qui n'ont pas la capacité d'utiliser ce pouvoir pour l'alchimie. Le Seigneur d'En Dessous a dû laisser subsister ces traces derrière lui parce que, autrement, tu ne serais même plus en vie, ajoute-t-elle en effleurant ma paume du bout des doigts, un sourire en coin aux lèvres. Je veux voir.

Elle caresse ma ligne de cœur, comme Rowan l'a fait, sauf que ça ne déclenche pas d'étincelles.

– Je ne sais pas vraiment la contrôler, j'admets.

– Comment tu as fait, les autres fois ?

Je replie ma main.

– Ce n'est arrivé qu'avec Arien, quand il jetait le sort. Et avec Rowan, quand il m'a touchée.

Clover hausse un sourcil.

– C'était avant ou après que tu te mettes à porter ses vêtements ?

Mon visage s'enflamme.

– C'était une cape. Je la lui ai empruntée. Ce n'est pas comme si je l'avais déshabillé non plus.

Clover marmonne, pensive, et pose les yeux derrière nous, sur la rangée de bocaux restés sur la pelouse, vestiges de leurs entraînements, à Arien et à elle. Elle se lève et se poste au bord du sigil. Elle nous fait signe.

– Viens par ici. Toi aussi, Arien. Montrez-moi comment vous avez procédé.

Arien et moi nous agenouillons face à l'alignement de bocaux. Il me regarde, puis saisit la jarre alors que les ombres se rassemblent au creux de ses paumes.

Je pose mes mains sur les siennes, puis je ferme les yeux et je pense à ce que j'ai ressenti la dernière fois. C'est plus difficile, maintenant que j'essaie consciemment de faire appel à ma magie. Lorsque le pouvoir s'élève enfin en moi, ce n'est qu'un bref éclair de chaleur, comme si j'étais passée sous l'ombre épaisse d'un arbre pour rejoindre une clairière ouverte, puis que j'étais retournée dans l'obscurité.

Clover pose sa main sur mon bras. Ses yeux scintillent lorsqu'elle envoie de la magie sur nos doigts entremêlés, pour ajouter son propre pouvoir au sort. Arien se crispe. Je sens le poison dans le bocal, dans l'eau. Je sens la manière dont on pourrait réparer ça. *Presque. Presque.* Je prends une profonde inspiration et j'essaie de faire appel à ma magie. En tâchant de ne pas penser combien toute l'opération serait facile si j'avais le pouvoir que m'a offert le Seigneur d'En Dessous.

Les fils de la magie d'Arien se tendent l'espace d'un instant, et puis il faiblit. Je me rassieds, ravalant ma frustration de voir les ombres se dissiper. Clover ramasse l'une des jarres et l'observe attentivement. L'eau n'est pas claire, mais elle a bel et bien changé d'aspect : son noir d'encre a viré au gris charbonneux.

– Ce n'est pas la même chose que ta magie, n'est-ce pas ? je lui demande.

– Non. Je ne sais pas comment il était avant, mais maintenant, ton pouvoir est un peu comme… un reste, répond Clover avec une grimace contrite. (Puis elle plisse le nez, pensive.) Attends. J'ai une idée.

Elle se relève d'un bond et retourne dans la maison au pas de course. La lumière s'allume à la fenêtre de son office ;

puis elle revient avec son panier rempli des cahiers et des stylos qu'Arien et elle utilisent pour leurs leçons.

Clover ouvre l'un des cahiers à une page vierge et trace rapidement un sigil sur le papier. Il ne ressemble à aucun des symboles que j'ai vu Arien dessiner ni à aucune des marques sur ses bras. Il est petit et courbe, comme les pétales d'une fleur à moitié fermée.

– Quand tu as touché Arien, c'est comme si tu avais rendu son pouvoir plus concentré. Ça, c'est un sort de canalisation. Il t'aidera à te focaliser davantage. (Elle souffle sur l'encre pour la faire sécher, puis me passe le stylo.) Exerce-toi d'abord sur le papier.

Je me penche et pose le stylo sur le papier, maladroite. Je me suis entraînée à écrire l'alphabet, je sais écrire mon nom. Avec difficulté. Ma main n'est pas habituée à tenir un stylo. L'encre s'écoule, changeant ce qui devrait être une ligne nette en une tache sombre.

– Tu peux le faire à ma place ?

J'essaie de rendre le stylo à Clover, mais elle secoue la tête.

– C'est toi qui dois le dessiner, sinon le sort ne fonctionnera pas.

– Commence par le plus petit symbole, au centre, me conseille Arien sur un ton d'encouragement. Ensuite continue avec l'extérieur.

Je reprends le cahier et réessaye. Le deuxième sigil que je dessine est encore pire, méli-mélo de lignes hésitantes et baveuses. Avec un soupir, je resserre mes doigts autour du stylo.

Un bruissement dans le jardin me fait relever les yeux : Rowan se tient au bout de la pelouse. Et je devine à son expression qu'il a dû entendre ma confession.

Il vient s'asseoir à côté de moi.

– Tu vas casser le stylo si tu continues à le serrer aussi fort. (Il prend ma main.) Tiens-le plus doucement. Comme ça.

Je relâche ma prise alors qu'il enroule ses doigts autour des miens.

– Comme ça ?

– Oui, voilà.

Il passe un bras autour de moi et, ensemble, nous appuyons le stylo sur le papier. Avec son aide, mes lignes, quoique encore barbouillées et maladroites, sont beaucoup plus soignées que ce que j'aurais réussi à obtenir seule. Nous couvrons la page de sigils de plus en plus nets. Grâce à lui, je commence à apprendre le rythme du sort, les angles aigus de l'intérieur du symbole, l'arc courbe des lignes extérieures.

Finalement, je termine sur un dernier effort passablement soigné.

– Voilà, commente Rowan, le menton posé sur mon épaule. Tu as réussi.

Je me laisse aller contre lui un instant, les yeux fermés, tandis qu'un sentiment étrange s'agite au creux de ma poitrine. Puis Clover lâche un petit rire, qu'elle transforme en toux quand Arien lui donne un coup de coude. Je m'écarte aussitôt de Rowan et range la pile de cahiers.

Rowan désigne le stylo.

– Bon, ben… Je suis sûr que tu vas te débrouiller maintenant.

– Si on avait eu un professeur comme toi à nos cours d'inscriptions dans les Maylands, j'aurais appris beaucoup plus vite, lâche Clover. (Nouveau coup de coude de la part d'Arien.) Quoi ? Je ne faisais qu'admirer sa technique !

– Excusez-moi.

Rowan se lève et passe devant l'autel pour retourner à la pénombre du jardin.

– Tu ne veux pas voir Violeta lancer son tout premier sort ? le rappelle Clover. (Comme il ne répond pas, elle m'adresse une mine faussement sérieuse, sourcils froncés.) Tu crois qu'il a peur que ça lui porte malheur s'il te voit avant le rituel ?

– Ce n'est pas une cérémonie des mains liées.

– Au moins, tu te seras entraînée aux tatouages rituels, si jamais tu veux lui faire ta demande.

Arien lève les yeux au ciel.

– Si vous avez fini toutes les deux, Leta pourrait peut-être essayer de dessiner le sort sur sa peau ?

Je prends le cahier et observe longuement la page, si longuement que les sigils ne sont bientôt plus qu'un flou indistinct. Puis je remonte ma manche pour dénuder mon poignet. Quand je commence à dessiner le sigil, je sens toujours le fantôme de la main de Rowan sur la mienne.

Je contemple le symbole terminé. Impossible de revenir en arrière, à présent. Le sigil sera marqué sur moi pour toujours. Si ça fonctionne, j'aurai engagé Arien – et moi – dans un affrontement avec la Corruption lors du prochain rituel. Mais si je refuse de l'aider et que le rituel échoue, Rowan paiera. D'abord avec son sang, puis avec sa vie.

Il n'y a pas d'autre choix.

Arien tend la main vers le bocal et nous le saisissons ensemble.

– D'abord, ferme les yeux, m'indique-t-il. Ensuite, tu n'as qu'à… écouter. (Il jette un regard timide à Clover.) C'est bien ça ?

Elle sourit et place ses mains sur les miennes.

– Oui. C'est parfait.

– C'est toujours là, pour moi, poursuit Arien. Mais toi, tu auras peut-être besoin d'aller chercher plus loin. Ressens le pouvoir dans ta poitrine, puis imagine-le dans tes mains, et sur ta peau, qui prend la forme du sort.

Une douleur m'envahit pendant qu'il m'explique fièrement comment faire appel au pouvoir. Quel renversement de situation, par rapport à toutes ces nuits au cottage où il n'était que peur et incertitude ! Il a dû la cacher très longtemps, cette magie qui a toujours fait partie de lui.

Je ferme les yeux.

– OK. Apprends-moi à jeter le sort.

14

Je reste assise seule près de l'autel une fois que tout le monde est retourné à la maison. Je souffle les bougies et je regarde la cire s'accumuler autour des mèches couvertes de suie. La fumée recouvre l'icône comme un voile.

Le sort visant à concentrer mon pouvoir a fonctionné. Quand Arien et Clover ont lancé le sort qu'ils projettent d'utiliser pour réparer la Corruption, le sigil à mon poignet s'est mis à brûler et le pouvoir a émané de moi. Encore ténu, encore faible, mais ça a suffi. Avec mon aide, Arien a gardé le contrôle de sa magie. Ses ombres se sont tissées soigneusement autour du verre alors que la lumière se répandait des mains de Clover, et l'eau est devenue claire.

Après coup, Clover m'a donné le stylo pour que je le garde. Il est dans ma poche, et son poids léger est comme un marqueur supplémentaire du caractère irrévocable de tout ce qui a changé.

Rowan est resté loin au fond du jardin, sous une tonnelle de sureau à fleurs blanches, pour observer notre pratique sans faire de commentaires. Maintenant, il vient s'asseoir à côté de moi à l'autel. Doucement, il me prend le bras.

– Je peux voir ?

J'acquiesce et remonte ma manche pour lui montrer le sort inscrit sur mon poignet.

– Qu'en penses-tu ? Est-ce que je l'ai bien fait ou vais-je avoir besoin d'une autre leçon d'écriture ?

Il fronce les sourcils en entendant ma taquinerie. Puis il touche timidement la marque. Quelques petites étincelles de magie crépitent dans l'air entre nous. Il les regarde s'estomper.

– Tu es bien au-delà de tout ce que je pourrais t'enseigner, Violeta.

– Oh, ça, je n'en sais rien. Tu pourrais me donner quelques conseils sur la façon de fendre du bois de chauffage. Tu as raté l'observance pendant que tu coupais tout ce bois.

La mine renfrognée, il se tourne vers l'autel. Il touche la terre pendant un très bref instant, avant de se rasseoir et de se frotter les mains pour en faire tomber la saleté.

Je ris.

– Tu es censé chanter, je te signale.

– Je n'aime pas chanter quand des gens peuvent m'entendre. De toute façon, mon observance se passe de façon différente.

Il ramasse quelques pétales tombés sur le sol et les dépose sous l'icône. Ses yeux fuient les miens.

Une image me vient à l'esprit. L'autel du salon. Rowan, à genoux, les paumes contre le sol nu, en dessous de la double icône.

– Tu vénères vraiment le Seigneur d'En Dessous ?

Il arque un sourcil.

– Cette icône a *deux* figures. Toutes les maisons nobles en ont une semblable. Mon père, et chaque seigneur avant lui, lui ont tous voué un culte. (Il ramasse une autre poignée de pétales.) Cet autel, c'est un rappel pour moi : je suis lié à cette terre et à tout ce qu'elle porte, les vivants et les morts. Je reste leur seigneur, même s'ils me considèrent comme un monstre.

J'ai une envie soudaine et destructrice de lui répéter ce que le Seigneur d'En Dessous m'a proposé. Parce que Rowan et moi avons contemplé les mêmes ténèbres et fait les mêmes choix désespérés. Mais je ne peux pas. Peu importent mes agissements dans le passé, personne ne doit savoir.

Tout ce que je peux dire, c'est :

– Je crois que je comprends. J'aimerais que les autres comprennent aussi. Les gens sont tellement occupés à te craindre qu'ils ne voient pas à quel point tu te soucies d'eux.

Lentement, Rowan tend la main vers moi. Ses doigts sont couverts du pollen des fleurs. Je retiens mon souffle alors qu'il trace la ligne de ma gorge ; une dizaine d'images défilent dans mon esprit de ce qu'il pourrait faire – de ce que je pourrais vouloir qu'il fasse.

Cependant, il se contente de passer les doigts sous le ruban autour de mon cou. Il sort la clé et enroule les doigts autour. J'essaie de reculer, mais il resserre sa prise et le ruban me retient. En riant, il tire un peu dessus, m'oblige à avancer.

– Je savais que tu l'avais prise. Violeta, tu es une petite voleuse.

Je porte la main à mon cou pour tenter de défaire le nœud.

– Tu veux la récupérer ?

– Non.

Il tire à nouveau sur le ruban, puis la clé glisse de sa main et retombe sur ma poitrine. Le fer laminé s'est chauffé au contact de ma peau. Je sens mon pouls battre dans ma gorge, à l'endroit où il m'a touchée.

Rowan se lève. Il regarde vers le chemin qui s'éloigne de la maison en une ligne courbe.

– Viens avec moi. J'ai quelque chose à te montrer.

Je me relève tant bien que mal et prends la main qu'il me tend. Il m'entraîne plus loin dans le jardin. Nous traversons un banc d'herbe, dont les pointes avec les graines sont presque aussi hautes que ma tête. Tout est desséché par le soleil d'été et l'air chaud. Nous suivons le chemin un long moment, puis nous atteignons le mur. Le portail, couvert de lianes.

La dernière fois que je suis venue ici, quand je l'avais suivi dans l'obscurité, le jardin était tout d'argent et d'ombre. Maintenant, il est faiblement éclairé par le crépuscule, l'air est fané, comme d'un autre monde, comme une illustration du livre qu'il m'a donné.

– Vas-y, m'invite doucement Rowan. Ouvre-le.

J'écarte soigneusement les lianes de la poignée et je glisse la clé dans la serrure. Le portail s'ouvre sans bruit. Ensemble, nous entrons dans le jardin.

C'en est fini de l'alignement bien ordonné des arbres du verger et les parterres de fleurs ne sont plus que des enchevêtrements d'herbes sèches. Un immense roncier serpente au milieu de tout cela, râle acéré de lianes et d'épines, sans feuilles.

Mais alors que je regarde autour de moi, une chaleur bourdonne sous ma peau. Je vois l'endroit comme il a dû être autrefois. Cet endroit secret, enfermé, qu'on a gardé endormi. Des fruits, des herbes et des fleurs. L'air rempli de sucre, de pollen et du bourdonnement des abeilles.

C'est magnifique.

Rowan reste en arrière tandis que je progresse le long du chemin où les mauvaises herbes poussent à travers le gravier. Le silence s'étire entre nous. Le seul bruit audible est celui de nos pas.

Au centre du verger, je m'arrête et pose une main contre le tronc d'un pommier. Rowan pose la sienne juste au-dessus. Son regard est perdu dans le lointain, fixé sur la courbe du chemin qui disparaît au fond du jardin.

– Elan et moi, on venait tout le temps jouer ici.

– Ah bon ?

Je ne sais toujours pas pourquoi il m'a fait venir ici. Mais parmi tout ce à quoi je m'attendais, cette confession n'en faisait pas partie. *Elan*. Le son de son nom semble rester en suspens dans l'air, une note, pleine de souvenirs.

– Il était comment ? je lui demande.

Rowan rit.

– Une vraie terreur. Tous les ennuis que tu peux imaginer, il allait à leur rencontre. Et soit il me persuadait de participer, soit il me faisait porter le chapeau si on était découverts. (Il désigne les branches, où les feuilles sont teintées par la lumière diffuse couleur lilas.) Il aimait bien grimper là-haut et me bombarder de pommes.

– Tu le méritais sans doute, je le taquine. (Sa bouche s'incurve en un demi-sourire.) Mais pourquoi as-tu condamné les lieux ?

– Après sa mort, je… je ne voulais plus me souvenir. J'ai fermé toutes les pièces de la maison. J'ai fermé le jardin. Ici, c'était le pire. Parce que c'était l'endroit où il avait été le plus heureux.

– Tu voulais l'oublier ?

Ses yeux sont sombres, tristes et lointains.

– Oui. Je voulais tout oublier.

– J'en sais si peu sur ma famille, j'ai toutes les peines du monde à m'imaginer vouloir abandonner ce dont je me souviens. Peu importe à quel point ça peut faire mal.

Et puis, je pense à l'histoire que je viens de raconter à Clover et Arien. À tout ce que j'ai encore en moi, enfoui, enterré et non dit. Alors peut-être que je comprends – juste un peu – pourquoi Rowan a voulu fermer sa maison, sa vie et lui-même.

– Et ça a marché ? Tu as réussi à oublier ?

– Non, soupire-t-il. (Il renverse la tête en arrière et plonge le regard dans les feuilles au-dessus.) Ça fait mal de se souvenir, ça fait mal d'oublier. Et maintenant la végétation ici est morte, de toute façon.

Je regarde le jardin autour de moi. Nous sommes arrivés au bout du chemin. Le gravier éparpillé s'enroule autour d'un espace envahi de mauvaises herbes qui a dû être une pelouse, bordé par d'autres ronces sans feuilles.

– Non. Tu l'as condamné. Tu l'as abandonné. Mais le jardin n'est pas mort.

Je vais m'agenouiller près de l'enchevêtrement de lianes. Je saisis la ronce, en faisant attention aux épines, et je gratte la tige du bout de l'ongle. La couche supérieure de la plante se détache pour révéler un vert plus clair, caché en dessous.

Rowan vient se placer à côté de moi.

– Qu'est-ce que tu fais ?

– C'est vivant. Tu vois ?

Il se penche pour toucher lui aussi le vert ainsi révélé de la liane.

– Comment tu as eu l'idée de faire ça ?

– Mon père m'a montré.

Je revois mon père dans le jardin, derrière notre cottage. Un espace de terre vierge. Une poignée de tiges, coupées à une autre plante. Une par une, il les a plantées dans le sol. Il les a entourées de ses mains. La lumière scintillait entre ses paumes alors qu'il projetait sa magie. Quand il s'est écarté, la tige avait des feuilles et de toutes petites fleurs. Elle était vivante.

Je sors le stylo et trace le sigil sur mon poignet d'une main tremblante. J'ai vu Arien et Clover faire de même, retracer le même sort sur une marque usée pour la retravailler. Sous le contour, ma peau est chaude comme si j'avais de la fièvre.

Je saisis la liane à nouveau. Je ferme les yeux et je pense au pouvoir. Mon pouvoir. Il est si petit. Je parviens à peine à m'emparer de son minuscule fil d'or qui me glisse entre les doigts.

J'enserre la ronce. Fort. Les épines me percent la peau et je grince des dents. Je pense à ce que j'ai ressenti, plus tôt, avec Clover et Arien, à la façon dont nos magies se sont entrelacées lorsque nous avons jeté le sort. Je pense à mon pouvoir et à son jaillissement lorsque Rowan a touché la ligne de cœur dans ma paume.

Et puis, le souvenir de mon père dans le jardin revient, si vivace que je le sens ici, juste à côté de moi. Ses mains sur les miennes, sa voix douce tandis qu'il me montre comment faire fonctionner la magie. Je pense à la lumière, à la chaleur, au soleil et aux graines. Aux choses qui n'étaient pas tout à fait mortes et qui reprennent vie maintenant. Le sigil me brûle. Je retiens le fil. Il est sur le point de glisser. Mais je m'accroche, je ne lâche pas.

Rouvrant les yeux, je vois ce que j'ai fait. La plupart des ronces sont restées pareilles, sans feuilles et sèches. Mais dans la coupe de mes paumes, il y a une petite grappe de baies violet foncé. Une poignée de feuilles vertes en forme de cœur.

Rowan s'agenouille et touche la plante. Il me sourit. C'est la première fois que je le vois sourire ainsi, sans retenue. Sa bouche un peu de travers le fait ressembler à un petit garçon. Ses dents de devant sont adorablement tordues.

– Tu avais raison, constate-t-il, impressionné. Tout n'est pas mort.

C'est la première fois que je réussis à faire sortir de la magie de mes propres mains, moi toute seule. Je contemple les baies, les feuilles. Je me sens vidée, à croire que j'ai utilisé toutes mes forces pour cet unique tour de magie. Puis-je vraiment protéger Arien dans le rituel, puis-je vraiment l'aider, alors que c'est là tout le pouvoir à ma disposition ? Et si continuer à l'utiliser me rendait à nouveau redevable au Seigneur d'En Dessous ?

Il faut que ce soit suffisant. Il faut que ça vaille le coup de prendre le risque. *Il le faut.*

– Je ne suis pas sûre d'être invitée de sitôt aux Maylands pour exhiber mes talents. Mais voilà.

J'ai envie de rire, pourtant ce sont les larmes qui me piquent les yeux et me font mal dans la poitrine.

Pendant quelques secondes encore, je garde le stylo serré entre mes doigts, puis je le jette dans les feuilles. Mes doigts sont tachés de sang à cause des épines. Je ferme les yeux. Je ne pleurerai pas pour ça.

– Violeta.

Rowan touche à nouveau la ronce nouvellement feuillue. Il ramasse le stylo et tente de me le remettre dans la main. Comme je ne bouge pas, il replie maladroitement mes doigts dessus.

– C'est magnifique, reprend-il. Ta magie… c'est *magnifique*.

– Non. Non, ce n'est pas beau. Je ne devrais même pas…

Tout ce à quoi j'arrive à penser, c'est à cet hiver d'autrefois. Le poids d'Arien dans mes bras. Lourd. Le vent qui a changé au cœur les bois et l'air devenu cristallin de glace et de givre.

Et puis les mots m'échappent.

– Je n'ai pas tout dit en racontant mon histoire aux autres. Quand le Seigneur d'En Dessous est venu nous voir, c'était Arien qu'il voulait.

L'expression de Rowan s'assombrit.

– C'est contre sa vie à lui que tu as donné ta magie ?

J'acquiesce. Je l'ai gardé si longtemps, ce terrible secret. C'est presque un soulagement qu'il soit enfin révélé.

– On était perdus. Il faisait si froid, et il était si lourd. Il n'arrêtait pas de pleurer, c'était horrible. Puis il a cessé, et c'était pire. Car alors le Seigneur d'En Dessous est venu le chercher.

Rowan baisse les yeux sur ses mains. Sur les cicatrices qui marquent ses paumes et ses doigts.

– Il t'a fait du mal ?

– Non. Il était gentil. Il m'a dit qu'Arien n'était pas tout à fait parti, mais que si nous restions dans le froid plus longtemps, il mourrait. Donc je lui ai demandé de nous montrer le chemin pour sortir de la forêt. Il a pris Arien et l'a porté, et il m'a donné la main. Il était… doux. On a marché toute la nuit dans les bois de Vair. Puis, au matin, on est arrivés sur la route. Il a allongé Arien, pris ma magie. Et puis…

Je cligne furieusement des paupières pour éviter la brûlure et le flou des larmes qui montent. Rowan tend la main, ses doigts effleurent mon poignet et le sigil émet une pulsation sourde, une seule.

– Tu peux tout me dire, Violeta.

– Après les bois, ma magie avait disparu, mais ce n'était pas tout. Ce que j'ai fait cette nuit-là, le pacte que j'ai conclu, ça a changé quelque chose en Arien. Sa magie. Les ombres qu'il recèle. Ce qu'il est, et tout ce qui lui est arrivé par la suite… tout est ma faute.

– Tu étais une enfant. (Il hésite.) Il n'y a pas de *faute* dans ce que tu as fait quand tu avais peur.

Un rire se coince dans ma gorge.

– Si je ne l'avais pas fait, on n'aurait jamais pu t'aider. Mais en utilisant mon pouvoir maintenant, est-ce que je ne risque pas de rappeler le Seigneur d'En Dessous, qui reviendrait prendre Arien ?

– Vous avez passé un marché : tu lui as donné ta magie de ton plein gré. Je ne pense pas que cela puisse être défait. Quant à votre aide, tu penses vraiment que c'est tout ce qui m'intéresse ?

– Ce n'est pas le cas ?

Rowan m'essuie la joue avec son pouce.

– Non.

Je refuse son contact.

– J'aurais préféré qu'Arien ne soit pas celui qui porte les blessures résultant de mes choix.

– Toi aussi, tu as eu mal.

Il regarde mes bras, les yeux remplis d'émotion. Je repense à ce jour, dans le cottage, où il a vu mes bleus. Ses mains se sont mises à trembler au-dessus de mes poignets. Les ecchymoses sont guéries à présent. Mais moi, ce qui m'obsède, c'est que ce n'était pas suffisant. Je n'ai pas su protéger Arien, ni à l'époque ni maintenant.

– C'était ma faute. Tout. Les blessures que Mère m'a infligées, si profondes qu'elles aient été, je les méritais. C'était ma faute si elle avait peur d'Arien.

– Tu n'as rien fait de mal, insiste Rowan d'un ton féroce.

Il est en colère… mais pas contre moi.

– J'avais peur de lui, moi aussi. Des ténèbres et de ses ombres.

D'un geste brusque, j'attrape l'ourlet de ma robe et la remonte. Entre mes jupons froissés et mes chaussettes enrubannées, mes genoux sont nus. Les cicatrices qui restent des blessures que Clover a soignées dessinent sur ma peau des lignes mauvaises et profondes. Rowan hoquète quand il les voit.

– Je l'ai mérité.

Je n'ai pas pleuré, alors, même si le verre s'est enfoncé profondément. Comment aurais-je pu pleurer quand tout ça – la peur de Mère, le pouvoir entaché de noir d'Arien –, c'était ma faute ? Maintenant, en revanche, je laisse venir les larmes.

Je me penche en avant, je me recroqueville sur moi-même. Rowan met ses bras autour de moi.

– Violeta. Tu as dû faire un choix terrible et désespéré. Et tu n'as jamais, jamais mérité d'être blessée comme ça.

J'enfouis mon visage contre son épaule. Maintenant que j'ai commencé à pleurer, je ne suis pas sûre de pouvoir m'arrêter. Les sanglots m'étranglent et des larmes chaudes coulent sur mes joues. Il me caresse les cheveux en murmurant à mon oreille.

– Ce n'était pas ta faute. Pas ta faute.

Puis, lentement, timidement, il touche les cicatrices sur mes genoux. Il est si doux. Il ne dit rien d'autre. Il reste simplement assis avec moi et me laisse pleurer jusqu'à ce qu'après quelques ultimes soubresauts je finisse par me calmer.

La lumière commence à décliner, le jardin se transforme en velours dans le crépuscule. Entre les branches, au-dessus de nous, il y a un espace de ciel nu où quelques étoiles brillantes encerclent la nouvelle lune. Le monde entier est silencieux.

J'essuie mon visage d'un revers de manche.

– S'il te plaît, ne dis pas à Arien ce que j'ai fait. Il a passé tellement de temps à se croire ténébreux, abîmé et mauvais. Il commence tout juste à voir que ce n'est pas vrai.

– Je comprends. Ne t'inquiète pas, je garderai ton secret. Je n'exigerai même pas un livre contre mon silence.

– Tu as assez de livres. Par contre, je pourrais sans doute te faire pousser d'autres mûres.

Il rit et je m'appuie contre son torse. Sa peau est chaude sous sa chemise et le tissu est collé à lui, là où il a transpiré en coupant le bois. Et bien qu'il m'ait déjà tenue dans ses bras avant, quand je pleurais... là c'est différent. Ma magie commence à s'éveiller, je la sens qui tournicote en moi. J'aime sentir le poids de Rowan, sa proximité et la façon dont ma joue se cale contre son épaule.

– Leta, murmure-t-il dans un souffle bas et tendre. Leta.

Ses mains, toujours sur mes genoux, caressent doucement mes cicatrices. Je me prends à imaginer qu'il les déplace plus haut, à ce que je ressentirais si ses doigts s'enfonçaient plus haut sur mes cuisses. Une palpitation pulse dans ma gorge. Elle bat en même temps que mon pouls, puis descend plus bas, à travers ma poitrine et jusqu'à mon ventre. Puis encore plus bas. La chaleur s'accumule en moi, douloureuse et sensible.

Levant la main, je laisse glisser mes doigts le long de sa mâchoire. Il se crispe. J'entends le crissement et le sifflement de la Corruption dans ses respirations. Des filets de ténèbres veinent les parois de sa gorge alors que les ombres s'étalent sous sa peau. La magie s'élève de mes mains dans une lueur faible et chaude.

Un souffle passe, puis un autre. Mon visage est un cœur pâle reflété dans la profondeur de son regard. Il n'y a qu'un infime espace entre nous. Ce serait si facile de me pencher encore, de réduire cette distance. Des cicatrices effleurent les commissures de sa bouche. Qu'est-ce que ça ferait, cet endroit, si je l'embrassais ?

Rugueux.

Doux.

Lentement, lentement, je passe la pulpe de mon pouce sur ses lèvres. Des étincelles jaillissent de mes doigts et les lignes de poison s'étendent encore, couvrant sa gorge et remontant sur ses joues.

Rowan m'attrape le poignet.

– Arrête. (Sa voix ressemble au clapotis du lac.) S'il te plaît, arrête.

– Je suis désolée.

Je m'écarte de lui et nous nous levons tous les deux à la hâte. Je rabats ma jupe de façon que les épaisseurs de tissu gaufré recouvrent à nouveau mes jambes.

– Ne t'excuse pas. (Il parle si bas. Je l'entends à peine.) Je ne peux pas, Leta. Je ne peux pas.

Je hoche la tête, mais j'ai honte. De quel droit ai-je envie de ça ? Quel droit ai-je de lui demander quoi que ce soit, alors qu'il a déjà tant donné et tant perdu ?

J'attrape le ruban de soie autour de mon cou et le passe par-dessus ma tête. J'en décroche la clé et la lui tends, paume ouverte.

– Merci de m'avoir montré le jardin, Rowan.

Pendant un long moment, il ne bouge pas, il se contente de fixer ma main tendue. Ses doigts sont pressés contre sa gorge où les ténèbres s'estompent mais sont encore visibles sous sa peau.

Puis il dit un seul mot.

– N'importe quoi.

Je le regarde, confuse, et puis je comprends ce qu'il veut dire.

– C'était ça ton pacte ? Ce que tu as offert au Seigneur d'En Dessous en échange de ta vie ?

– Oui.

L'énormité de la chose me donne un frisson, je suis parcourue d'un froid terrible. Une telle offre signifiait que le Seigneur d'En Dessous pouvait fixer ses propres conditions. Qu'il pouvait prendre ce qu'il voulait. N'importe quoi.

– Oh, Rowan. Je suis…

– Non.

Il m'a coupée avant que je puisse aller au bout de ma phrase. Lui dire : « Je suis désolée. » D'un geste brusque, il replie mes doigts sur la clé.

– Je veux te donner ça, ajoute-t-il.

– Je ne comprends pas.

– Ça.

Il désigne les arbres, les ronces, les lits enchevêtrés.

– Tu veux me donner tout le jardin ?

Je regarde autour de nous, cet endroit magnifique et oublié. Les arbres et les ronces, le verger tortueux et la pelouse aux fleurs sauvages. Les plantes sont à moitié mortes, montées en graines, mais c'est tellement plus beau et plus vaste et plus tout que ce que j'ai jamais eu… À moi.

– Oui. C'est à toi.

Quelque chose reste en suspens entre nous, non dit : qu'il pourrait y avoir un temps au-delà de la boue, du poison et des ténèbres. Qu'à la prochaine pleine lune, la Corruption pourrait être réparée. Et qu'après, j'aurai ce morceau de terre pour moi. J'y planterai des graines et je cueillerai des fleurs. Je ramènerai à la vie cet endroit clos et trop longtemps endormi.

Ma gorge brûle encore de sel et de larmes. Je ferme les yeux et je sens la faible étincelle de ma magie. *Des traces. Des restes.*

Et l'espace de ce seul instant, je m'autorise à croire que ça suffira.

15

La nuit du deuxième rituel arrive avec une vague de chaleur. Le coucher de soleil de Midété ensanglante le ciel. L'air est si lourd que j'ai du mal à respirer, la sueur perle sur mon visage et me coule dans la nuque. Nous nous tenons au bord du lac, à l'orée de la forêt. Des ombres se dessinent entre les arbres blafards. Je suis flanquée d'Arien et Clover. Nous avons la peau marquée par les sorts. Le sigil est gravé dans la terre de la rive. Nous sommes presque prêts.

Les dernières semaines se sont écoulées dans un brouillard d'apprentissage intensif. Des journées à la bibliothèque, la table encombrée de papiers, de stylos et d'encre, alors que je me suis entraînée à dessiner les symboles du sort pour concentrer ma magie. Des journées à l'extérieur, tous les trois autour des jarres remplies d'eau noire, le sigil sur la pelouse devenu une marque de suie, carbonisée et permanente. On a tellement travaillé sur le sort que j'en ai rêvé chaque nuit. Mes mains, leurs mains. L'attraction du pouvoir, la trame des ombres. L'eau corrompue, nettoyée et réparée.

Et pendant tout ce temps, dehors, sous la lune montante, le lac a attendu que nous utilisions notre magie. Je n'ai ni entendu ni vu le Seigneur d'En Dessous depuis qu'il m'a offert son aide, pourtant une partie de moi continue de redouter que l'utilisation de ma magie le rappelle à moi. Mais il n'y a pas d'autre choix. Ça va marcher. Ça doit marcher.

Rowan descend le chemin et passe sous l'arche du jardin. Il a sa cape sur le bras. Florence marche derrière lui, portant une lanterne et un panier rempli de bandages et de tissus pliés. Quand elle pose le panier à côté de nos pieds, j'essaie de ne pas le regarder. J'essaie d'ignorer le rappel qu'il contient : si le rituel échoue, Rowan devra se taillader et faire couler son sang dans le sol, laisser ces furieuses ténèbres l'envahir.

Florence nous adresse à tous un regard direct et acéré.

– Tout ira bien.

Il n'y a pas une once de doute dans sa voix.

– Bien sûr que oui, renchérit Clover. (Elle sourit, mais l'éclat n'atteint pas tout à fait ses yeux.) Enfin, on va faire de notre mieux.

Rowan pose la main sur le bras d'Arien. Une tendresse allume brièvement ses prunelles quand il regarde mon frère. Puis il recule, et son visage est aussi figé et indéchiffrable qu'un masque.

– Vous êtes tous prêts ?

Arien carre les épaules.

– On est prêts.

– Bien.

Clover et Arien se mettent à marcher vers l'eau, mais lorsque je vais pour les suivre, Rowan me touche le bras.

– Attends. Violeta, je…

Je me retourne. Il laisse sa phrase en suspens. Nous nous dévisageons, aucun de nous ne parle. Il a attaché ses cheveux et son visage est très différent, sans les boucles brunes lâchées pour l'encadrer. Il ne cesse de porter les doigts à sa gorge. Autour des cicatrices, il y a comme une ombre presque effacée, indistincte, les traces du poison sous sa peau.

– Tu ne me souhaites pas bonne chance pour mon premier rituel ?

– Tu n'as pas besoin de chance. Je t'ai observée. (Il noue sa cape autour de ses épaules, puis prend ses gants dans la poche et les enfile avec des gestes brusques.) Enfin… Arien et toi. Vous avez bien travaillé. Tous les deux.

– Je commence à bien dessiner les sigils maintenant. Tu vois ?

Je lui montre mon bras et il lâche un rire sans moquerie.

– Attention à toi, Leta.

– Attention à toi aussi.

Je gagne le rivage et prends place entre Arien et Clover, en veillant à enjamber le sigil pour que mes pieds n'abîment pas les lignes tracées dans le sol. Arien s'agenouille pour presser ses paumes dans la boue. Clover bouge les mains et des étincelles jaillissent de ses doigts.

Je m'agenouille à côté d'Arien. Le sol est très froid et la boue humide s'infiltre à travers mes jupes. Malgré l'air chaud contre mon visage, je frissonne et je ravale mon dégoût en mettant les mains dans la terre.

Arien m'adresse un sourire rassurant.

– Ce sera exactement comme à l'entraînement.

Clover nous regarde. Ses yeux sont dorés et la magie danse sur ses doigts écartés.

– Vous savez ce que vous avez à faire.

Les ombres viennent des mains d'Arien. Au premier contact de sa magie, la Corruption commence à bouger et à changer de forme. Les premiers gestes de mon frère sont hésitants mais, à chaque mouvement, il prend de plus en plus confiance.

Le pouvoir s'allume sous ma peau, le sigil à mon poignet se met à brûler. Je pense à un fil. Je le vois se dérouler le long des volutes d'ombre. Je les maintiens en place tandis qu'Arien les projette sur le sol.

Ce rituel est déjà différent de notre première tentative. Arien… tous ces entraînements, les leçons, notre vie à Lakesedge… ça l'a changé. Ses yeux noircis, le froid de sa magie, le goût de sel et de cendre dans l'air, ça fait partie de lui. C'est lui. Il est intelligent et fort, et il n'a pas peur.

Ma magie me fait l'effet d'être encore trop petite et trop faible. Mais je me répète que c'est suffisant. Que je peux l'aider à réussir.

Clover nous murmure des encouragements à tous les deux, tout en projetant sa lumière dans le sort.

– Lance-le plus loin. Resserre-le plus, par là. Encore.

Les ombres s'entrecroisent sur le sol. Ensemble, Arien et moi les tissons en un filet tendu et contrôlé. Qui s'étale de plus en plus, jusqu'à couvrir toute la rive. La magie de Clover s'y entremêle et le sort brille comme le soleil scintille sur une eau peu profonde. En dessous, la Corruption commence à rougeoyer et à vaciller. Des tremblements font onduler le sol, du lac jusqu'à la lisière des arbres. Nous pouvons y arriver.

Nos mains s'enfoncent plus profondément dans la boue. Elle est si froide. La Corruption tremblote contre mes paumes, produisant la même sensation que la nuit où Rowan a payé la dîme : sombre, sans fin et affamée. Complètement dépourvue de la lumière qui baigne le monde, de la chaleur dorée de la magie de la Dame.

Je serre les dents. Je pense au soleil, aux graines et aux fleurs. À côté de moi, Arien est tendu. Ses muscles sont crispés. Mais sa magie tient. Il garde le contrôle. Elle ne faiblit pas.

Nous poussons et enfonçons notre magie dans la terre. Le sol bouge en vagues, comme une marée au gré de la lune. Le sort fonctionne. Clover, Arien et moi, avec toute notre magie entremêlée, nous réparons la Corruption.

Le sol noirci commence à changer. Il ramollit, la boue redevient sable. Des brins de carex sortent de terre. À nos pieds, l'eau ondule, l'obscurité d'encre s'éclaircit désormais.

L'espace d'un souffle, tout s'immobilise. Lentement, Arien repousse les ombres, et Clover lève ses mains du sol. Nous restons assis, encerclés par le sigil encore lumineux, et nous regardons autour de nous.

C'est réparé. Tout est réparé.

Soudain, des taches d'obscurité commencent à s'étaler sur le rivage. Arien et moi échangeons un regard inquiet, puis nous nous tournons vers Clover. Elle tend une main, où la magie étincelle, les sourcils froncés.

– Je ne comprends pas. (Elle avance d'un pas hésitant vers l'eau, vers la terre qui change.) Ça ne devrait pas faire ça.

Je baisse les yeux : le sol s'ouvre. Clover pousse un cri. Nous tombons lourdement à terre alors que le rivage de plus en plus sombre se fend d'une plaie profonde. Arien me heurte la joue de son coude et je ne vois plus que des étoiles. De loin, j'entends Florence qui crie, la voix pleine d'urgence :

– Rowan ! Fais-les revenir. Ce n'est pas…

Rowan est à côté de nous dans l'instant. Il attrape mon bras, essaie de m'attirer à lui.

– Leta…

Sa voix est étranglée.

La faille s'ouvre, de plus en plus grande. Puis une silhouette s'élève de la boue. Puis une autre, puis une autre. Elles sont grandes. Trop grandes. D'un noir huileux qui suinte et dégouline. Elles ont des membres sans mains. Des têtes grotesques, sans visage. Elles progressent comme dans un glissement, et mon souffle s'échappe dans un hoquet désespéré.

– Non ! (Je cherche une explication auprès d'Arien, qui a les yeux écarquillés par le choc.) Qu'est-ce que c'est ? Qu'est-ce qui se passe ?

– Reculez, tous les deux ! crie Clover.

Ses mains sont embrasées d'une lumière qu'elle projette sur les créatures d'un geste rapide et brutal. Celles-ci reculent aussitôt et se fondent dans le sol. Mais la brèche s'ouvre alors encore plus et d'autres créatures en surgissent.

Elles ont des griffes qui ressemblent à des pierres tranchantes, crochues et meurtrières. Elles ont des bouches. Rondes, piquées d'échardes de coquillages brisés. Elles surgissent de la terre en un torrent. Je veux attraper

Arien, mais elles sont trop rapides… je n'ai pas le temps de bouger qu'elles l'ont englouti.

Son bras s'agite, coincé dans les rouleaux de boue. Son visage est livide, terrifié.

– Arien, tiens bon !

Je me précipite vers lui alors qu'il disparaît sous les créatures.

Rowan me retient par le bras.

– Leta, recule.

– Non ! Arien…

Je me libère de son emprise. Mais avant que je puisse faire quoi que ce soit, Rowan enfonce les mains dans la masse de terre agitée. Il ne cille même pas. À sa manière de bouger… on voit qu'il s'est entraîné. Comme s'il avait déjà fait ça avant, affronté la Corruption, libéré quelqu'un. Ou du moins, qu'il avait essayé.

Je me colle aussi à lui, mon épaule contre la sienne. Je plonge les mains dans la boue, prête à tout malgré la peur alors que les créatures se précipitent vers moi, que je sens le raclement des griffes et des dents. Je m'enfonce plus profondément dans l'obscurité glaciale, je la fouille désespérément, mais Arien n'est plus là. Il n'y a que la boue, le froid et les créatures affamées.

J'aurais pu empêcher cela. Si j'avais accepté l'aide du Seigneur d'En Dessous, rien de tout ça ne serait arrivé. Je veux m'accrocher à la force qu'il m'a montrée, une force bien au-delà de ma magie. Mais je ne ressens qu'une faible pulsation. Une brûlure à mon poignet, une douleur dans ma poitrine.

Je ne peux pas réussir. Pas seule.

– S'il vous plaît !

J'en appelle aux ombres. Au monstre qui a été bienveillant, jadis. Qui m'a prise par la main et m'a guidée à travers bois. Qui a sauvé mon frère.

– S'il vous plaît, vous avez dit que vous m'aideriez…

L'obscurité trouble ma vision et la lumière du soir est balayée. L'eau s'abat sur moi, suivie d'un son. Un souffle, un sifflement, un soupir.

Je fouille encore la terre en quête d'Arien, mais mes mains ne trouvent rien dans l'obscurité. Ma voix est un sanglot incohérent qui retentit à travers les ombres.

– Aidez-moi, aidez-moi, aidez-moi.

Dans un éclair de lumière argentée, le Seigneur d'En Dessous apparaît. Grand, pointu et acéré, comme les racines renversées d'un arbre arraché. Des traînées d'ombres humides et noires l'entourent, et il avance en laissant une eau noire dans son sillage. Je ne vois pas son visage, mais je sais – j'ignore comment, mais je sais – que ses yeux sont fixés sur moi. Il m'observe en silence un très long moment, alors que l'obscurité se referme sur nous. Quand il parle enfin, sa voix est aussi froide qu'une nuit d'hiver.

Je t'ai déjà proposé mon aide, Violeta. Et tu l'as refusée.

Il va laisser mourir Arien. Mon frère va mourir, et ce sera ma faute. *Non.* Une colère indignée s'enflamme en moi. Je ne le supplierai pas de m'aider. Je ne vais pas me recroqueviller, petite et apeurée. Je suis la lumière, la chaleur et le feu.

Je serre les dents et je le regarde fixement alors que des étincelles de pouvoir jaillissent de mes doigts.

– Vous allez le sauver. Vous le sauverez.

Il ne bouge pas. Il ne parle pas. Et puis il rit, doucement, doucement.

Tu es si courageuse. Aie un peu peur... ça va faire mal.

Je tends la main et l'obscurité vacille. Mes doigts touchent du tissu, de la peau. Arien – sa manche, son poignet. Il prend une brusque inspiration. Je le tire vers moi. J'enroule mes bras autour de lui. Je ne le lâche pas. Alors que les ombres refluent, que la lumière s'accentue, je me prépare à la douleur promise, mais elle ne vient pas.

Puis Arien hurle. Il hurle et hurle sans relâche. Nous sommes de retour sur la rive, libérés par la Corruption. Je le tiens dans mes bras. *Il hurle*. Clover et moi le traînons loin du lac, à travers la rive et vers les arbres pâles, où nous nous affalons à terre. Il pleure, ses cris se sont changés en sanglots déchirés.

– Arien ?

Ses mains sont tachées de noir jusqu'aux coudes, la peau est à vif. Carbonisée, comme quelque chose qui serait resté plongé trop longtemps dans le feu, pourtant quand je touche ses doigts, sa peau est froide.

Clover laisse échapper un râle de désespoir.

– Oh, Arien. Qu'as-tu fait ?

Sa magie vacille alors qu'elle passe les mains sur lui.

– Je... je ne sens pas... (Des larmes lui coulent sur le visage. Il prend une inspiration pénible.) Elles sont tout engourdies.

Arien blottit ses mains abîmées contre son torse et se remet à pleurer. Je le reprends dans mes bras, où je le serre fort : il tremble et frissonne. Je veux le réchauffer, mais j'ai tout aussi froid.

– Il faut qu'on rentre à la maison.

Arien essaie de me repousser.

– On ne peut pas. Ces choses, elles sont toujours là.

Je tourne la tête vers le lac et découvre, horrifiée, que les créatures ont commencé à se relever. Et Rowan… il est là-bas lui aussi. Il a enlevé sa cape, son couteau brille dans sa main.

– On doit l'aider, sanglote Clover, qui se lève du sol.

Les créatures se rapprochent de Rowan, qui se tient debout, les bras écartés. Elles l'entourent.

– Non, on ne va rien faire du tout, je décrète. (Avec douceur, je confie Arien à Clover.) Reste ici.

Et je retourne en courant vers le cœur de la Corruption. *Ça va faire mal.* Le soleil s'est couché derrière les collines, à présent, et tout est strié d'obscurité. Je fouille le ciel nocturne au-dessus du lac. Eau noire, ciel noir, lunes jumelles. Je tente désespérément de rappeler les restes d'énergie en ma possession, je la sens qui me chauffe les paumes.

Je traverse la rive toujours en courant, jusqu'à Rowan. Il s'est tailladé les bras. Les deux. Du sang coule de ses poignets. Il se tourne vers moi, ses yeux sont cramoisis, sa gorge enserrée par le noir.

– Ne t'approche pas de moi.

Sa voix est *fausse*: grave et terrifiante, comme une plaie coagulée.

Je m'agenouille sur le sol à côté de lui.

– Non.

Il tend ses mains, ensanglantées et tremblantes, alors que des vrilles de terre s'élèvent et s'entremêlent autour de lui, l'agrippant par la gorge à tel point que les ténèbres semblent s'enfoncer dans sa chair. Il lâche un sifflement entre ses dents serrées.

Les créatures se précipitent vers lui. L'une après l'autre, elles lui tombent dessus. Il pousse un cri étranglé, de désespoir et de douleur, mais il ne se débat pas, il ne bouge pas. Il les laisse venir. Leurs bouches rondes et affamées se plaquent sur les blessures à ses poignets. Elles lui déchirent la peau. Elles mordent ses bras, son torse, sa gorge. *Ça va faire mal, ça va faire mal.*

Rowan est assis, les bras écartés, les yeux clos, tandis que les créatures se tortillent et se régalent. Coupé, saigné et dévoré. Je ravale mes cris pour me remémorer comment c'était la dernière fois. Quand j'ai posé ma main sur la terre, pensé à la chaleur et obligé la Corruption à le laisser tranquille. J'étire les doigts vers le sol.

Mais il secoue la tête.

– Non, dit-il d'une voix épaisse, eau, boue et lac. Laisse-les faire.

Je recule et ne peux qu'assister au spectacle, impuissante. Il y a plus d'une façon de me faire mal – comment n'ai-je pas compris ça avant ? Je pensais pouvoir me brûler pour sauver le monde. Mais je n'ai jamais pensé à ce que je ferais si c'était plutôt le monde tout autour de moi qui brûlait.

Au bout d'un long moment, les créatures commencent à changer. Elles s'adoucissent, deviennent de plus en plus informes. Et enfin, enfin, elles lâchent Rowan et retournent s'infiltrer dans la terre. Il bascule en avant. Les vrilles de Corruption se déroulent et le quittent. Le sol est secoué d'un dernier frisson, puis s'immobilise.

Plus aucun son n'est perceptible que le clapotis des vagues sur le rivage. Les créatures sont parties. La blessure du rivage s'est refermée. Le sol est noir, toujours empoisonné.

– Rowan ?

Je m'accroupis près de son corps affaissé. Sa chemise est tachée de sang noirci, son visage, de cendre. Je n'arrive pas à déterminer s'il respire. Je presse mes doigts tremblants contre sa gorge, à la recherche d'un pouls.

Ses cils battent, puis il lève vers moi des yeux injectés de sang. Il essaie de me repousser, mais il est pris d'une quinte de toux. Il se recroqueville sur le flanc, peinant à respirer. Il tousse pendant de longues secondes, puis s'étrangle avec de pleines goulées d'eau noire d'encre. Il se redresse, lentement, haletant, recrachant encore de l'eau noire huileuse, et s'essuie la bouche du revers du poignet.

– Arien.

Il fouille la rive, puis voit Arien et Clover blottis près des arbres. Florence a posé un linge sur les bras d'Arien ; le contenu de son panier est éparpillé au sol.

– Il est blessé ? demande Rowan.

– Oui. Je…

Mes yeux s'emplissent de larmes. Comment puis-je avouer la vérité à Rowan – ou à quiconque d'ailleurs ?

– Il a été blessé, et c'est entièrement ma faute.

L'expression de Rowan s'assombrit. Il agrippe mes bras de ses doigts ensanglantés, et je lis clairement la peur et la fureur sur son visage.

– Plus jamais. Tu m'entends ? On en a fini avec les rituels, avec tout ça.

– Tu ne peux pas abandonner. Tu sais ce qui va arriver si ça ne s'arrête pas.

– Laisse faire, murmure-t-il d'une voix râpeuse. Que ça me tue. Je m'en fiche. Je ne permettrai pas que toi, Arien, ou n'importe qui soyez blessés à nouveau.

Il se relève, baisse brusquement ses manches. Le sang trempe le tissu. Il s'éloigne en trombe, mais lorsqu'il atteint le portail, il hésite et vacille, trébuche avant de se rattraper à l'arche de fer forgé à volutes. Florence se précipite et lui passe un bras autour de la taille. Je le regarde essayer de la repousser pendant qu'ils disparaissent dans le jardin.

Je retourne à l'endroit où Clover et Arien sont assis, et me laisse tomber à côté d'eux. Je m'adosse à l'un des arbres blafards et j'enfouis mon visage dans mes mains. Le souffle court, j'essaie de me reprendre. Le rivage s'étend devant nous : froid, noir et immobile. Clover pose la tête sur mon épaule avec un soupir. Arien contemple l'eau d'un air absent. Ses mains sont emmaillotées dans un tissu, mais on voit qu'il a saigné à travers le linge clair.

Je suis soulagée de constater que les taches sont écarlates, pas noires. Mais ce petit moment de soulagement est rapidement englouti par la culpabilité. Je n'ai pas été assez forte. Les blessures, le mal, tout ça, c'est parce que j'ai cédé au Seigneur d'En Dessous. J'ai invoqué le seigneur des morts, et voilà quelle a été sa réponse.

Je pensais pouvoir aider, mais je n'ai fait qu'empirer les choses.

16

La nuit m'enveloppe. Je suis dans le couloir, devant la chambre de Rowan, un photophore serré entre les mains. Sa porte est fermée.

Un mince rai de lumière en dessine le cadre. Pourtant, quand je frappe, je n'obtiens pas de réponse.

Je ferme les yeux et appuie mon front contre la paroi de bois.

La maison est silencieuse et immobile. J'ai l'impression d'être la seule personne éveillée – voire vivante – sur toute la propriété. Après notre retour du lac, Clover a réparé les bras d'Arien, mais sa peau est restée carbonisée, à vif, tout abîmée. Elle lui a promis que ça guérirait. Elle l'a dit de la même manière que Rowan, après la dîme – *bien bien bien.* De l'espoir noué dans un mensonge.

Pendant qu'elle œuvrait, j'ai allumé des bougies, autant que j'ai pu en trouver. Dans la chambre d'Arien, j'en ai aligné sur les rebords, la cheminée et la table de chevet, et posé au sol dans chaque coin. Plus jamais je ne laisserai les ténèbres venir nous chercher, ni Arien ni moi. Quand le vent a fait trembler les murs, quand il a prononcé mon nom, j'ai refusé d'écouter.

Florence est entrée dans la chambre et a tiré une chaise jusqu'au lit. Elle nous a renvoyées, Clover et moi, arguant qu'elle allait veiller sur Arien. Je l'ai laissé enveloppé de lumière, profondément endormi. Puis j'ai gagné ma chambre pour essayer de dormir aussi. Seulement, chaque fois que je fermais les yeux, je ne voyais que le rituel. Des images qui surgissaient en flashs, rapides et hideux. Griffes. Dents. Hurlements d'Arien quand le Seigneur d'En Dessous le torturait.

Et Rowan. Empoisonné, blessé et empli d'une résignation dure et froide. *Laisse-les faire.* Depuis le temps qu'il vit avec cette noirceur en lui. Qu'il se bat, se bat encore, se laisse détruire en une lente saignée pour retarder l'inévitable. Ça me fait penser à un puits asséché : l'espace qui s'allonge entre la surface et l'eau, le seau qui racle les pierres. Il va abandonner, il va céder, et je vais devoir assister à sa destruction par la Corruption peu à peu, morceau par morceau, jusqu'à la fin.

Je tiens à lui. Pourtant je ne le connais toujours pas.

On s'est tellement caché la vérité, l'un à l'autre. Je dois découvrir ce qui lui est arrivé autrefois. Ce qui s'est vraiment passé quand Rowan a été sauvé par le Seigneur d'En Dessous.

Je frappe de nouveau à sa porte, plus fort cette fois. Le son résonne à travers le couloir.

J'essaie la poignée. La porte s'ouvre. J'entre.

Sa chambre est aussi dénudée que la dernière fois que je suis venue. Les rideaux sont ouverts en grand, l'air chaud de la nuit entre par la fenêtre, ouverte elle aussi, avec l'odeur de feuilles et de terre. Tout est calme, silencieux. Et puis je le vois, blotti sous la couette de son étroit lit de fortune. Il se tourne vers moi lorsque je traverse la pièce, mais ses yeux sont clos. Il dort.

Son bras s'élance en l'air. Il a les poignets bandés – il a dû s'en charger lui-même – et un sang noir et épais de corrompu filtre à travers le tissu.

– Elan ! crie-t-il d'une voix pleine de chagrin. Elan, s'il te plaît…

Un cauchemar. Il fait encore un cauchemar.

Je m'approche sur la pointe des pieds et pose ma bougie au pied du lit, à côté d'un plateau sur lequel est posée une tasse de thé à moitié bue. Près de la tasse se trouvent trois flacons de verre. Vides, à l'exception de quelques gouttes subsistantes d'un sédatif amer. Ma petite lampe éclaire faiblement le reste de la pièce. Dans le coin, les ombres sont lourdes. Je détourne mon visage de l'obscurité.

Penchée au-dessus de Rowan, je pose les mains sur ses épaules. À mon contact, il se réveille en sursaut, se redresse et se libère dans une secousse.

– Violeta ? Qu'est-ce que tu fais là ?

Il a les yeux sombres, les pupilles dilatées, le blanc injecté de sang. Les cicatrices de sa gorge forment une treille sombre, dont le tracé remonte vers sa mâchoire et descend sur son torse. Il ne porte pas de chemise et, à la lueur de la bougie, je distingue ses larges épaules, ses muscles secs, les cicatrices partout sur sa peau. Un désir aussi ardent que bizarre m'envahit.

Ses cheveux sont emmêlés par le sommeil et encore humides après qu'il en a lavé la boue. Une mèche lui retombe mollement sur le visage, comme une ligne brune qui barre ses traits. Je vais pour la repousser.

– Tu as fait un cauchemar.

Il m'attrape la main avant que je puisse le toucher.

– Arrête.

– Tu as fait un cauchemar, mais c'est fini maintenant. (Il y a un chiffon sur le plateau, plié sous la théière. Je le prends.) Tes bras… Là, laisse-moi t'aider.

Il baisse les yeux et voit que le sang des coupures a imbibé les bandages. Avec un soupir, il me tend les bras. J'entreprends de dérouler les bandes de tissu et frissonne en découvrant les blessures : je ne peux refouler l'image des dents acérées et des griffes crochues. Même si j'essaie de ne pas toucher le sang, je ne peux l'éviter : sur mes doigts, il est épais et étrangement frais.

Rowan me prend le linge des mains.

– Il y a des bandes dans la commode. Le tiroir du haut. Et… (Il baisse les yeux, l'air embarrassé.) Et peut-être une chemise, dans le tiroir du dessous.

J'ouvre la commode et j'en sors un rouleau de bandage, puis je fouille parmi ses chemises soigneusement pliées pour choisir la plus douce. Je rapporte le tout sur le lit, m'assieds prudemment sur le sol et commence à dérouler la bande.

Rowan reste parfaitement immobile pendant que je lui panse les bras. Quand j'ai fini, je m'appuie au dossier de la méridienne.

– Tu m'avais dit que la Corruption ne ferait de mal à personne d'autre que toi. Tu l'avais juré. Mais je t'ai vu quand tu te battais pour sauver Arien. Ce n'était pas la première fois que tu essayais de récupérer quelqu'un.

Il baisse les yeux en tirant brutalement sur sa chemise.

– Non. En effet.

Je pose une main sur son bras pour qu'il ne puisse pas se détourner.

– Dis-moi. Rowan, que s'est-il passé quand le Seigneur d'En Dessous t'a sauvé ? Qu'est-il vraiment arrivé à ta famille ? Je veux savoir la vérité.

Il hésite un moment, puis il soupire.

– Il s'est passé ce que je t'ai raconté. Je suis mort. Je suis revenu. J'ai été empoisonné. (Son regard s'envole par la fenêtre ouverte, sa voix se fait lointaine.) J'avais dans les cinq ans. J'étais allé jouer près du lac et je suis tombé à l'eau. Elle était très froide, je n'arrivais plus à respirer… et puis, soudain, tout a changé. Je n'étais plus dans l'eau, j'étais dans une forêt. Qui ne ressemblait à rien de ce que j'avais déjà vu. Il faisait sombre, le ciel avait disparu. Je suis resté là pendant ce qui m'a semblé être un long moment. Jusqu'à ce qu'il me parle.

– Le Seigneur d'En Dessous.

– Oui. Qu'est-ce que tu as dit sur lui ? « Il était gentil. » J'avais peur, comme toi. Mais il m'a pris la main et m'a dit qu'il pouvait me sauver. Quand il m'a demandé ce que je donnerais en échange de ma vie, j'ai répondu : « N'importe quoi. » Dommage que je n'aie pas eu de magie à lui offrir, ajoute Rowan avec un rire amer, puis son expression devient solennelle. Quand je me suis réveillé, sur le rivage, l'eau était devenue noire. J'ai pensé que c'était ça, le prix à payer. Mes parents étaient tellement en colère et inquiets que je n'ai pas pu me résoudre à leur raconter ce qui s'était réellement passé.

– Alors tu as tout enfoui en toi.

C'est difficile de parler, je me souviens de ce que j'ai ressenti quand j'étais à sa place, les efforts que j'ai déployés pour oublier ce que j'avais fait dans les bois de Vair.

– Et au bout d'un moment, tout a fini par te sembler irréel, je conclus.

– C'est étrange de penser qu'on a un marché pareil en commun, pas vrai ?

Il tend la main et dessine le contour du sigil à mon poignet. Le contact léger de ses doigts rugueux sur ma peau est comme une proposition, une question. Je me penche vers lui et il lève son autre main pour toucher mon visage.

– Leta, murmure-t-il. Leta, je…

Mais il est pris d'une quinte de toux. Il ferme les yeux, le temps de l'étouffer, alors que les ténèbres se répandent sur sa gorge.

La lumière jaillit de ma main, éveillée par l'afflux des ombres en lui. Je pose les doigts sur son cœur et j'essaie de me concentrer. Les vrilles noircies se mettent à scintiller, comme les rives du lac plus tôt dans la journée, lors du rituel. Je pense à un jardin, à mon père, les mains dans la terre, qui transforme les tiges en fleurs. Sa magie est ma magie. Pétales, graines, feuilles, pollen.

Mon pouvoir est un fil, lié à Rowan. Ce que j'ai n'est qu'une simple fleur, une minuscule flamme de bougie. Si seulement, si seulement j'étais assez forte pour le guérir entièrement. Tout ce que je peux faire, c'est imaginer ma magie se déployant à l'intérieur de lui, une brève lueur, une brève chaleur contre l'obscurité froide et empoisonnée.

Lentement, la Corruption s'estompe pour redevenir une ombre.

– Merci. (Rowan serre ma main pendant un moment, puis il s'écarte pour me faire de la place sur la méridienne.) Assieds-toi avec moi. Je vais te raconter comment ça s'est passé.

Je jette un coup d'œil à son lit de fortune, méticuleusement arrangé, les draps en lin crissant car repassés de frais. Mais ses cheveux sont emmêlés, et il a des lignes sur le visage, traces de l'oreiller où il a dormi. Il est plus dépenaillé que je l'ai jamais vu.

Je m'assieds à côté de lui, tout près mais sans le toucher. Je sens la chaleur qu'il a laissée là quand il dormait.

Il porte un regard pensif sur la pièce.

– Quand j'ai eu treize ans, mes parents ont organisé une énorme fête. Tous leurs amis des autres domaines, aussi loin qu'Anglria, ont amené leurs enfants. J'ai dansé toute la nuit, en essayant de trouver le courage d'embrasser l'indène Oc avant qu'il ne rentre chez lui.

Je lui donne une petite poussée.

– Qui aurait cru que ta jeunesse avait été aussi sauvage ?

Il lâche un petit rire gêné.

– Elan m'a dit que je devais choisir celui qui avait le frère le plus beau, puis qu'on vivrait tous ensemble dans une cabane en haut d'un arbre du jardin.

– Il aurait pu faire un peu froid en hiver.

Ils sont doux-amers, ces souvenirs. Rowan et moi échangeons un petit sourire, puis il continue.

– On s'est rendus malades à force de boire du vin aux épices. Elan a volé le gâteau sur la table de la cuisine. On en a mangé la moitié ensemble. Florence était furieuse, mais Mère s'est contentée de rire. Elle a refait le glaçage et raconté à tout le monde qu'il était censé avoir la forme d'une lune.

Arien et moi ne fêtons jamais nos anniversaires, nous ne savons même pas à quelles dates ils tombent. Chaque fois que le monde bascule dans une nouvelle année, nous ajoutons simplement un an à notre âge. Pendant que Rowan dansait et qu'Elan imaginait leur future cabane dans les arbres, j'avais onze ans. Je récurais les sols et coupais du bois d'allumage. J'inventais des histoires et je restais assise, aux aguets dans le noir, à veiller sur Arien.

J'imagine Rowan entouré de sa famille. Aimé et heureux. Je le vois très clairement : la maison désormais vide, remplie de lumière et de voix, les lanternes suspendues le long de l'allée, les bougies qui brillent sur un croissant de gâteau fraîchement glacé.

Je sais comment ça s'est terminé, mais n'empêche, j'en suis glacée d'envie.

– Ça a l'air merveilleux.

Son sourire s'estompe.

– À la fin de la nuit, mon père a passé un bras autour de mes épaules. Il m'a dit que j'étais un homme maintenant. Et puis… (Rowan se colle les mains sur la bouche un moment. Quand il continue, sa voix est étouffée.) La pièce s'est trouvée plongée dans le noir total, comme si quelqu'un avait éteint toutes les lumières. Le Seigneur d'En Dessous était revenu me chercher. « Tu as eu ton enfance, a-t-il dit, le reste de ta vie m'appartient. » C'était ça, son « n'importe quoi ». Il m'avait laissé vivre, puis il était revenu me réclamer, moi, son dû. C'est la seule autre fois où je l'ai vu, après le jour où il m'a sauvé. Et cette première fois-là, il était gentil. Mais la seconde…

Les doigts de Rowan se crispent au-dessus de l'espace qu'il ne peut remplir avec des mots. Je l'ai vue moi aussi, cette obscurité. *Ça va faire mal.* Le Seigneur d'En Dessous peut être gentil, mais il sait aussi se montrer terriblement cruel. Je frissonne et je remonte la courtepointe pour mieux m'en envelopper.

– Il voulait m'emmener dans le monde du Dessous, mais je… j'ai refusé.

Ses paupières se ferment et il secoue la tête. Il n'est pas effrayé par ce souvenir, je m'en rends compte à ce moment-là. Non, il a honte.

– Je ne sais pas à quoi je m'attendais. Peut-être à ce qu'il discute, qu'il négocie. Mais il s'est contenté de rire. Puis il est parti.

Rowan essaie de canaliser ses mots. C'était ce que je voulais, non ? Toute l'histoire. La vérité. Je pourrais l'arrêter maintenant. Tendre la main et murmurer : « Assez. » Mais je dois l'entendre. Je suis affreuse, avide et effrayée. J'ai besoin de savoir ce qui lui est arrivé.

– Mon père est mort le lendemain matin.

Il me regarde, le temps d'un battement de cœur, puis se détourne et reprend rapidement comme s'il avait peur, en s'arrêtant, de ne plus jamais pouvoir parler :

– Ils l'ont trouvé dans l'eau. Tous les invités sont partis, terrifiés. Et les rumeurs ont commencé à courir sur le domaine : quelque chose de sombre serait entré dans la maison, mon père se serait noyé dans le lac noir, le lac maudit. Seulement moi, je savais que c'était ma faute. Le Seigneur d'En Dessous avait pris la vie de mon père parce que j'avais refusé de lui donner la mienne.

– Oh, Rowan...

Je me rapproche de lui. Il se fige à mon contact, mais ne fait rien pour augmenter la distance entre nous.

– Tu ne l'as dit à personne ?

– Non. Après tous ces événements, ma mère a changé. Comme si elle ne savait plus qui elle était sans mon père. Comment aurais-je pu lui avouer qu'il était mort à cause de moi ? Alors j'ai essayé d'oublier.

Je pense à mes propres secrets que j'ai gardés étroitement enfermés, en prétendant avec l'énergie du désespoir que la magie noire d'Arien n'était en fait que des rêves, parce que c'était plus facile que d'affronter la vérité.

– Je comprends.

– C'était moi, le seigneur, désormais. Je devais me charger de toutes les tâches qui incombaient à mon père autrefois. J'allais au village. Je collectais la dîme. Je pratiquais l'observance à l'autel, comme tu l'as vu. (Il pousse un lourd soupir.) Je ne savais pas que le Seigneur d'En Dessous reviendrait mais, une nuit, ma mère a entendu une voix dans sa chambre.

– Il lui a parlé.

Je me rappelle les murmures que j'ai perçus dans le noir, le Seigneur d'En Dessous qui m'attirait à travers les couloirs. *Suis-moi.*

– Elle a cru à un cauchemar. Elle en faisait énormément depuis la mort de mon père. Mais le lendemain, je l'ai trouvée au lac. Noyée. Et l'obscurité de l'eau s'était répandue sur la rive, sous elle. Au village, tout le monde a affirmé que je l'avais tuée. Que je les avais tués tous les deux.

– S'il avait le pouvoir de prendre leur vie, alors pourquoi ne t'a-t-il pas pris toi, à la place ? je lui demande. (Et aussitôt, mon estomac se noue car je viens de comprendre.) Il les a pris pour te punir.

Rowan acquiesce. Même après ce qui s'est passé avec Arien aujourd'hui, je continue d'être choquée par la cruauté insondable du Seigneur d'En Dessous.

– Et puis, Elan a lui aussi commencé à entendre la même voix. Le Seigneur d'En Dessous avait décidé de le prendre également, puisque je lui avais promis « n'importe quoi », après tout. Quand j'ai compris ce qui se passait, j'étais au désespoir. Je devais trouver un moyen de protéger Elan, de le mettre à l'abri. J'avais entendu des histoires de gens qui utilisaient une offrande de sang pour en appeler au Seigneur d'En Dessous. Alors j'ai essayé de l'invoquer.

– Qu'est-ce que tu as fait ?

– Je suis allé à notre autel dans le salon. J'ai allumé les bougies. Je me suis tailladé les mains et j'ai laissé mon sang tomber sur le sol. Mais il n'est jamais venu. J'ai passé toutes les nuits au chevet d'Elan, dans sa chambre, et j'ai essayé d'entendre la voix, mais seul Elan pouvait l'entendre. Il m'a dit que la voix lui ordonnait d'aller au lac. Alors je m'y suis rendu, moi. Je suis allé à l'endroit où mes parents avaient été retrouvés, celui-là même où ils m'avaient trouvé, moi, il y avait bien longtemps. Je me suis entaillé les bras, cette fois, et j'ai ensanglanté la terre. Comme ça n'a pas marché, je…

Il porte une main à sa gorge et passe les doigts sur ses cicatrices.

– Tu t'es égorgé... Tu as essayé de...

Je me tais, glacée par l'horreur.

– Oui, j'ai tenté de mettre fin à ma vie. (Il me regarde, l'air choqué, comme s'il n'avait pas prévu de parler de façon aussi directe.) Je ne voulais pas mourir et laisser Elan seul. Mais je savais que si le Seigneur d'En Dessous ne me prenait pas, Elan serait perdu. (Il secoue la tête.) Quand mon sang est entré en contact avec la Corruption, celle-ci s'est modifiée. On aurait dit qu'elle s'était réveillée. Elle a commencé à se répandre. Elle avait faim, je le sentais, je sentais ce qu'elle voulait, et je savais qu'elle se répandrait jusqu'à la maison, pour emporter Elan. Je devais l'arrêter. J'ai enfoui mes mains dans la terre, comme à l'observance, et les ténèbres sont entrées en moi à la place. Après, je suis devenu comme ça, conclut-il en désignant l'obscurité autour de ses cicatrices, le poison sous sa peau. Et quand Elan m'a dit que la voix s'était tue, j'ai cru que je l'avais sauvé.

– Mais si ça a marché... (Je m'en veux de poser la question, mais je dois savoir.) Qu'est-il arrivé à Elan ? Comment est-il mort ?

– Pour le garder en sécurité, je devais retourner régulièrement au lac. La Corruption se réveillait, et le poison à l'intérieur de moi appelait et je savais que si je ne laissais pas la Corruption prendre davantage de moi, elle se répandrait et ferait du mal à Elan. Mais chaque fois que je donnais ma dîme, j'absorbais un peu plus de noirceur. J'ai écrit aux Maylands, qu'ils m'envoient un alchimiste, pour voir s'il y avait autre chose à faire. Ils ont dépêché Clover, mais avant qu'elle arrive...

Rowan ferme les yeux et les larmes dessinent un lent chemin sur ses joues.

– Une nuit, quand je suis allé au lac, Elan m'a suivi. Ayant vu ce que je faisais, il a essayé de m'en empêcher. Et quand il a posé le pied sur la rive, on aurait dit qu'il était envoûté. Il a avancé dans l'eau, j'ai essayé de le retenir, mais l'obscurité m'a alors transformé. J'étais toujours là, pourtant à côté de moi il y avait cette autre « chose ». Je ne pouvais rien faire pour l'arrêter. Je ne le voulais pas. Je l'ai regardé se noyer, et la partie horrible et empoisonnée de moi... elle était heureuse.

Il pleure pour de bon, maintenant, malgré ses efforts pour retenir ses larmes. Je tends la main vers lui, malade pour lui, en pensant au silence froid et noir au fond du lac.

– Rowan, ce n'était pas ta faute, dis-je en l'enlaçant.

Il se débat un moment, essaie de s'écarter, puis il cède et s'appuie contre moi.

– J'étais prêt à mourir pour Elan, balbutie-t-il, les mots se heurtant aux sanglots. Mais à la fin, je l'ai juste laissé partir.

Il porte la main à ma taille et m'attire plus près, ses doigts s'agrippent au tissu de ma chemise de nuit. Il appuie son visage contre mon épaule, et moi, ma joue contre ses cheveux. Je suis presque sûre qu'il n'a jamais laissé quelqu'un le réconforter de cette manière. Sa honte, son chagrin, c'est comme une plaie ouverte et je sais que rien de ce que je pourrais dire n'atténuera sa douleur. Alors je me contente de l'enlacer. Je le serre et le laisse pleurer, comme il l'a fait pour moi, l'autre fois dans le jardin.

Nous restons ainsi un long moment, puis il prend une profonde inspiration et s'essuie grossièrement les yeux avec sa manche.

– Ce n'était pas un mensonge quand je t'ai dit que tout ce que tu as entendu sur moi est vrai. Ma famille… ils sont tous morts à cause de moi. Même si ce n'était pas de ma main, je les ai quand même tués.

– Non. Tu as commis une erreur, une terrible erreur.

– Comment peux-tu être si gentille après ce que j'ai fait, Violeta ? Alors que c'est moi qui suis responsable de la Corruption ?

– L'autre nuit, dans le jardin, quand je t'ai raconté comment j'avais échangé ma magie contre Arien, tu m'as tout de suite comprise. (Je me souviens de ses mots : « Il n'y a pas de *faute* dans ce que tu as fait. ») Tu avais peur. Tu voulais protéger ton frère. J'aurais fait exactement la même chose.

Rowan est un monstre. Il nous a tous mis, en particulier Arien, terriblement en danger. Cependant, je ne peux pas le détester pour autant. Parce que quand je le regarde, tout ce que je vois, ce sont mes propres choix. J'ai connu les mêmes ombres. J'ai fait face aux mêmes ténèbres.

Et j'y retournerais, si cela me permettait de mettre à l'abri tous ceux qui me sont chers.

J'écarte une mèche de cheveux égarée sur son visage baigné de larmes, puis je passe les doigts sur ses cicatrices. Son front, sa mâchoire, le pourtour de sa bouche. Il appuie sa joue contre ma paume. Ce geste en appelle à quelque chose de profondément enfoui en moi. La douleur et le désir, tout mélangés. Je sens mon cœur se presser, fort, contre ma cage thoracique.

– Je suis désolé. (Sa voix est un nouvel hématome, à vif.) Je suis désolé pour tout.

– Moi aussi, je suis désolée.

Il se rallonge sur le lit et lève les yeux vers moi, triste et intimidé. Je perçois une invitation hésitante dans son silence. Je m'étends à côté de lui et il rabat les couvertures sur moi tandis que nous nous installons ensemble. Aucun de nous ne bouge pendant un long, très long moment.

Jusqu'à ce qu'il souffle mon prénom :

– Leta.

Et s'approche de moi. Il me prend la main, se penche vers mon poignet, vers l'endroit où je suis marquée par le sigil. Puis, si lentement que ça fait mal, il dépose un baiser sur ma peau. C'est le plus léger des contacts, mais il se répercute en moi sous forme de chaleur liquide.

Je pousse un petit cri. Une note douce qui se transforme en gémissement. Je le supplie, mais je ne sais pas de quoi.

Je n'ai jamais eu envie de ça avant, d'être si proche d'une autre personne. Parfois, au cottage, dans le noir, je m'enfouissais sous mes couettes et je passais les doigts sur ma peau. Mais je n'ai jamais imaginé, jamais voulu avoir quelqu'un d'autre avec moi pour suivre les chemins que je parcourais dans les recoins cachés de mon corps.

Et maintenant, ici, avec Rowan, je ne sais pas si je vais trouver les mots pour exprimer ce que je veux de lui. Il a perdu ses parents à cause de la cruauté du Seigneur d'En Dessous, puis a assisté, impuissant, à la mort de son frère.

Comment puis-je lui demander de prendre soin de moi, de m'ouvrir la porte ?

Je tends la main, hésitante, incertaine, et je l'attire plus près. Il commence à caresser mes cheveux, jusqu'à la courbe de mon épaule. Ses doigts sont chauds sur la peau nue au-dessus du col en ruban de ma chemise de nuit. Mon souffle se libère dans un soupir désespéré. Des étincelles de magie jaillissent de mes mains. Elles s'élèvent et scintillent au-dessus de nous, le temps d'un battement de cœur, puis disparaissent avant que j'aie cligné des yeux.

Il se penche au-dessus de moi. Sa peau a la même odeur que mon savon à la lavande. À laquelle s'ajoute un autre parfum. Épice et miel. Sucre brûlé. Thé noir.

Je pose une main sur son torse, au-dessus du col délacé de sa chemise, puis je glisse mes doigts vers le haut. Je touche les cicatrices sur sa gorge, comme je l'ai fait dans le jardin. Il frissonne, mais ne recule pas.

Entre nous, tout est étrange, nouveau et fragile. Mais je sais avec une certitude absolue que je veux le protéger, quoi qu'il en coûte.

Je veux réparer la Corruption moi-même.

Je veux être assez forte pour m'assurer qu'aucun de ceux que j'aime ne sera blessé, plus jamais.

– Rowan, je susurre contre sa joue. Je vais trouver un moyen, je vais réparer tout ça.

Il s'écarte avec méfiance.

– Qu'est-ce que tu veux dire ?

Je réalise que j'ai dit : « je vais réparer », plutôt que « nous ».

Il prend mon visage entre ses mains pour me regarder dans les yeux.

– Qu’est-ce que tu vas faire, Leta ? Quoi que tu envisages, ne le fais pas.

Avec ses paumes rugueuses couvertes de cicatrices enserrant ainsi mes joues, je peux imaginer commettre d’innombrables inepties. Au bout du compte, je fais la plus terrible de toutes. Je mens.

– Je ne le ferai pas. Promis.

17

Dans le jardin, tout est monté en graines et en fleurs. Les tiges des plantes sont craquelées par la sécheresse de l'air et de la lumière. Je me déplace dans l'enchevêtrement du verger, un panier au bras.

Les arbres et les ronces forment un écran derrière moi à mesure que j'avance sur le chemin, et bientôt je suis seule. Tout est silencieux, sans autre bruit que celui de mes pas qui crissent sur le gravier, puis s'adoucissent sur la terre nue.

Tout au bout du sentier, les restes squelettiques de deux arbres privés de feuillage s'entrelacent pour former une charmille, peut-être la cabane dans les arbres où Elan rêvait jadis de vivre avec Rowan. Je me baisse pour passer sous l'arche des branches. À l'intérieur, il fait plus frais et le treillis de bois me protège du soleil matinal. Je m'assieds à même la terre sèche recouverte d'un peu d'herbe et de brindilles, et j'enroule les mains autour du tronc le plus proche.

Je cherche à atteindre mon pouvoir, en essayant de m'imaginer la magie recroquevillée dans ma poitrine et tissée sur ma peau. C'est toujours un combat de la faire sortir. J'ai l'impression d'avoir plongé les mains dans un épais brouillard, à la recherche d'une minuscule graine. Ça glisse, glisse et glisse, toujours juste hors de portée de mes doigts tendus. Un goût métallique m'emplit la bouche, la sueur coule sur mes tempes.

Je me rappelle mon père dans notre jardin, des étincelles de sa magie sur les tiges, les feuilles et les fleurs. J'essaie de laisser cette même chaleur lumineuse jaillir de mes propres doigts.

Je rouvre les yeux sur un monde constellé de taches blanches, avec des touches de couleur qui dansent et changent de forme tandis que moi, j'essaie de me stabiliser. J'essuie la sueur de mon visage.

Mon pouvoir est encore faible, mais il a suffi. Pour le jardin, il a suffi.

La charmille au-dessus de moi est désormais verdoyante, couverte de feuilles délicates. Les branches pendent, lourdes de fruits : des grenades bien rondes et mûres. J'en attrape une assez grosse pour remplir mes paumes et caresse sa surface lisse, pourpre, sa peau tendue. Lorsque je tapote dessus, c'est doux et creux l'intérieur.

Je dépose délicatement la grenade dans mon panier, puis j'en cueille une autre. Un par un, chaque fruit récolté marque un battement de temps. Le soleil du matin trace lentement son chemin dans le ciel. Une brindille pointue, fine comme une aiguille, m'écorche l'intérieur du poignet. Je frotte la boursoufflure en repensant à la promesse que j'ai faite à Rowan dans le noir. « Je vais réparer tout ça. »

On a passé toute la nuit ensemble, emboîtés comme deux croissants. Son bras autour de ma taille, son souffle contre ma joue. Je me suis glissée hors de sa chambre de bonne heure, alors que toute la maison dormait encore, et je suis retournée dans ma chambre pour me changer. J'ai enfilé une nouvelle robe de dentelle, relevé mes cheveux et ensuite, avant de venir ici, je suis passée voir Arien.

Il était dans son lit, dormait d'un sommeil agité, ses bras blessés repliés contre lui. Les yeux fermés, il avait l'air petit, jeune et doux. Et toutes les hésitations que j'avais eues jusque-là concernant mon plan ont disparu à cet instant précis.

De retour à la maison, je traverse la cuisine sur la pointe des pieds et trouve le couteau aiguisé que Florence garde sur l'étagère la plus haute du garde-manger. Je pose mon panier sur la table, emporte une grenade que je glisse dans la poche de ma robe. Le poids du fruit cogne contre mes jambes à travers mes jupes, et je me sens… ancrée.

Dans le salon, ça manque d'air. Un rai de lumière traverse les rideaux tirés. L'air sent la cire, la poussière et la fumée de bougie. C'est la première fois que je reviens ici depuis la nuit où j'y étais avec Rowan, la première fois que je passe devant la porte close sans détourner le regard.

Je m'approche de l'autel et regarde la double icône. La Dame, soulignée d'or. Le Seigneur d'En Dessous, silhouette sombre. J'allume un à un les cierges avec une pierre à feu. Bientôt, la pièce s'illumine d'une lumière dorée et les flammes peignent des mouvements sur la moitié inférieure de l'icône. Au sol, en dessous, il reste une trace infime, presque effacée, là où Rowan a un jour pressé ses paumes ensanglantées.

Après ce qu'il m'a dit, je devrais avoir peur. Mais je ne sais pas pourquoi, je pense que cette fois, c'est différent. Un lien a subsisté, après ce qui s'est passé entre le Seigneur d'En Dessous et moi, cette fameuse nuit dans les bois à Midiver. J'ai essayé de l'oublier. J'ai essayé de ne pas le connaître. J'ai marché loin de la frontière de la mort et, pourtant, quelque chose l'a attiré à moi de nouveau quand je suis venue à Lakesedge. Je suis vivante, pourtant je peux le voir et parler avec lui.

Et je pense que je peux *l'invoquer*.

Je m'agenouille devant l'autel.

Je sors le couteau.

C'est compliqué, de couper la grenade. Sa peau est dure. Le couteau glisse avant de s'enfoncer brusquement avec un son humide. Le fruit s'ouvre. Deux moitiés bien nettes. À l'intérieur, ça brille, c'est rouge vif, comme un cœur rempli de graines. La lame a laissé une marque sur le plancher. Je me lèche le pouce et je la frotte, sans réussir à l'effacer.

Je pose les deux moitiés ouvertes du fruit sur l'autel.

Puis j'applique la lame du couteau contre ma paume. Mes doigts tremblent. La lame érafle ma peau, mais pas assez pour faire couler le sang. Je ferme les yeux, visualise Rowan et la facilité avec laquelle il se coupe, lui, sans aucune hésitation. Je resserre ma prise sur le manche, prends une inspiration et enfonce la lame profondément. La douleur me transperce, le sang s'amasse au creux de ma main comme s'il y avait été versé.

Je tourne le poignet et presse ma paume contre le sol.

L'air frissonne et dans la pièce, la brume chaude comme le miel se transforme en glace. Au loin, un *ploc ploc ploc* régulier. Je lève les yeux, mon cœur bat la chamade, l'eau perle au plafond et commence à ruisseler le long des murs. Lentement au début, des gouttelettes fines comme une brume. Puis ça change, ça devient plus rapide, plus sombre. Je recule alors que le liquide huileux, noir comme de l'encre, se déverse à flots. Il recouvre le sol d'une couche opaque qui se répand sur mes pieds. Je sursaute. Le froid qui s'en dégage parcourt tout mon corps.

Et puis j'entends un murmure familier.

Violeta.

L'eau se met à onduler. Une forme s'élève au centre de l'obscurité. Je reste figée : le Seigneur d'En Dessous sort de l'obscurité et s'avance vers moi.

Avec la lumière qui le traverse, il scintille, tache claire dans la pénombre. Il est vêtu d'un lourd manteau, très large, qui pend par-dessus ses vêtements sombres et ajustés. Sa chemise est nouée à l'aide de boucles d'argent qui partent de sa gorge et descendent jusqu'à sa taille. Une couronne de bois flotté ceint ses longs cheveux délavés. Au sol, sa forme se dissipe, la cape se change en une brume informe, une partie de l'eau.

Au début, ses traits se brouillent et se fracturent. Sa bouche se fend lorsqu'il sourit, pour faire apparaître deux séries de dents acérées, imbriquées l'une dans l'autre. Des entailles sur les côtés de sa gorge s'ouvrent et se ferment au rythme de sa respiration.

Je veux détourner le regard, mais j'en suis incapable. L'horreur qu'il dégage m'hypnotise. Il est terrible, beau et irréel. Il est une chose que je ne suis pas censée voir.

Et puis… tout se calme. Les entailles à sa gorge se referment pour se réduire à de fines lignes translucides ;

sa bouche n'est plus qu'une seule bouche, toujours incurvée sur un sourire.

Il est là. Vraiment *ici*.

– Bonjour, Violeta.

Même sa voix est plus forte, plus réelle. Il regarde l'autel, l'offrande, puis le sol, maculé de mon sang.

– Ainsi donc, tu m'as appelé.

Il est tout ce que je redoutais. Il est *pire*, car si je m'attendais à la peur, à l'horreur, je ne m'attendais pas à sa beauté froide et austère. Le Seigneur d'En Dessous est plus que le négatif de la clarté dorée de la Dame. Il est l'argent d'un croissant de lune aux arêtes acérées.

Je suis perdue dans le froid qu'il diffuse.

Il me regarde. Il me voit. Il me *connaît*. Son sourire s'élargit et les commissures de ses lèvres sont comme aiguës. Il pousse un son grave. Un bourdonnement satisfait.

– J'ai presque cru que tu m'avais oublié.

Toute mon appréhension, tout ce que j'avais l'intention de lui dire, tout est balayé. Remplacé par un unique frisson sans fin, assez fort pour que je le sente sur ma langue, sur mes dents, le long de mes côtes.

– Non. Je ne vous ai pas oublié.

– Ma petite Violette, perdue dans la forêt.

Il me tend ses mains, la lumière de la bougie danse sur ses griffes opalescentes. Une chaleur me palpite au creux des paumes, comme un battement de cœur, faible et lointain.

– Notre pacte a changé Arien. *Vous* avez changé Arien. (Des souvenirs me taraudent, de tout ce que nous avons affronté après les bois de Vair.) Et au rituel, je vous ai demandé de le sauver, au lieu de quoi vous lui avez fait du mal.

– Je devais le blesser pour pouvoir le sauver. Mon aide a toujours un prix. Quelle est cette phrase… « Une fois sauvé… » Ça laisse une trace, le contact avec la mort. Même moi, je ne peux pas l'effacer. (Il lâche un rire froid.) Un lac noirci, un pouvoir empoisonné, une blessure, une malédiction… une fille qui peut parler à un dieu.

– C'est pour ça que je peux vous voir maintenant ?

– Oui, dit-il. Nous sommes connectés. Nous l'avons toujours été, depuis la nuit dans les bois.

Je regarde son beau visage inhumain, et l'injustice de tout ça m'emplit d'une panique que je dois ravaler. *Tu ne devrais pas faire ça. Tu ne devrais pas en être capable.*

Je distingue clairement ses traits, maintenant, mais à la frontière de ses expressions – un cillement, un sourire, un froncement de sourcils –, il y a autre chose. Quelque chose de décidément autre, au-delà de la lueur translucide de ses yeux, de la courbe de son sourire, de l'éclat acéré de ses dents.

Il est une créature éternelle et terrible. Et il est connecté à moi.

C'est la confirmation de ce que j'avais déjà deviné. Mais l'entendre énoncé me laisse froide.

– Pourquoi moi ? De tous ceux que vous avez sauvés ou avec qui vous avez pactisé, pourquoi moi ?

– Tu as été très courageuse quand tu m'as affronté. Tu as renoncé à ta magie très volontiers pour sauver ton frère. Je pense que si j'avais demandé ta vie en échange de la sienne, tu me l'aurais donnée aussi. (Il porte la pointe de ses griffes à son menton en souriant.) Ton altruisme m'a impressionné. Ta magie m'a réchauffé longtemps.

– Et toutes ces fois où j'étais blessée, effrayée et seule ? Si nous sommes connectés à ce point, où étiez-vous alors ? Pourquoi ne venir me chercher que maintenant ?

Le Seigneur d'En Dessous réduit légèrement la distance entre nous. Son sourire est toujours là, toujours aussi aiguisé et dur. L'espace d'un battement de cœur, je me rappelle la sensation de sa main sur la mienne. De la douceur avec laquelle il m'a guidée à travers les bois.

– Je ne pouvais pas, jusqu'à maintenant, explique-t-il. J'ai une force ici, à Lakesedge. Tous les seigneurs de ce domaine m'ont connu. Certains m'ont aimé, d'autres m'ont craint, et chaque bougie qu'ils ont allumée sur leur l'autel, chaque observance qu'ils ont pratiquée m'ont bien entretenu. Quand tu es arrivée ici, j'ai pu t'atteindre d'une manière qui m'était impossible auparavant.

– Si c'est vrai, alors pourquoi n'avez-vous pas aidé Rowan quand il a fait appel à vous ? Il a été aussi proche du monde du Dessous que moi. Plus proche même. Il a allumé les bougies et respecté l'observance. Il vous a « entretenu » avec sa peur.

– J'avais besoin de lui d'une manière différente de toi.

– Comment ça ?

Il me jette un regard impatient.

– Qu'est-ce que tu veux, Violeta ? Pourquoi as-tu enfin décidé de me convoquer ?

– Je... Vous m'avez dit un jour que je pouvais réparer la Corruption. Je suis venue vous demander comment.

Il s'approche de moi. L'eau ruisselle sur les murs.

– Non. Non, ce n'est pas ce que tu veux vraiment.

Ce que je *veux*. Il m'attire, ce mot. Mes yeux se ferment. Je me revois avec Arien avant la nuit dans les bois, quand nous avions notre famille, quand nous étions *chez nous*. Je ne veux pas y retourner, mais je veux éprouver à nouveau ce sentiment. Me sentir aimée, bien au chaud et en sécurité.

– Je veux le pouvoir que vous m'avez montré.

Chaque mot que je lui adresse est comme un risque que je prends. La vérité est un poids dans ma poitrine, lourde comme une pierre.

– Je veux assez de pouvoir pour protéger tout le monde.

– Tu as un cœur tendre, ma Violette.

– Mieux vaut un cœur tendre que pas de cœur du tout.

Il sourit méchamment, nullement blessé par mes paroles.

– Tu veux du pouvoir. Moi aussi. Et j'ai reçu énormément de pouvoir dans la peur, la douleur et le sang que Rowan Sylvanan m'a donnés.

Je le dévisage, si horrifiée que j'en suis engourdie. C'est comme s'il était coupé en deux moitiés. La créature implacable et froide qui se délecte de la cruauté et de la douleur, qui s'en nourrit. Et la créature qui m'a tenu la main, qui a tendrement bercé Arien dans ses bras alors qu'il nous montrait le chemin pour sortir des ténèbres.

– Si vous voulez faire du mal à Rowan, pourquoi avez-vous proposé de m'aider à réparer la Corruption ?

– Parce que je veux qu'elle disparaisse, répond-il simplement.

– Mais c'est vous qui l'avez créée. Pourquoi ne pouvez-vous pas la défaire ?

– C'est moi qui l'aurais créée ? répète-t-il avec un regard dur et interrogateur. Rowan ne t'a donc pas encore dit la vérité ?

– Il m'a tout raconté, y compris ce que vous lui avez fait. Mais c'est votre magie. Vos ténèbres. Vous pourriez les effacer.

– C'était ma magie, autrefois. La Corruption a commencé par une marque – le lac qui a noirci – apparue lorsque j'ai sauvé Rowan du monde du Dessous. Mais c'est lui qui l'a nourrie de son sang et de son désespoir. Alors elle a changé, elle a échappé à mon contrôle. Et ses dîmes de sang, de douleur et de peur, il n'y a plus que cela qui la contient. Pour l'instant.

– Vous voulez dire que s'il meurt…

– En l'état actuel des choses, il ne s'agit pas de savoir « si », Violeta, mais « quand ».

– Quand… (Ma voix s'étrangle. Ces mots terribles, je peux à peine les prononcer.) Quand Rowan mourra, la Corruption ne disparaîtra pas ?

– Non. Elle continuera de se répandre et elle consumera votre monde.

Je me plaque la main sur la bouche. Un monde entier comme le verger infesté près de Greymere, ou le bosquet dans la forêt près du chemin. Des arbres brûlés, des champs changés en cendres, l'air chargé de mal. C'est trop énorme pour que je puisse même l'appréhender, parce qu'au centre de cette dévastation, il y a l'horrible fait que Rowan ne sera plus là. Que sa perte ne mènera qu'à d'autres destructions.

– Elle consumera votre monde. Et elle… (Il hésite.) Elle détruira mon monde, aussi.

Un son surpris s'échappe de moi, pas vraiment un rire.

– La Corruption s'est propagée au monde du Dessous ?

– Oui. Donc tu vois, j'ai autant intérêt que toi à ce qu'elle soit réparée.

– Dans ce cas, vous n'auriez peut-être pas dû tuer une famille au motif qu'un enfant n'avait pas tenu sa promesse. (J'ai beau savoir que je ne devrais pas me battre avec lui, je suis incapable de contenir ma colère.) C'est à cause de vous que tout ça est allé aussi loin. C'est donc vous qui devriez y mettre un terme.

Voyant que seul le silence me répond, je prends conscience que je me suis habituée à mes disputes avec Rowan, que j'en suis presque venue à apprécier nos échanges vifs, nos tempéraments assortis. En revanche, le Seigneur d'En Dessous est inébranlable. Je me demande, pendant une fraction de seconde, jusqu'où je devrais aller pour éveiller sa colère. Si c'est seulement possible. Je secoue la tête. Pourquoi irais-je faire une chose pareille ?

– Si je pouvais l'arrêter par moi-même, je m'en chargerais. J'ai besoin de ton aide, Violeta. Tu as de la magie en toi et le pouvoir de me voir comme nul autre, en dehors des frontières de la mort. Je ne peux demander assistance à aucun autre alchimiste. Ni à ton amie ni à ton frère.

– Non, en effet.

Jamais je ne le laisserais s'approcher de Clover ou d'Arien, les attirer dans les ténèbres, avec ses chuchotements et ses promesses.

– Si vous voulez de l'aide, alors c'est moi qui vous la donnerai.

Il lève la main et je me pétrifie, mais ses doigts s'arrêtent sur ma joue. L'air s'agite, froid sur ma peau.

– Oui. Il faut que ce soit toi. J'ai besoin de toi.

– Vous avez besoin de moi, je répète.

Dans la pénombre, avec l'autel éclairé à la bougie et l'odeur de cendre dans l'air, mes paroles sonnent comme une litanie.

– Vous avez besoin de moi.

Elle me terrifie, cette vérité, mais enfouie sous ma peur se cache la lueur d'une autre émotion, plus hideuse encore. *Nous sommes connectés.* Il y a du pouvoir là-dedans. Un pouvoir plus sauvage, plus dangereux que n'importe quelle magie.

– Oui, j'ai besoin de toi.

L'eau monte et ondule, une vague noircie déferle sur le sol. La pièce semble s'effacer tandis que le Seigneur d'En Dessous prend une consistance brillante. Blanche comme la lune. Blanche comme les os.

– Et tu as besoin de moi. Car tu veux le pouvoir, ajoute-t-il.

– Je veux juste que tout le monde soit en sécurité.

– Et qu'est-ce que le pouvoir, à ton avis ?

Avec un sourire, le Seigneur d'En Dessous tend sa main, paume tournée vers le haut. La magie crépite dans ma poitrine. Elle chante à travers moi. La pleine force de ce que je pourrais avoir. De ce que j'aurai. Mon corps tout entier bourdonne et brûle.

– Tu le sens, Violeta.

Je hoche la tête, vaincue, et regarde la lumière danser sur mes paumes. L'air brille. Ça me rappelle – de façon troublante – le réveil de ma magie, le jour où Rowan m'a touché la main.

– Je t'accorderai ce pouvoir à utiliser lors du rituel, à la prochaine pleine lune. Alors tu pourras jeter le sort pour réparer la Corruption. Seule. Et tout le monde sera en sécurité.

– Cela ne me laisse qu'une seule nuit.

– C'est tout ce dont tu as besoin. À moins que tu veuilles plus de temps ?

Il sourit et je vois l'éclat de beaucoup trop de dents. Je perçois une faim en lui, le même empressement sinistre que j'ai ressenti dans la Corruption.

– Non. Une nuit suffira.

C'est bien court pour exercer ce pouvoir, mais si je peux jeter le sort à la prochaine pleine lune, ce sera suffisant.

– Alors marché conclu, déclare-t-il. Tout ce que tu as à faire, c'est me dire à quoi tu vas renoncer en échange.

Je le regarde, surprise par la piqûre de la trahison. Une petite partie de moi, bêtement, a cru qu'il m'accorderait ce pouvoir gratuitement, parce que nous sommes connectés, parce que je suis spéciale à ses yeux, parce qu'il vient de me dire à quel point il a besoin de moi.

Mais je sais, j'ai toujours su, que son aide aurait forcément un prix.

– Que voulez-vous de moi ?

Il rit.

– Tu veux vraiment que je fixe les conditions ? Vas-y. Promets-moi que tu me donneras n'importe quoi.

– Non, je réponds aussitôt. Je vais choisir.

– Eh bien, vas-y. (Il tourne les yeux vers l'autel.) Il va me falloir plus que du sang et des fruits.

J'hésite. Que puis-je lui donner ? Pendant que je cherche ma réponse, il tend la main vers moi, ses griffes effleurent ma joue. Ma respiration se bloque. Je recule, mais il avance.

Le bord de la méridienne heurte l'arrière de mes genoux. Je m'effondre dessus.

La lumière de ma magie danse sur lui. Et je distingue à présent de petits détails qui m'avaient échappé jusqu'à présent. Les branches qui lui couronnent la tête sont tissées avec des brins d'herbes du lac. Il a des cils délicats, frange de lichen sur la pierre.

S'il peut me parler maintenant, me parler vraiment plutôt que chuchoter dans le noir, sera-t-il capable de me toucher aussi ?

Je me force à croiser son regard.

– Je n'ai pas peur de vous.

– Dommage. J'aime ta peur. Elle est très douce, commente-t-il en souriant, puis il passe la langue sur la pointe de ses dents, tandis que sa main plane toujours à côté de ma mâchoire. Maintenant, dis-moi ce que tu m'offres.

Je renverse la tête en arrière, l'espace d'un instant de désespoir. Je me sens comme au bord du lac, avec l'eau devant moi, profonde, sombre et infinie. D'un seul mot, je vais plonger sous la surface.

– J'ai besoin de temps pour me décider, je lâche enfin d'une voix rauque.

Sa main glisse devant moi, juste un filet d'air, et je relâche mon souffle. Il ne peut pas me toucher.

Puis le pouvoir qui m'a inondée il y a quelques instants seulement s'effiloche. J'en suis revenue aux restes faiblards que je possédais avant. Sans cette force, je me sens vide. Mon cœur bondit, battement désespéré contre mes côtes.

Je perçois une pointe acérée dans le regard du Seigneur d'En Dessous. Il se dirige vers l'autel. Touche la grenade.

La pointe de ses griffes traverse le fruit, mais l'intérieur devient noir, la peau lisse est carbonisée.

– Donc tu veux plus de temps. (Il lèche le jus au bord de son pouce.) Je peux t'accorder jusqu'à la nuit précédant la prochaine pleine lune. Penses-tu que nous pourrons arriver à un arrangement d'ici là ?

Je ne peux pas faire ça. Et pourtant, la réponse collée à ma langue est un « oui » désespéré. Je la ravale.

– Je pense.

– Très bien, dit-il, puis son regard se porte sur ma main, toujours maculée de sang. Fais-moi voir ta coupure.

Je tends une main tremblante vers lui. Ses griffes raclent l'air au-dessus de ma paume ensanglantée. Un frisson froid me picote la peau. Il émet un son satisfait quand la blessure se referme en un croissant sombre, puis il porte les doigts à sa bouche. Je détourne rapidement le regard en l'entendant déglutir. Je ne veux pas voir ça, les taches de mon sang sur ses dents pointues.

– Au revoir pour le moment, Violeta, lâche-t-il avec un sourire qui n'atteint pas ses yeux. J'espère que Rowan aura assez de force pour faire taire la Corruption, le temps que tu te décides.

Les ombres autour de lui commencent à virer du noir au gris. Son regard est rivé au mien alors qu'un rayon de soleil le traverse. Il reste suspendu un moment au milieu de l'obscurité pâlissante.

Ses yeux sont la dernière chose à disparaître. Durs comme des pierres polies.

18

Je m'accroupis près du poêle, la caisse à bois approchée tout près de moi. Une par une, je mets des brindilles au feu. Elles s'enflamment lentement. Des volutes de fumée s'enroulent d'abord, avant que les flammes s'élèvent.

Le jeune feu danse. Je l'attise en ajoutant du bois jusqu'à ce que se soit formée une couche de braise orangée et que l'air scintille de chaleur. Je sens l'éclat de sa lumière rougeoyante. Je vois les flammes. À l'intérieur, pourtant, je suis aussi froide que les profondeurs du lac.

Je ferme le tirage et me prends le visage dans les mains. Ma coupure tout juste cicatrisée palpite. Puis-je vraiment accepter l'aide d'une créature telle que le Seigneur d'En Dessous ? Je ne lui ai fait aucune promesse, pas encore. Mais je ne peux pas oublier ce que j'ai ressenti, quand j'ai eu ce pouvoir, et que je pourrais l'utiliser pour mettre fin à la Corruption…

La porte du couloir s'ouvre dans un grincement. Je me lève, fais tomber poussière et cendres de mes jupes. Rowan m'observe de l'autre côté de la pièce. La lumière s'infiltre par la fenêtre et le transforme en un mélange d'ambre et d'or, ses cheveux, ses yeux, sa peau. Comme toujours, sa chemise en tissu sombre n'a pas un seul faux pli, et la lumière du feu fait briller ses bottes cirées. Il ne reste presque aucune trace de celui qu'il était la nuit dernière. Presque rien, sauf son sourire, hésitant et timide.

Puis son regard se porte sur la table, où j'ai laissé le couteau à côté de la corbeille de fruits. Une expression à la fois confuse et méfiante assombrit ses traits. L'air sent encore la cire et la fumée, portées par les bougies soufflées du salon.

Il s'en approche et prend le couteau, passe prudemment un doigt le long de la lame, qui est encore tachée du jus rubis de la grenade et du rouge encore plus profond de mon sang.

– Violeta Graceling. Qu'as-tu fait ?

Je fourre ma main dans ma poche et, un bref instant, je me crois sur le point de lui dire un autre mensonge. Mais je sais que je ne peux plus me cacher. Je lui montre le croissant noir sur ma peau, délicat, beau et sinistre.

– J'ai fait quelque chose de très bête. (La vérité est inéluctable, amère.) J'ai convoqué le Seigneur d'En Dessous.

Il laisse retomber le couteau sur la table avec un bruit sourd. Traversant la pièce, il m'attrape par les épaules, qu'il serre fort. Son visage exprime l'ampleur de la trahison dont il se sent victime.

– Dis-moi.

Ses mains sur mes bras se sont mises à trembler. Ses yeux sont ronds, emplis d'une peur désespérée.

– Dis-moi exactement ce que tu as fait, insiste-t-il.

Je lui raconte tout. Le Seigneur d'En Dessous qui me parle. Son sauvetage d'Arien pendant le rituel raté. Comment j'ai coupé le fruit, puis me suis coupée moi-même pour le convoquer. Son offre du pouvoir de réparer la Corruption. À moi, seule.

– Leta, comment tu as pu garder un tel secret ? lâche Rowan en me regardant fixement, comme si la réponse était écrite sur mon visage. Même après qu'on… (Ses joues rougissent et il détourne le regard.) Tu es restée avec moi quand j'ai donné ma dîme à la Corruption. Je t'ai parlé de ma famille et de toutes les choses terribles que j'avais commises. Même après ça, tu n'as pas eu assez confiance en moi pour me dire quoi que ce soit ?

– Je devais le faire seule. C'était le seul moyen.

Il laisse tomber sa tête en avant et pousse un soupir, frustré.

– Comment tu as pu prendre de tels risques ?

La culpabilité me titille, mais je ne cède pas.

– Tu attendais bien d'Arien et de Clover qu'ils prennent des risques pour toi. C'est la même chose.

– C'est complètement différent.

– Non. Qu'aurais-tu fait, ce jour-là, à Greymere, si c'était moi que tu avais vue utiliser ma magie, au lieu d'Arien ?

Il essaie de se détourner. Je noue mes doigts dans sa chemise et l'attire plus près.

– Dis-moi. Si j'avais eu la magie dont tu avais besoin, qu'aurais-tu fait ?

Nos yeux se rencontrent, il se crispe. Je le vois tel qu'il était lors de notre première rencontre. Le monstre de Lakesedge qui me tournait autour avec, dans les yeux, une faim animale et méfiante.

– Je serais allé à ton cottage. Je t'aurais demandé de venir avec moi.

– Tu m'aurais proposé de m'apprendre à devenir alchimiste.

– Oui.

– Tu m'aurais menacée.

L'obscurité commence à dessiner ses lignes sous sa peau. Au niveau de sa gorge, des éclats de poison se déplacent le long des cicatrices, puis disparaissent lentement dans l'ombre.

– Oui. J'aurais fait tout ce qu'il fallait pour obtenir ton aide. Mais… (Il touche ma paume, suit la courbe du croissant.) Je ne t'aurais jamais demandé *ça*.

Je referme ma main autour de ses doigts. La marque sur ma paume bat d'un pouls régulier.

– Tu ne m'as rien demandé. C'était mon choix de convoquer le Seigneur d'En Dessous. Et si je finis par travailler avec lui, ce sera aussi mon choix.

– Leta, s'il te plaît, insiste-t-il, la voix plus basse, rugueuse et triste. Quel que soit le prix qu'il te demandera, ce sera trop cher payé. Il te mettra en pièces, se servira de toi jusqu'à ce qu'il ne reste plus rien.

– Possible. Mais il a aussi besoin de moi.

Je n'arrive pas à exprimer avec des mots ce que je ressens à l'égard du Seigneur d'En Dessous, le fait que je sois la seule qu'il soit venu chercher. Que nous soyons connectés.

– Il a autant besoin de moi que moi de lui.

– Je sais que tu veux protéger Arien, mais…

– Je veux protéger tout le monde.

– Tout le monde, mais et toi ?

Délicatement, Rowan prend mon visage entre ses mains. Il se penche jusqu'à poser son front contre le mien.

– Tu te bats très fort pour que tout le monde soit en sécurité, reprend-il. Mais qui va veiller sur toi quand tu iras dans les ténèbres ?

Le jour où le Seigneur d'En Dessous m'a demandé mon aide pour la première fois, j'étais toute seule et terrifiée quand l'obscurité m'a submergée. Pour la première fois, j'imagine comment ce pourrait être de fouiller les ombres avec quelqu'un à mes côtés.

Je lève les yeux vers Rowan. Il a le visage rougi par la chaleur qui règne dans la cuisine avec le poêle à bois garni. Je pense à l'état négligé dans lequel je l'ai trouvé quand je suis allée dans sa chambre. Sa peau nue. Ses cheveux emmêlés. Les étincelles de magie quand il a embrassé le sigil à mon poignet.

Je l'ai détesté. Je lui ai menti. Je l'ai vu en sang et blessé. J'ai pansé les blessures en question. J'ai entendu de sa part des vérités qu'il n'avait jamais dites à quiconque. Et maintenant, tout ce à quoi j'arrive à penser, c'est à nous deux dans mon jardin. Le monde changé en brasier par un coucher de soleil écarlate. Mes jupes remontées et mes cicatrices à nu. Ses mains sur ma peau.

Je glisse une main sous sa manche et touche les bandages que j'y ai enroulés hier soir. Puis je remonte pour passer les doigts sur le creux de sa gorge.

– Rowan, je tiens à toi. Plus que je n'ai jamais tenu à personne, hormis Arien. (Mes mots sont trop à vif, trop tendres pour être plus sonores qu'un murmure.) Je ne veux pas que tu sois blessé.

Il m'enlace, m'enferme dans l'étau de ses bras. Je recule jusqu'à la porte, avec ses bras appuyés de part et d'autre de moi. Il pousse la porte, la ferme dans un claquement. Nous sursautons tous les deux – il est surpris par son propre geste. Puis il enfonce la main dans mes cheveux, glisse les doigts dans ma nuque. Ses gestes sont lents et je réalise qu'il me donne une chance de l'arrêter si je ne veux pas.

Or c'est *tout* ce que je veux.

Les mains contre la porte, je me hausse sur la pointe des pieds et je réduis la distance qui nous sépare encore. Le souffle de Rowan se mue en un grognement étranglé lorsque mes lèvres effleurent les siennes. Mon tout premier baiser. C'est tellement inattendu. Je me sens si maladroite, avec sa bouche rugueuse sur la mienne, la chaleur qui me parcourt quand il me rend mon baiser.

Au début, il est hésitant et doux, comme s'il cherchait encore à me laisser la place de changer d'avis. Mais en cet instant, je ne veux pas de douceur. Je veux de la férocité, du feu et une reddition incandescente.

Je l'attrape, l'attire vers moi. Il grogne contre ma bouche, ses doigts se resserrent dans mes cheveux, s'y emmêlent. J'approfondis le baiser, ma langue lèche la sienne. Il a un goût de sucre brûlé et de thé épicé. Je sens l'endroit où les cicatrices croisent le bord de sa bouche. Rugueux, c'est rugueux, et c'est merveilleux.

Je renverse la tête en arrière, pour lui offrir ma gorge. Il embrasse mon cou. Ses dents achoppent sur mon pouls.

Un gémissement saccadé s'échappe de moi et la magie fleurit au creux de mes mains, chaude et dorée.

Je suis submergée par une bouffée de désir qui explose, en fusion, à travers tout mon corps. Nous sommes collés l'un contre l'autre. Cœur contre cœur, bassin contre bassin. Sa main descend sur la courbe de ma taille, puis plonge plus bas. À travers le tulle fin de mes jupes, ses doigts agrippent ma cuisse, si chauds qu'ils semblent toucher directement ma peau. Je hoquète, un son qui résonne dans la pièce silencieuse. Rowan lâche un soupir désespéré, comme une plume chaude sur ma peau.

J'entreprends de délacer le col de sa chemise, mais il m'attrape les mains et m'arrête. Le pouce calé sur la cicatrice de ma paume, il soupire à nouveau, plus doucement, puis se penche pour embrasser délicatement la marque dans ma main.

– Leta, s'il te plaît, n'invoque plus le Seigneur d'En Dessous. Promets-le-moi.

Son expression est tellement désespérée que j'ai du mal à le regarder. Je pince les lèvres, goût de chaleur et de miel. J'aimerais avoir un autre choix, un moyen de sortir de cette situation sans que personne n'en souffre. J'aimerais pouvoir lui mentir, au lieu de quoi je secoue la tête.

– Je ne te ferai pas de promesse que je ne peux pas tenir.

Il me lâche.

– Tu prétends ne pas vouloir que je sois blessé. Eh bien, figure-toi que ça, ça me blesse, Leta.

Je m'éloigne de lui et me dirige vers la table et le panier rempli des fruits que j'ai cueillis. Je prends une grenade pour la couper en deux, puis j'en recueille les graines sur le bout de mes doigts. Petites et amères, elles éclatent comme des bulles sur ma langue. Le jus coule dans ma bouche, sucré et acide à la fois.

Rowan s'approche et saisit délicatement une graine. Nous restons là, séparés par la table, les yeux rivés sur le fruit ouvert. Aucun de nous ne parle. Lentement, nous mangeons graine après graine, hésitant chaque fois que nous tendons la main pour en prendre une autre. Surtout, que nos mains ne se touchent pas.

La porte s'ouvre et fait entrer un brillant rayon de soleil dans la cuisine, ainsi que Clover. Elle a un panier d'herbes coupées dans le petit carré de jardin : menthe sauvage, orties, grande camomille. Leur parfum emplit l'air. Doux, amer, frais.

– Ouh, il fait drôlement chaud ici, commente-t-elle en se passant la manche sur le front, avant de reluquer le poêle. Qu'est-ce que vous avez fait au feu ? Vous savez que Florence déteste qu'on y touche.

Comme aucun de nous ne répond, sa bouche se retrousse en un sourire curieux tandis qu'elle semble analyser notre silence emprunté.

– J'ai interrompu quelque chose ?

J'essuie mes mains collantes à mes jupes et m'écarte de la table. Rowan ne sait pas où poser les yeux pour m'éviter.

– On n'a pas touché le feu.

Clover remonte ses lunettes sur l'arête de son nez.

– Tu es sûr ? fait-elle en l'observant de plus près. Tu as l'air un peu… échauffé, pourtant.

Elle lui pose une main sur le front, puis vérifie son pouls. Sa bouche tressaute, comme si elle se retenait très fort de rire.

– Tu veux un peu de grande camomille ? J'en ai cueilli plein.

– Il n'y a rien, répond-il sèchement. Je vais bien.

Repoussant sa main, il relève involontairement sa manche. Et quand Clover aperçoit le bandage, son visage redevient sérieux.

– Je peux voir ?

– Non.

J'interviens :

– Clover, tu ne veux pas mettre ces herbes dans l'office avant qu'elles fanent ?

Je vais chercher la bouilloire, la remplis d'eau et la pose sur le feu dans un claquement sonore.

– Arien est probablement réveillé maintenant, j'ajoute. Je vais lui faire du thé.

– Ah oui, l'office, répète Clover avec un sourire en coin. Je vous laisse, tous les deux.

Sur quoi, elle emporte le panier dans le petit espace à côté de la cuisine où elle entrepose ce dont elle se sert pour son alchimie. Par la porte entrouverte, je l'entends s'affairer : bruissements, raclements, cliquetis de ses ciseaux quand elle coupe la ficelle dont elle a noué ses herbes fraîches. La bouilloire commence à fredonner : l'eau a vite bouilli sur le poêle trop chaud. J'enroule un tissu autour de ma main et la retire du feu.

Clover revient avec un pot de fleurs séchées et une petite poignée de menthe et de grande camomille. Elle attrape un plateau et une tasse en émail, puis remplit la théière de feuilles et d'eau chaude, une cuillerée de fleurs dans le filtre.

– N'oublie pas, rappelle-t-elle à Rowan, que tu es censé aller au village plus tard. Le Gardien Harkness veut te parler du feu de joie de Mordété.

Il se frotte le front, la mine renfrognée.

– Oh, merveilleux. Exactement ce dont j'avais envie aujourd'hui.

Au mot « Mordété », je me fige. La première nuit de Mordété est le moment de l'année où la frontière entre les mondes du Dessus et du Dessous est censée être la plus ténue. Chaque village allume un feu de joie, et tout le monde se rassemble pour chanter la litanie pendant que brûlent le bois et les fagots de verdure jusqu'à être réduits en cendres.

Ces soirées m'ont toujours remplie à parts égales de peur et d'émerveillement. Une partie de la nuit s'apparente à un beau rêve. L'odeur de la fumée de bois et du cidre épicé, Arien et moi au milieu de la foule, avec des fleurs dans les cheveux, les mains empoissées par les gâteaux à la pâte d'amande. En revanche, le crépitement et les étincelles des flammes dans le ciel me rappelaient toujours les souvenirs d'un feu plus ancien et plus cruel que j'aurais voulu oublier. Les rêves d'Arien étaient toujours les pires, ces nuits-là.

Et maintenant Mordété porte un poids supplémentaire, un poids nouveau. La prochaine pleine lune tombe dans la semaine qui suit le feu de joie.

– Tu as une robe blanche ? me demande Clover. (Je hoche la tête et elle sourit, ravie.) Je vais t'aider pour la broderie. Et on pourra confectionner des couronnes !

– On n'ira pas, intervient Rowan.

– Tu dois y aller, toi, puisque tu es le seigneur. Et ce sera sympa pour nous de faire quelque chose d'amusant.

Elle secoue la théière afin d'en remuer les feuilles. De la vapeur s'échappe du bec.

– Violeta, on peut monter ça à Arien maintenant.

Elle pose la théière sur le plateau à côté de la tasse, tandis que je vais chercher le pot de miel et une petite cuillère en bois. Je la suis hors de la pièce avec mon chargement bien en équilibre. Rowan reste à la cuisine mais, quand je sors, il m'appelle doucement.

– S'il te plaît, Leta… réfléchis-y avant de faire quoi que ce soit.

Je ferme la porte derrière moi sans répondre. Alors que Clover et moi montons l'escalier, elle hausse un sourcil et jette un regard appuyé en direction de la cuisine.

– Soi-disant pas touché au feu, hum ?

Je laisse échapper un souffle, soulagée d'être enfin à l'air frais du couloir qui me fait du bien à la place de la chaleur de la cuisinière.

– C'est… compliqué.

Elle lâche un ricanement.

– Oh ça, je n'en doute pas.

J'ai très envie de me joindre à ses taquineries, cependant la marque sur ma paume commence à me faire mal. Ma main entière est douloureusement engourdie, comme si on avait cousu du gel sous ma peau. C'est fatal, tout me rappelle ce que j'ai fait, ce que je vais faire.

La chambre d'Arien est baignée par la lumière du soleil, qui se déverse par la fenêtre ouverte sur un ciel sans nuages. Il est recroquevillé sur le flanc, encore à moitié endormi.

Florence est assise à côté du lit, un tas de broderie blanche sur les genoux. Ils lèvent tous les deux les yeux vers nous lorsque nous entrons.

J'aimerais pouvoir préserver ce moment, me tenir ici dans la pièce éclairée par le soleil et garder tous mes secrets enfouis. Je prends une profonde inspiration, en quête des mots adéquats pour tout leur avouer.

– Je dois vous parler du prochain rituel.

Arien se redresse en douceur, en ménageant ses bras, et tend ses mains bandées vers le plateau. La confusion, dans ses yeux, se transforme en méfiance lorsqu'il lit mon expression.

– Leta, qu'est-ce qui ne va pas ?

Je m'installe sur le bord du lit, en prenant garde à ne pas faire basculer le plateau.

– D'abord, je dois t'expliquer ce qui s'est réellement passé dans les bois de Vair.

Il prend la théière et se remplit une tasse de thé.

– Tu m'as déjà raconté ça.

– Pas toute la vérité. J'ai bien renoncé à ma magie, mais ce n'était pas pour moi, Arien. C'était pour toi.

Il serre le pot de miel entre ses mains, reproduisant le geste qu'il a accompli, à plusieurs reprises, pendant la pratique du rituel. Il repose le bocal, sans l'ouvrir.

– Tu as donné ta magie au Seigneur d'En Dessous pour me sauver ?

Je hoche la tête.

– C'est pour ça que ta magie a changé. Il m'a dit que ça laissait toujours une marque, quand il aide quelqu'un. Et c'est pourquoi… (Je déglutis, me reprends, puis je continue.) C'est pourquoi tu as été blessé lors du rituel. Je lui ai demandé de te sauver, à ce moment-là aussi.

– Tu lui as « demandé » ? intervient Florence en passant les doigts sur sa poitrine, les yeux écarquillés. Violeta, tu ne te rends pas compte du danger de ton geste ?

– Qu'est-ce qu'elle était censée faire d'autre ? Laisser Arien se faire dévorer par ces créatures ? s'écrie Clover, qui tire sur sa tresse, l'air agité et nauséeux. Pas étonnant que tes blessures aient été si difficiles à soigner.

– Parce que j'ai été blessée par la magie même qui a créé la Corruption.

Arien regarde ses mains, les extrémités noircies de ses doigts qui dépassent des bandages. Puis il reporte son attention sur moi, les sourcils froncés.

– Pourquoi tu ne me l'as pas dit plus tôt ? Et qu'est-ce que tout ça a à voir avec le prochain rituel ? (Je lui montre la nouvelle cicatrice à ma main. Arien pâlit.) Leta, tu n'as pas…

– Le Seigneur d'En Dessous m'a offert le pouvoir de réparer la Corruption. Seule, à la prochaine pleine lune.

– Mais il n'y a que les morts pour voir le Seigneur d'En Dessous.

Il se tourne aussitôt vers Florence, puis Clover, guettant leur confirmation. Elles ont toutes deux l'air aussi perplexes et choquées qu'Arien.

– Tu peux lui parler, même maintenant ?

– Pas là, sur-le-champ, j'essaie de plaisanter, mais son expression paniquée me fait taire. Je l'ai invoqué, Arien. Je me suis entaillé la main, je lui ai donné mon sang et je l'ai invoqué.

– Pourquoi avoir fait une chose aussi terrible ?

– Parce que je ne veux plus que tu sois blessé ! Jamais ! Parce que la Corruption va détruire Rowan – et tout le reste aussi – si on ne la répare pas !

– Et donc, il valait mieux que tu fasses ça ?

Il pousse le plateau sur la table de chevet. Le thé se renverse de la tasse et la cuillère à miel en bois tombe au sol.

– Tu n'as pas envisagé d'en parler à l'un d'entre nous, de cette connexion, avant de faire appel à lui ? Tu as pourtant vu de quoi il est capable ! s'écrie-t-il en tendant ses mains vers moi, furieux, pour me montrer les bandages et ses doigts noircis. Mais tu es quand même allée lui demander son aide.

– Je suis désolée. Je voulais t'en parler, mais je…

– Tu voulais tout faire par toi-même, comme toujours. (Il remonte ses genoux et tourne son regard vers la fenêtre.) Sors de ma chambre, Leta.

– Arien.

J'essaie de le toucher, mais il me repousse.

– Laisse-moi tranquille.

Florence se lève lentement et vient passer son bras autour de mes épaules.

– Tu dois savoir que tu ne peux sauver personne en t'alliant avec le Seigneur d'En Dessous. Sans même parler du danger d'une telle entreprise.

Clover et elle posent sur moi le même regard désespéré et inquiet. Effrayé. Mais je ne veux pas qu'elles aient peur. Car leurs craintes signifient qu'elles me croient incapable de réussir. Qu'elles pensent que je vais échouer.

Je me dégage du bras de Florence.

– Tout ce que nous avons fait est dangereux. Pourquoi est-ce que ça pose soudain un problème, maintenant que c'est moi qui ai la solution ?

Je sors, traverse le couloir et entre dans ma chambre en claquant la porte derrière moi. Je m'assieds par terre, dans le coin où j'ai entendu pour la première fois la voix du Seigneur d'En Dessous, et j'appuie ma tête contre le mur. Je me mets à pleurer, des larmes chaudes, de colère. Une partie de moi veut s'excuser auprès d'Arien, lui dire qu'on trouvera un autre moyen. Mais je ne bouge pas.

C'est mon choix. De me risquer, de me brûler, d'affronter les ténèbres pour qu'ils vivent tous en sécurité.

19

Mordété arrive avec une lune de jour, et sa silhouette nette et argentée dans le ciel encore lumineux. Dans ma chambre, Clover m'aide à boutonner le dos de ma robe. Elle l'a cousue pour moi, en surchargeant le motif brodé d'un nouveau dessin. De minuscules étoiles, blanches sur fond blanc, une infinité de constellations aériennes. Quand elle attache le dernier bouton, elle me sourit dans le miroir qui reflète nos deux visages.

Je me rappelle vaguement ma mère s'habillant pour le feu de joie, et moi qui regardais mon père l'aider. Il lui nouait la ceinture autour de la taille, puis se penchait pour l'embrasser et elle s'échappait en riant. Je me touche les cheveux, puis je passe légèrement mes doigts sur la courbe de mes joues. Elle avait les cheveux plus foncés que les miens, et raides, mais parfois, quand la lumière se penche sur mon visage d'une certaine façon, je vois ses yeux, la courbure de ses lèvres, un peu plus d'un côté, quand elle souriait.

Clover passe les mains sur ma jupe pour la lisser.

– Voilà. Tu es parfaite. Tu sais, la maison tout entière est différente, plus habitée, depuis qu'Arien et toi êtes arrivés.

Je me tourne pour balayer la pièce du regard. La fenêtre est ouverte, les rideaux en dentelle, accrochés. Ma collection de pierres polies trône sur la cheminée, à côté d'un vase de fleurs sauvages. La petite icône qu'Arien a peinte pour moi est posée à côté de mon lit.

– C'est vrai que ça a changé.

Clover ramasse la couronne que j'ai tissée à partir des lianes qui poussent près de mon jardin. Avec précaution, elle la pose sur mes cheveux défaits. Elle en porte une semblable et ses cheveux, sans sa tresse, tombent dans son dos en vagues brun doré.

– Tu crois que Thea sera au feu de joie ce soir ? demande-t-elle d'un air détaché.

– Bien sûr que oui. Son père n'est pas le gardien ? Tu sais, j'ajoute tout sourire en haussant les sourcils, si vous finissez ensemble dans la file du feu de joie, tu pourras lui donner la main.

– Violeta, quelle commère tu fais ! (Les yeux fixés sur le miroir, elle ajuste sa couronne, mais un sourire réticent se faufile sur son visage.) Je l'aime bien. Je l'aime vraiment bien. Mais comment puis-je lui demander quoi que ce soit, alors que je passe tout mon temps ici, à faire cela ?

Elle écarte les bras, révélant les sigils qui les ornent.

– Ça pourrait jouer en ta faveur. Combien d'autres filles va-t-elle rencontrer, capables de faire de la magie et de vivre près d'un lac empoisonné ?

Elle hausse un sourcil à son tour.

– Ah ! C'est donc pour ça que tu aimes tellement Rowan ?

Je ris, mais mes joues sont chaudes.

– C'est vrai qu'il m'a tout de suite fait bonne impression, avec sa mine renfrognée et ses menaces.

– Tu sais comment il t'a appelée quand tu es arrivée ? « Cette misérable petite peste », dit-elle d'une voix volontairement grave, imitation si parfaite de Rowan que c'en est irréel. Mais il rougissait chaque fois qu'il le disait.

– Voilà exactement ce dont j'ai toujours rêvé : un garçon qui rougit en m'insultant.

Clover me passe un bras autour de la taille et son visage redevient sérieux.

– Je suis contente que tu ne te sois pas enfuie cette fameuse nuit, après le premier rituel. Et contente qu'Arien et toi ayez décidé de rester ici.

– Moi aussi.

– Malgré le dieu de la mort qui rôde ?

– Malgré tout, je confirme en souriant.

Elle pose son menton contre mon épaule, le temps d'une respiration. Puis elle fouille dans sa poche, l'expression soudain timide, et en sort un petit paquet emballé.

– Tiens. J'ai confectionné ça pour toi.

Je déplie le papier avec soin. C'est un bracelet de ruban, brodé de feuilles et de minuscules fleurs violettes. Je passe les doigts sur les motifs complexes de ses points de couture.

– Oh, Clover, c'est magnifique !

– Ne pleure pas, se hâte-t-elle de m'ordonner. Ou je vais pleurer aussi.

Je tends mon poignet pour qu'elle puisse y nouer le bracelet.

– Merci.

Elle attrape une lanterne et l'allume d'un éclat de sa magie, puis elle me prend la main. Ensemble, nous sortons de ma chambre et descendons l'escalier.

Mes jupes s'étalent autour de moi en une cascade de dentelle. Ma robe blanche est faite de couches translucides qui changent de couleur à la lumière : crème, argent, nacre. Nous traversons le hall d'entrée, puis sortons dans l'allée. Arien est déjà dehors. Il porte une chemise neuve en lin blanc, décorée d'un motif de branches qui s'incurvent brusquement au niveau des épaules. Il a une couronne de fleurs posée de travers sur ses boucles. Il recule pour nous laisser passer, mais évite mon regard. Il ne sourit pas.

Nous n'avons presque pas parlé depuis le jour où je lui ai expliqué mon lien avec le Seigneur d'En Dessous. Clover et lui ont travaillé sans relâche ces dernières semaines, pendant que Rowan était au village pour préparer le feu. Ils ont rempli d'innombrables carnets de notes avec des sigils, marché encore et encore le long de la rive du lac. Ils ont essayé, échoué et essayé encore de trouver un autre moyen – n'importe quel moyen – de lancer un nouveau sort qui réparerait la Corruption lors du prochain rituel.

J'ai participé en ajoutant ma propre magie, si faible soit-elle, aux ombres d'Arien quand il pratique l'un des nouveaux sorts. Je les ai vus se fatiguer, s'énerver et désespérer, de plus en plus. Et pendant tout ce temps, en silence, j'ai pesé et mesuré tout ce que j'ai, en me demandant ce que je pourrais offrir au Seigneur d'En Dessous en échange de son aide.

Maintenant, à côté d'Arien dans l'allée, avec la maison couverte de lierre derrière nous, ma poitrine se serre d'un mélange de culpabilité et de malaise. L'espace qui s'est creusé entre nous ressemble à une blessure qui ne peut pas guérir.

– Vous êtes tous les deux parfaits, commente Clover. (Elle me sourit, puis se tourne pour ajuster le col d'Arien.) Regarde-toi. Tu ressembles à un prince sorti d'une des histoires de Violeta.

Elle pose soigneusement sa lanterne sur le siège de la charrette qui attend dans l'allée. Florence et Rowan sont partis au village à pied plus tôt, pour aider aux préparatifs. Clover grimpe dans le chariot et prend les rênes. L'arrière est chargé de branches et d'un enchevêtrement de végétaux que j'ai coupés dans le jardin : notre contribution pour le feu de joie. Les chevaux – ceux sur lesquels nous sommes venus ici, depuis notre cottage – ont les mêmes fleurs étoilées tressées dans leur crinière.

Je me dirige vers le chariot. Arien m'attrape le bras et lève les yeux vers Clover.

– Pars devant, lui dit-il. Leta et moi, on ira à pied.

Elle hausse un sourcil.

– Tu es sûr ? Oh, ajoute-t-elle dès qu'elle nous regarde, et je vois sur son visage qu'elle a compris. Oui, bien sûr.

Elle fredonne quelque chose aux chevaux, qui se mettent à trotter. Arien et moi suivons des yeux le chariot qui s'éloigne le long de l'allée. Une fois qu'il est hors de vue, nous nous mettons en route.

Le manoir désormais vide derrière nous semble creux, avec une unique lanterne allumée à la fenêtre la plus avancée. Tout autour de nous, les grands arbres pâles se taisent et chuchotent lorsque l'air chaud du soir agite leurs feuilles.

Malgré tout ce qui s'est passé depuis notre arrivée, ce sera la première fois que nous quitterons le domaine. Nous traversons le jardin de devant, passons devant l'endroit où j'ai emmené Arien après le premier rituel, quand je voulais partir et qu'il a insisté pour qu'on reste. Tant de choses ont changé depuis cette nuit-là, et pourtant tant de choses sont restées à l'identique. Je me bats toujours pour le protéger.

Nous passons sous le portail en fer, et l'allée laisse place à un chemin qui s'élargit lentement pour devenir une route fréquentée. Le terrain monte et la forêt qui entoure le domaine devient plus clairsemée, pour finalement laisser place à des champs d'amandiers et des pommeraies. Nous marchons à travers des bandes d'ombres délavées de couchers de soleil pastel, et je me dis que ce sera magnifique à Fauchaison, lorsque les feuilles deviendront pourpres.

Arien marche à côté de moi. Aucun de nous ne parle pendant un long moment. Tout est tellement embrouillé entre nous que je ne sais pas comment le dénouer.

Enfin, je lui prends la main.

– Arien, je suis désolée.

– Désolée pour quoi, exactement ? (Je sens ses doigts se resserrer autour des miens, mais il garde les yeux fixés sur la route.) Les mensonges que tu as racontés ? Les secrets que tu as gardés ?

– Ça a l'air de faire beaucoup, quand tu le présentes comme ça, je réplique en tâchant de sourire, mais il ne me regarde toujours pas. Oui, pour les mensonges et pour les secrets. Je m'excuse pour tout.

Il lâche un soupir frustré.

– Je sais ce que tu veux faire. Tu veux conclure un pacte avec le Seigneur d'En Dessous.

– Je tiens à m'assurer que personne d'autre ne sera blessé. Et s'il peut m'aider, alors...

– Rowan et toi, vous semblez déterminés à gâcher vos vies. Regarde ce qu'il a fait en essayant de combattre la Corruption tout seul. Il s'est empoisonné. Il s'est transformé en monstre. Et toi... (Brusquement, il tourne ma main, paume vers le haut, montre la marque en forme de croissant sur ma peau.) Toi, tu as fait *ça*.

Je lui arrache ma main.

– Qu'est-ce que j'étais censée faire d'autre ?

– Tu n'as même pas réfléchi, Leta. Tu as agi comme si je n'avais d'autre choix que de rester en retrait, comme si ça n'avait pas d'importance que tu sois blessée, du moment que je suis en sécurité. Tu es ma sœur. Moi aussi, je veux te protéger.

Il se mord la lèvre. Et je vois qu'il se retient de pleurer.

– Il m'a déjà aidée auparavant.

J'essaie de ne pas regarder les mains d'Arien. Ses bras. Les fines cicatrices laissées par Clover sont aussi délicates que de la broderie.

– Il t'a sauvé.

– *Tu* m'as sauvé, corrige-t-il, la bouche incurvée sur un sourire triste. Ce que tu as fait dans les bois – ce que tu as demandé au Seigneur d'En Dessous, et la manière dont ça m'a changé... Je ne t'en blâme pas, Leta. Mais là, c'est différent. Il voudra plus que ta magie en contrepartie. Tu le sais.

– Non, il ne me prendra pas ma magie, puisqu'il a besoin que je l'utilise. (Je passe ma main sur mon bras, suis le dessin des marques sur ma peau.) Même si… il pourrait changer d'avis une fois qu'il apprendra que je dessine des sigils désordonnés.

– Tu te rends compte que tu n'es pas du tout drôle ?

– Il réclamera peut-être mon sens de l'humour. Comme ça, tu n'auras plus à supporter mes blagues.

Arien me reprend la main.

– Leta ! Il a pris toute la famille de Rowan. Qu'est-ce que tu as à offrir qui puisse égaler un sacrifice pareil ?

Je jette un coup d'œil par-dessus mon épaule, vers la route qui s'étire derrière nous. Nous sommes déjà loin du domaine. Tout autour de nous, il n'y a que des arbres, des champs et le ciel qui s'assombrit. Je repense à ce qu'Arien a dit après l'échec du premier rituel. Quand j'ai essayé de le faire partir et qu'il a insisté pour qu'on reste. Quand il m'a montré le sigil sur son poignet et m'a dit : « Je ne pouvais rien faire. Maintenant je peux. »

Sur le moment, je n'avais pas compris comment ni pourquoi il voulait prendre autant de risques en utilisant sa magie. Maintenant que la même opportunité s'est présentée à moi, j'ai un moyen de rattraper tout le temps que j'ai passé impuissante.

– Je veux aider. (Ma voix se perd doucement dans les arbres.) Je veux le faire.

Arien se frotte le poignet sur le visage, les yeux noyés de larmes.

– Donne-nous au moins un peu de temps avant de l'invoquer. On peut encore trouver un autre moyen.

S'il te plaît, dis-moi juste que tu ne l'invoqueras pas tout de suite.

Je l'enlace.

– Je ne le ferai pas. (La suite reste en suspens entre nous. *Pas tout de suite.*) Je suis désolée.

Arien prend une profonde inspiration pour ravaler ses larmes.

– Je suis encore tellement en colère contre toi. Pourquoi faut-il que tu sois si…

– Horrible, affreuse, la plus stupide des sœurs ?

Je serre Arien plus fort : il a tellement grandi depuis notre arrivée au domaine.

– Eh, je marmonne contre sa poitrine, qui a dit que tu avais le droit de devenir si grand ?

Je lève le bras et lui passe une main dans les cheveux, renversant la couronne un peu plus de travers tandis que j'ébouriffe ses boucles. Il me repousse en riant. Je trébuche, il me rattrape avant que je risque de tomber. Appuyée contre lui, je ris aussi.

Les choses ne sont pas entièrement réparées entre nous, mais elles sont un peu plus douces. Quand nous atteignons le village, le soleil s'est couché. Les maisonnettes autour de la place sont des silhouettes noires aux fenêtres éclairées par le reflet des lampes, spectacle à peu près identique à celui du jour où nous sommes passés par là en allant à Lakesedge. Des chalets au toit de chaume, un bosquet d'arbres, l'autel sur un côté. Le feu de joie se trouve au centre de la place, pas encore allumé, il n'est qu'un tas de branches, de fleurs et de feuilles entouré de pierres de granit.

Tout le monde est vêtu de blanc, les cheveux détachés et la tête ceinte de couronnes de feuilles ou de fleurs. La foule est un bourdonnement de voix – bavardages, rires, cris des uns et des autres qui se saluent. C'est la première fois depuis des mois que nous sommes entourés d'autant de monde. Je trouve étourdissant de se retrouver dans le bruit de la foule, après le silence envahissant du domaine. Ma peau est plus chaude. Mon cœur bat plus vite.

Arien et moi nous arrêtons près de la rangée de tables qui bordent la place. Elles sont chargées de nourriture. De gâteaux à la pâte d'amande en forme de pétales. De croissants aux amandes saupoudrés d'un sucre léger comme du givre. De pichets en émail de cidre épicé au poivre et à la cannelle.

Je prends une tasse de cidre. Les fleurs d'anis flottent à la surface comme des étoiles parfumées. J'en sirote une gorgée. Sa douceur se répand en moi jusqu'à ce que l'air vacille un peu. Je cligne des yeux lorsque la lumière se met à scintiller. Puis je vois Rowan, à moitié caché dans l'ombre à côté de l'autel.

Il ressemble tellement à la fois où je l'ai rencontré, dans notre cottage. Il est habillé tout en noir, la capuche de sa cape sur le visage. Ses mains gantées sont serrées, deux poings contre ses flancs, et ses yeux, braqués au sol.

Puis il lève les yeux. Nos regards se croisent. D'un geste brusque, il rabat sa capuche. Ses cheveux ne sont pas ornés d'une couronne, il les a attachés. La lumière des lanternes l'entoure d'un halo d'or. Sa bouche s'entrouvre, comme s'il allait parler, mais il se contente de me dévisager, sans mot dire, tandis qu'Arien et moi nous avançons vers lui.

– Leta. (Sa voix s'adoucit.) Tu… tu es…

J'attrape une de ses mèche rebelles et la remets en place.

– Tu as oublié ta couronne. Tu veux que je t'en fasse une ? Je peux récupérer des lianes sur le feu avant qu'il soit allumé.

– Non.

– Ne réfléchis pas trop longtemps avant de répondre, je le taquine. Tu pourrais au moins dire : « Non, merci. »

Sa bouche s'étire sur un sourire réticent. Il pose sa main à ma taille, légère, m'attire à lui, mais son visage devient méfiant quand il le tourne vers la foule.

Florence s'avance vers nous, suivie par quelqu'un d'autre : un homme grand et large d'épaules. Au bout de quelques instants, je réalise que je l'ai vu à Greymere. Le Gardien Harkness. Il est encore plus sérieux que le jour de la dîme. Il porte un panier de torches, des fagots de tiges de pin, chacun soigneusement lié par de la ficelle, et les distribue au fil de ses déambulations sur la place.

Thea et Clover suivent, portant un autre panier à elles deux. Dans sa longue robe claire, Thea est aussi belle qu'un croissant de lune. Ses cheveux noirs bouclés sont couronnés de roses d'été, ses jupes sont brodées d'un motif de campanules. Toutes les deux ont l'air intimidées et mal à l'aise, comme si elles ne savaient pas quoi se dire.

Le Gardien Harkness nous rejoint et pose son panier près de l'autel. Il trempe les doigts dans le sel sous l'icône, puis laisse tomber une poignée de pétales sur l'étagère en bois. Il jette un coup d'œil à Rowan.

– Lord Sylvanan. Nous sommes presque prêts.

Rowan hoche la tête, mais il ne parle pas. Thea tend une torche à Arien, puis m'en donne une avec un sourire perplexe et ravi.

– Oh ! Je vous reconnais tous les deux du jour de la dîme ! Que faites-vous donc ici ?

– Ce sont des invités au domaine, répond Clover, qui ajuste ses lunettes et secoue ses cheveux, puis adresse à Thea un regard fier. Arien et Violeta sont mes élèves.

Thea hausse les sourcils.

– Vous êtes tous alchimistes ?

Elle semble hésiter entre l'enthousiasme et la peur. Elle se mord la lèvre et ses yeux dérivent vers les mains gantées d'Arien.

– Pourquoi vous n'êtes pas dans les Maylands ?

– C'est une mission spéciale. (Je me penche vers elle et chuchote sur un ton de conspiratrice.) Lord Sylvanan va m'utiliser pour son prochain sacrifice de sang.

Thea laisse échapper un rire étonné et recule. Elle coule à Rowan un regard méfiant avant de se mêler à la foule. Lui, il me darde un regard meurtrier.

– On commence ? intervient Florence.

– S'il te plaît, avant que Leta ne sorte une autre impertinence et qu'on soit tous chassés d'ici avec des fourches.

Rowan tire sur le lien qui retient ses cheveux, dont il resserre le nœud. Puis il prend une torche dans le panier et s'avance.

Tout le monde s'immobilise, un courant nerveux parcourt la foule. C'est comme si les gens l'avaient presque oublié pendant qu'il était dans l'ombre à côté de l'autel. Mais maintenant il s'avance dans la lumière.

Les villageois d'ici ne sont pas aussi paniqués que ceux de Greymere. Cependant, plus je regarde autour de moi, plus je vois des signes de peur. Des guirlandes de romarin et de sauge sont suspendues au-dessus des fenêtres, en signe de protection, et on a éparpillé du sel devant toutes les portes. De temps en temps, quelqu'un porte les mains à sa poitrine et se dessine une croix sur le cœur.

Ils portent sur lui le même regard que moi, autrefois. C'est étrange maintenant de voir la peur que j'ai ressentie se refléter sur tous ces visages.

Et Rowan ressemble en tous points au monstre pour qui ils le prennent.

Il remarque leur peur, ne recule pas devant elle. Il l'affronte sans ciller, d'un regard dur et froid. Les cicatrices à son front, sa mâchoire et sa gorge semblent rougeoyer, cramoisies et gonflées. Et de temps en temps, si rapidement qu'on pourrait presque les croire dues au reflet d'une ampoule, des ombres se déplacent sous sa peau. Les fils de l'obscurité se déploient puis s'adoucissent pour redevenir de simples marques ténues et floues. Le monstre, le garçon, le monstre.

Je lui agrippe la main. Il se crispe, mais après un souffle, ses doigts s'entremêlent aux miens. Je passe mon pouce sur sa paume gantée.

Il se penche pour me murmurer à voix basse :

– Tu penses qu'en me tenant la main, tu les incites à ne pas avoir peur de moi ?

Je me hausse sur la pointe des pieds pour pouvoir murmurer à mon tour.

– Peut-être. Ou peut-être que je veux juste être la fille qui a donné la main au monstre.

Il se fend d'un petit sourire. Prenant une torche, il l'approche des bougies de l'autel. Elles s'enflamment, répandant une forte odeur de pin. Puis il se dirige vers la place. Et comme il ne me lâche pas la main, je le suis.

Tout le monde recule lorsque nous nous approchons, la foule s'écarte. Rowan descend à grandes enjambées le chemin ainsi créé. Sa cape dessine une cascade d'encre, son regard est distant, presque d'un autre monde. Je marche à ses côtés, les jupons de ma robe constellée de pierres précieuses bruissent autour de moi. J'ai l'impression d'être une créature féerique sortie d'un de mes livres. *Violette dans les bois*. Un méli-mélo de murmures nous suit, mi-peur, mi-étonnement.

Une fois que nous avons atteint le feu, tout se fige quelques instants dans le silence avant que l'assistance commence à bouger pour former une ligne qui s'enroule autour des pierres de granit. Rowan tend sa torche vers moi. Je sens la chaleur des flammes alors qu'il allume le fagot de pin dans ma main. Je me tourne vers Arien, lequel me sourit quand j'enflamme sa torche.

Personne après personne, torche après torche, la lumière du feu se répand. Nous avançons pour apporter nos torches sur le tas de branches et de feuilles. Le feu est lent au début, fumée et âcreté de la verdure qui se consume, puis le vent l'attrape. Des étincelles s'élèvent avidement à travers le feu de joie, jusqu'à ce qu'il scintille et danse avec pour fond le ciel du crépuscule.

Le silence se prolonge de plus en plus, interrompu seulement par quelques chuchotements. C'est le moment de la soirée où l'on chante la litanie. À Greymere, c'était le gardien qui dirigeait les chœurs. Mais ce soir, bien sûr, ce sera Rowan. Il se retourne vers l'autel et je sens sa main tressaillir, ses doigts se resserrer sur les miens.

Je me souviens de ce qu'il m'a dit, à l'observance de Midété. « Je n'aime pas chanter quand des gens peuvent m'entendre. » Et là, il y a un village entier prêt à écouter.

Je me penche et lui chuchote :

– Tu préfères qu'on fasse un sacrifice de sang plutôt que de chanter ?

Il me fusille du regard, mais avant qu'il puisse parler, je me mets à chanter. Un murmure perplexe monte de la foule, personne ne se joint à moi. La chaleur de la honte m'envahit, parce que j'ai l'habitude de ma voix mêlée à celle des autres. Seule, elle sonne faux, comme une note coincée quelque part entre la tête et la poitrine. Mais alors que je termine le premier couplet, une voix à côté de moi reprend le chant. Arien. Puis Clover, puis Florence.

L'espace d'un souffle, il n'y a que nous quatre qui chantons. Et je suis à nouveau dans le jardin, près de l'autel sous le jacaranda. Quand j'ai enfoncé les mains dans la terre. Quand j'ai libéré ma magie et ma vérité, et que la lumière a jailli à travers le sol. À ce souvenir, je m'immobilise. Le croissant de ma paume palpite. Je m'imagine la pleine lune. Ma magie n'est plus une faible étincelle mais un brasier aussi grand que celui de Mordété. Lumière, chaleur et pouvoir.

D'autres voix se joignent au chant. La mélodie est d'abord discordante. Mais voix après voix, mot après mot, la litanie se tisse comme des fils forment des points. Bientôt, l'air est enflammé par le chant. Le feu est sur mes joues, des pétales couronnent mes cheveux.

Quand mes pensées retournent vers la nuit où notre cottage a brûlé, je n'essaie pas de les refouler. Je préfère m'autoriser le souvenir de mes parents. Le jardin que mon père avait créé avec son alchimie. La lumière du feu dans l'âtre. La voix de ma mère, basse et apaisante, quand elle chantait des berceuses à Arien. La sensation de m'endormir sous mon édredon en patchwork au son des histoires de mon père.

Ma famille n'est que fumée et cendres, et leurs âmes dorment loin dans le monde du Dessous, mais ces souvenirs sont bien vivants en moi. Ils ne disparaîtront jamais.

Je pense à la magie qui fait tourner le monde. Je pense à tous ceux que j'aime, chez eux et en sécurité, une fois la Corruption réparée.

À la fin de la litanie, la procession se disperse et la foule s'éloigne sur la place. Arien attrape ma main et me tire vers la table des sucreries. Je me tourne pour chercher Rowan, mais il a déjà rejoint l'ombre à côté de l'autel. Clover me glisse un bras autour de la taille. À ses côtés, Thea me regarde d'un air méfiant, comme si elle n'arrivait pas à se décider entre l'approche ou la fuite.

– Tu es… différente du jour où je t'ai vue à Greymere.

Je lisse mes jupes et m'esclaffe.

– Différente ? Oui, bon, disons que mes vêtements sont plus jolis maintenant.

Clover secoue la tête en nous regardant tous les deux. Elle pose les yeux sur Thea et, après un instant d'hésitation, lui tend la main.

– Viens, allons-y avant que ton père ne nous repère et n'aille voir en toi la prochaine victime de Rowan.

Thea prend la main de Clover et part avec elle, les yeux écarquillés. Arien et moi les suivons en riant. La nuit passe dans un tourbillon de sucre et de feu, sous un ciel constellé de poignées d'étoiles. La fumée du feu de joie transforme le monde en brume.

Je suis fatiguée, essoufflée, tout ressemble à un rêve. Je me retrouve seule dans la foule. Clover et Thea sont assises ensemble près d'une des chaumières, un plateau de gâteaux à la pâte d'amande entre elles. Arien est pelotonné à côté de Florence, la tête sur son épaule et les yeux mi-clos. Je retourne à l'autel, où Rowan se tient contre les arbres. Il s'avance vers la lumière quand il me voit approcher. Sans un mot, il prend ma main et m'entraîne à l'écart de la foule.

Nous passons devant le feu et sortons de la place, entrons dans le verger qui entoure le village. Nous suivons les rangées un long moment, puis nous arrêtons finalement dans un espace entre deux grands pommiers. Nous nous lâchons la main et nous écartons. Rowan est toujours enveloppé dans sa cape, la capuche rabattue sur ses cheveux.

Il choisit une feuille et la tortille entre ses doigts.

– Merci d'avoir chanté à ma place.

– Si je peux aider.

Il triture une dernière fois la feuille, puis la laisse tomber.

– Je me demande toujours s'il ne vaudrait pas mieux pour moi rester en retrait. Je me fiche qu'ils médisent de moi en douce ou qu'ils me prennent pour un monstre. Vraiment, c'est mieux pour eux s'ils me craignent.

– Oui. Il serait dommage de laisser quelqu'un s'approcher de trop près. Un terrible danger.

– C'est la créature la plus irritable que je connaisse qui me conseille d'être gentil avec les inconnus ? lance-t-il en haussant un sourcil. Tu pourrais peut-être éviter les blagues sur les sacrifices de sang, la prochaine fois.

– Admets quand même que c'était drôle. Au moins un petit peu.

Il sourit vaguement, puis baisse les yeux alors que son expression redevient sérieuse.

– Le moins que je puisse faire, c'est d'essayer d'être un seigneur à peu près correct en l'honneur de mon père. Même s'ils me détestent ou me craignent. Si je renonce, j'aurai l'impression qu'il est mort pour rien. Un gâchis. Je ne sais même pas si ça a un sens.

Je passe la main sur une branche près de moi. L'écorce est rugueuse sous mes doigts.

– Si, si. Il est parfois plus dur de rester, même si c'est la chose à faire.

– Oui.

– Dis-moi, comment tu dirigeais la litanie avant que j'arrive ?

– Avant ? (Sa bouche s'étire sur un sourire distant.) C'était Elan qui la dirigeait. Il aimait chanter.

Ah. Je me rapproche jusqu'à ce que nos épaules se frôlent.

– J'espère qu'il avait une plus jolie voix que moi.

Rowan rit doucement. Le clair de lune s'insinue entre les arbres et souligne les traits de son visage. Distraitement, il touche les cicatrices qui lui barrent la mâchoire.

– Parfois, j'ai l'impression qu'il n'est pas vraiment parti. Je m'attends toujours à me retourner et à le voir.

– Ou tu entends un son. Et ce n'est pas une voix, mais presque.

Les souvenirs de ma famille dansent sous ma peau. Ils recèlent leur propre forme de magie. Je pense à un jardin, à un cottage, à des histoires racontées à la lumière du feu.

– Je suppose qu'ils sont toujours avec nous, d'une certaine façon. Mais ce n'est pas pareil, hein ?

– Pas pareil, non. Quand je vous vois ensemble, Arien et toi, la façon dont vous jouez, vous taquinez… Elan me manque encore plus.

– Hm. (Je louche vers les branches au-dessus de nos têtes, puis je lui souris.) Si tu veux, je peux grimper dans un de ces arbres et te jeter des pommes. Ça t'aiderait ?

– Je ne sais pas trop quoi penser de ce que tu appelles « aider ».

Il le lâche avec légèreté, mais ses yeux sont tristes et le rire a disparu de sa voix quand il reprend :

– Tous ceux que j'aime ont souffert à cause de moi. Je ne veux pas que tu prennes de risques à cause de mes erreurs égoïstes.

– Personne d'autre n'aura à souffrir. Je te le promets.

Je m'avance vers lui, frappée par notre isolement, maintenant que le village est bien loin derrière nous. Il n'y a que le ciel nocturne, le verger tranquille et l'odeur de la fumée de bois. Lorsque Rowan passe sa main délicate sur mes boucles tressées de fleurs, la distance entre nous semble à la fois trop importante et insuffisante.

Ses doigts s'attardent sur ma joue, le long de ma mâchoire. Il porte toujours ses gants. Il s'arrête, les enlève, puis me prend le menton, faisant basculer mon visage vers le haut.

Il m'embrasse, doucement d'abord, puis ses mains trouvent la courbe de ma taille et il m'attire plus près. Une gerbe de pétales se répand autour de nous, tombée de mes cheveux.

– Rowan…

Il avale son nom sur mes lèvres.

Il y a de la nostalgie dans ses caresses, comme s'il essayait de mémoriser chaque seconde de ce moment. Tout semble se fondre avec lenteur dans le mouvement de ses mains sur moi. Même la magie qui illumine mes paumes brille d'une chaleur indolente. Je suis emplie d'un désir à la fois douloureux et merveilleux. C'est tellement bon d'être proche de lui comme ça. J'aimerais qu'on puisse éternellement rester ici, au clair de lune, parmi les arbres.

Il prend mon visage entre ses mains et presse ses lèvres contre ma tempe, geste doux et tendre qui fait naître des larmes aux commissures de mes yeux.

– Leta. (Sa voix est une gerbe d'étincelles qui s'élèvent dans l'air éclairé par la lune.) Leta, je ne veux pas te perdre.

– Tu ne me perdras pas.

J'appuie la tête contre son torse. Je sens son cœur, qui bat à toute allure.

Une fois de plus, je soupèse et mesure : que pourrais-je donner au Seigneur d'En Dessous en échange d'une seule nuit de pouvoir ? Je pense à la force, à la magie et à la protection, à tout ce que j'aurais si je scellais un pacte avec lui.

C'est impossible. Je sais que je ne peux pas accepter son aide. Mais comme j'aimerais le faire !

20

Lakesedge est silencieux quand nous rentrons du feu de joie. Arien a dormi à côté de moi pendant tout le trajet du retour. Un bras passé autour de sa taille, je l'aide à monter dans sa chambre. Le pas ensommeillé, il a la tête qui bringuebale contre mon épaule. Quand j'arrive en haut des marches, je me retourne vers Rowan, toujours dans le hall d'entrée.

– Bonne nuit.

Il me sourit.

– Bonne nuit, Leta.

Une fois seule dans ma chambre, je m'allonge sur mes couvertures, sans quitter ma robe du feu de joie. Des pétales me tombent des cheveux et je sens la cendre, le pin et la fumée. Il est tard, presque l'aube, pourtant je n'arrive pas à m'endormir. Quand je ferme les yeux, je ne vois que la maison. Comme je l'ai vue quand on a franchi l'arche de fer du portail d'entrée. Enveloppée de lierre, nichée entre les collines, une fenêtre éclairée à la lampe, une volute de fumée s'échappant de la cheminée de la cuisine.

La maison. Lakesedge est ma maison. La pensée vient de m'assaillir, sans prévenir. Et maintenant, elle a pris racine en moi, trouvé une place entre mon cœur et mes côtes. *Ma maison.*

Je la veux sûre aussi, cette belle maison entourée de lierre. Mon jardin envahi par les herbes, à moitié oublié. Ma famille. Mes amis. Je veux protéger tout ça.

Je me tourne et me retourne dans le lit, j'étire mes mains, je regarde mes paumes. L'une est marquée, l'autre est normale. J'ai deux options mais, dans les deux cas, je suis maudite. Je serai forcée de regarder la Corruption tout emporter, à moins de consentir un pacte terrible avec le seigneur des morts. Peut-être que le seul choix qui me reste, c'est de décider comment je veux voir le mal arriver. Mes yeux s'égarent vers le coin de ma chambre, où l'eau sombre a jailli pour la première fois.

– Que demanderais-tu ?

Ma voix est un murmure et chaque mot hésitant semble plus dangereux que le précédent. Comme si le Seigneur d'En Dessous pouvait venir à moi, à ce moment précis.

– Combien voudrais-tu ?

Un bruissement se fait entendre à l'intérieur des murs. Je cligne des yeux. Une brise douce entre par ma fenêtre ouverte. Le coin s'assombrit, le temps d'un souffle. Je ferme les yeux, repense à sa main près de ma joue. L'air est devenu froid lorsqu'il s'est approché de moi. Il n'y a pas de voix, pas d'obscurité. Pourtant, je connais déjà la réponse. Il prendra de moi tout ce que je suis prête à donner. Il me prendra tout entière, si je le laisse faire.

Mais je ne veux pas être dévorée.

Que puis-je lui offrir qui soit suffisant, sans me détruire ?

On frappe à ma porte. Je m'assois et me débarrasse des couvertures pour aller ouvrir, mais quand je regarde dans le couloir, il n'y a personne. La porte d'Arien, en face de la mienne, est toujours fermée. J'avance d'un pas, mon pied heurte quelque chose. Je me penche.

Au sol, à mes pieds, il y a un livre noué d'un fin ruban, une carte carrée coincée dessous avec mon seul nom écrit dessus. Je reconnais l'écriture : celle de l'inscription sur *Les Bois de Violette*.

– Rowan ?

Je regarde dans le couloir. Pourquoi a-t-il laissé ce cadeau ici au lieu de me le remettre en main propre ? Je fais quelques pas, puis je m'arrête et je dénoue le ruban, une épaule contre le mur. Le livre est petit, avec une couverture en papier, des pages douces et assez usées. Certaines sont froissées, d'autres cornées. Il a manifestement été lu d'innombrables fois. Je le feuillette avec précaution tandis que mes yeux survolent les mots.

Ce n'est pas une histoire. Les lignes ont une forme familière, celle des versets des litanies. Pourtant… c'est autre chose.

Place-moi comme un sceau sur ton cœur,
Comme un sceau sur ton bras ;
Car l'amour est aussi fort que la mort.
Belle comme la lune,
Brillante comme le soleil,
Majestueuse comme les étoiles.
Tu es belle, tout entière, ma chérie ;
Il n'y a aucun défaut en toi.

Je rougis. Aucune des histoires que j'ai pu lire ou raconter ne m'a fait cet effet-là. Ces mots sont comme un sortilège. On dirait que j'ai enfoncé mes mains dans la terre, senti l'étincelle et la brûlure de la magie tissée à travers le monde. C'est le frisson que j'ai éprouvé en entendant les mots du Seigneur d'En Dessous. *Nous sommes connectés.* C'est un autre lien, tout aussi magique, puissant et effrayant.

Cette lumière, cette chaleur, cet amour, voir tout cela écrit ouvertement comme ça, dans ces mots délicieux, ça me bouleverse. Est-ce ce que ressent Rowan ? Quand il me regarde, suis-je comme une créature féerique, mélange de soleil, de lune et d'étoiles ?

Je ferme les yeux et je revois le verger, la façon dont il m'a embrassée au clair de lune. J'ai envie de lui. Je le veux d'une manière que je n'aurais jamais imaginée, jamais. Je l'ai dans la peau. Dans le sang. Enchevêtré dans mon cœur.

Je ferme le livre et le tiens serré contre ma poitrine. Je fais quelques pas dans le couloir et jette un coup d'œil au palier désert, dont les fenêtres cintrées laissent voir un morceau de ciel délavé. J'ai envie de crier dans la maison silencieuse, de le rappeler à moi. Mais je m'en abstiens.

Comment peut-on y arriver ? Comment être ensemble quand le monde est prêt à s'effondrer autour de nous ?

Dans la cuisine, le fourneau abrite un petit feu, soigneusement alimenté, une seule bougie brûle sur l'autel. Je pose les doigts dans le sel, puis je regarde l'icône, observant la danse de la flamme devant la Dame. Une porte s'ouvre dans un crissement et Clover sort de l'office.

– Oh ! (Elle lève un pot de camomille séchée et s'esclaffe.) Toi non plus, tu ne dors pas ? Moi, je n'y arrive jamais après le feu de joie. Tu veux du thé ?

Elle se dirige vers la cuisinière, met la bouilloire sur le feu. Comme je ne réponds pas, elle pose son pot et s'approche pour me scruter avec curiosité.

– Tu vas bien ? On dirait que tu as vu un fantôme. (Elle coule un regard nerveux vers la porte du salon.) Dis-moi que ce n'est pas ça !

Je secoue la tête.

– J'ai trouvé ça sur le seuil de ma chambre.

Je lui tends le livre. Elle l'ouvre et commence à lire. Ses sourcils montent d'un cran plus haut à chaque ligne.

– Attends. C'est Rowan qui t'a donné ça ? lance-t-elle sur le ton de la jubilation. Je savais qu'il se passait quelque chose entre vous deux !

Elle remonte ses lunettes sur l'arête de son nez et se penche plus près du livre, comme si elle pouvait deviner des secrets dans l'encre et le papier. Ses yeux s'arrondissent pendant qu'elle tourne les pages.

– Violeta, je sens que j'ai besoin de m'asseoir près de l'autel, après avoir lu ça.

– Oh, rends-le-moi ! Ce n'est pas ce que tu penses.

Je lui arrache le livre des mains et le fourre dans ma poche.

– Pas besoin de nier. Je vous ai vus au feu de joie. Tout le village vous a vus. Ça va jaser sur vous pendant des années, commente-t-elle d'un ton faussement sérieux. La jeune fille qui a apprivoisé le monstre…

– Clover, ce n'est pas drôle.

Devant mon expression, elle se tait et pose une main sur mon bras.

– Tu sais, ce n'est pas grave s'il t'intéresse de cette façon. Tout le monde n'a pas envie de romantisme.

Je porte la main à ma poche et j'y sens le froissement du papier.

– Je ne sais pas ce que je veux.

– Jamais personne ne t'a plu jusqu'ici ? demande-t-elle avec un signe de tête vers la poche où j'ai caché le livre. « Plu », dans ce sens-là du terme ?

– Tu veux dire comme Thea et toi ?

Elle tire sur sa tresse, puis élude :

– Si elle m'écrit de la poésie, tu seras la première à le savoir.

Je ferme les yeux, visualise les mots du poème qui s'enchaînent un par un, comme des graines d'or suspendues en l'air. *Cœur. Lune. Ma chérie.*

– Je ne m'y attendais pas. Je n'ai jamais pensé que je pourrais avoir ça.

– Je suppose que Rowan ressent la même chose. Il n'a laissé personne l'approcher depuis la mort de sa famille, à part toi. (L'expression de Clover se fait sérieuse un moment, puis elle m'offre un sourire coquin.) Si tu veux mon avis, tu devrais au moins l'embrasser une fois. Quelqu'un qui lit autant de poésie romantique vaut forcément la peine d'être embrassé.

– En fait…

Je détourne les yeux vers la porte de la cuisine. Je m'empourpre au souvenir du contact rêche du bois sous mes mains. La sensation de ses cicatrices, rugueuses, contre ma bouche.

– Non, tu n'as pas fait ça ! s'exclame-t-elle en tapant dans ses mains, ravie. Tu l'as fait ! Alors, comment c'était ?

– C'était une erreur. Lui et moi, on ne peut absolument pas faire ça.

– Pourquoi ?

Je croise les bras.

– Tu veux que je dresse une liste ? Dans une semaine, on va devoir retourner combattre la Corruption. On ne sait même pas comment la réparer. À moins que…

– À moins que tu ne fasses quelque chose de ridiculement stupide, ce que tu ne feras pas, ajoute-t-elle, le regard planté dans le mien. D'accord ?

– D'accord. (Je déglutis.) Et ce danger mis à part, il y a le fait qu'il a perdu toute sa famille à cause du Seigneur d'En Dessous, Seigneur que je peux invoquer. Avec qui je suis connectée. Je vais lui faire du mal, Clover. Si je le laisse m'aimer, il va forcément souffrir.

Elle vient se placer à côté de moi et glisse son bras autour de ma taille.

– Rowan et toi, vous êtes parfaitement accordés. Aussi têtus et autodestructeurs l'un que l'autre, commente-t-elle en me serrant doucement contre elle. On est tous dans le même bateau, tu le sais, ça ? On va trouver une solution. Pour le rituel, je veux dire.

J'acquiesce. J'ai la gorge si serrée que je préfère ne pas parler.

– En attendant, si tu veux de l'aide pour la romance, j'ai du thé contraceptif. Sur l'étagère du haut, m'indique-t-elle avec un signe de tête vers l'office. Fais-lui-en boire aussi, ça marche mieux comme ça.

Mon visage s'embrase aussitôt.

– J'y penserai.

La pièce commence à me sembler trop petite, trop exiguë. Tout ce que je regarde est chargé de sous-entendus. L'office avec le pot de thé. La porte, la sensation du bois brut qui me picote encore les paumes. Le livre avec ces mots pareils à un sortilège.

La bouilloire commence à frémir. Quand Clover va la prendre sur le poêle, je me glisse dehors sans bruit.

Ma peau me brûle sur le chemin qui mène au jardin. Je suis agitée, à la fois triste et exténuée de désir.

Toutes les choses que je veux, toutes, sont impossibles.

Je prends un stylo et repasse à l'encre les lignes d'il y a longtemps sur mon poignet, un nouveau sigil superposé à l'ancien. La magie étincelle au bout de mes doigts. Je passe devant un bosquet de ronces et me penche vers elles, enveloppe leurs épines de mes mains. Le sigil brûle. Je tire brutalement, extrais les minces fils de mon pouvoir. Quand j'ai fini, je redessine le sigil et je recommence.

Encore et encore, et chaque fois j'accroche et tire sur le mince fil d'or noué en moi. Pas d'ample flux de magie, pas de lumière ni de miracle. Rien de la justesse que je ressens lorsque je pose les mains sur la terre en signe de respect. Là, tout n'est que lutte et force pure. Comme si le pouvoir percevait mon ressentiment. Comme s'il cherchait à se cacher de moi. Je l'agrippe fort. Je l'arrache, le libère. Je crée des feuilles, des fruits et la vie.

À la fin, je suis à bout de souffle. Mes tempes sont couvertes de sueur, mes mains n'arrêtent pas de trembler.

Une nouvelle gerbe de fleurs sauvages agrémente la pelouse, une tonnelle verte court au-dessus de ma tête et les ronces sont lourdes de fruits sirupeux. Mes doigts sont tachés de sang et du jus des mûres, ma robe du feu de joie porte des traces de terre autour de l'ourlet.

Je m'affale au milieu de l'herbe, le dos appuyé contre un arbre, et je me prends le visage entre les mains. Ce n'est que le matin, pourtant la journée est déjà chaude. L'air semble soufflé d'un poêle qui aurait brûlé pour ne laisser subsister qu'un tas de braises. La sueur perle sur mes joues et dans le creux de ma gorge. Je la sens couler de ma nuque à mon dos. Je perçois encore l'odeur de la fumée du feu de joie qui imprègne mes jupes et mes cheveux.

Je lâche un lent soupir contre ma peau tachée. Toute ma magie, tout ce que j'ai, ce ne sont que des bribes faiblardes et inefficaces. Et c'est d'autant plus frustrant maintenant que je sais tout ce qui pourrait m'appartenir encore. Je pense à ce que je pourrais céder au Seigneur d'En Dessous en échange de ce pouvoir. Je soupèse et je mesure, je me demande quelle blessure serait la pire.

Crissement de pas sur le chemin. Je vois Rowan debout sous le portail ouvert, à l'extrême limite du jardin. La capuche de sa cape est relevée, il n'est qu'une silhouette qui se détache sur la lumière du soleil.

Je le regarde, son contour ombragé, caché et immobile, et je pose mes doigts sur le livre, dont le coin pointe de ma poche.

– Rowan, il faut qu'on parle.

J'attends sa réponse, mais il se tait, ne bouge pas. Ma robe froufroute lorsque je me lève. J'y passe les mains et lisse les couches de dentelle et de soie. Elles chatoient : crème, argent, or.

– Tu as vu quelle était ma vie avant que je vienne ici. Il n'y avait pas de place pour quelque chose de ce genre. Je n'avais jamais imaginé qu'elle pourrait changer. (J'hésite. Il n'a toujours pas bougé et son silence est déstabilisant.) Ni cru que j'aurais envie d'être proche de quelqu'un, avant de te connaître.

J'inspire, tente de me rafraîchir. Je suis tout enfiévrée. La tête renversée en arrière, je lâche un soupir vers les branches au-dessus de moi.

– Je tiens à toi. Mais on ne peut pas. On ne peut pas être ensemble. (Je fais un pas hésitant vers lui, je voudrais voir son visage.) Tu dois comprendre que c'est impossible.

Ma voix se brise. Malheureusement, c'est la vérité. Il n'y a pas de place pour ça, pour nous. Pas ici, pas maintenant. Quand j'imagine ce que je veux, je vois deux images superposées. Je nous vois, Rowan et moi, dans le verger au clair de lune. Il tend les doigts vers mes cheveux encore parsemés de pétales et je m'avance dans ses bras.

Et puis, je me vois seule au bord du lac, les mains enfoncées dans la terre, le sol réparé, le poison disparu, tout le monde sain et sauf.

Je veux les deux scénarios, autant l'un que l'autre. Seulement ils ne se produiront pas ensemble. Parce que dans toutes les visions que j'ai de moi où je suis forte et protectrice, je suis seule.

Enfin, Rowan traverse le chemin vers moi, lentement, et je me prépare à sa réponse.

– Je suis désolé, lâche-t-il enfin. (Sa voix est étrange.) C'est trop tard, maintenant.

Puis il rabat sa capuche. Ses cheveux, dénoués, tombent en vagues brunes sur ses épaules. Son visage est inexpressif. Et ses yeux… ses yeux sont injectés de sang. Cramoisis. Sous ses bottes, le sol est ombragé. Non, pas ombragé. Humide. *Corrompu.*

Je m'éloigne en titubant et me retiens à l'arbre derrière moi, afin de ne pas tomber.

– Rowan ? (Nos regards se croisent, mais il n'est pas là.) Rowan, tu dois arrêter ça.

Il s'avance vers moi, l'eau noire forme une flaque sous lui, des volutes de ténèbres se répandent sur la pelouse et à travers les ronces. Parcelle par parcelle, le jardin redevient ruine. Les feuilles volent en poussière, les fruits flétrissent. L'air sent la cendre et la pourriture, cette odeur aigre-douce.

Le sol commence à s'effilocher. En plein milieu de la pelouse s'ouvre une faille, une blessure. Sous ma paume, l'écorce devient rugueuse. Carbonisée.

Tout autour, j'entends les gémissements et les soupirs des arbres et des plantes empoisonnés et détruits. Un lourd fracas retentit quand une branche tombe au sol. Rowan la regarde, immobile et l'œil absent, il n'est pas lui, il n'est plus lui. Je prends une inspiration. Je me force à aller vers lui. Mes bottes s'enfoncent dans la boue, il fait si froid.

Je vais prendre son visage entre mes mains pour l'obliger à me regarder. Et chaque mot que je martèle, fort et clair, je le veux comme une morsure.

– Arrête. Ça.

Il me sourit, dévoilant des dents pointues.

– Non.

Des fils de poison s'enroulent sur sa peau. Les cicatrices à sa gorge sont en relief, à vif et sombres. Je repense à ce qu'il m'a dit : il a créé la Corruption, les ténèbres sont entrées en lui et l'ont empoisonné. Tout ce temps, j'ai cru que ça le tuerait. Que le point final de cette tragédie serait sa mort, que le danger volatile de cette magie se répandrait alors, sans plus aucun contrôle.

Mais là, tandis que nous nous tenons sur le sol noirci, son visage dans mes mains, ses yeux brillants de sang, je prends conscience de la vérité.

Ça ne va pas le tuer.

Ça va le détruire.

La Corruption veut dévorer, dévorer et dévorer. Elle va s'emparer de lui jusqu'à ce que tout ce que je connais et que j'aime de lui soit détruit. Il ne sera pas mort, mais il sera entièrement consumé. À moins que je n'arrive à le ramener.

Je l'attrape par les épaules et le secoue, fort. Il bronche à peine.

– Bats-toi, je lui ordonne. Tu dois…

Je laisse échapper un cri quand Rowan attrape une poignée de mes cheveux, les enroule autour de sa main et tire. La douleur est vive, affreuse, elle me coupe le souffle. Je me cramponne à sa cape. Au début, je pense que je vais le repousser loin de moi. Mais non, je l'attire à moi, jusqu'à ce que son visage soit à un souffle du mien.

Je l'embrasse.

Il a le goût du lac : limon et sel, joints au goût cuivré d'un vieux sang noir. De l'eau, des feuilles et des choses volées. Il m'embrasse comme s'il voulait me dévorer. Je lui rends ses baisers. Avec férocité, avec désespoir, comme si ça pouvait tout résoudre.

Il lâche un son aigu et misérable. Le monstre, le garçon, le monstre. Ma peau brûle de magie, de chaleur et de désir. Il fait glisser sa main le long de mon corps, côte par côte, jusqu'à ma taille. Puis ses doigts s'enfoncent, assez fort pour laisser des marques sur ma peau.

Tout autour de nous, le sol s'agite et se fend tandis que le poison se répand à travers le jardin. Je m'arrache à lui. Les dents de Rowan s'enfoncent dans ma lèvre quand je m'écarte. Je lèche le sang et nous nous dévisageons, à quelques centimètres l'un de l'autre, le souffle court. Le goût du lac est sur ma langue, mes cheveux sont toujours serrés autour de son poing. Des lignes de poison lui enserrent la gorge, puis disparaissent, puis reviennent.

Rowan me regarde et, l'espace d'un instant, il est redevenu lui-même. Ses yeux mouchetés d'or sont emplis de tendre chaleur. De méfiance, de confusion, de peur et d'humanité.

– Leta.

Même maintenant, teinté de ruine, mon nom a toujours quelque chose de magique quand il sort de sa bouche.

– Leta, je…

Il cligne des paupières. De l'eau noircie coule de ses yeux, comme des larmes.

– Rowan.

Mon cœur martèle un rythme aigu, frénétique, contre mes côtes.

– Rowan, s'il te plaît.

Il secoue la tête.

– Je ne peux pas.

Ça doit s'arrêter. Il doit s'arrêter.

Je l'agrippe et le force à se rapprocher. Il titube vers moi. Je l'embrasse à nouveau, avalant le goût du poison, du sang et du lac. Et tandis qu'il me rend mon baiser, je passe les mains sur lui, rapide, je fouille sa cape, ses poches, jusqu'à trouver son couteau. Sa lame en argent, si tranchante, est soigneusement enfoncée dans le manche.

De ma joue, sa bouche passe à mon oreille, à ma gorge. Je brûle de désir, retenue captive par le chemin qu'il trace, les picotements sur ma peau. Il tire sur l'encolure de ma robe, dénude le creux entre mon cou et mon épaule. Il y dépose des baisers pleins de rudesse, et le désir m'envahit avec un élan soudain. Il est à moitié perdu, avalé par les ombres ; il est abîmé, ce n'est pas lui. C'est un monstre, et pourtant je le désire.

Je dois l'arrêter.

Je serre le couteau dans ma main. Mes doigts tremblent lorsque je le déplie. Rowan voit la lame et lâche un son grave d'animal féroce, trop cruel pour être un rire.

– Leta, on ne peut pas l'arrêter.

– Si, on peut.

J'arrache les lacets de sa manche, puis je la remonte. En m'efforçant de ne pas envisager plus d'une étape à la fois. Sa peau. La lame. Une entaille.

Je ne peux pas faire ça, mais je dois le faire.

J'attrape fermement son poignet… Sa peau, ses bras, son sang… toutes les coupures se sont rouvertes. Et son sang est noir. Noir comme de l'encre. L'eau du lac s'écoule de lui, de ses innombrables et impossibles blessures.

Rowan n'a plus de sang pour payer la dîme à la Corruption.

Il est la Corruption.

Le couteau m'échappe des doigts et atterrit sur le sol meuble. Je m'approche de Rowan, le croissant dans ma paume pulse de douleur et je pose la main sur sa joue. Ses yeux se ferment, il se rend à mon contact, en lâchant un long souffle plein de douleur. Comme un soupir hérissé d'épines.

Je l'embrasse. À mon poignet, les sigils brûlent. Je sens l'éclat de ma faible magie se rassembler dans mes paumes. J'imagine un fil noué autour de mes côtes et relié à son cœur. Je pense à la chaleur, à l'été, aux graines et aux fleurs. Désespérément, je cherche Rowan, le garçon emprisonné dans cette créature de boue et de poison. Je sais qu'il est toujours là, sous les ténèbres. J'essaie de l'atteindre. Et pendant un court, très court instant, je l'attrape. Mais ensuite, je le sens glisser, glisser et glisser encore.

J'essaie de le retenir, mais il s'éloigne. Il tombe.

Sous nos pieds, la Corruption se propage. Les ronces, les fleurs et les arbres ne sont plus que des ruines noircies. La boue ondule autour de mes pieds. Tout semble affamé.

Je pose doucement les doigts sur sa joue.

– Rowan. Tout le monde va en souffrir. Florence, Clover, Arien. Moi aussi, je vais souffrir. Tu dois arrêter ça.

Il me dévisage froidement de ses yeux cramoisis. Sa peau est striée d'ombres toujours en mouvement. Quand il parle, sa voix est le lac. Un flot. Un sifflement. Un afflux de vagues et de marée.

– Qu'ils se noient tous.

21

Ma magie n'a pas suffi à le libérer. Je lève les mains, mais seules quelques étincelles nues s'élèvent de mes paumes. Les sigils sur mes bras ont brûlé. Je suis une bougie, consumée jusqu'à la mèche.

Rowan vient vers moi. Je me fige, mais quand il m'atteint, je le repousse de toutes mes forces. Pris de court, il recule en titubant contre l'arbre détruit. Son épaule heurte le tronc. Une volée de feuilles brûlées s'éparpille autour de nous. Je pivote et je cours.

– Leta.

Il m'appelle de la voix qui n'est plus la sienne. C'est le son d'une inondation. Rapide et brutale.

– Leta, Leta, Leta.

J'entends le crissement de ses pas derrière moi. Il ne court pas, il progresse à grandes enjambées régulières et mesurées. Il sait, et je sais, qu'il n'y a aucun moyen d'arrêter ça. Rapide ou lente, je serai dépassée.

Je traverse la pelouse, toujours en courant, je trébuche en montant les marches de la cuisine et je me précipite dans la maison. Clover est à table, qui boit son thé en feuilletant son cahier, quand je fais irruption dans la pièce, pantelante.

Ses yeux s'écarquillent.

– Qu'est-ce qui ne va pas ? Que s'est-il passé ?

– Je… Rowan, il… (Je tends le bras vers la porte toujours ouverte.) Il est *transformé*.

Clover repousse sa chaise et se lève d'un bond. Sa tasse se renverse, le thé à la camomille se répand sur le sol. Elle regarde vers le jardin et voit le sol et la pénombre qui l'a envahi. Elle aperçoit Rowan qui s'approche, la Corruption partout sous ses pieds.

Son visage pâlit d'horreur quand elle comprend.

– Non. Oh non !

– Va réveiller Arien, lui dis-je. Il y a forcément un moyen d'arrêter Rowan, ou du moins de le retenir.

Elle hoche la tête, la bouche pincée en une ligne résolue. En passant devant moi, elle fait un geste rapide vers mon poignet.

– Le sigil, celui qu'on a utilisé lors du rituel.

J'attrape son stylo sur la table, remonte ma manche et trace à la hâte les lignes du sort que j'ai utilisé pour aider à concentrer les ombres d'Arien. Vite, vite, je souffle sur l'encre pour accélérer le séchage. Dehors, Rowan a atteint le bord de la pelouse, près de l'autel.

J'entends le bruit mat et lourd des pas pressés de Clover dans le couloir à l'étage, sa voix, forte, lorsqu'elle appelle Arien pour le réveiller. Ils redescendent ensemble l'escalier, Arien pieds nus, les cheveux en pétard, qui rentre à la hâte sa chemise dans son pantalon.

– La Corruption… Ce n'était pas censé faire *ça*, dit-il.

Il se frotte le visage, puis roule prestement ses manches pour se dessiner sur les bras. Il passe le stylo à Clover pour qu'elle puisse tracer un rapide sigil sur son poignet.

Il ne s'est écoulé qu'un instant, pourtant j'ai l'impression d'être là depuis une éternité, avec le goût du poison dans la bouche et la sensation des baisers avides et désespérés de Rowan sur ma peau meurtrie.

On se précipite dehors. Rowan s'avance vers moi, plus vite maintenant, impatient, le regard déterminé. Il lève une main et des ruisselets de liquide huileux coulent de ses paumes. *Pas du sang.* L'eau du lac s'écoule de ses cicatrices ouvertes. Il est au centre de la pelouse, au centre du sigil qu'on a creusé pour s'entraîner. Il s'accroupit et fait courir ses doigts sur la terre. Qui commence à se fendre. Les marques carbonisées se remplissent de boue. Le sol glisse et se tord.

Je vois les secondes suivantes se dérouler devant moi, comme une série de clignements d'yeux. Il va réduire la distance entre nous. Plaquer sa main sur ma bouche. Il étalera le poison sur ma peau. Je l'avalerai et ensuite il fera la même chose à Arien et à Clover. Il nous emmènera tous au lac. Et pendant ce temps, la blessure s'ouvrira sous nos pieds, se répandra jusqu'au jardin, à la maison, au village, au-delà.

Je me mets à courir et me jette contre lui de toute la force de mon désespoir. Il tombe ; on s'écrase ensemble dans la boue, lui sur le dos et moi affalée sur lui. Je le maintiens au sol, étalant tout mon poids sur lui : mes genoux sur ses épaules, mes mains à sa gorge. Ses doigts s'enfoncent dans mes cuisses, tranchants et implacables. Il fixe sur moi son regard noir. Sombre, froid et *sans trace de lui, plus du tout lui*.

– Tiens-le bien ! Qu'il reste immobile ! me crie Clover.

Arien et elle s'agenouillent rapidement à côté de nous. Les ombres emplissent l'air, illuminées par des éclairs de lumière dorée. Arien essaie de stabiliser sa magie, mais elle se répand, incontrôlable, me pique la peau. Mais on l'a fait, on l'a déjà fait avant. On a affronté la Corruption. Peu importe qu'on n'ait pas réussi à l'arrêter. Peu importe que cette fois, on n'ait pas affaire à un sol empoisonné mais à Rowan. Il faut que ça marche, il le faut… parce que si ça ne marche pas, il n'y a qu'une seule autre alternative.

Je libère ma main et l'enroule autour du poignet d'Arien. Mon pouvoir est faible et difficile à saisir. Il n'est pas suffisant. Il n'a jamais été suffisant. Je me mords la lèvre et prends une inspiration douloureuse. Enfin, j'arrive à saisir ma magie. Elle produit des étincelles, tandis qu'Arien parvient à tirer sur ses ombres. Le nuage se rétrécit pour n'être plus qu'une série de fils fins éclairés par le pouvoir de Clover. Ensemble, nous tissons le sort en un treillis qui se déploie autour de nous.

Rowan grogne pendant que la magie le ligote. Il se débat sous moi. Je sens le grincement des os, des muscles et des tendons dans ses épaules tandis que je lutte pour l'immobiliser.

– Violeta, siffle-t-il entre ses dents serrées. (Sa bouche est noire, tachée d'encre.) Le lac va te prendre. Il prendra tout le monde.

– Non, aboie Arien.

Il replie les doigts, et d'autres brins d'ombre se dessinent sur la gorge de Rowan.

– Il ne nous prendra pas.

On se bat contre lui. Arien, Clover et moi. Leur pouvoir. Mon pouvoir. Lumière et obscurité, mes bouts de magie. Rowan est pris au piège. Les fils de l'ombre se resserrent et s'enfoncent dans sa peau. Il crie, blessé et furieux. Et je réalise, horrifiée, qu'il s'est peut-être embarqué si loin que détruire la Corruption le détruira aussi.

– Tu ne peux pas l'arrêter, grogne-t-il, comme s'il percevait mes pensées. C'est trop tard.

Clover pose ses paumes à plat contre son torse et libère un éclat de lumière sur lui. Il sursaute, puis l'étau qui enfermait mes cuisses se relâche. Il s'affaisse contre le sol. Ses yeux se ferment. Tout devient étrangement calme.

– Est-ce qu'il… je m'écrie, paniquée.

– Bien sûr que non, m'assure Clover, qui pose deux doigts sur sa gorge et vérifie son pouls. Il n'est pas mort. Juste inconscient.

Je lui prends la main en tremblant. Ses doigts sont noircis, la peau poisseuse. À son poignet, un sang sombre suinte encore de ses cicatrices. J'abaisse son bras contre le sol, pour que la blessure soit en contact avec la terre. J'attends que la Corruption prélève sa dîme sur lui, comme elle l'a fait toutes les fois précédentes.

Mais ça ne marche pas.

Il n'y a pas de mouvement. Tout est silencieux. Puis le sol est secoué d'un brusque, d'un impitoyable soubresaut pareil à un haut-le-cœur. Depuis le portail du jardin, le sol se fend. Il se déchire de part en part, une fissure qui s'ouvre dans la pelouse en direction de l'arbre. La Corruption atteint l'autel, lèche les bougies et les bords du cadre. La Dame est encadrée de poison, son éclat doré suspendu au centre de l'obscurité.

– Il n'a pas de sang pour payer la dîme, je lâche, hébétée. On ne peut pas l'arrêter.

Je sais maintenant que le rituel va échouer. Il n'y a jamais eu qu'un seul moyen de régler tout ça. Qu'un seul choix.

– Tu peux le tenir tout seul ? je demande à Arien. Le garder ligoté ?

Il secoue la tête, les dents enfoncées dans sa lèvre alors qu'il peine à garder Rowan sous contrôle.

– Je ne peux pas, pas sans ton aide. Leta, j'ai besoin de toi. Tu sais que je ne peux pas le faire seul.

– Il le faut, pourtant, j'insiste, en exerçant une pression sur son poignet. Tu peux le faire, je sais que tu le peux.

Je libère ma main, lentement, un doigt après l'autre. Quand j'ai créé assez d'espace entre nous, je sens mon pouvoir se délier des fils de sa magie. Il fronce les sourcils et serre les dents. Les fils tissés serrés commencent à se distendre. Clover pose les mains sur le sol. Elle envoie un nouveau rayon de lumière sous les ombres, qui tremblent, puis se resserrent.

– C'est ça, Arien. Tiens-le bien.

Arien acquiesce, mais tous ses efforts visent à contrôler sa magie. Ça se brouille et tremble pendant un moment, mais ensuite ça tient.

Je me lève, le cœur battant la chamade.

– Attends ! me crie Clover. Où vas-tu ?

– Tenez-le, je répète.

Je cours déjà vers la maison.

Je traverse la cuisine au pas de course. J'attrape une grenade dans mon panier, toujours sur le plan de travail. Je vais chercher le couteau dans le garde-manger. Puis je cours au salon. Il fait sombre, les rideaux sont tirés, l'odeur de la fumée des bougies imprègne encore l'air. Je m'agenouille devant l'autel, où la double icône me domine de toute sa hauteur. Je donne un coup de lame, sec, qui traverse le fruit et pénètre dans ma chair. Le sang monte, se mêle au nectar rubis, et je frotte ma paume sur le sol d'un geste déterminé.

Je trouve une pierre à feu dont je me sers pour allumer les bougies. Elles s'enflamment, transformant la pièce en miel. Je presse la main contre le sol, du sang frais sur du vieux sang.

Je ferme les yeux et j'appelle.

Je pourrais faire mine d'être désespérée et apeurée, mais ce n'est pas le cas. Je sens l'espace vide où dorment mes petits restes de magie. Me le figure illuminé et brillant. Je n'ai pas peur du tout.

Si j'y pense assez fort – que j'ai été forcée, que je n'avais pas le choix –, je peux vaincre la terrible partie de moi qui est heureuse d'être ici : mon sang sur l'autel, une promesse déjà prête sur ma langue. La partie de moi qui a désiré, qui a eu faim de ça.

S'il vous plaît. S'il vous plaît. S'il vous plaît.

L'air reste lumineux et silencieux. Aucune ombre ne vient troubler la pièce. Aucune voix ne murmure mon nom.

J'appelle, mais le Seigneur d'En Dessous ne me répond pas.

Je m'incline jusqu'à ce que mon front touche le sol et je pousse un bruyant soupir. Un léger tremblement fait frissonner la pièce, avant de secouer les vitres des fenêtres et de retentir à travers les murs. J'entends les gémissements du sol tandis que la Corruption se répand.

– Je dois faire en sorte que ça s'arrête, je murmure à l'autel. J'ai besoin de votre aide.

Je baisse les yeux sur mes mains. Tachées de boue, tachées de sang et vides. Sous l'icône, la grenade coupée en deux est un cœur déchiré. Les graines humides brillent à la lueur des bougies. Je me remémore les mots du Seigneur d'En Dessous quand je l'ai invoqué pour la dernière fois. *Il va me falloir plus que du sang et des fruits*. Je le veux. Je veux son aide. Mais il ne viendra pas si je n'ai pas d'abord quelque chose à lui offrir.

Toute la bravoure que je ressentais l'instant d'avant fond comme neige au soleil. J'ai à nouveau cinq ans. Je suis perdue dans la forêt bordée d'ombres. Et comme à l'époque, en cet instant, j'ai besoin de quelqu'un de plus grand que moi, de plus cruel et de plus fort. Quelqu'un qui me tienne la main et me guide dans l'obscurité. Je pense à ma solitude d'alors. À ces dernières pensées désespérées, impossibles, que j'ai eues avant que le Seigneur d'En Dessous n'apparaisse.

Je veux mon édredon, mon thé au miel et la lumière du feu. Je veux ma mère.

La pensée s'accroche. Comme un fil tiré qui commence lentement à se découdre. *Ma mère, ma mère, ma mère*. La première fois que j'ai raconté mes histoires à Arien, c'est sa voix que j'ai entendue. La première fois que j'ai utilisé ma magie dans le jardin, c'est la main de mon père que j'ai sentie. Ma mère, mon père. Tout ce temps, je me suis accrochée aux souvenirs que je conservais d'eux, réconfortée à la pensée que même s'ils étaient partis, ils n'étaient pas perdus. Ils ont toujours été avec moi, en moi.

Je lève les yeux vers l'autel. La silhouette du Seigneur d'En Dessous est brouillée par mes larmes.

– Je sais ce que je peux vous donner.

Un sanglot épaissit ma voix, mais je ne flanche pas. Je n'ai aucun doute.

– Je suis prête pour notre échange.

L'air se transforme en brume. Des gouttelettes tombent du plafond, puis l'eau ruisselle le long des murs et sur le sol, la lumière commence à baisser. Un son monte, comme un soupir, comme une marée, et tous les autres bruits se taisent. Je suis là, sous l'eau, alors que le Seigneur d'En Dessous traverse l'obscurité.

Je lève les yeux de l'endroit où je suis agenouillée sur le sol. Il se tient au-dessus de moi, grand, le bord mouillé de sa cape se répand dans l'obscurité comme une flaque d'encre. Je le connais maintenant. Son visage, sa voix, ses cheveux clairs, ses yeux transparents. Ses dents acérées dans un sourire encore plus acéré. Ça me procure toujours un choc d'être en mesure de le voir comme ça, de pouvoir le tirer de l'obscurité pour regarder son visage et le connaître. Seigneur des âmes. Seigneur des morts.

– Violeta.

Mon nom dans sa bouche est à la fois une menace et une caresse.

– Qu'est-ce que tu as pour moi ?

Ce qui sera fait ne pourra être défait. Une fois que j'aurai parlé, il n'y aura aucun moyen de revenir en arrière.

Je prends une inspiration. Je laisse sortir les mots avant de pouvoir changer d'avis.

– Ma famille.

Je ferme les yeux tandis que les souvenirs affluent. Ma mère. Mon père. Les histoires, la lumière du feu et notre cottage entouré de fleurs. Je les ai tenus dans mes bras, encore et encore. Je leur ai donné de la force chaque fois que je racontais une histoire à Arien. Chaque fois que je sentais le fantôme du contact de ma mère sur mon épaule. Chaque fois que je jetais un sort et que je voyais mon père, les mains dans la terre. Je les ai gardés allumés, je les ai gardés en vie, tout ce que j'ai de ma famille morte et réduite en cendres par la fièvre d'hiver.

Et maintenant, je vais les laisser partir.

– Les souvenirs qui me restent de ma famille. Je vous les donne en échange du pouvoir de sauver Rowan maintenant et de réparer la Corruption lors du prochain rituel.

C'est forcément ça. La Corruption a commencé quand Rowan a perdu sa famille. Sa famille, ma famille, mon pouvoir.

Il faut que ce soit ça. Ça n'a jamais pu être que ça.

Le Seigneur d'En Dessous se baisse, au point de s'agenouiller devant moi.

– C'est plus que ce que nous avions convenu. Je t'ai offert mon aide – et ton pouvoir – pour le prochain rituel seulement.

– Rowan va nous faire du mal, à nous tous. (Je marque une pause, je m'interdis de supplier, d'implorer.) Ça ne peut pas attendre la pleine lune.

– Alors il va me falloir un supplément.

Mon esprit s'emballe et je le dévisage. Qu'est-ce que j'ai de supérieur aux souvenirs de ma famille que je chéris depuis tout ce temps ? Je pense à mes parents, brûlés et morts, mais pas perdus. La litanie du deuil raconte que les familles seront réunies après la mort et c'est ce que j'ai toujours cru.

– Que se passe-t-il après la mort ? je demande au Seigneur d'En Dessous. Ma famille… quand je mourrai, est-ce que je me souviendrai d'eux, est-ce que je serai avec eux dans le monde du Dessous ?

Sa bouche s'incurve sur un infime sourire.

– Oui.

J'essaie de retenir mes larmes, mais elles jaillissent malgré moi.

– Alors prenez ça aussi. Je vous abandonne ma famille pour toujours. Je les oublierai dans mon monde et dans le vôtre. Même quand je mourrai, je ne me souviendrai pas d'eux.

Le Seigneur d'En Dessous prend une profonde et lente inspiration, le temps de considérer mon offre. Il m'observe d'un regard qui est vaste, infini et totalement inhumain. Est-ce que je m'attendais à ce qu'il ait l'air plus doux ? Qu'il soit désolé ? Il n'y a rien de tout cela en lui. Juste une faim profonde et sans fin.

Finalement, il acquiesce.

– Je vais te donner un sort à jeter à Rowan qui ne fonctionnera qu'une fois. Tes pleins pouvoirs te reviendront à la prochaine lune et dureront jusqu'à ce que le soleil, à son lever, touche le rivage le jour suivant. En échange, tu oublieras ton père et ta mère. Tu resteras sans eux, toujours. Seule, même dans la mort.

– Oui. C'est mon lot.

Il lève une main.

– Ça va faire mal. Et de bien des façons.

Tout en moi me hurle de me dédire de mon vœu, de fuir, mais je n'ai nulle part où aller. Je suis exactement où je dois être.

Ses griffes raclent l'air au-dessus de mon visage. Mes yeux sont encore ouverts, pourtant tout devient sombre. L'eau ruisselle le long des murs, la pièce se remplit de boue, d'eau noire, d'ombres que je sens, aiguisées, à l'intérieur de mes poumons. Son obscurité a le même goût que la magie d'Arien. Sel, cendres et fumée. Et, oui, ça fait mal.

En même temps que les ombres du Seigneur d'En Dessous me déchirent, il commence à murmurer.

– Ils seront partis, pour toujours. Et quand le moment viendra et qu'Arien mourra, tu le perdras aussi. Ton âme dormira seule dans le monde du Dessous.

Un sanglot m'échappe, mais je le ravale, je le retiens. Je dois le faire. Je choisis de le faire.

Sa magie est froide, une lame d'acier rêche qui me traverse le corps. Le cœur. Les os. L'intérieur de mon crâne. Un coup de lame rapide et net qui coupe tout. *Seule à jamais, même dans la mort.* Je vois une unique, une ultime image : mon père, son sourire alors que sa magie remplissait la terre de notre jardin.

Et puis l'image disparaît.

Tout disparaît.

Des larmes brouillent ma vision lorsque je rouvre les yeux en clignant des paupières. À la place de mes souvenirs, il n'y a qu'un espace vide, un sentiment étrange et creux. Comme si mes mains s'étaient refermées tendrement autour d'un objet précieux et que je les avais trouvées vides. Quand j'essaie de me souvenir de ma famille – la forme de leurs visages, leurs noms –, il n'y a qu'une absence, et ça fait mal.

Mon cœur bat la chamade, Je halète.

– Ça fait encore mal. Je les ai oubliés. Pourquoi ça fait encore mal ?

Le Seigneur d'En Dessous porte ses griffes à sa bouche. Il avale ma douleur, ma peur et mes souvenirs comme il a jadis mangé les fruits et le sang.

– Tu les as oubliés, mais la douleur ne partira pas, elle ne guérira pas.

Un autre tremblement secoue la pièce, je me crispe, immobile, à l'affût des sons à l'extérieur.

Je dois y retourner, mais je dois d'abord être sûre de mon pouvoir.

– Notre pacte est scellé. Dites-le.

– Notre pacte est scellé. Tends la main.

Je m'empresse d'obéir. Il se penche en avant, jusqu'à ce qu'il n'y ait presque plus aucun espace entre nous. Le froid de son souffle me brûle les joues.

Il passe ses griffes sur ma ligne de cœur.

Bien que je ne sente pas son contact, le pouvoir me frappe d'un seul coup, englobant tout, comme une lame de fond qui m'aurait submergée. C'est froid. C'est chaud. Ma peau brûle et se transforme en glace. Le monde s'évapore dans un torrent entêtant de lumière et de chaleur. Je suis la magie. Je suis le pouvoir. Je suis tout ce que j'ai goûté jusqu'alors dans ces aperçus fugaces.

Mais en mieux, mais en pire, parce que maintenant c'est à moi.

La lumière s'épanouit dans mes paumes et la pièce s'illumine d'un éclat cristallin. Le pouvoir. *Mon* pouvoir. Le pouvoir que j'aurai à la prochaine pleine lune. Le Seigneur d'En Dessous m'observe et l'éclat de la magie danse dans ses yeux transparents. L'espace d'un unique instant destructeur, je me prends à regretter qu'il ne puisse pas me toucher. Je voudrais sentir sa main froide et griffue sur ma joue, dans mes cheveux.

Je laisse le pouvoir brûler en moi. Je le laisse consumer toute l'impuissance et toute l'incertitude dans un dernier éclat brillant, avant qu'il ne s'estompe et ne redevienne une faible lueur. Je veux être en sécurité à Lakesedge. Je refuse de voir se détruire la vie que j'ai trouvée ici, pas maintenant. Je ne permettrai pas qu'elle me soit enlevée. Avec ce pacte, je peux enfin protéger tout le monde et tout ce qui m'est cher.

– Merci.

– Merci à toi.

Sa bouche se retrousse sur un sourire dur et satisfait. Je ne sais pas trop ce qui lui fait le plus plaisir. Mon admiration mêlée de peur face au pouvoir ou la souffrance que j'ai dû endurer pour l'obtenir. Je repousse cette pensée. Je fixe la lumière jusqu'à ce que ma vision se brouille et je refuse de penser à ce que ça m'a coûté.

Je frissonne, parcourue par les dernières étincelles du pouvoir qui crépitent encore dans mon corps.

– Maintenant. Dites-moi ce que je dois faire pour sauver Rowan.

– Il va te falloir un sort. Écoute attentivement. Sang. Sel. Fer. Limon. Boue. Trace-le sur vous deux, ajoute-t-il en regardant mon poignet, là où les sigils sont dessinés. Le même sigil. Ça le retiendra jusqu'à la pleine lune.

– Et le reste... ?

– Va au lac pour le rituel, comme tu l'as déjà fait. Ton pouvoir suffira à jeter le sort.

Il plie les doigts, les tend, imitant les gestes que j'ai vus chez Clover quand elle exprime sa magie.

– Vous me donnerez assez de pouvoir pour le réparer. Seule.

– Seule, confirme-t-il, puis il désigne mes mains du regard. Tu veux que je guérisse tes coupures ?

Je me relève péniblement et frotte mes paumes ensanglantées contre mes jupes.

– Non. Rowan a besoin de moi. Et je n'ai plus les moyens d'avoir encore recours à votre aide.

Il sourit froidement.

– Bonne chance avec ton monstre et ton rituel, ma Violette des bois.

Les ombres s'amenuisent, la lumière revient dans la pièce. C'était la dernière fois que je le voyais. Je n'aurai pas besoin de l'invoquer à nouveau. Cette prise de conscience s'accompagne d'une petite pointe de tristesse que je m'efforce d'ignorer.

Dès qu'il s'efface, je traverse la cuisine en courant jusqu'à l'office. Sur une étagère, sous les pots de thé et les guirlandes de fleurs séchées, se trouve une pile de cahiers. Je prends celui que j'ai utilisé pendant les leçons et le feuillette rapidement, à la recherche des symboles adaptés. Mais en parcourant les pages, je me rends compte que je n'ai aucune idée de la façon de combiner les symboles pour créer un sort.

Je fourre précipitamment le cahier dans ma poche et me précipite dehors pour rejoindre Arien et Clover. Après l'obscurité de la maison, la lumière du soleil me désoriente. Je cligne des yeux à d'innombrables reprises, jusqu'à ce que ma vision redevienne nette. Rowan est toujours prisonnier des ombres. Il s'est réveillé et lutte maintenant contre la magie qui lui entaille la peau. Le sol s'est déchiré tout autour d'eux.

Les dents serrées, les yeux fermés dans une grimace, Arien canalise fermement les ombres. Quand il m'entend arriver, il lève les yeux. Au début, la magie tient, et tient encore, mais ensuite elle se rompt. Rowan est détaché, il tend aussitôt la main pour saisir Arien à la gorge. Ils tombent ensemble dans un enchevêtrement de magie et d'ombres.

Je me précipite sur la pelouse dévastée.

– Non ! Rowan, ne lui fais pas de mal !

Mes bottes s'enfoncent dans la terre retournée. La boue noircie grésille et bout autour de nous. Elle est en colère. Elle a faim. Clover projette un éclat de lumière tandis qu'Arien se bat contre Rowan. L'obscurité se répand de ses paumes, et ils sont perdus dans un nuage de magie incontrôlée.

Je tombe à genoux pour attraper le poignet d'Arien. J'envoie mon pouvoir en lui. Les fils se resserrent, et Rowan est à nouveau prisonnier, réduit à se tordre furieusement dans le piège des ombres. Brusquement, je fouille dans ma poche, puis fourre le carnet froissé dans les mains de Clover.

– Sang. Sel. Fer. Limon. Boue, lui dis-je.

Elle pose sur moi un regard perplexe, mais je me contente de répéter en boucle le sort que le Seigneur d'En Dessous m'a indiqué, tellement qu'à force les mots perdent leur sens.

– Montre-moi comment le dessiner, je lui ordonne en dénudant mon bras.

Mais elle secoue la tête.

– Ce sort n'existe pas. Ces symboles ne veulent rien dire. Ça n'a aucun sens.

– Non, et tu n'as pas idée à quel point. S'il te plaît. Ça va marcher, je te le promets. Fais-le, Clover, ou il est perdu.

Elle pose son stylo sur la page et dessine rapidement le sort. Je le copie sur mon poignet, d'un trait rapide et maladroit, puis je saisis le bras de Rowan. Il est tellement prisonnier de la magie qu'il ne peut pas bouger, mais il me lance un regard féroce et mauvais lorsque je remonte sa manche. Des filaments de Corruption coulent entre ses poings serrés.

– Pourquoi tu le marques ? demande Clover, soudain blême. Où est-ce que tu as eu ce sort exactement ?

– Leta, souffle Arien, horrifié. Tu n'as pas fait ça.

– On en discutera après… (J'esquisse un geste vers Rowan et le sol corrompu.) Quand on en aura fini avec ça.

En dépit des grognements animaux de Rowan, je trace le sort à la hâte sur son poignet, entre les cicatrices rouvertes. Puis je saisis sa main et presse ma paume contre la sienne ; notre peau est empoissée de boue et de sang. J'entremêle mes doigts et les siens, puis, les yeux fermés, je me concentre.

Mon pouvoir est un doux frémissement mêlé à la sensation d'une flamme plus grande quelque part, loin en dessous, la force qui attend la pleine lune. Mais quand j'appelle ma magie, il n'y a ni lumière, ni fleurs, ni chaleur. Juste un vide terrible et creux, un horrible sentiment d'absence. Je suis toute seule, dans un champ de cendres.

Le fil de mon pouvoir s'enroule autour de moi, rouge, rouge sang. J'étouffe un sanglot alors que l'écrasante solitude monte, aussi douloureuse qu'une blessure.

Ma peau brûle, le sigil sur mon poignet s'enflamme. La magie vient à moi, rapide et forte. Des étincelles crépitent dans l'air, le monde se transforme en feu, mais j'ai froid, tellement froid. Ça fait si mal, de savoir ce que j'ai abandonné pour faire ça, le prix que j'ai payé en échange de ce pouvoir.

J'agrippe la main de Rowan. Pose mon autre main sur la terre, comme je le ferais pour une observance. Mais alors que mes doigts s'enfoncent dans la boue, il n'y a ni lumière, ni lueur, ni le chaleureux courant de magie qui inonde le monde. Je sens la Corruption. Le poison. La faim, toujours. La blessure, le déséquilibre dont Clover a parlé une nuit, il y a longtemps. Et je sais que je ne peux pas la réparer, pas ici, pas maintenant.

Mais avec ce sort, je peux au moins la faire taire.

La magie me remplit – mon cœur, mes poumons, ma peau. Ça fait mal. Je la sens qui me brûle, des cloques dans mes paumes, des étincelles au bout de mes doigts. Je me vois, seule, avec seulement des cendres, de la pourriture et des ténèbres tout autour de moi.

– Reste tranquille, lui dis-je. Tais-toi.

Le sol lâche un dernier frisson. Arien et Clover observent, les yeux écarquillés, l'arrêt des secousses.

– Elle t'a entendue, murmure Arien, entre terreur et admiration.

Je retire ma main de la boue et la pose sur la poitrine de Rowan. Il me regarde, les yeux cramoisis, empoisonné et lointain, puis il prend une brusque inspiration. Je sens le frisson des battements de son cœur. Je me penche et enfouis le visage dans le creux de son cou. Je grelotte, fiévreuse, les os en feu. La lumière s'embrase et tout brille. J'essaie de repousser la douleur et le vide, de me souvenir d'un temps où ma magie était or, soleil et merveille. Lentement, le fil se déroule entre nous. Je peux le faire, je peux le sauver.

– Reste tranquille. (Je souffle sur sa peau les mots que j'ai utilisés sur la Corruption.) Tais-toi.

Rowan tressaille lorsque le sigil s'enflamme comme une pierre à feu près d'une lampe à huile. Le fil de mon pouvoir est noué autour de mes côtes, de mon cœur ; l'autre extrémité est attachée à lui. Je prends une inspiration. Il prend une inspiration. Il la relâche. Ma propre respiration ralentit, s'accordant à la sienne, comme si le soupir était passé entre nous. Il me regarde et ses yeux deviennent plus clairs. Sous ma paume, je sens l'air circuler dans ses poumons. Plus de sifflement ni de ruissellement de l'eau du lac.

J'ai mal aux tempes, elles pulsent et mes mains se mettent à trembler de façon incontrôlable. Une coulée de sang chaud s'échappe de mon nez jusque sur ma bouche. Je l'essuie rapidement, mais il vient de nouveaux ruisselets.

J'essaie de rappeler le pouvoir. Au lieu de quoi, il se répand tout autour de moi. Le fil entre nous se resserre, se resserre, jusqu'à faire mal. Le sigil brûle. Ma peau brûle.

Le monde devient blanc.

Je ferme les yeux et je lâche prise.

22

Je me réveille dans le salon, seule. Je n'ai plus mes bottes, mais je porte toujours ma robe du feu de joie, maculée de boue. Quelqu'un m'a allongée sur la méridienne et recouverte d'une couverture. L'air sent les herbes amères et la pommade au miel. Les rideaux sont tirés, les murs prennent une teinte ambrée à la lumière du soir. L'autel me surplombe depuis l'autre côté de la pièce : la Dame toute dorée, le Seigneur d'En Dessous enfoncé dans l'ombre. Le fruit que j'ai coupé est toujours là, désormais terne et carbonisé. Le sol est encore taché de mon sang.

Quand je me lève, le monde bascule dans un élan vertigineux. Je titube jusqu'à la cuisine. Clover et Arien sont à table, tandis que Florence se tient près de la cuisinière, en train d'alimenter le feu en bois. Arien reste assis, le regard fixé sur la table, mais Clover se lève aussitôt et s'approche de moi. Elle prend mes mains et fouille mon visage, effleure des doigts la coupure à ma main.

– Tu es réveillée. Comment tu te sens ?

– Comme si je venais de combattre un monstre. (Je me frotte le visage de mes mains, puis je balaie la pièce du regard.) Où est Rowan ? Il est… Il n'a pas… quand je l'ai contenu, ça l'a blessé ?

– Il est dans sa chambre, m'indique Florence. Il est monté après t'avoir aidée à rentrer.

Je tourne les talons et gravis l'escalier en courant, d'un pas légèrement chancelant. La porte de la chambre de Rowan est entrouverte. J'y entre sur la pointe des pieds. Il est allongé sur le lit, les couettes rabattues sous ses bottes boueuses. Je traverse lentement la pièce, la poitrine comprimée par la tristesse. Je m'agenouille au sol à côté de la méridienne et je pose la main sur sa joue. Sa peau fauve est blême, ses sourcils se froncent lorsque je le touche.

Je ferme les yeux et, dans un même afflux, tout me revient. Je l'ai fait. Je l'ai vraiment fait. J'ai négocié. Je suis marquée. Je suis promise.

C'est ce que je voulais et je ne regrette pas. Mais le vide laissé par l'endroit où j'ai abandonné mes souvenirs est une douleur constante. Je trouve pénible et injuste d'avoir cet espace vide, vierge, à l'endroit où se trouvait ma famille. De savoir que je ne les reverrai jamais, que lorsque mon âme passera dans le monde du Dessous, je serai seule, sans même Arien à mes côtés.

Je sais que j'ai fait le bon choix. Pourtant, ça fait mal.

Je prends la main de Rowan. Le sigil à son poignet est un entrelacs de lignes et d'angles aigus, comme une explosion de rayons du soleil. Le dessin identique sur mon propre poignet se met à palpiter, comme s'il restait encore de la magie en lui. Le temps d'un souffle, je vois des éclairs de couleur et j'attrape un fil d'émotions qui ne semblent pas tout à fait les miennes. Le même mélange désagréable de soulagement et de désespoir que celui ressenti plus tôt, mêlé à quelque chose de plus sombre. De la colère. De la culpabilité.

Je lâche sa main, les images s'effacent.

Florence entre sans bruit dans la pièce. Elle apporte un plateau chargé de thé et d'une fiole de sédatif.

– Oh, lâche-t-elle avec un sourire triste, il a mis de la boue partout sur les draps.

– On lui enlève ses bottes ?

– Non, ne le réveillons pas. (Elle pose le plateau et va lui poser la main sur le front.) Viens, on va le laisser se reposer.

Nous retournons à la cuisine, où Clover dépose une tasse de thé sur la table à mon intention, à côté d'un pot de miel. Je m'assieds lourdement. Tout mon corps est meurtri. Lorsque j'avale le thé, je sens toujours des espèces de grumeaux dans ma bouche, comme si la boue était en moi. Je prends une cuillerée de miel et la mélange dans ma tasse. Mais même avec le miel, l'amertume des herbes me reste sur la langue.

Je regarde le plateau de la table jonché de cahiers. Chaque page est remplie de sigils gribouillés, réécrits ou à moitié dessinés. Au centre du désordre se trouve un groupe de bocaux, disposés en cercle. Ils sont tous remplis d'une eau noire comme de l'encre, avec un dépôt boueux et lourd au fond.

Je me tourne vers Clover.

– Qu'est-ce que c'est ? Qu'est-ce que vous faites ?

– On est… commence-t-elle en tirant sur le bout de sa tresse. C'est pour le prochain rituel.

Arien referme le cahier et le serre contre lui pour le protéger.

– Clover et moi, on essaie toujours de trouver un autre sort à utiliser.

– Arien, vous n'en avez pas besoin.

Sa bouche s'est pincée avant que je puisse finir, mais je poursuis :

– Arien, tu m'as vue aujourd'hui. Tu as vu ce dont je suis capable maintenant.

– Oui. On a vu, intervient Clover. Tu l'as invoqué, hein ? me demande-t-elle, puis elle jette un regard vers le salon. Cette icône est…

Elle frissonne, agite une main, incapable de trouver les mots. Ses yeux brillent d'un mélange de peur et de fascination.

– On nous a appris dans les Maylands que la plupart des domaines en avaient, mais je n'en avais jamais vu.

– Tu m'avais promis, Leta, dit Arien doucement.

– Tu crois que je l'ai fait par plaisir ?

– Oui. Je pense que tu en avais envie. (Derrière la douleur dans ses yeux se cache une autre émotion : la culpabilité.) On devait trouver le moyen de régler ça ensemble.

J'essaie de prendre sa main, mais il recule pour m'empêcher de l'atteindre.

– Ce n'est pas comme si on avait eu un autre choix. J'ai passé le marché. Je ne peux pas le défaire. C'est ainsi. J'ai sauvé Rowan, et maintenant je peux vous épargner ça à tous. Vous n'avez pas besoin de pratiquer le rituel. Tu n'as pas besoin d'affronter ce danger à nouveau.

Arien prend un bocal rempli de l'eau du lac et le tourne entre ses paumes. Le sédiment s'agite en une boucle qui dessine des motifs dans l'eau, semblables à des volutes de fumée.

– Que lui as-tu donné, Leta ? Que t'a-t-il demandé en échange de cette aide ?

Ma gorge se serre, les mots y restent coincés. Je n'ai pas envie de mentir. Mais je sais que si j'avoue la vérité, la douleur en moi sera mille fois plus forte. Comment puis-je lui révéler que j'ai renoncé à notre famille, dans ce monde et dans le monde du Dessous ?

Comment puis-je dire à Arien que j'ai renoncé à lui ?

– Je ne veux pas en parler.

Il pose le pot et me regarde, avec une expression où la colère s'est transformée en inquiétude.

– Qu'est-ce que c'était, dis-moi ?

– Ne me demande pas ça, Arien. Je ne peux pas te le dire.

– Si j'avais été plus fort… si ma magie avait fonctionné, tu n'aurais pas fait ça.

De nouveau, je tends la main vers lui.

– Non. J'ai choisi. Je le voulais. Rien de tout ça n'est ta faute.

– Leta, la magie qu'il t'a donnée, elle n'est pas sûre.

Je lâche un rire sans joie.

– Arien, mon chéri, rien de tout cela n'est sûr. Tu le sais.

– Quoi qu'il arrive au prochain rituel, intervient timidement Clover, si c'est nous ou toi…

– Il n'y a pas de « si ». Il faut que ce soit moi. À la prochaine pleine lune, je jetterai le sort seule, et ça marchera. Je dois le faire toute seule.

– Non, dit Arien. Ce n'est pas vrai.

– Ils ont raison, intervient Florence, qui fixe sur nous tous un long regard dur. Honnêtement. Tu as atteint des sommets concernant la quantité d'ennuis que l'on peut affronter en une seule journée.

Elle tire une chaise et s'assied à côté de moi, passe son bras autour de mes épaules. Un besoin immense m'envahit : comme si j'avais entendu l'écho d'un son lointain. La forme d'une caresse qui était autrefois imprimée sur mes os et qui a maintenant disparu. Si j'ai déjà ressenti ça auparavant, de la part de ma mère ou de mon père, c'est l'un des souvenirs auxquels j'ai renoncé.

Comme mes yeux commencent à me piquer, je bats plusieurs fois des paupières.

Je roule ma manche et dénude le nouveau sigil en forme de soleil.

– Écoute, si j'ai négocié avec le Seigneur d'En Dessous, c'est justement pour que personne d'autre n'ait de risques à prendre.

Clover lève les yeux au ciel.

– Tu es encore pire que Rowan.

– Match nul, je pense.

Florence sourit tristement. Elle place sa main sur la mienne, couvrant le croissant de la cicatrice.

– Depuis des années, je le vois se déchirer pour protéger tout le monde en essayant de réparer ça, poursuit-elle. Je savais que ça le blessait, mais il ne me laissait pas l'approcher. Il gardait tout pour lui. J'aurais pu le pousser, mais je… je ne l'ai pas fait. J'ai gardé mes distances. Je l'ai laissé seul. Et je n'aurais pas dû.

– Ce n'est pas ta faute, je lui dis. Il n'est pas vraiment facile à aider.

Arien lâche un rire moqueur.

– Ça me rappelle quelqu'un. (Il s'accoude à la table et prend une inspiration mesurée.) Leta, ce n'est pas parce que tu peux le faire seule que tu dois être seule à ce moment-là.

– Si tu étais venu avec moi, si quelque chose était arrivé...

Je secoue la tête au souvenir d'Arien happé et attiré sous terre lors du dernier rituel.

– Maintenant, je peux te garder en sécurité. J'ai payé très cher pour ça. Alors s'il te plaît, laisse-moi faire.

Je me lève et me dirige vers la porte. Elle est fermée, alors que d'habitude on la laisse ouverte pour permettre à l'air d'entrer. Et le volet de la fenêtre est fermé, lui aussi.

Je sors dans la cour et, debout sur le chemin, avec la chaleur de la pierre sous mes pieds, je regarde le domaine.

Tout est dévasté.

L'espace sous le jacaranda où nous nous sommes battus et où nous avons maîtrisé la Corruption est déchiré en son centre, traversé par une tranchée de terre noircie. D'épaisses vrilles de boue s'enroulent autour du tronc, et les branches sont maintenant dépourvues de feuilles. Elles montent vers le ciel, tordues comme des mains implorantes, désespérées.

L'autel est sombre, le cadre en bois, maculé de terre. L'icône est recouverte d'une couche de noir. Seule une partie du visage de la Dame, tourné vers le haut, est visible dans l'obscurité. Son œil unique regarde les branches squelettiques au-dessus.

J'avance d'un pas hésitant vers les restes carbonisés du sigil. Rien à voir avec le lac noir d'encre ou le rivage noirci.

Là, c'est un monde entier qui s'est tu. Tout est froid, noir et immobile. Il n'y a pas de vent. Pas de bruissement d'herbes ou de feuilles, pas de cri d'oiseau.

Et ce n'est pas le seul endroit qui a été touché par la Corruption.

Je suis le chemin en arc de cercle. Le sol est encore labouré, froid et humide sous mes pieds nus. Je progresse avec précaution sur sa surface irrégulière, à travers des bancs de hautes herbes envahissantes, maintenant mortes. Quand j'arrive à mon jardin, je m'arrête, pose une main sur le fer froid du portail et je regarde à l'intérieur. Je ne peux pas aller plus loin.

Grâce à ma magie, j'ai rendu cet enclos beau et vivant. J'ai fait pousser des fruits, des feuilles et des fleurs. Car il n'était pas mort, seulement oublié et endormi. Mais à présent, les ronces ne sont plus que des enchevêtrements carbonisés. Un arbre est tombé sur la pelouse de fleurs sauvages, ses racines retournées pointent leurs serres vers le ciel. Le jardin est uniformément gris, squelettique et vide. Les feuilles, les fruits, les fleurs… tous ont disparu.

Je passe sous l'arcade et m'appuie sur les vestiges cendrés des lianes de jasmin étoilé. Je pensais connaître les limites de l'horreur de la Corruption, mais ce que je vois ici me frappe d'une peur viscérale et profonde.

Je pose ma main au sol, ce qui fait palpiter le croissant sur ma paume. Je sens le poison qui dort dans la terre. Elle me connaît maintenant. Elle attend.

La magie s'éveille sous ma peau. Je veux réparer ça. Réveiller cette nature, la ressusciter et la rendre à nouveau sûre. Je ferme les yeux et m'imagine sur la rive du lac.

La pleine lune au-dessus. Mes mains dans le sol. Le monde entier mort et silencieux autour de moi. Mon pouvoir se déverse dans la terre et je la ramène lentement à la vie.

Un soudain coup de vent fait trembler le sol. Il se répercute sur les branches dénuées de feuilles, et une douleur aiguë fuse dans ma poitrine. Je me lève rapidement alors que des étincelles de magie s'échappent de mes doigts. Je déglutis, péniblement, le goût du sel, du limon et du poison sur ma langue.

Je vais combattre ça. Je vais réparer ça.

Je ferme le portail. J'ai toujours la clé, je la porte tous les jours autour du cou depuis que je l'ai trouvée. Je la sors et l'insère dans la serrure. Elle tourne dans un grincement de fin du monde. J'enroule mes mains autour des barreaux pour y appuyer mon visage. Longtemps, je me perds dans la contemplation des restes de mon jardin détruit. Je regarde les ombres s'allonger sur le sol déchiqueté et les arbres tombés. La terre noircie prend des teintes prune et lilas alors que le coucher du soleil enveloppe le ciel.

Quand je retourne dans la maison, Florence a dressé la table pour le dîner. Du pain frais, du beurre d'olive et un bol de sel rose. Courge d'été et pois gourmands. Et au centre, une énorme tranche de gâteau fourré à la crème d'amande et glacé d'un sirop doré.

– Rowan s'est métamorphosé en monstre et a failli tous nous tuer, j'annonce. Tout le domaine est corrompu. J'ai invoqué le Seigneur d'En Dessous dans notre salon. Et toi… tu prépares un gâteau ?

– Je cuisine quand je suis stressée, m'explique doctement Florence. Ça m'aide.

Je ferme la porte derrière moi. En raison de ses fenêtres encore fermées, l'espace est plongé dans une obscurité inhabituelle. Nous nous asseyons tous à un bout de la table, rassemblés près du poêle comme nous le ferions en hiver, alors même que l'air de la cuisine confinée est inconfortablement chaud.

Arien pose sa main sur mon bras.

– Leta, tu es sûre de toi ?

Dans la faible lumière, son visage n'est qu'une forme à peine distincte. Ses mains sont guéries maintenant, mais restent striées de fines cicatrices qui ne s'effaceront jamais. À la lumière de la lampe, le tracé des lignes minces ressemble au givre sur une fenêtre par un matin glacé.

– Je suis sûre.

Il se rapproche et pose son visage contre mon épaule.

– Je ne veux pas que tu partes. Suppose que ta magie ne fonctionne pas ? Ou ne soit pas suffisante ? S'il te plaît, laisse-nous t'aider.

Je passe les bras autour de lui. Il a énormément grandi depuis qu'on est ici. J'étais tellement obsédée par mon désir de le protéger que j'ai oublié ce que ça représentait pour lui, d'apprendre à utiliser sa magie, d'aider Rowan. La nuit d'après le premier rituel, où il m'a dit avec détermination : « Je veux le faire… », il l'a vue comme une opportunité de faire ses preuves, et maintenant je l'en ai privé.

Je m'imagine seule au bord du lac, avec le Seigneur d'En Dessous, ombre blafarde au-dessus de l'eau. Mes mains dans la terre alors que je me bats contre la Corruption, les ombres rassemblées autour de moi. Puis je regarde Arien et Clover, et je me souviens du sentiment que nous éprouvions à nous battre ensemble. Ce que nous avons fait aujourd'hui, ce n'était pas moi seule. C'était nous tous.

Ils ont peut-être raison. Peut-être que pour ça, je n'ai pas besoin d'être seule.

– Très bien. À la pleine lune. On ira tous. On fera ça ensemble.

Arien sourit, mais il y a de la tristesse dans ses yeux.

– Ensemble, répète-t-il doucement.

23

La maison repose dans un silence argenté lorsque je retourne auprès de Rowan. Il ne dort plus et, dans sa chambre, tout a été rangé, la boue, balayée, des draps propres, installés sur le lit. Il a changé de vêtements pour un pantalon en lin souple et une chemise dont les manches sont retroussées et les lacets du col relâchés.

Il est assis sur la chaise, recroquevillé, les bras sur le rebord de la fenêtre et le visage tourné vers la vitre. La nuit est tombée, les rideaux sont ouverts sur des étoiles éparses dans le ciel au-dessus des pentes granitiques des collines.

Il se retourne en sursaut quand il m'entend fermer la porte. Je traverse la pièce dans un bruissement de jupes et vais me planter devant lui. Agrippant les couvertures emmêlées, il me contemple. Sa peau est marquée de nouvelles cicatrices, fraîchement guéries. Toutes les coupures, d'où s'est écoulé ce terrible sang d'eau de lac, se sont refermées. Il y a des ecchymoses partout au niveau de la gorge, laissées par la magie qu'Arien a utilisée pour l'immobiliser.

Ses yeux sont clairs, pas cramoisis.

– Quand j'ai dit que tu n'étais pas un vrai monstre parce que tu n'avais ni crocs ni griffes, je ne l'entendais pas comme un défi. (J'essaie de le taquiner, mais les larmes commencent à couler, chaudes, sur mes joues.) Je t'ai cru perdu. Je suis si heureuse d'avoir pu te ramener.

Il m'effleure le poignet, touche le nouveau sigil. Après un long moment de silence, il demande :

– Elle est partie ?

La minuscule graine d'espoir que j'entends dans sa voix m'anéantit presque. Je tends une main vers lui et ferme les yeux. Il respire. J'écoute. C'est un son calme et ouvert, sans précipitation ni sifflement d'eau. Ma magie s'éveille, une douce volute de pouvoir se faufile entre nous, comme une question. Je le sens : sucre brûlé, thé noir et lumière dorée du soleil. Je sens la Corruption : faim, poison et ténèbres.

Elle est toujours là. Enfouie plus profondément qu'avant. Plus silencieuse. Mais bien là.

– Non. Elle n'est pas partie. Mais ce sera bientôt le cas.

Rowan me prend la main et la tient délicatement, caressant ma paume avec son pouce, en cercles lents.

– Je sais ce que tu as fait pour m'arrêter. Que lui as-tu accordé, Leta ?

– C'était… Je…

Mais comme plus tôt, quand Arien m'a demandé, je n'arrive pas à le formuler. D'autres larmes m'emplissent les yeux.

– Ça n'a pas d'importance.

Il se penche plus près, fouille mon visage.

– Ça en a pour moi.

– L'échange était équitable. Rien de plus que ce que tu as donné, je réussis à lâcher. Et j'ai agi de mon plein gré.

Son expression s'assombrit.

– Équitable en quoi ? Qu'as-tu donné qui puisse égaler ma vie et celle de ma famille ?

Je ne réponds pas mais, au bout d'un moment, je vois qu'il commence à comprendre.

– Raconte-moi la suite de l'histoire de la nuit dans ce chalet au bord de la route. Tu ne l'as pas achevée. Je veux savoir comment ça se termine.

Je ravale un sanglot et secoue la tête.

– Non.

– Vas-y, insiste-t-il d'une voix radoucie en me caressant la joue, essuyant mes larmes. « Au-delà des sept forêts, au-delà des sept lacs… »

– Je ne peux pas. (Ma voix se brise.) Je ne me rappelle pas. Je n'ai plus aucun souvenir de ma famille. J'ai renoncé à eux, maintenant et pour toujours.

Pendant un moment, Rowan ne bouge quasiment plus. Et soudain, ses bras m'entourent dans une étreinte inattendue. Je me laisse aller contre lui, l'oreille collée aux battements rapides de son cœur, et j'enfouis le visage dans son épaule. Je me mets à pleurer plus fort. Il me frotte le dos, me caresse les cheveux, embrasse mes larmes pour les calmer.

– Je suis tellement désolé, balbutie-t-il. Tellement désolé de t'avoir entraînée là-dedans.

Il me serre dans ses bras pendant un long moment, jusqu'à ce que je cesse de pleurer et que la pièce soit plongée dans le silence, traversée du seul bruit de nos respirations jumelées. Nous nous écartons et nous dévisageons. J'essuie mon visage avec ma manche.

– Pas moi.

C'est la première fois que je le dis à haute voix. La première fois que je m'en rends compte. Il a tout changé dans ma vie, le jour où il est venu à notre cottage. Et bien qu'à ce moment-là je l'aie détesté dans ma hâte de le voir repartir, maintenant je retrouve ce souvenir coloré de tendresse.

– Je ne regrette rien. Ni de t'avoir rencontré ni d'être venue ici.

– N'importe quoi. Tu as failli mourir. Tu t'es liée au Seigneur d'En Dessous. Tu as renoncé à ta famille pour m'empêcher de te détruire.

– En fait, tu étais beaucoup plus ambitieux que ça : tu voulais détruire tout le monde.

J'appuie les doigts sur le sigil à mon poignet. À l'intérieur de moi, la magie se réveille. La promesse de pouvoir est juste là, la magie est comme un flot, prête à se déchaîner quand la lune sera pleine.

– Tu te souviens de ce que je t'ai dit, dans la cuisine, après ma première invocation du Seigneur d'En Dessous ?

Sa bouche se retrousse sur un sourire.

– Je suis sûr que c'était quelque chose d'absurde, comme quoi tu étais volontaire pour risquer ta vie, du moment qu'on resterait tous en retrait à te regarder.

Je pouffe.

– Oui, voilà. Je t'ai dit que c'était mon choix. Le mien. C'est mon sacrifice, ma promesse.

Il attrape mon visage entre ses mains.

– Leta, je ne t'aurais jamais demandé ça… Merci. Merci de m'avoir arrêté. Merci de m'avoir sauvé.

Je passe les doigts sur les marques à son cou, les cicatrices et les bleus laissés par la magie. La lumière scintille sur mes paumes quand je le touche.

– Tu savais que ça arriverait ? Que la Corruption te transformerait plutôt que de te tuer ?

Ses paupières se ferment.

– Je n'en étais pas certain, mais je savais que c'était possible.

– Donc tu as laissé tout le monde te craindre et te traiter de monstre, parce que tu voulais que les gens restent à l'écart.

– N'empêche que c'est assez vrai, non ?

– C'est pour ça que tu ne voulais pas que je vienne ici ?

– Ce n'était pas la seule raison.

Il rit, gêné, puis ajoute :

– Je n'ai jamais… je n'ai jamais vraiment voulu être avec quelqu'un, laisser quelqu'un m'approcher trop près. Je savais que c'était impossible, que je ne pourrais jamais demander à personne de partager tout ça, dit-il en se désignant, lui, puis le paysage par la fenêtre.

Un arc de cercle du bras pour résumer toute sa vie : le danger, les ténèbres, la Corruption.

– Je n'ai pas peur, Rowan. Tu le sais, n'est-ce pas ? Pas même dans le jardin, quand tu étais transformé. Quand tu t'es battu contre moi, quand tu m'as embrassée. Je n'ai pas peur de toi.

Il prend une lente inspiration.

– Je sais. Quand je t'ai vue pour la première fois, avec ton nez brûlé par le soleil, tes cheveux emmêlés et tes pauvres bras meurtris… on aurait dit que tu allais me mettre en pièces, pourtant j'étais attiré vers toi. Et je savais que si je me laissais aller à m'attacher, si je me laissais aller à te désirer, ce serait pire que de t'abandonner dans cet horrible cottage. Tu as raison : je ne voulais pas que tu viennes avec nous. Je devais réparer la Corruption. Je n'avais pas le temps de m'inquiéter de mes sentiments. Mais en même temps que j'avais l'intention de te laisser là-bas, je voulais… (Il soupire.) Je veux juste te savoir en sécurité.

– Je suis en sécurité. Et je vais le rester.

– Je ne suis pas sûr qu'« en sécurité » soit l'expression que j'emploierais. (Rowan baisse les yeux sur le sigil à son bras. Il le touche et fronce les sourcils.) Ça t'a fait mal, d'utiliser cette magie. Quand tu m'as arrêté, ça t'a fait mal.

– Oui. Mais c'était mon choix.

– Elle est toujours là, constate-t-il en touchant à nouveau le sigil, perplexe. Qu'est-ce que tu m'as fait ?

Il fait courir ses doigts le long des lignes du sort et je frissonne lorsque la magie crépite, en réponse, sur ma peau. Je regarde ma main marquée par le croissant noirci. Mon poignet marqué par le sort de l'éclat du soleil. Puis je place mes doigts autour du sigil. Rowan frémit à l'instant où le sort chante entre nous. J'attrape l'afflux d'émotions qui circule. Un mélange désordonné de chaleur, de désespoir et de désir. *Nous sommes connectés.*

– Je suis liée au Seigneur d'En Dessous, dis-je en lui montrant ma paume, puis je touche le sigil et j'ajoute : Je suis liée à toi.

Il enroule sa main autour de son propre poignet, les sourcils froncés. Les couleurs défilent dans mon esprit, rose, pêche, or.

– Leta, ce n'est pas parce que nous sommes connectés que tu dois… (Il laisse retomber sa main et le défilé de couleurs s'estompe dans l'obscurité.) Tu sais ce que je ressens pour toi.

– Tu parles du fait que tu me trouves « belle comme la lune », ou de quand tu voulais me noyer ? (Je ris gentiment devant sa mine qui se renfrogne encore.) Oui, je sais.

– Tu m'as sauvé. Mais ça ne veut pas dire que tu me doives quoi que ce soit. Si tu estimes toujours que c'est impossible, dis-le-moi, et je n'en parlerai plus jamais.

Lentement, je grimpe sur ses genoux, mes jupes tachées de boue moussent autour de nous tel un nuage opalescent. Je noue les bras à son cou et presse mon front contre le sien. Ça me rassure, cette proximité. Mes doigts dans ses cheveux, le picotement de ses cils contre ma joue quand il cligne des yeux. Les battements de mon cœur ralentissent. Toutes les hésitations que j'ai pu avoir avant – les « je veux » mais « je ne peux pas » contre lesquels j'ai lutté – ont disparu.

– Tout dans cette situation est impossible, je murmure. Je peux parler au seigneur des morts, et toi, tu es un monstre.

Je me penche et me blottis contre lui, jusqu'à être complètement enveloppée de sa chaleur, l'oreille contre son cœur, la joue contre sa chemise froissée. Il passe une main hésitante sur mes cheveux, dont il fait tomber un enchevêtrement de feuilles séchées et de pétales fanés.

Il rattrape l'une des fleurs, confus, avant de baisser des yeux incrédules sur mes vêtements encore sales.

– Tu es pleine de boue. Pourquoi tu n'as pas changé de robe ?

– Oh, je ne sais pas. Peut-être que j'étais trop épuisée après t'avoir sauvé la vie, je réplique, repoussant ses mains en riant. Tu veux que je l'enlève ?

Ses yeux s'écarquillent, puis son expression devient torride.

– Oui, murmure-t-il, tout bas. Enlève-la.

Mon rire vire au sourire, intimidé. J'avais seulement l'intention de le taquiner. Mais maintenant que c'est dit, je n'arrive plus à penser qu'à ce jour lointain où il m'a aidée à boutonner ma robe et où j'ai senti la rugosité de ses doigts contre ma peau nue.

– Elle se défait par-derrière, je lui chuchote à l'oreille. Tu vas devoir m'aider.

Il fouille mon regard.

– Tu es sûre ?

J'ai les mains qui tremblent, mais j'en suis sûre, oui, sans aucun doute possible.

– Oui. Certaine.

– Tourne-toi, alors.

J'obtempère. Rowan soulève le poids de mes cheveux et fait glisser ses mains rêches sur mon épaule. Il attrape l'agrafe la plus haute à la base de mon cou. Chaque fois qu'il défait un bouton, il marque le morceau de peau dénudé d'un baiser, en descendant tout le long de ma colonne vertébrale. Mon pouls bat fort dans ma gorge, ma poitrine, mon ventre. À chaque bouton, à chaque baiser, je fonds davantage, au point que je finis à bout de souffle et chancelante.

Ma robe glisse sur mes épaules. L'air est froid sur le brasier de ma peau. Je me libère de l'enchevêtrement de mes jupes tachées de boue, jusqu'à ne plus porter que ma culotte et mon caraco, tout en dentelle et en rubans.

Rowan me regarde comme si j'étais un poème, une merveille, une histoire. Il pose une main hésitante sur ma taille. Je me déplace vers lui. Puis son regard descend sur mes cuisses, encore marquées par ses griffes.

– Leta, bredouille-t-il, sous le choc. Leta, je suis désolé.

Je lui prends les mains, remonte ses manches et embrasse toutes les coupures sur ses bras. Je délace sa chemise et serre le tissu dans mes poings, puis je tire pour le libérer. Il reste assis, complètement immobile, et me laisse lui enlever lentement sa chemise. Sa peau est chaude, zébrée par les cicatrices. C'est si étrange et précieux de le voir ainsi, dénudé, un peu rouge et *à moi.*

Je fais glisser mes mains sur son torse. Son souffle se bloque. Il noue les doigts dans mes boucles et me tire doucement vers lui. Nos visages sont si proches que mes mots tombent directement sur sa bouche.

– Rowan, je t'aime.

Il lâche un son qui exprime sa tristesse et son impuissance, puis me pousse sur ses couvertures emmêlées. Tout l'air s'échappe de mes poumons en une seule et brusque expiration. Cette fois, il tire sur mes cheveux et écrase sa bouche contre la mienne.

Son baiser est un feu qui me brûle jusqu'à l'effacement complet. Il n'y a plus rien des hésitations de notre premier baiser. Là, c'est brutal, un mélange désordonné de passion et de fièvre. La magie jaillit de mes doigts. Le désir s'enroule en spirale à travers moi, concentré en mon ventre, où il prend la consistance d'une douleur persistante. Je hoquète et il me réduit au silence d'un baiser. Il a le goût du sang, du limon et des ombres.

Ses mains sont partout sur moi, qui m'agrippent la taille, plongent dans mes cheveux. Ses dents sont sur ma gorge. Il mord, doucement, puis moins. Je plante les doigts dans son épaule, je l'attire plus près. Je veux que l'espace entre nous devienne invisible. Je l'embrasse, traçant une ligne de baisers le long de sa mâchoire jusqu'à sa gorge. J'embrasse ses bleus et ses cicatrices. Les battements de son cœur ressemblent aux ailes d'un papillon de nuit emprisonné. Sa peau est miel et poison.

Quand je le touche, je sens la transformation et le frisson des ténèbres sous sa peau. Des fils noirs veinent son cou, son torse, ses bras. Je ne sais pas si j'embrasse le garçon ou le monstre ou les deux, et au fond, je m'en fiche un peu.

Il m'attrape par les hanches et me soulève contre lui. Je plaque les mains sur les siennes et nos doigts, ensemble, s'enfoncent dans ma peau. Il étouffe mon gémissement avec un autre interminable baiser. Puis il se penche vers les cicatrices de mes genoux, les embrasse tendrement tout en caressant les coupures plus fraîches sur mes cuisses. Il s'interrompt pour me regarder, une interrogation dans la chaleur de son regard. Un battement de cœur s'écoule avant qu'il ne chuchote :

– Je peux te toucher ?

Un frisson fervent me parcourt, jusqu'aux orteils. Je me mords la lèvre.

– Oui, je lâche dans un souffle.

Il fait glisser ses doigts plus haut et encore plus haut. La chaleur me brûle la peau et reste longtemps présente après le passage de ses mains. Il est au-dessus de moi ; j'embrasse la courbe ombragée de son cou. Il dessine le contour de mes sous-vêtements, suivant le motif de la dentelle. Puis le bout de ses doigts m'effleure.

– Oh…

C'est un choc, à la fois brûlant et doux comme une plume. C'est comme si j'avais partagé un secret. Je l'ai laissé entrer dans ces replis cachés de moi, où seules mes mains sont allées jusqu'à présent. La magie danse dans mes veines, la lumière scintille sur mes paumes. J'ai perdu l'usage de la parole. Je serre les cuisses autour de sa main, je me dissous dans une chaleur qui se répand à travers tout mon corps. Sur mon poignet, le sigil se charge d'une puissance douloureuse et le lien qui nous unit se met à briller, tel un fil d'or.

Je me hausse vers lui et j'accroche les doigts à la ceinture de son pantalon. Puis je m'arrête et me retiens, j'attends. Il me regarde, puis regarde mes mains. Ses yeux se ferment. Il hoche la tête, une fois. Il y a tellement de boutons qu'il me faut un temps fou pour les détacher tous. Il ondule contre moi, impatient, et gémit :

– Leta.

Je lui adresse un rire taquin. Après quoi je descends la main de plus en plus bas. Il retient sa respiration quand je le touche enfin.

Nos jambes s'entremêlent. Au début, nous sommes tous les deux maladroits et hésitants, halètements et contacts timides, mal assurés. Et pourtant, c'est toujours naturel, parfait. Nous acquérons un rythme régulier, plus doux. Ses mains sur moi, les miennes sur lui, la cadence lourde de notre respiration partagée. Être aussi proches l'un de l'autre s'apparente à une magie, fragile, tendre, dotée de sa propre alchimie.

Tout ce qui nous attend est un espace vierge, inconnu. À la pleine lune, j'irai au lac avec le terrible et merveilleux pouvoir qui m'est accordé. Mais pour l'instant, le temps de ce moment volé, j'essaie d'oublier le sol détruit et le lac noir d'encre. Le poison qui attend de tous nous emporter.

Maintenant, je pousse de petits halètements sous le feu liquide qui brûle en moi. Bougies fondues. Sève dégoulinant du tronc pâle d'un arbre. Je suis épine et lichen, dentelle de pierre. Je suis une orpheline avec des cicatrices aux genoux. Une fée, une créature en robe de tulle. Je suis lumière, chaleur, pouvoir et magie.

Rowan entoure mon poignet de sa main. Son pouce trouve le relief du sigil. Il appuie dessus. Le monde devient brillant, tout doré.

Je m'autorise à lâcher prise. Pour cet instant, juste cet instant, j'oublie tout.

Après, nous sommes tous les deux essoufflés, couverts d'une transpiration qui s'étend tel un voile sur notre peau brûlante. Je me redresse et ferme les rideaux. Ils tombent lourdement devant la fenêtre et nous voilà emmitouflés dans l'obscurité, avec pour seule lumière une bougie presque consumée.

Nous nous pelotonnons l'un contre l'autre. Rowan enroule mes cheveux autour de ses mains, dépose une ligne de baisers dans mon cou. Son souffle est chaud sur ma peau nue.

– C'était courageux, ce que tu as fait. Très, très bête. Mais aussi très courageux.

Je veux lui dire que je n'ai pas peur du rituel. Mais je ne peux pas. Ce n'est pas la vérité, et j'ai déjà proféré trop de mensonges.

Pendant un moment, je m'autorise à imaginer la forme de nos vies, dans l'espace flou de l'après. Nous dînerons ensemble. Nous raconterons des histoires à la lumière du feu. L'eau du lac sera claire. La rive, une étendue de sable inoffensive. Il n'y aura plus de sang, plus de paiements. Plus de tentatives de rituels dangereux.

Et Rowan, et moi…

Mon avenir avec lui est un espoir trop périlleux. Je ne peux me permettre que d'en goûter une infime bouchée. Comme une dernière miette. Je me retourne pour nouer les bras autour de lui, poser la tête contre son épaule et m'envelopper de lui. Il passe les doigts dans mes cheveux. En peigne délicatement les nœuds, enlève les bouts de feuille et les petites fleurs qui s'y trouvent encore.

Je fais courir mes doigts sur l'intérieur de son bras, un effleurement. Il frémit quand je touche le sigil. Je sens le sort qui s'est tissé entre nous. Un fil ténu, délicat comme un filigrane, mais fort comme de l'acier.

– J'ai très peur, je lui confie. Mais je vais le faire quand même.

24

La lune grossit tout au long de la semaine jusqu'à la nuit du rituel, où elle est ronde et brillante, aussi rouge qu'une grenade.

Alors que je chemine vers le lac, le vent attrape mes jupes qui flottent derrière moi. Je suis toute de noir vêtue, une robe que j'ai trouvée pliée dans les profondeurs de ma malle. Elle est sombre et sévère, échancrée au niveau de l'encolure et haute à la taille, sans autre ornement qu'une large ceinture en ruban, brodée sur toute sa surface d'un motif de lianes aux épines acérées. Les manches sont transparentes, remontées pour révéler mes avant-bras marqués de sigils.

Rowan et Florence marchent devant. Arien et Clover sont à mes côtés. Nous avançons en silence à travers les terres calcinées, passons mon jardin clos. Nous franchissons l'arche du portail qui donne sur le rivage, et nous nous arrêtons aux abords des arbres au tronc pâle. La Corruption n'a pas atteint cet endroit – l'herbe y pousse encore, les branches ont toujours des feuilles.

C'est le dernier endroit intact du domaine.

Au-delà de la rive noircie, le lac est d'une beauté sinistre. Il flotte comme une brume dans l'air, les dernières chaleurs du jour se sont massées au-dessus de l'eau. Une lune jumelle s'y reflète, brouillée par de légères ondulations. Quand je contemple la Corruption, quelque chose en moi s'éveille doucement. Je porte une main à ma poitrine et ravale le goût du sang qui s'accroche au fond de ma gorge. Bientôt, tout sera réparé.

Arien et Clover comptent leurs pas, les yeux rivés au sol, pour mesurer l'espace nécessaire au sigil. Nous avons convenu d'effectuer le rituel comme la fois précédente, avec le même sigil au sol, les mêmes sigils à nos poignets. Mais moi seule toucherai la terre et projetterai la magie. Je ferme les mains et fais courir mes doigts sur les marques à l'intérieur de mes paumes. Je sens déjà le pouvoir s'éveiller sous ma peau, comme des braises prêtes à s'enflammer.

– Nous y sommes, j'annonce d'une voix que je m'efforce de garder stable. Je crois que c'est le moment.

Florence exerce sur mon épaule une pression rassurante.

– Bonne chance. Essaie de ne pas faire quelque chose de complètement irréfléchi.

Je ris.

– Je ferai de mon mieux.

Elle s'assied sous les arbres avec son panier rempli de couvertures et de bandages, et d'un pot de thé amer préparé par Clover ; elle attend. Je regarde Rowan, qui se tient à côté de moi. Je veux lui dire quelque chose avant de partir, mais rien ne fait sens. Je prends sa main, j'appuie ma tête contre son épaule.

Du bout des doigts, il me caresse les mains sans relâche.

– C'est une très mauvaise idée, tu sais. De tous les dangers où tu t'es fourrée, c'est de loin le pire.

Je lui prends le visage dans mes paumes et l'attire vers moi. Je l'embrasse : ses protestations se taisent contre ma bouche.

– Je peux le faire, lui dis-je. (J'essaie de sourire, mais je n'y arrive pas vraiment.) Je vais y arriver.

Il se passe une main dans les cheveux.

– Et si ta magie te fait du mal comme la dernière fois ? Et si elle te fait encore plus mal ?

Je veux le rassurer, lui dire que tout ira bien, mais j'en suis incapable. Être blessée, c'est la dernière de mes craintes. Ce pouvoir, je ne l'aurai que ce soir, je n'aurai pas d'autre occasion de tenter à nouveau ma chance. Et si j'échoue, alors Rowan devra prendre le relais.

Il est encore blême et épuisé, les yeux toujours meurtris par la fatigue. Le poison a coagulé en taches sombres sous la peau au niveau de sa gorge et de ses poignets. Il se déplace d'une manière hésitante et instable, comme s'il faisait très attention à rester dans la retenue et dans le contrôle.

Bien que personne ne l'ait formulé à voix haute, nous savons tous les deux combien l'enjeu est important. Ce soir, c'est la dernière fois qu'il peut laisser la Corruption le dévorer. S'il laisse entrer les ténèbres, il sera perdu. Il deviendra la créature que j'ai combattue dans le jardin. Et si ça arrive, le seul moyen de l'arrêter sera la mort.

Je l'attire vers moi et l'embrasse à nouveau. Je ne veux plus penser, je veux juste être. Je ferme les yeux et repousse les souvenirs de Rowan transformé, ou abîmé, ou mort. Je pense à la façon dont il a fait courir ses doigts sur ma peau nue, quand je respirais par hoquets. Nous étions ensemble dans son lit et le lien entre nous bourdonnait et brûlait.

– Tu seras avec moi.

Je porte les doigts à mon poignet. Le sigil palpite. Rowan émet un son doux, une sorte de soupir.

Je glisse mes doigts sous le bord ample de sa manche et remonte le long de son bras, jusqu'à sentir son sigil sous ma main. Il bat doucement contre ma paume, comme un pouls.

– Tu le sens, pas vrai ?

Rowan enveloppe ma main de la sienne, juste sur le sigil.

– Oui. Je le sens.

La magie m'envahit. J'ai son goût sur la langue : sucré et épicé, comme un gâteau aux amandes et un thé au miel. Je le sens, lui, et ses émotions contradictoires. Il est en colère et effrayé, en colère parce qu'il est effrayé. Je sais qu'il veut que la Corruption soit réparée et me garder près de lui, mais il a peur de ne pas pouvoir avoir les deux.

C'est étrange de ressentir ses humeurs de cette façon, comme si je les lisais sur une page par-dessus son épaule. Les couleurs changent derrière mes paupières closes, toutes peintes les unes sur les autres. D'abord, elles sont grises, sinistres et sombres. Puis j'ouvre les yeux et je le regarde, et tout s'adoucit en nuances de pêche et d'or.

– On est liés, toi et moi, lui dis-je en passant les doigts sur les lignes tracées à l'encre. Tu seras avec moi quoi qu'il arrive.

– Je serai avec toi. (Rowan embrasse le coin de ma bouche, l'arrondi de ma joue.) Sois prudente, mon amour.

Je repousse les cheveux de son visage et je suis du bout des doigts le bord délicat de ses oreilles. Les anneaux d'argent dans ses lobes percés sont chauds.

– Sois prudent, toi aussi.

Nous nous écartons à pas lents, je ne veux pas le laisser partir. Il va s'asseoir sous les arbres à côté de Florence et il ne la repousse pas quand elle passe un bras autour de ses épaules. Je leur jette un dernier regard, puis je me retourne et descends sur la rive, mes bottes s'enfonçant dans la boue.

J'atteins bientôt l'eau, un vent froid fait onduler la surface, comme du givre sur ma peau. Un voile de sueur glacée perle à mes tempes et descend le long de mon cou.

J'enjambe le tracé du sigil et m'immobilise complètement tandis qu'Arien et Clover tournent autour de moi. Ils tracent forme après forme, jusqu'à ce que je sois au cœur de leur dessin sur la terre. Une fois qu'ils ont terminé, Arien me sourit, hésitant et apeuré.

– Tu es prête ?

Je regarde l'eau. Le lac ondule doucement et une vague se brise sur le rivage avec un son semblable à un soupir.

– Je suis prête.

Arien m'attrape rapidement et me serre fort dans ses bras. Je presse mon visage contre son épaule, respire son odeur de papier et d'encre. Il prend une profonde inspiration, puis il se penche et trace avec ses doigts une ligne dans le sol humide. Il passe sa main couverte de boue sur son torse, reproduit le signe de la Dame.

Clover répète le geste. Elle essuie sa main boueuse à ses jupes et me sourit.

– Bonne chance, Violeta. (Elle arque un sourcil et se penche pour chuchoter.) Au fait, tu as un énorme suçon sur la gorge, tu le savais ?

Je porte la main à mon cou, le visage brûlant, alors qu'elle ricane. Avec un grand sourire, je la pousse en secouant la tête. J'inhale, puis je pose à mon tour les doigts sur la terre. Lentement, je passe la main sur ma poitrine, où je laisse une trace noire à l'emplacement de mon cœur.

Arien et Clover reculent, en prenant soin de ne pas effacer le sigil avec leurs pieds. Je m'agenouille lentement, puis pose les mains à plat sur le sol.

La Corruption se réveille. Une vrille de ténèbres se déroule et s'enroule au bout de mes doigts. Je fixe le lac des yeux, en pensant à la famille de Rowan, à tous ces êtres perdus sous cette eau sombre. À Arien, capturé par tant de mains aux griffes acérées. Je laisse échapper un soupir saccadé. *J'ai tellement peur.*

Je jette un coup d'œil derrière moi par-dessus mon épaule. Arien et Clover se tiennent ensemble, juste à l'extérieur du sigil. Rowan et Florence attendent sous les arbres.

J'ai peur. Mais je ne suis pas seule.

La magie fredonne sous ma peau, le sigil à mon poignet commence à rougeoyer. Alors que mon pouvoir s'éveille, je suis à nouveau envahie par le sentiment d'une intense solitude, d'une absence aiguë, rappel qu'une partie de moi, présente autrefois, vivace aux côtés de ma magie, a été perdue à jamais. Lorsque je ferme les yeux, je suis sur le champ de cendres où rien ne pousse, le fil de mon pouvoir enroulé de façon lâche autour de moi.

Je l'imagine, ce fil, noué de plus en plus serré. La nouvelle force monte, je la sens, chaude et brutale, qui s'amasse au creux de mes mains.

Je la lâche.

Le feu s'allume dans ma poitrine, sa chaleur se répand à travers tout mon corps dans un afflux fiévreux. J'ouvre les yeux et enfonce profondément mes mains dans la boue. La lumière allume mes paumes. Je suis le soleil. Je suis un feu de forêt. Autour de moi, les lignes du sigil s'embrasent en une flamme dorée qui court le long du rivage jusqu'à ce que toute la terre brille.

Je peux le faire. Je vais le faire. Je vais projeter ma magie dans l'obscurité et tout réparer.

La Corruption commence à tordre la terre. Je sens sa fureur, sa faim. Elle essaie de se battre contre moi. Je pousse, elle repousse. J'enfonce mes mains plus profondément dans le sol. Le pouvoir brûle, brûle et brûle. Le sentiment de néant, de manque, grandit aussi, à un rythme régulier, et l'endroit désormais vide en moi se remplit d'une douleur insupportable. Ça fait mal. Je me mords la lèvre, fort. Mon nez se met à saigner.

Je peux le faire. Je peux le faire.

Le sol est secoué d'un frisson, aussi hideux qu'interminable. Puis tout s'immobilise. Je me retourne, un rire incrédule coincé dans la gorge. Clover et Arien ôtent leurs mains du sigil, un sourire hésitant et soulagé aux lèvres. Au-delà, sous les arbres, Rowan et Florence se sont levés. L'espoir m'envahit quand je regarde, derrière moi, le rivage.

C'est réparé.

Le sol est devenu un mélange de terre lisse et de galets épars ; la forêt parsemée d'écorces pâles et soyeuses, avec de nouvelles feuilles qui palpitent contre le ciel étoilé. L'eau, qui ondule au clair de lune, est claire. Je pose une main hésitante sur la terre réparée. *C'est terminé.*

Je veux m'enfoncer dans le sol, me recroqueviller et ne plus jamais bouger.

Mais soudain, une sensation étrange, comme une traction, s'exerce sur mes côtes. Je titube, à deux doigts de tomber, alors que la terre devient de plus en plus sombre sous ma main. De minces ruisseaux d'ombre s'étendent autour de moi, vers la forêt, et redescendent jusqu'au lac. Il y a un tremblement, puis une blessure s'ouvre, qui déchire le sol, depuis mes mains jusqu'au bord de l'eau.

J'entends Clover crier, et Arien avance d'un pas sur le sigil. Je tends la main pour l'arrêter.

– Non ! Ne t'approche pas. Ça pourrait…

Il recule, vacille. Je me penche et enfonce les mains dans le sol. La Corruption s'élève rapidement, s'enroule autour de moi jusqu'à ce que mes poignets soient pris au piège. Elle se resserre et se resserre, un étau douloureux, écrasant. La lumière de ma magie jaillit de sous la boue. Le sigil brille, ses lignes complexes forment un dessin doré sur la terre noircie.

Je ferme les yeux et pèse de tout mon poids contre le sol. Mon cœur bat désespérément contre mes côtes. Le monde est trop lumineux, trop chaud.

Au loin me parvient un bruit de pas lourds. Rowan court vers moi, abîmant le sigil avec ses bottes, rompant le sort. La lumière se disperse en même temps que les lignes se brisent. Il m'attrape par l'épaule.

– Leta, tu ne peux pas faire ça. Tu ne peux pas...

Il s'interrompt dans un silence soudain et étranglé.

Le sol frémit et Rowan avec. Le sang tache le coin de ses yeux. Il cligne des paupières, et le sang envahit ses iris qui prennent une teinte cramoisie. Sur sa gorge, les ténèbres se tordent, les ombres se déploient. Je le vois essayer de la combattre : ses dents sont serrées, sa respiration, rapide. Ses cicatrices s'ouvrent et de l'eau noircie s'écoule de ses plaies.

Et ensuite, comme dans le jardin, il n'est plus lui.

Mes mains sont emprisonnées par la terre, je ne peux pas me libérer. Je lâche un cri suraigu de douleur quand il m'attrape le poignet. J'essaie de me dégager, mais il resserre ses doigts sur moi.

– Rowan, résiste...

Sauf qu'il ne peut pas ; il est pris ; il est perdu. Je ferme les yeux et j'essaie de sentir la magie qui s'opère entre nous. J'imagine le fil du pouvoir serré dans mes mains. Je tire sur le reste de magie et j'essaie de le soumettre, comme je l'ai fait auparavant.

– Reste tranquille, reste tranquille. (Les mots sortent comme une litanie.) Tranquille, reste tranquille.

Du sang coule de mon nez, le croissant de ma paume pulse et bat. Le monde entier est chaleur, douleur et pouvoir. Mon pouvoir. Le fil de la magie veut s'échapper de ma main. Mais je le tiens fermement.

Je tire, tire et tire encore.

Rowan me lâche et tombe à genoux en haletant, une main à la gorge. Il prend péniblement une autre inspiration. Puis, dans un clignement de cils, ses yeux s'éclaircissent.

– Leta, tu dois arrêter le rituel.

– Je ne peux pas. (Ma voix est à la limite du sanglot.) Si j'arrête, ça ne fera qu'empirer.

Il crache un jet d'eau noire d'encre.

– Laisse-la me prendre, je m'en fiche. Je ne permettrai pas que tu sois blessée.

Je secoue la tête, des larmes coulent de mes yeux. Je ne peux pas lâcher prise. La Corruption se tait ; je la tiens, je tiens Rowan. Mais le poison n'a pas disparu. Je regarde le sol ouvert, cette obscurité sans fin et sans fond. J'étais censée être capable de réparer.

Alors je comprends.

Cette obscurité, devant moi, ce n'est pas une blessure. C'est un chemin.

Et je dois le suivre.

J'ai tellement peur. Une terreur affreuse. Je ne veux pas y aller. Mais je le dois.

Tout ce que je vois, c'est ce chemin qui attend de me conduire dans le lac.

– Rowan, je ne peux pas réparer la Corruption ici. Je dois le faire dans le monde du Dessous.

Dès que j'ai parlé, la terre qui emprisonnait mes poignets se retire.

Rowan me regarde, éberlué et horrifié.

– Leta, non !

– Je dois le faire. Sans quoi ça ne s'arrêtera jamais. Ça se répandra, ça t'emportera, toi et tout le reste.

Arien s'approche et pose ses mains sur mes épaules. Malgré ses joues striées de larmes, il me regarde droit dans les yeux.

– Je vais la retenir pendant que tu seras partie. Clover et moi, on va le faire, comme dans le jardin.

Sa mâchoire est verrouillée, ses épaules, carrées. Il a la même expression que la nuit qui a suivi le premier rituel, quand il n'avait plus peur de son pouvoir.

– Je peux le faire, Leta. On va y arriver.

Je l'attire à moi et le serre fort. Je sens les battements effrayés de son cœur contre ma poitrine. Il m'étreint en retour, tout aussi fort, puis me laisse partir.

Je me tourne vers Rowan, dont je prends le visage dans mes mains pleines de boue.

– Je reviendrai. (Je l'embrasse avec force.) Je promets que je te reviendrai.

Le silence enferme le monde au-dehors, il n'y a plus que moi, la boue et le chemin ouvert. Puis je le vois, bien au-delà de la rive, éclat de brume dans l'obscurité.

Le Seigneur d'En Dessous. Il me tend la main, il m'attend. Il savait… il savait depuis le début ce que je serais obligée de faire.

J'aimerais pouvoir lui refuser. Rompre notre pacte et lui dire que je ne l'aiderai jamais, jamais. Mais il n'y a pas d'autre solution. La Corruption a tendu ses filets sur le monde entier – la terre, le sang, le cœur, la peau. Elle est partout. Et nous ne serons jamais libres – ou en sécurité – à moins que je ne la répare.

Je me lève.

Je vais vers le lac.

J'entre dans les ténèbres.

25

Je suis dans le lac. Un pas, et j'ai de l'eau au-dessus des genoux. Un autre, et je m'enfonce jusqu'à la taille. L'eau s'empare de moi. C'est froid, d'un froid inouï. Les vagues me montent à la gorge, puis plus haut. La boue sous mes pieds se dissout et l'eau se referme sur moi, un choc glacé. Je suis entraînée sous la surface.

Je veux retourner sur la rive, dans mon jardin. Au clair de lune où Rowan m'a enlacée et où je me suis laissée aller à oublier le reste du monde.

Je veux y retourner, mais je ne peux pas.

Soudain, le Seigneur d'En Dessous est à côté de moi, tache de brume et d'ombres dans l'eau. Il me parle d'une voix apaisante. *Ne lutte pas.*

Le lac inonde ma bouche, il a un goût de feuilles mortes et de thé amer. La douce lueur du clair de lune a disparu. Tout est sombre, même si je garde les yeux ouverts. Pas la demi-pénombre marbrée des fonds sous-marins, non, l'obscurité totale. La peur s'installe. Mes poumons brûlent et me font mal. Je halète, un flot de bulles s'échappe de ma bouche. Quelque chose effleure mes cheveux, ma joue. Une touffe d'herbes du lac, un morceau d'os, le raclement de griffes.

Ne lutte pas, Violeta. Laisse l'eau te prendre.

Des couleurs fleurissent dans mon champ de vision noir : rose comme les roses, argent comme un nuage de pluie. La longe est toujours là. Tendue entre Rowan et moi, entre le monde du Dessus et moi. Peu importe la profondeur où je descends, peu importe la noirceur, je serai toujours reliée à la maison.

Je suis entrée dans l'ombre, venue à l'obscurité. Je l'ai choisie et je n'ai pas peur.

J'ouvre la bouche pour laisser l'eau emplir mes poumons.

Le monde s'arrête. Un silence terrible, sans aucune lumière, semble s'étirer à l'infini. La boue a disparu. L'eau a disparu. Je tombe par terre avec un bruit sourd et douloureux, je me recroqueville sur le flanc, prise d'une quinte de toux désespérée dans mon empressement à aspirer souffle après souffle l'air glacé et les ombres cendrées. Il fait si sombre que je ne vois rien du tout. Je tends une main tout en tentant de puiser dans mon pouvoir. Une faible chaleur vacille au bout de mes doigts, mais je suis trop faible et léthargique après ma lutte contre la Corruption.

Je réessaie. La lumière jaillit, puis se disperse en étincelles. Une autre lumière pulse en retour, brillante et éclatante. Le Seigneur d'En Dessous apparaît à côté de moi. Il est entouré d'ombres, mais il rayonne au centre de cette obscurité. Blanc comme l'os, luminescent.

– Violeta. (Il donne à mon prénom la saveur du miel.) Ma Violette des bois.

J'essaie de me relever, ce qui m'est pénible parce que mes cheveux, ma robe et mes bottes sont lourds, gorgés d'eau. Je fais un pas hésitant, puis je trébuche. Je me prépare, je m'attends à tomber devant lui, à travers lui, au lieu de quoi, à ma grande surprise, j'atterris lourdement contre son torse. Ses bras m'entourent. Le temps d'un souffle, je suis enlacée.

Il est réel. Solide, fort, réel.

– Oh !

Je recule, vacillante, sous le choc.

Sa bouche se retrousse en un sourire curieux.

– Quelle… surprise !

Il réduit la distance en une seule foulée et m'attrape le menton d'une main ferme. Je hoquète. *Il peut me toucher maintenant.*

Ses griffes sont froides et très, très acérées. J'essaie de me soustraire à son étreinte, mais ses griffes s'enfoncent – pas assez pour transpercer la peau, suffisamment pour me clouer sur place et m'arracher un petit gémissement de douleur. Il m'examine, inspecte mes cheveux emmêlés, mes jupes trempées par le lac. Du pouce, il gratte le sang sous mon nez, l'essuie.

Des ombres – ses ombres – s'élèvent autour de nous.

Je me débats, j'essaie d'échapper à son étau. Je sens la brûlure glaciale de son contact comme si ses mains avaient couvert toute ma peau nue. Les battements de mon cœur retentissent en creux. Les ombres se rapprochent en spirales autour de mes chevilles, mes poignets, ma gorge.

– Lâchez-moi !

Les mains contre son torse, je le repousse de toutes mes forces.

Il me relâche et recule d'un pas élastique. Je laisse retomber mes mains, puis je baisse les yeux, réalisant que mes cheveux et mes vêtements ne sont plus mouillés. Du bout des doigts, je touche les croûtes de la boue maintenant sèche sur mes jupes et j'essaie de ravaler la nausée et la panique qui montent. Sa magie, glacée, se faufile à travers tout mon corps.

Le Seigneur d'En Dessous me sourit, affichant une désinvolture étudiée.

– Il n'y a pas de mal, ma Violette. Tu es ici en sécurité et maintenant, tu peux aller au bout du sort.

– « Il n'y a pas de mal » ? je répète, offusquée.

Je regarde les branches au-dessus de ma tête. Quelque part encore plus haut, une blessure s'est ouverte dans la terre. Le sang de Rowan s'est transformé en poison.

– Vous m'avez menti. Pourquoi ne m'avez-vous pas dit que je devrais venir ici pour réparer la Corruption ?

Je voudrais dissimuler ma douleur, mais elle transparaît dans ma voix. J'ai beau savoir à quel point le Seigneur d'En Dessous peut se montrer cruel, je le croyais franc, je lui faisais confiance sur ce point et je pensais être épargnée par ses mauvais tours. Maintenant, je me rends compte que je suis exactement comme tous les autres qu'il a entraînés dans un marché de dupes et le constat me met en colère – contre lui et contre moi.

Il écarte les mains, mimant la reddition.

– Aurais-tu accepté de m'aider si tu avais su ?

Je resserre mes bras autour de ma taille. Je peux encore la sentir, la détermination qui m'a portée lorsque j'ai fait ce premier pas terrible dans l'obscurité. Je serais venue ici de toute façon. Si j'avais su depuis le début, j'aurais quand même accepté.

Je hoche la tête en évitant son regard, car je ne veux pas qu'il voie mon visage, la résignation dans mes yeux.

– Oui, je vous aurais aidé quoi qu'il en soit. Vous n'aviez pas besoin de mentir.

– Je n'ai pas menti. Tu n'as pas posé les bonnes questions, c'est tout.

Il ne se repent de rien. Il veut me piéger avec ce que j'ai dit, alors quels sont les bons mots, les bonnes questions ? Mes pensées s'emmêlent tandis que je cherche comment lui répondre.

– Dites-moi pourquoi vous avez besoin de moi ici. Dites-moi ce que je vais devoir faire.

– La Corruption est née de ma magie, mais elle a échappé à mon contrôle. Je ne peux pas l'annuler, je ne peux pas la réparer avec mon pouvoir. Il faut un alchimiste, un alchimiste capable de travailler non seulement dans le monde du Dessus mais ici aussi. (Il me regarde avec un sourire froid.) Violeta, tu es la seule à être capable de me voir et de me convoquer hors des frontières de la mort. La seule qui puisse évoluer dans le monde du Dessous en restant vivante. Tu es la seule à pouvoir jeter ce sort.

Je regarde tout autour de nous : la brume, les arbres, la lumière aqueuse de genévrier. Tout ici est calme et tranquille, si loin du sol déchiré, de la boue noircie du Dessus. Difficile de croire que cet endroit aussi est menacé par la Corruption.

– Où est la blessure ?

– Je vais te montrer.

Le Seigneur d'En Dessous tend la main vers moi ; je ne bouge pas. Sa voix s'adoucit, à la fois menaçante et douce.

– La lune se couche, Violeta. Viens avec moi maintenant.

Ses griffes sont tachées de mon sang. Sa paume est traversée de lignes, à l'instar de la mienne. C'est étrange de repérer une ligne de cœur sur une peau froide et inhumaine. Je ne veux pas lui faire confiance, mais j'ai déjà perdu beaucoup de temps. Alors je m'avance et je prends sa main.

Le sigil palpite à mon poignet, quand il entremêle ses doigts aux miens. *Rowan*. Les couleurs sont lointaines, à présent, seulement de faibles échos. Mais il est là. Toujours là. Je pense à tous ceux qui m'attendent dans le monde du Dessus. Comme ils sont proches du salut. Je tiens la main du Seigneur d'En Dessous et le laisse m'entraîner dans le monde du Dessous.

Nous marchons rapidement, dépassons des rangées et des rangées d'arbres d'une hauteur vertigineuse. Leurs branches sont couvertes de feuilles minces. Dans les litanies, le monde du Dessous est décrit comme une forêt où dorment les âmes. Mais ça ne ressemble à aucune forêt de ma connaissance. Il n'y a pas de ciel, seulement des branches, des feuilles pointues comme des aiguilles et des troncs rouge cramoisi.

Les « duramens », comme on les appelle dans la litanie du deuil. Et la couleur rouge profond de l'écorce est exactement comme ce que je découvre ici. Un cœur caché, saignant.

Nous allons de plus en plus loin, nos pas sont rapides. Le Seigneur d'En Dessous agrippe fermement ma main. Ses yeux translucides, distants et préoccupés, sont fixés sur le chemin devant lui. Je répète les étapes du sort dans ma tête, pour me préparer à ce que je vais affronter. J'essaie de me convaincre que ce n'est pas différent de ce que je viens d'accomplir au bord du lac.

Aucun de nous ne parle. On n'entend que nos pas pressés et mon souffle irrégulier. Le sol est couvert d'une mousse vert foncé, humide et froide sous mes bottes. Le sentier descend, les arbres semblent s'étirer de plus en plus haut à mesure que nous descendons.

L'immensité de cet environnement – sans ciel, sans fin – est terrifiante. Mais c'est beau, aussi. D'une beauté irréelle et solennelle. Et même si je me méfie de me voir ainsi conduite dans ces ténèbres, si je redoute de découvrir l'endroit où le Seigneur d'En Dessous m'emmène et ce que je devrai faire une fois arrivée, je ne peux m'empêcher de regarder autour de moi avec un mélange de peur et d'admiration. C'est un monde. Un monde entier. Des arbres, des arbres et des ténèbres embrumées.

Nous arrivons dans un espace plus petit et plus étroit. Ici, de minuscules bocaux sont suspendus aux branches les plus basses. Des lucioles opalines sont piégées à l'intérieur, qui dansent et voltigent contre le verre, leurs battements d'ailes produisant des scintillements fantomatiques. L'air est plus froid maintenant, en témoigne la rosée qui perle sur ma peau et au bout de mes cils. Puis le vent fait bruisser les feuilles, un chuchotis qui ressemble presque – presque – à une voix. Comme si les arbres échangeaient des propos à voix basse.

Je penche la tête, j'essaie d'écouter ; si je me concentrais un peu plus, je suis sûre que je pourrais distinguer des mots. Quand le Seigneur d'En Dessous remarque mes efforts, une lumière amusée s'allume dans ses yeux. Il me tire sous une arche formée par deux arbres énormes et il s'arrête.

– On ne devrait pas se dépêcher ?

Je me sens mal de rester immobile alors que je suis consciente de la lune qui s'éteint peu à peu au-dessus de moi, de Clover et d'Arien en train de contenir les ténèbres, de Rowan si près d'être dévoré par le poison.

– Un moment, dit le Seigneur d'En Dessous. Tu as le temps pour… ça.

Il m'aide à presser ma paume contre l'écorce rugueuse de l'arbre le plus proche. Je sens un battement, régulier et lent, puis le son devient une voix. Plusieurs voix, solennelles et musicales.

Je regarde autour de moi avec émerveillement.

– C'est… C'est vivant.

– Tu les entends, n'est-ce pas, Violeta ?

Il plaque sa main à côté de la mienne et écarte les doigts. Son visage devient presque tendre.

– Ce sont les voix de toutes mes âmes. Ma forêt respire, elle cligne des yeux, elle ressent, tout comme toi.

Je me penche plus près du duramen, envoûtée par le son des voix entrelacées. C'est comme un chant, un sort, un rêve. Des vies et des morts, innombrables, toutes ici dans les arbres, qui chuchotent, qui chuchotent.

– Pourquoi m'avez-vous montré ça ?

– Je voulais que tu voies mon monde. Que tu saches ce que tu vas sauver.

Je laisse le poids de sa réponse s'installer sur moi. Je suis vivante dans un endroit où aucun être vivant ne devrait pouvoir se tenir.

– Je n'avais jamais pensé à l'endroit où vont nos âmes, j'admets doucement. La litanie de deuil chante la forêt et les arbres, mais c'est très différent de ce à quoi je m'attendais.

– Et à quoi t'attendais-tu ?

– Nous brûlons nos morts.

J'imagine l'odeur de la cendre, une gerbe d'étincelles dans un ciel nocturne. Une douleur m'envahit, et je devine qu'il s'agit d'un écho des souvenirs que je lui ai donnés.

– Le feu transforme les corps en cendres sacrées, les étincelles dans les airs, les cendres dans la terre. Je crois… (Je le regarde, étrangement gênée par ma maladresse à essayer de m'expliquer.) Je n'avais pas pensé à la partie qui vous revenait.

Il me dévisage, intrigué, les yeux à demi voilés derrière ses cils transparents.

– La « partie » ? Eh bien, tu finiras par le découvrir, n'est-ce pas ?

En frissonnant, je pense à un bûcher. À Greymere, ils montaient les feux dans un champ spécial à l'extérieur du village. On voyait la fumée s'élever dans le ciel et, la nuit, on distinguait même la lumière des flammes. Je me figure le Seigneur d'En Dessous dans le champ, les bras chargés d'un fardeau enveloppé, qui s'éloigne dans l'obscurité.

Et puis j'imagine que le poids dans ses bras, c'est moi.

Je secoue la tête.

– Je ne vous appartiens pas. Ma présence ici ne signifie pas que vous avez un quelconque droit sur moi.

– Ah non ?

Ses doigts rôdent sous mon menton. Je détourne vivement le visage, et la pointe de ses griffes s'agite dans l'air à côté de ma gorge. Il laisse retomber sa main en riant.

– Non, tu ne m'appartiens pas. Du moins… pas encore.

J'étouffe un frisson. Je ne veux pas penser à cette issue, au fait que mon âme sera ici – et lui appartiendra – quand je serai morte.

– Emmenez-moi voir la Corruption. Je veux la réparer. Maintenant.

Le Seigneur d'En Dessous me frôle en passant, si bien que les pans de sa cape soulèvent mes jupes.

– Viens, m'appelle-t-il par-dessus son épaule. Nous sommes presque arrivés.

Nous nous enfonçons plus avant dans la forêt, où les arbres s'allongent à mesure que le chemin descend. Bientôt le paysage commence à changer, il y a des pierres parmi les arbres. De hauts piliers de granit recouverts d'une mousse vert vif. Des lambeaux de brume flottent dans l'air et sur ma peau.

Le froid plonge en moi, tout est sombre – pas de lanternes en lucioles ici. Chaque pas que nous faisons soulève une poussière grisâtre, comme de la cendre de cheminée. Elle s'envole en nuages qui collent à ma robe et à ma peau. L'air, toujours froid, vire à l'âcre. Je tousse et me plaque une manche contre la bouche. Ça fait mal de respirer.

– Où m'emmenez-vous ?

Le Seigneur d'En Dessous ne se retourne pas.

– À la blessure.

Le chemin se termine et la forêt s'éclaircit pour n'être plus qu'un bosquet clairsemé. Aux quatre coins se dresse un arbre, dont l'écorce cramoisie est carbonisée et dont la plupart des feuilles sont brûlées. Ils sont blessés. Je presse ma main contre l'un des troncs, en essayant de sentir le murmure de l'âme en dessous. C'est différent de la voix que j'ai entendue monter de l'autre arbre. Celle-ci a l'air faible, perdue et effrayée.

– Que s'est-il passé ici ? je murmure à côté du tronc détruit. Que vous est-il arrivé ?

Le Seigneur d'En Dessous me regarde avec une expression curieuse. Comme s'il m'avait fait passer un test sans savoir s'il voulait que je le réussisse ou que j'échoue.

Sans rien manifester, je colle ma joue contre l'écorce et je ferme les yeux pour mieux écouter. La forêt bourdonne et palpite tout autour de moi, tellement emplie de puissance qu'il m'est impossible de comprendre quoi que ce soit. L'âme me parle, mais ce que j'entends, ce ne sont pas des mots. Il y a une voix, évanescente, vivante et non vivante. Un poids lourd, un sentiment de quelque chose que je parviens à peine à imaginer, et encore moins à nommer.

Je me plaque plus près, l'écorce me griffe la peau. Et puis je discerne un flash d'images éparses, frénétiques. Une cabane dans un arbre sous une tonnelle de grenadiers. Un gâteau en forme de croissant de lune. Une main sur une épaule. Des chuchotements dans l'obscurité. La confusion qui cède la place à une peur lente et insidieuse.

Puis le sang, la peur, l'eau… l'eau à l'infini.

Tout ondule de façon vertigineuse. C'est Elan que j'ai entendu, des échos de son âme.

– C'est la famille de Rowan.

Les arbres à moitié détruits. Quatre arbres. Les parents de Rowan et son frère, et le dernier arbre laissé vide, en attente. Je me frotte le visage. J'essaie de reprendre mon souffle.

– Je t'ai dit que mon monde était altéré, lui aussi. Regarde autour de toi, Violeta. Voilà les dégâts que cause la Corruption.

Mon cœur bat à tout rompre et je trébuche, je dépasse les duramens qui abritent la famille de Rowan, pour entrer dans le bosquet. Ici, la forêt est noircie et nue. Les arbres sont déchirés, ouverts, leurs branches sans feuilles s'étirent vers le ciel comme des mains désespérées. Je touche le tronc le plus proche. Sous ma paume, l'écorce est boursouflée, craquelée et rugueuse. Et c'est silencieux. Il n'y a pas de chant, pas de pouls.

– Elles sont…

– Parties. Les âmes qu'ils contenaient sont détruites, complètement perdues. Et la même chose arrivera aux autres, à toute la forêt, si tu ne la répares pas. (Il pointe un doigt vers le haut.) Tu vois tout, Violeta. Tu sais ce qui doit être fait.

Je lève les yeux sans mot dire, horrifiée. Dans la canopée au-dessus de la clairière, l'air est sombre, plein d'ombres lourdes qui se déplacent et s'agitent entre les branches. J'ai vu l'obscurité sur le rivage. Je l'ai vue transformer Rowan en un monstre, se nourrir, et j'ai ressenti l'infinitude de sa faim. Et maintenant, je me tiens sous son cœur.

Elle bouillonne et se tord, blessure ouverte, empoisonnée. Elle m'appelle. Un cri de désespoir, de fureur et de profonde… faim. Elle me connaît. Elle connaît le goût de mon pouvoir, la chaleur de ma magie, la sensation de mes paumes dans la boue.

L'obscurité s'abat sur les arbres et je comprends que la Corruption s'est réveillée sur la rive, en Dessus. J'imagine Arien, les mains plantées dans la terre, qui se bat aux côtés de Clover pour la contenir. Rowan, les veines emplies d'un poison qui va bientôt ne plus y laisser que l'obscurité. Il faut en finir maintenant.

Je me rue vers le centre de la clairière, où un cercle est dessiné avec des pierres en granit, comme celles qui entouraient le feu de joie de Mordété au village. Je glisse en me précipitant, m'écorche une main et les deux genoux. En toute hâte, j'esquisse un sigil sur le sol à l'intérieur des pierres, répétant les noms des symboles à mi-voix pendant que je me déplace sur le sol cendreux. Lorsque j'ai terminé, les lignes sont floues et irrégulières, loin d'être aussi nettes que celles que Clover aurait tracées.

Je m'essuie les mains à mes jupes et je vais vite me poster au centre. Mais avant de commencer à lancer le sort, je jette un coup d'œil au Seigneur d'En Dessous. Il attend à l'extérieur du cercle des pierres, sous les arbres infestés, tout en me scrutant d'un œil attentif.

– Vas-y, dit-il quand je le regarde. Lance le sort comme tu l'as fait sur la rive.

Je lis une faim désespérée sur son visage, qui me rappelle Rowan le jour où je l'ai vu au village pour la première fois. J'enfonce les doigts dans le croissant de ma cicatrice, en essayant de ne pas m'arrêter à ma méfiance.

– C'est tout ce que je dois faire ? Il suffit de lancer le sort et tout sera réparé ?

Le Seigneur d'En Dessous sourit. Même son sourire est affamé.

– Oui. N'aie pas peur. Je reste là.

Je me répète qu'il n'a aucune raison de me tromper à nouveau. Tout ce qu'il a fait, même la duperie, c'était pour mon bien. Je l'ai appelé à l'aide et il m'a aidée. Il m'a fait venir ici, parce que c'est ici que je dois réparer la Corruption. Et il veut qu'elle soit réparée, lui aussi. La preuve de l'importance de l'enjeu pour lui est là, autour de nous dans ce bosquet détruit.

Je repousse le doute qui me traverse alors même que je prépare le sort. Arien et Clover ne peuvent pas lutter éternellement. Je dois le faire, et je dois le faire maintenant.

Ma magie a déjà commencé à enfler, à monter en réponse à l'agitation de la Corruption. Je sens sa chaleur, celle qui m'a brûlée si férocement auparavant, dans le monde du Dessus. J'ouvre et ferme les doigts, la lumière éclate avec avidité dans ma paume, comme une poignée de pétales brillants.

Puis je regarde le Seigneur d'En Dessous. Son visage froid et cruel, son sourire dur, plein de suffisance. Je lui tends la main, paume tournée vers le haut, comme je l'ai fait il y a longtemps dans la forêt d'hiver.

– Quand j'étais sur le rivage, je n'étais pas seule. Je veux que vous jetiez le sort avec moi.

26

Le Seigneur d'En Dessous me regarde avec tant de profondeur qu'il voit jusqu'à mes os, mon sang, mon cœur affolé, j'en suis certaine. Je dois faire appel à tout ce que j'ai en moi pour conserver une expression calme et une voix stable.

Je ne bouge pas, et lui non plus. J'attends, soutenant son regard comme pour le défier de relever le mien. S'il me veut du mal, s'il y a un danger à pratiquer ce sort, il ne s'avancera pas.

Ma main, toujours tendue, se met à trembler.

– Je vous veux à mes côtés. J'ai renoncé à beaucoup pour être ici. Vous pouvez au moins m'accorder cela. Vous avez besoin de moi et j'ai besoin de vous. Nous sommes liés.

À mes mots, la faim s'intensifie dans son regard et il sourit, montrant ses dents trop aiguisées. Alors il franchit les pierres sans hésiter et entre dans le cercle. Sa cape balaie le sol, soulève la poussière lorsqu'il enjambe prudemment les lignes des sigils.

Il regarde ma main tendue, puis moi, et je me vois reflétée dans ses yeux. La tache de mon visage, mes cheveux brillants comme une flamme emprisonnée.

– Tu sais, prévient-il, tu pourrais ne pas aimer le goût de ma magie.

– J'ai déjà fait ça avec Arien. Je n'ai pas peur des ombres.

Il rit.

– C'est ce que nous verrons.

Le Seigneur d'En Dessous tend vers moi ses mains dont s'échappent déjà des ténèbres. Le froid glacé de sa peau se heurte à la chaleur de ma magie, mais je me force à mêler mes doigts aux siens, à plaquer nos paumes. Nous nous tenons face à face, ses mains serrées autour des miennes, ses doigts sur les miens.

Je prends une profonde inspiration. Je croyais que sa présence tout près de moi me rassurerait, mais je suis toujours aussi hésitante. Un rire nerveux s'échappe de ma gorge.

– Vous ne me souhaitez pas bonne chance ?

Il se penche, tellement que sa bouche effleure presque ma joue.

– Bonne chance, ma Violette.

Je ferme les yeux et pense à l'or, à la chaleur et au soleil. Lorsque je fais appel à mon pouvoir, la douleur de l'absence, vision de moi perdue et seule dans un champ calciné, fuse aussitôt. Je la repousse, je m'imagine dans le jardin, les mains sur les ronces. Je vois le fil de ma magie se dérouler autour de moi, lâche, je sens les pétales de chaleur éclore dans mes paumes.

J'attrape le sort, le pouvoir du Seigneur d'En Dessous est là, à côté du mien, autre fil, d'acier acéré et rigide. Je serre les doigts et ses griffes percent mes paumes. Je pousse un petit cri à cette piqûre, vive et soudaine. Les fils jumelés de nos deux magies se resserrent, la lumière se déverse en moi, et notre pouvoir allume une brusque flamme.

Des ombres se déploient de ses paumes comme des rubans de soie. Elles s'enroulent autour de mes poignets. Son pouvoir est un feu voilé et des ombres de nouvelle lune. Il brûle en moi avec une douleur glaciale. L'appréhension monte, mais je la maîtrise. Je ne reculerai pas. J'ai déjà touché les ombres et les ténèbres. Je n'ai pas peur.

À la place, je laisse mon propre pouvoir – la force impitoyable et brutale qui ne m'a été accordée que pour une seule lune – fleurir dans ma poitrine. Je verse plus de magie dans le sort, et des étincelles jaillissent au bout de mes doigts. Le sol tremble à l'instant où les lignes du sigil s'enflamment.

Et puis un son retentit au-dessus de nos têtes.

La Corruption qui *appelle*. Au début, c'est un sifflement doux, une espèce de vent. Puis ça devient plus aigu, plus dur. Une supplication, un grognement, un gémissement. C'est familier maintenant, cette voix, cette chanson de désir et de faim. Je l'ai sentie. Je lui ai parlé. J'ai embrassé Rowan et goûté son poison dans sa bouche. *Je te connais.*

J'ouvre mes mains et les tourne vers le ciel. Je laisse ma magie répondre à l'appel. La lumière jaillit de moi et s'élève en minces fils d'or qui s'enroulent en spirales. L'obscurité dans le ciel s'agite et bouillonne. L'air est lumineux : mélange de givre, d'étincelles et de cendres.

Le Seigneur d'En Dessous ajoute une dose de sa propre magie dans le sort. Alors que nous le jetons ensemble, j'ai l'impression d'avoir été déshabillée de mes vêtements, de ma peau même. Je lui ai montré une partie cachée de moi dont je ne me savais même pas détentrice. Son pouvoir sur mon pouvoir. Sa peau sur ma peau. Son souffle sur ma gorge.

Mon pouvoir équilibre la froideur de ses ombres. En cet instant, nous sommes égaux. *Nous sommes connectés.*

Je devrais être horrifiée. Je suis venue dans son monde et j'ai vu des choses qui ne sont pas censées être vues par une humaine, encore moins une vivante. Mais enfouie plus profondément, si loin que je pourrais presque prétendre ne pas l'avoir remarquée, il y a la fierté.

La Corruption se tortille dans les branches au-dessus de nos têtes. L'eau coule sur nous, formant une mare dans le cercle des pierres. Une vague froide, noire comme l'encre, déferle sur mes pieds. J'envoie plus de puissance dans l'obscurité bouillonnante. Des vrilles s'échappent de la terre et poussent un cri de surprise quand elles s'accrochent à ma peau. Des fils de ténèbres s'enroulent autour de mes mains, de mes poignets. Dans ma bouche se répand le goût du poison.

– Oh!

Je veux m'éloigner du Seigneur d'En Dessous, mais il serre encore mes mains. Ses yeux rencontrent les miens et, un bref instant, son expression s'adoucit. Il cligne des paupières, lentement, abaisse ses cils sur son regard gelé. L'obscurité s'est aussi répandue sur lui, un dessin de fines lignes noires est apparu sous sa peau à la blancheur de l'os.

– Violeta, murmure-t-il d'une voix basse et tendue. Elle va détruire nos deux mondes.

Je le sais. Je ne peux pas faire marche arrière. Je dois continuer.

D'en haut tombe une eau de plus en plus sombre. Et puis je distingue des formes. Des bras menus, des visages aveugles et des griffes comme des lames de rasoir. Les créatures qui ont surgi du lac. Leurs mains se tendent à travers les branches des arbres. Un cri douloureux et pitoyable. Puis un autre et un autre, qui retentissent autour de nous. Le son des âmes disparues, en même temps que les arbres étaient empoisonnés, dévorés par la Corruption et absorbés pour nourrir sa faim.

En désespoir de cause, je regarde les arbres où dorment les âmes de la famille de Rowan. Ils sont intacts pour l'instant, mais dans un rien de temps, les ténèbres s'abattront sur eux. Il y a des vies ici, une forêt entière d'âmes. Je les visualise toutes, enfermées dans la sève et l'écorce, tandis que la brume s'insinue par les branches. J'imagine Arien, Clover et Rowan, dans le monde du Dessus, débordés par les créatures.

Je sens la brûlure de ma magie sur ma peau, dans mes paumes, au bout de mes doigts.

– Non ! Non. Elles ne sont pas à vous. Venez à moi. À moi.

Je me rappelle ce que Rowan m'a dit sur la Corruption, son éveil et lui qui a absorbé les ténèbres pour l'arrêter. Je dois faire comme lui. Je dois la laisser entrer.

Les lignes sombres sur ma peau se resserrent et s'étendent, recouvrent mes avant-bras et s'enroulent autour de mes coudes. Je tousse, je respire bruyamment. Du sang coule de mon nez et de ma bouche. À travers l'obscurité qui m'envahit, je laisse brûler l'éclat vicieux de ma magie. La douleur, la peur, l'obscurité. Je vais les combattre. Je vais réparer. J'atteins mon pouvoir. Les fils de ma magie, renforcés par la magie du Seigneur d'En Dessous, sont noués autour de mes mains. Je tire dessus, les resserre de plus en plus fort. La lumière remplit mes paumes. Je laisse ce pouvoir brut s'amasser, puis je le projette vers le ciel.

À mon poignet, le sigil bourdonne et, quand je ferme les yeux, j'aperçois le scintillement lointain du monde du Dessus. Juste une lueur, très faible – rose, pêche et or –, mais elle est là. Je veux y retourner. Vers le rivage, vers mon jardin, vers ma maison. Mais je ne peux pas. Pas encore.

J'espère que Rowan sait à quel point je suis désolée. D'avoir choisi ça, tout ça. De me battre contre lui et de lui mentir. De lui montrer mes cicatrices. De passer ce terrible marché. D'être tombée amoureuse.

C'est ce que j'ai choisi.

Je lève mon visage vers le cœur blessé et pourri de la Corruption.

– Viens à moi.

J'ai appelé l'obscurité.

Les créatures tombent, affamées, assoiffées. Voraces. Elles attendent depuis si longtemps. Elles étaient si désespérées, si avides, et maintenant… et maintenant…

Un souvenir, comme un flash. Mes mains cramponnées autour de l'idole. Je la jette violemment sur le sol. Ses éclats, comme une étoile filante sous mes pieds. Je suis par terre et j'ai du verre dans les genoux. Les tessons sont brûlants. Ils me coupent, mais je ne crie pas.

Les griffes sont sur moi. Elles s'enfoncent en moi, me traversent. Elles pénètrent profondément dans mes bras, ma poitrine, mes poignets, mes cuisses. Le Seigneur d'En Dessous cramponne mes mains alors que les créatures me déchirent la peau. Je sens le goût du sang, je me suis mordu la langue. Je goûte la brûlure froide et cendrée de ma magie.

Les créatures m'ont coupée.

Je suis tailladée, ouverte, prête à être dévorée.

Elles s'enfoncent profondément.

Je pense à des tessons. Je pense à des couteaux. Je pense à des griffes. Je pense à des dents acérées.

Le Seigneur d'En Dessous est toujours à côté de moi. Il me tient serrée.

– N'aie pas peur.

J'appelle l'obscurité. *Viens à moi.* Le sigil à mon poignet pulse sur un rythme cadencé. La terre sera réparée. Le poison disparaîtra. Arien sera en sécurité. Il aura quatorze ans à la fin de l'année, les fêtera avec un gâteau en forme de croissant de lune. Clover lui donnera des leçons d'alchimie. Il s'assiéra dans la bibliothèque et dessinera des motifs dans ses cahiers. Il sera *chez lui.*

Et Rowan…

Et Rowan et moi…

Je me souviens de ce que j'ai ressenti, allongée à ses côtés dans sa chambre, au clair de lune. Quand j'ai repoussé l'incertitude et le danger et essayé de tout oublier. Pendant ce bref instant, lovée contre lui, j'étais seulement Leta. Aimée, au chaud et en sécurité.

Les ténèbres s'accumulent, provenant du ciel, de l'air, des arbres, des pans de noirceur qui ont empoisonné le Seigneur d'En Dessous. Le sol sous mes pieds se transforme en mousse moelleuse. Les voix effrayées dans les arbres s'adoucissent. Je les entends chuchoter. Elles me disent que les arbres ont faim, eux aussi. Elles me disent qu'il y a un creux à l'intérieur d'un jeune arbre duramen, un espace vide creusé pour moi.

Mais je n'ai pas fini. Je vais plus loin, plus haut, au-delà du monde du Dessous. J'appelle le poison qui a infecté le lac et la rive. Le poison qui a contaminé Rowan. Je l'appelle à travers la terre, à travers les mondes, et je le laisse entrer.

Les ténèbres sont en moi maintenant. Il y a du poison dans mon sang, mon cœur, mes os. Je suis mordue, saignée, dévorée. Morceau par morceau, je me dissous. Je suis consumée par le noir. Je le laisse me prendre. Je le laisse devenir moi.

À mon poignet, le sigil brûle. *Un sceau sur ton cœur, un sceau sur ton bras*. Je ressens un afflux de couleurs, d'émotions. Peur et exaltation. Résignation et soulagement. J'imagine le monde du Dessus réparé, protégé, enfin sauvé. Tout le monde à Lakesedge – Clover, Florence, Rowan, Arien – en sécurité. Grâce à moi.

Le Seigneur d'En Dessous me saisit et je m'affale contre lui. Doucement, doucement, il m'allonge dans l'eau qui s'est accumulée au milieu des pierres.

Tout ce que je sens, tout ce que je goûte et vois, c'est la faim. L'obscurité au-dessus, l'obscurité en dessous et l'obscurité à l'intérieur.

– Laissez-moi rentrer à la maison, je chuchote. S'il vous plaît.

Il se penche vers moi, appuie son front contre le mien.

– Bientôt.

27

Le monde est silencieux. Un silence qui avale tous les sons. Je dérive, loin, loin sous l'eau du lac, noire comme l'encre. Les vagues me bercent, douces et lentes. Elles me remontent peu à peu, jusqu'à ce que je fende la surface.

C'est l'aube, mais la lune reste visible entre les nuages. Une lumière argentée dessine le rivage alors que je suis déposée par les vagues sur le sol sombre. Le sigil à mon poignet me fait mal.

Au loin, une faible lumière. Une lanterne vacille, flamme minuscule presque entièrement brûlée. Quelqu'un se tient à côté. La douleur à mon poignet se transforme en un pouls régulier.

Rowan m'attend. Il touche le sort. Je me sens moi, précieuse dans son esprit, entourée de couleurs, nacre, rose et or. J'imagine un fil incandescent tissé entre nos deux cœurs.

Les vagues se précipitent sur ses bottes pendant qu'il court à ma rencontre sur le rivage. Il se penche vers moi, m'attire contre lui. Son souffle est rauque, irrégulier. Il pleure. Les doigts sur ma gorge, il cherche mon pouls.

Puis il lâche un soupir, soulagé, quand il sent mon cœur battre.

Ses bras se resserrent autour de moi et il me soulève. Il m'emmène loin de l'eau, vers les arbres pâles.

– Leta, chuchote-t-il. Tu es saine et sauve.

J'essaie de répondre, mais je ne peux ni bouger ni parler. Je suis toujours perdue dans un silence sans lumière. Je me laisse aller contre son torse, la tête lourde sur son épaule. Je suis une branche, une pierre, un poids de plomb. Derrière nous, j'entends le lac, le silence et le soupir des vagues. Le son s'adoucit lorsque nous atteignons la forêt, remplacé par le frisson de l'air dans les branches.

Il m'allonge sous les arbres. Je lève les yeux vers lui, vers ses yeux tachés d'ombres fatiguées, sa gorge marquée de cicatrices et d'hématomes.

– Rowan. (Le lien qui nous unit se met à briller.) Rowan.

Il se penche et m'effleure les lèvres d'un baiser. Au début, je ne sens que le goût du lac. Au-delà, cependant, brille une infime braise, une petite flamme de chaleur, un souvenir. Miel, épices, chaleur torride. Nous deux, dans la lumière brillante près de la fenêtre.

Le monde se réveille, clignement d'yeux par clignement d'yeux, son par son. Quelqu'un prend ma main. Arien. Il pleure, lui aussi.

– Je t'ai crue perdue. Je t'ai crue partie pour toujours.

– Non, je parviens à souffler. Pas pour toujours.

J'essaie de bouger, de me déployer. Il me faut beaucoup de temps. Je pose une main tremblante contre le sol et me redresse. La nausée. Mes poumons se contractent. Je ne peux plus respirer. Je me mets à tousser, puis incapable de m'arrêter, je me tourne sur le côté parce qu'une eau amère, noire comme de l'encre, s'écoule de ma bouche.

Je ne peux pas… Je ne peux pas…

Je ne sens que des griffes, des dents et ma peau qu'on déchire.

Rowan me frotte doucement le dos pendant que je lutte pour reprendre mon souffle. J'enfonce les doigts dans la terre et me recroqueville, je m'étouffe, recrache sans fin le poison, à flots continus. Enfin, ça s'arrête. J'essaie de m'essuyer la bouche avec mon poignet, mais je suis couverte de sang et de terre. Je crache à nouveau, puis je m'affale, à bout de forces, le dos contre la terre, le visage tourné vers le ciel.

Rowan tire sur sa manche et m'essuie le visage. Puis il écarte et lisse mes cheveux, touche ma joue humide de sueur, tout en me regardant comme s'il n'était pas sûr que je sois réelle.

– Leta. Tu es revenue.

J'essaie de lui sourire, mais un sanglot s'échappe de ma gorge. Mes yeux se brouillent et je serre mon visage entre mes mains. J'ai l'impression d'être une chose cassée qui a été mal recollée et dont on aurait scellé les fissures avec de la peinture dorée. Réparée, mais changée. Je sens encore l'obscurité partout sur moi. À l'intérieur de moi. La façon dont les créatures m'ont déchirée. Le dernier souffle terrible que j'ai pris avant d'être dévorée.

Florence m'a enroulé une couverture autour des épaules et je m'y blottis avec gratitude. Clover s'agenouille à côté de moi. Elle prend mes mains entre les siennes ; ses doigts sont imprégnés de magie. Son pouvoir est chaud, mais cette chaleur ne fait rien pour atténuer le froid qui a pris possession de mon corps.

– Tu es saine et sauve, dit-elle, la voix lourde de larmes. Oh, Violeta ! Je suis si heureuse que tu sois revenue.

Je m'assois lentement. Rowan m'entoure de ses bras et je m'appuie contre lui, les doigts cramponnés, malgré ma faiblesse, à un pli de sa cape tachée de boue. Je tourne les yeux vers le rivage. Le sol est encore sombre, la terre, encore déchirée par la blessure qui s'est ouverte et m'a fait entrer dans le monde du Dessous. Mais tout est immobile. Comme dans l'expectative.

Je me tourne vers Arien et Clover.

– Vous pouvez la réparer maintenant.

Je n'ai pas de mots, encore, pour ce que j'ai vu. Pour ce que j'ai fait. Peut-être que je n'en aurai jamais.

– C'est sans danger.

Ils échangent un regard, puis se lèvent. J'attends près des arbres, comme je l'avais fait la nuit du premier rituel, et je les regarde descendre vers l'eau. Je n'arrive pas à m'empêcher de frissonner. Rowan me tient dans ses bras et caresse mes cheveux, dont il démêle les nœuds avec ses doigts. Il me murmure des choses en ôtant les feuilles mortes et de la mousse, tous les morceaux de forêt et de lac qui sont emmêlés à mes boucles.

– Tu as été courageuse, murmure-t-il sans relâche, et je me laisse bercer par le rythme de ses mots. Tu as été courageuse, tu as été courageuse.

– J'ai si froid.

Il me serre plus fort, me plaque contre son torse.

– Je vais te réchauffer.

– Tiens.

Florence a pris une autre couverture dans son panier et l'enroule autour de nous deux. Elle garde sa main sur mon épaule pendant que nous regardons Arien et Clover pratiquer leur sort sur le rivage.

Arien se penche vers le sol. Des ombres se déploient de ses mains, prudentes, contrôlées. Elles tissent un treillis délicat sur la boue tandis que Clover presse ses doigts contre la terre. La toile d'ombres se met à briller lorsque la lumière jaillit de ses paumes.

Le sol est immobile. Aucune créature ne s'en élève. La terre ne veut pas les combattre.

Je pense à cette nuit, il y a longtemps, où Clover avait posé les mains sur mes genoux blessés. Arien et elle touchent le sol de la même manière. Doucement, délicatement. Une pression. Un chuchotement. Et c'est réparé.

De nouveau, le rivage devient lisse. Dans la forêt pâle, des feuilles nouvelles poussent aux branches.

Le noir, la Corruption, tout a disparu.

Un fil de lumière scintille à l'horizon alors que la lune descend bas dans le ciel. Les nuages s'épaississent, des gouttes de pluie commencent à se déposer sur ma peau et mes cheveux comme un voile. Une gerbe d'étincelles s'échappe de mes mains : c'est l'ultime éclat du pouvoir que le Seigneur d'En Dessous m'a accordé. Puis il s'éteint. Il n'y a plus que ma magie maintenant. Petite et douce, infime trace.

– C'est fait, j'annonce. On l'a réparée.

J'ai l'impression d'avoir la gorge, la poitrine et la bouche carbonisées quand je parle. Rowan s'empare de ma main.

– Oui, mon amour, c'est fait. On peut rentrer à la maison.

À la maison. Tout ce que je veux, c'est y retourner, me nettoyer, me récurer et dormir une dizaine de nuits pendant qu'un feu brûlera dans l'âtre. Rowan m'aide à me relever. Il passe son bras autour de ma taille, sans jamais me lâcher tant qu'on n'a pas atteint le jardin. Les autres suivent, j'entends leurs pas et le murmure soulagé de leurs voix.

J'aimerais pouvoir partager leur soulagement. C'est fini, je suis saine et sauve, nous sommes tous en sécurité. Pourtant, un poids me pèse sur la poitrine, dont je ne parviens pas à me débarrasser, malgré mes efforts.

La pluie redouble d'intensité, elle tombe à une cadence régulière à travers les feuilles et sur la pelouse. Je renverse le visage vers le ciel : je la trouve sombre, la pluie. Comme des ombres, comme du sang empoisonné. Ma vision se brouille. Nous entrons dans la cuisine. Je prends une seule inspiration pour laisser l'odeur de la fumée, du thé épicé, de la chaleur se répandre dans mes poumons.

Puis le froid m'envahit.

Je baisse les yeux sur mes mains et touche le croissant noirci qui balafre ma paume. Il se fend. Une eau noir d'encre s'écoule de la blessure. J'ai des entailles et des entailles et des entailles partout sur les bras, les poignets et les doigts. Et ma peau, sous les blessures et le sang qui ruisselle, est zébrée de ténèbres. Rowan lâche un hoquet.

– Tu… tu…

Empoisonnée.

– Ce n'est pas possible. (Je frissonne tellement que je peux à peine parler.) Je l'ai réparée. C'était fini.

Pourtant je sens la Corruption se déployer sous ma peau. Elle a des dents et des griffes. Elle a faim.

Arien et Clover se pressent dans l'embrasure de la porte. Florence arrive derrière eux, les couvertures toujours drapées, oubliées, sur son bras. Horreur et désespoir emplissent leurs yeux.

– C'est comme ça que j'ai arrêté la Corruption, je chuchote. Je l'ai laissée entrer en moi. Elle est toujours là. Elle fait partie de moi maintenant. Et je pense qu'elle va me détruire.

Arien court vers moi. Je m'accroche à lui lorsqu'il se met à pleurer.

– Tu avais promis. Tu avais promis que tu reviendrais saine et sauve.

Clover jette ses bras autour de moi et presse son visage strié de larmes contre mon épaule. Florence pose sur ma joue ses doigts tremblants, presse son autre main sur sa bouche. Ils m'entourent et, pendant un bref instant de perfection, je suis en sécurité, chez moi.

Puis l'obscurité se referme. Je respire avec difficulté à cause du poison qui s'est enfoncé comme une épine dans ma poitrine. Ma bouche est pleine de sang. Ma vision, noire et tachetée.

Rowan m'attire contre lui. Sa main me cramponne la taille, ses doigts tremblants se nouent dans mes jupes.

– Leta, s'il te plaît.

Je passe les bras autour de lui et j'enfouis le visage contre son torse. Les battements de son cœur sont affolés sous mon oreille. Je sais que ça ne peut se terminer que d'une seule façon.

Je lève vers lui mes yeux mouillés de larmes.

– Emmène-moi à l'autel.

– Non, déclare-t-il d'une voix soudain féroce. Non.

J'essaie d'avancer par mes propres moyens, mais mes jambes cèdent. Il me rattrape avant que je ne tombe, et je m'appuie contre lui.

Rowan me regarde, au désespoir.

– Je ne peux pas faire ça, Leta. Je ne peux pas te donner à lui.

– Il est le seul qui puisse m'aider.

Son expression se ferme. Ses bras se resserrent autour de moi et il hésite un instant. Je pense qu'il va refuser, que je vais rester entre ses bras jusqu'à me perdre dans les ombres. Et puis, il me porte dans le salon, avec Arien, Florence et Clover sur ses talons.

Rowan me dépose sous l'icône. J'attrape sa chemise à pleine poignée, je le tire vers moi. Je commence à l'embrasser, des baisers au goût d'herbes amères, de sang et de cendres.

– Je t'aime.

Il lâche un soupir impuissant et furieux contre ma bouche, puis il me rend mon baiser. Et malgré toute sa peur et sa colère, il est doux, aussi doux que si j'étais un objet fragile, en verre.

Je pose ma main sur l'autel, tachant de sang son cadre de bois. Je trouve le fil ténu de ma magie et en tire juste assez de puissance pour allumer une unique bougie. Sur l'icône, le Seigneur d'En Dessous est acéré et sombre, ses doigts sont lacés d'ombres.

– Qu'est-ce que vous avez fait ? je chuchote, affolée. Qu'est-ce que vous m'avez fait ?

Le monde bouge et se fracture. Je vois Rowan, avec son manteau sombre et ses longs cheveux, auréolé par la douce lumière de la fenêtre. Je vois le Seigneur d'En Dessous, la forêt de duramens dans son dos, sa main tendue, un sourire dur gravé sur son visage.

Les deux viennent vers moi. Les deux me prennent la main. Les deux chuchotent à mon oreille.

– Leta. (Rowan semble loin, très loin. Comme si j'étais de retour dans le lac, sous l'eau sans fin.) Ne le laisse pas te prendre.

– Violeta. (Le Seigneur d'En Dessous passe ses griffes sur la cicatrice à ma paume.) Tu t'es fait ça toute seule, ma Violette. Tu l'as laissée entrer. Nos mondes sont réparés, mais la Corruption n'est pas terminée, pas encore. Elle a besoin de te dévorer. Alors seulement elle disparaîtra pour de bon.

Je me mords la lèvre si fort que je sens le goût du sang et vois des étoiles. La douleur me stabilise, elle remet le monde d'aplomb. Je me rapproche de Rowan et prends ses joues entre mes mains. Je l'embrasse alors que le poison se répand en moi, si puissant, si affamé et si impitoyable que je peux à peine le combattre.

Il me caresse le visage, ses doigts tremblent.

– Reste avec moi, Leta. S'il te plaît.

Je pense à un verger sous le clair de lune, le monde est immobile et silencieux. Nous deux, seuls parmi les arbres. Je pose mon front contre le sien et je ferme les yeux.

– Je suis désolée.

Puis je me tourne vers Arien. Il a l'air tellement blessé, triste et en colère que ça me brise presque. Je mets mes bras autour de lui, la gorge nouée.

– Je suis si fière de toi, Arien. Tu as été très courageux lors du rituel.

Il presse son visage dans mon cou et se met à pleurer. Je le serre fort dans mes bras. Si seulement il y avait un autre moyen, que je n'aie pas à le laisser.

– Tu ne peux pas faire ça, dit-il. Tu ne peux pas.

Je pose les mains sur ses épaules et le maintiens immobile.

– Écoute, mon chéri. J'ai besoin que tu prennes soin de tout le monde ici. Prends soin d'eux pour moi.

Il acquiesce, le visage baigné de larmes.

– Je le ferai.

Je me retourne vers l'autel. Les ténèbres s'amoncellent, l'air se remplit de brume. Des vagues d'eau noire déferlent sur le sol. Tout se brouille et s'adoucit, jusqu'à ce que je sois enveloppée d'ombres. Mon cœur commence à ralentir. Je sens la Corruption dans mon sang, autour de mes os. Il ne me reste plus beaucoup de temps avant d'être perdue.

Je vois le Seigneur d'En Dessous et les duramens.

Je me lève. L'effort est presque insurmontable, pourtant je ne vacille pas. Je me tiens debout devant le Seigneur d'En Dessous, je soutiens la glace de son regard et je me tourne vers les ombres et le poison.

– Emmenez-moi avec vous. Ramenez-moi, vivante, dans le monde du Dessous.

Il m'ouvre les bras. Je fais un pas vers lui. Il m'enveloppe, comme avec des ailes.

Puis tout devient silencieux, et je suis partie.

28

Je suis recroquevillée sur le côté, au centre des pierres. Au fond de ma poitrine, la Corruption s'agite – elle se faufile et s'entremêle, comme en réponse à ma colère et à mon désespoir. Des fils de ténèbres serpentent sur mes bras, sur ma poitrine, et se resserrent autour de ma gorge.

Rowan a vécu si longtemps avec ce poison. Ça l'a fait souffrir et souffrir encore, avant de l'emporter presque complètement. Et ce n'était qu'une partie de la Corruption. Moi, je l'ai toute en moi maintenant. Toutes les ténèbres qui ont empoisonné la rive, le lac et le monde du Dessus. Toutes les ténèbres qui ont dévoré les âmes, les duramens et le monde du Dessous.

Le Seigneur d'En Dessous s'agenouille à côté de moi.

– Ne lutte pas.

Les mots qu'il a déjà prononcés après que je suis entrée dans le lac. Il se penche au-dessus de moi, jusqu'à ce que je ne voie plus que son beau visage cruel, et me prend la main.

Ma bouche se remplit d'eau noire d'encre. Je me libère de son contact, je hoquète, je m'étrangle et je crache jusqu'à pouvoir enfin prendre une autre inspiration laborieuse. Le visage dans les mains, je me mets à pleurer. Je m'autorise un sanglot étouffé, le visage enfoui entre mes paumes, puis je ravale mes larmes.

– Vous saviez. (Je déteste qu'il entende dans ma voix à quel point je me sens trahie, l'ampleur de ma honte.) Vous saviez depuis le début que je finirais de cette façon.

Il plisse ses yeux froids.

– Oui, je le savais. Je savais, lors de ta visite, que tu étais capable d'y arriver. J'avais besoin de ta magie, mais il n'y avait pas que le sort. Plus que tout, j'avais besoin de ta volonté d'inviter l'obscurité, de t'offrir, de la laisser entrer.

– Vous m'avez menti. Vous m'avez dupée.

– As-tu oublié ce que tu as demandé ? (Son intonation change pour se caler sur la cadence de ma propre voix.) *Je dois faire en sorte que ça s'arrête. J'ai besoin de votre aide.* Ceci – ton sacrifice – était le seul moyen d'y parvenir.

– Vous savez que ce n'est pas ce que je voulais.

– Je sais ce que j'ai promis.

Sous l'effet de la colère, ses traits se transforment. Trop d'yeux, trop de dents, des entailles diagonales dans son cou. Puis son visage se recompose.

– Ils sont en sécurité. La Corruption est réparée. Je ne t'ai jamais menti, Violeta.

Je remonte ma manche. Il y a une profonde entaille au centre du sigil à mon poignet. Je pose mes doigts sur la marque et j'appuie, cherchant le fil de magie qui me lie à Rowan. Un flou d'émotions – les miennes et pas les miennes – se succèdent dans mon esprit. Ténues, faibles et lointaines, mais toujours là.

– Je voulais juste rentrer chez moi.

– Et je t'ai ramenée chez toi. Je t'ai permis de revoir tous ceux que tu aimais, une dernière fois.

Son expression implacable vacille. Pendant une fraction de seconde, il a l'air presque désolé. Il essaie de me caresser les cheveux, mais je le repousse.

– Ne me touchez pas.

Le Seigneur d'En Dessous recule d'un pas, puis d'un second, passe de l'autre côté du cercle de pierres.

– Ne lutte pas, répète-t-il. Les ténèbres doivent te prendre. Elles t'envahiront. Tu vas mourir et te transformer en cendres, et ton âme dormira dans un duramen. Alors seulement la Corruption aura disparu.

Pendant qu'il parle, je sens le poison m'envahir de plus en plus. J'ai de plus en plus de difficulté à respirer, à parler, à voir. Je ferme les yeux et j'essaie de puiser dans ma magie. La pleine lune est passée maintenant, mon pouvoir est faible et infime. Presque impossible à saisir. Chaque morceau de moi est meurtri par l'effort, mais finalement, j'arrive à m'y cramponner.

S'il vous plaît. La Corruption se tord sous ma peau. Mes poignets, ma gorge, mon cœur, mes poumons. *Reste allongée, reste tranquille.*

Au début, elle se bat. La douleur s'infiltre dans mes os, dans ma poitrine. Un flot d'eau me remplit la bouche. *S'il vous plaît.* Je pense à la chaleur et à la lumière. À ma peau, couverte de taches de rousseur, rougie par des coups de soleil et non marquée par le poison. Je pense à une inspiration profonde et lente qui n'a pas le goût de l'eau du lac. *Ne me faites pas de mal. Laissez-moi partir.*

Soudain, tout s'adoucit. Le poison se rétracte, se blottit entre mes côtes. La contraction de ma gorge et de ma poitrine se relâche. Je prends une inspiration désespérée, passe les mains sur ma peau pour apaiser la douleur. Mais même si la Corruption s'est calmée, je sens toujours sa faim. Je sais que bientôt elle va se réveiller à nouveau et qu'elle sera trop forte pour que je puisse la combattre.

Un courant d'air agite les branches couvertes d'aiguilles. Et l'obscurité me murmure : *Je ne te ferai pas de mal. Laisse-moi t'emporter.*

Je secoue la tête. *Non.* Je regarde le Seigneur d'En Dessous, qui m'observe dans un silence prudent.

– Approchez, je lui ordonne.

Ma voix ressemble au lac. Une eau profonde et sombre qui veut noyer le monde.

Il vient vers moi, lentement, tendu, presque comme s'il avait peur de moi. Il n'a peut-être pas menti, mais il n'a jamais dit toute la vérité non plus. Et maintenant, je veux savoir. Je ne me laisserai pas emporter dans les ténèbres sans être certaine qu'il n'y a pas d'autre choix.

Je soutiens ses yeux.

– Je vais vous poser une question et vous y répondrez honnêtement.

Il attend, curieux. Je réfléchis bien à chaque mot, je les pèse soigneusement avant de continuer.

– Votre magie peut-elle réparer la Corruption, maintenant qu'elle est concentrée en moi ?

Il ne bouge pas. Je pense d'abord qu'il va refuser de répondre et puis sa bouche se retrousse, très légèrement, sur un soupçon de sourire, infime.

– Oui, elle pourrait.

– Vous pourriez arrêter ça ?

Son sourire s'élargit, au point de laisser voir la pointe acérée de ses dents.

– Cela dépend de ce que tu es prête à m'offrir.

Je sais que je n'ai qu'une seule chance. Je pense à la façon dont il a avalé ma peur, mes souvenirs. Tout ce à quoi j'ai renoncé devant l'autel. Il pourrait facilement m'abandonner à mon sort. Qu'il négocie avec moi maintenant, ou qu'il me regarde mourir à ses pieds, dans les deux cas il est vainqueur. Je dois lui faire comprendre qu'il a quelque chose à gagner en assurant ma sécurité. Lui donner une raison de me préserver, entière et vivante.

Dans les bois de Vair, j'étais petite, effrayée et impuissante, et je pensais ne rien avoir à lui offrir. Alors que maintenant, j'ai énormément. J'ai une famille, de l'amour et un foyer. J'ai de la magie et de la force.

Je sens la forme du mot dans ma bouche. Je le laisse reposer sur ma langue, jusqu'à en sentir le goût. Alors, je lui fais mon offre.

– Le pouvoir.

Il me regarde avec curiosité.

– Continue.

– Vous m'avez dit un jour qu'il y avait du pouvoir dans la peur. Eh bien, je n'aurai pas peur de vous. Mais si vous pouvez me protéger de la Corruption – me débarrasser du poison –, je vous donnerai du pouvoir. (Je pince les lèvres, je ne cille pas, même si je ne suis que désespoir, au fond.) Je vous aimerai. Je vous vénérerai. Je ne vous oublierai jamais, même une fois rentrée chez moi.

Il s'approche, lueur blafarde parmi les ombres silencieuses de la forêt. Ses yeux de verre dépoli, la frange de ses cils, ses cheveux comme un voile de brume. Lentement, il lève la main et caresse mon visage. Ses griffes sont délicates lorsqu'il suit le contour de ma mâchoire. Quand il me touche, je me souviens de ce que j'ai ressenti au moment où nous avons lancé le sort ensemble. Comme c'était brut, comme c'était intime, comme nous étions proches. La brûlure froide de ses ombres quand elles chantaient en moi.

J'appuie quelques secondes ma joue contre sa paume. Puis je pose ma main sur la sienne et je l'immobilise.

– Acceptez-vous ?

– Je réfléchis. Assieds-toi, dit-il en désignant les pierres d'un geste du menton.

Mon ventre se vrille en un nœud d'angoisse. *Il n'a pas refusé. Pas encore.* Je recule, vais m'asseoir sur l'une des pierres de granit calcinées. Il s'agenouille devant moi pour regarder mes bottes détrempées par l'eau d'encre, couvertes de boue. Il prend l'une de mes bottes dans ses mains et entreprend d'en défaire les lacets.

– Tu as donc une si haute opinion de ta compagnie, ma Violette des bois ? Je préfère peut-être avoir ton âme. Cela poserait beaucoup moins de problèmes.

– Mais quel pouvoir y a-t-il dans une âme ? Dites-moi, sincèrement. Aurais-je autant de valeur à vos yeux si je n'étais qu'une voix de plus, en train de murmurer au cœur de l'un de vos arbres ?

En attendant qu'il me réponde, je n'entends que les battements de mon cœur. Enfin, il part d'un rire sinistre et secoue la tête.

– Non. Même si je pense que tu discuterais beaucoup moins.

Soulagée, je me force à lui sourire. Je remonte mes jupes, pour lui donner un accès plus facile à mes pieds.

– Oh, ça, je ne sais pas. Je suis sûre que je trouverais un moyen. Et pour ce qui est de ma compagnie, je suis la seule personne vivante capable de vous voir et de vous invoquer. Je peux vous toucher. Je peux aller dans le royaume des morts. Je peux entendre les voix de vos âmes. Donc, oui. J'ai une assez haute opinion de moi.

Il lève les yeux vers moi, et c'est comme s'il me découvrait. Comme si j'étais une graine qu'il avait semée ici, dans cette terre autrefois dévastée, et qui aurait poussé pour devenir une fleur à laquelle il ne s'attendait pas. Il me sourit, satisfait.

Il ôte mes bottes et les met de côté, soigneusement alignées. Il enlève mes chaussettes garnies de rubans et les range dans mes bottes. Puis il baisse les yeux sur mes genoux et son regard s'arrête sur mes cicatrices. Lentement, il lève la main, ses griffes planent au-dessus des marques.

Je commence à penser à Rowan, et même empli de poison, mon cœur souffre. Je me souviens de ce que j'ai ressenti lorsque nous étions tous les deux dans mon jardin, la nuit où je lui ai parlé de ma magie. La première fois qu'il a touché mes cicatrices, la rugosité de ses mains, chaudes et délicates, c'est aussi la première fois que ça s'est éveillé en moi – mon envie de lui, mon désir inattendu.

Je saisis le poignet du Seigneur d'En Dessous.

– Non. Ne me touchez pas.

Ni lui ni moi ne bougeons pendant un long moment. J'entends sa respiration, je sens son souffle froid contre ma peau nue. Relâchant lentement son poignet, je rabats mes jupes boueuses, que je lisse sur mes jambes.

Il se lève et me tend la main. Ses griffes sont noircies par la poussière de mes bottes.

– Viens avec moi, alors.

Je lève les yeux, surprise, puis je me mets lentement debout et m'approche maladroitement de lui, sans oser croire que je l'ai convaincu. Le sol est humide et glacé sous mes pieds nus. Je frissonne encore, je ne peux pas m'arrêter. Nous nous tenons debout, face à face, l'ourlet de sa cape frôle mes orteils. Il prend ma main et son pouce dessine un croissant sur ma paume.

Il se penche, vient faire planer sa bouche juste au-dessus de la mienne. Je sens son souffle sur mes lèvres quand il me murmure :

– Cela prendra du temps et ce ne sera pas agréable. Tu pourrais regretter de n'avoir pas préféré le poison, Violeta.

Puis il me soulève dans ses bras. Je le laisse faire, malgré la partie de moi qui rechigne. Mais je suis tellement bouleversée, triste et fatiguée que je m'en fiche.

Il est trop proche, trop réel. Pâle, froid et cruel. Je n'entends pas de battements de cœur quand je m'appuie contre son torse. Quelque chose cloche dans tout ça. C'est ce que j'ai ressenti la première fois que j'ai entendu la voix des âmes. Le sentiment d'avoir été témoin de quelque chose d'incompréhensible. Je ne devrais pas être capable de le voir, de le toucher ou d'être ici. Et pourtant, maintenant, nous sommes liés plus inextricablement que jamais.

Il me porte à travers la forêt, à travers les duramens cramoisis du monde du Dessous. Le chemin est bordé de champignons lumineux qui scintillent, fantomatiques, dans l'obscurité. Les branches au-dessus de nos têtes sont parsemées de lucioles en bocaux. Elles clignotent, accompagnées d'un tintement sourd, le son de leurs ailes contre le verre des lampes.

Je touche mon poignet, le sigil : je le sens battre doucement contre ma paume. Je m'imagine de retour à Lakesedge, dans la cuisine, au chaud à côté du fourneau. Florence qui prépare un gâteau, les mains couvertes de farine. Clover avec ses cahiers et son thé amer. Et Arien. Mon frère, dont la magie a été assez forte pour contenir la Corruption, pour garder tout le monde en sécurité pendant que j'étais en Dessous.

Si j'y retourne – quand j'y retournerai –, je lui dirai : « On a réussi ensemble. »

Je ressens un tiraillement au centre de ma poitrine, et je pense à Rowan, au fil lumineux de magie noué entre nos deux cœurs. Je l'imagine en train de toucher le sigil sur son bras, et la douleur à mon poignet répond avec un afflux de chaleur. *Je te reviendrai. Je te le promets.*

Puis je laisse retomber ma main. Je me blottis dans les bras du Seigneur d'En Dessous et pose la tête contre son épaule. Les ombres et la brume se referment autour de nous, donnant à l'air la couleur d'un crépuscule teinté d'orage. Nous allons de plus en plus loin, à travers des bosquets remplis de jeunes arbres, des cavités sombres tapissées de fougères. Jusqu'à ce qu'enfin nous atteignions une nouvelle partie de la forêt.

Tout a l'air différent ici. L'écorce rouge sang des arbres commence à changer. C'est comme s'il y avait deux forêts, imbriquées l'une dans l'autre. L'une n'est faite que d'arbres, de mousse et de brume, et du murmure ténu des âmes. L'autre est… différente.

Plus j'observe, plus nous avançons, plus cette deuxième forêt cachée apparaît clairement. C'est comme voir les fantômes d'étranges choses humaines à moitié effacées qui ont trouvé leur chemin jusqu'ici depuis le monde du Dessus. Sur un arbre, il y a une icône. Ancienne, sa peinture s'est effacée pour devenir un contour flou, son cadre est couvert de lichen. Un peu plus loin, un amas de pierres au-delà des arbres. Quatre murs, un espace qui a pu être une fenêtre, autrefois, et la forme haute d'une cheminée.

Je ne sais pas pourquoi, j'ai l'impression que la forêt se transforme pour moi. Elle se change en un monde qui m'est plus… familier.

Enfin, nous atteignons un bosquet, d'où part un autre chemin, bordé de bougies d'autel qui s'allument sur notre passage, dans une brume de fumée et de miel. Le sol s'élève. À mesure que nous montons, une étrange obscurité commence à se former à la lisière de la forêt. Il y a des formes, grandes et minces, presque humaines. Je me tourne pour les voir mieux, mais elles s'estompent, glissent, et malgré les efforts que je fais pour les voir, elles restent toujours juste en dehors de mon champ de vision.

– Vous avez dit qu'il n'y avait personne d'autre dans le monde du Dessous.

Le Seigneur d'En Dessous me regarde avec curiosité.

– Il n'y a personne.

Je cligne des yeux et regarde à nouveau. Les formes sombres se sont évanouies. Il n'y a que les arbres et les espaces entre eux. Ce que j'ai vu devait être une illusion créée par la lumière, une danse des ombres à travers les bois embrumés.

Le terrain s'aplanit, nous entrons dans un espace clair bordé de lucioles. Devant nous se dresse un arbre énorme. Mais il n'est pas comme les autres duramens, avec leur écorce rouge et leurs feuilles pointues et fines comme des aiguilles. Celui-ci n'a pas de branches, son tronc est lisse et blanc, comme s'il avait été taillé dans un os. Et tandis que nous nous en approchons, l'écorce nue commence à se transformer. Le bois craque et gémit avant de se détacher pour révéler le cœur tendre qui se trouve en dessous.

La sève suinte des bords à vif de l'arche nouvellement formée. Ça sent le frais et le vif, comme les torches de pin que nous avons brûlées lors du feu de Mordété. À l'intérieur, au-delà de l'ouverture, il y a un espace creux qui n'est que ténèbres. Le Seigneur d'En Dessous me porte vers la voûte. *À l'intérieur.*

Je frissonne, et frissonne et frissonne. Il pose sa main sur mon cœur, ce qui me fait tressaillir.

– Tu n'as pas peur, n'est-ce pas, ma Violette ? me demande-t-il avec un sourire amusé. Maintenant que tu as promis de ne pas me craindre.

Je déglutis, péniblement.

– Je n'aurai jamais peur de vous. Jamais.

– J'accepterai volontiers ta peur, si tu changes d'avis. Je te l'ai déjà dit, elle te va bien.

À l'intérieur de l'arbre, l'air est empli de chuchotements, ça sent le pétrichor et la brume. J'entends la voix de la Corruption, j'entends les voix des autres âmes. Le Seigneur d'En Dessous a toujours sa main sur ma poitrine. Soudain, sous son contact, au centre de mon cœur, je sens les ténèbres s'éveiller.

Ma magie s'étend et se déploie alors que les ténèbres sont attirées vers le Seigneur d'En Dessous. Des étincelles dansent sur mes doigts. Mon pouvoir, son pouvoir, ma Corruption, tout commence à s'entremêler. *Ça fait mal.* Je prends une inspiration douloureuse.

Je touche le sigil inscrit sur mon bras taché de sang. Je suis ici. J'ai traversé les mondes. J'ai combattu, saigné et gagné. J'ai été empoisonnée. J'ai été emmenée dans l'obscurité. Mais je sens encore l'élan et la palpitation du sort qui me lie au monde du Dessus. La magie est sur ma peau, dans ma peau. Inscrite dans mes os, mon cœur, mon âme. J'ai promis de revenir et je le ferai.

Je le ferai.

Le Seigneur d'En Dessous me tient tout près de lui. Nous avançons encore dans le cœur creux de l'arbre blanc comme l'os. Nous nous enfonçons dans l'obscurité qui s'étend à l'infini devant nous. Je lève la tête.

– Où m'emmenez-vous ?

Il n'est qu'une silhouette, éclairée seulement par la brume argentée qui le suit depuis la forêt. Tout ce que je vois, c'est la forme dentelée du bois flotté qui ceint ses cheveux clairs. Le contour à peine discernable de son visage.

– Je vais te réparer. (Il me regarde et sourit.) Ensuite, tu rentreras chez toi.

La lumière de genévrier vacille. Puis tout s'estompe.

REMERCIEMENTS

Les premières graines du *Manoir de Lakesedge* ont été semées il y a de nombreuses années, dans une nouvelle que j'ai écrite pendant mon année de spécialisation à l'université d'Adélaïde. Voir cette histoire se transformer en un livre publié a été un processus merveilleux, et je serai éternellement reconnaissante à toutes les personnes qui ont contribué à lui donner vie.

Tout d'abord, j'aimerais rendre hommage au peuple Peramangk, les propriétaires originels des terres où j'ai grandi et qui ont inspiré une grande partie de l'environnement du *Manoir de Lakesedge*, ainsi qu'au peuple Kaurna, les propriétaires originels des terres où je vis actuellement.

À mon agente, Jill Grinberg, je te remercie d'être tombée amoureuse de la version initiale et indomptée du *Manoir de Lakesedge* et d'avoir cru en moi pendant les nombreuses révisions que nous avons effectuées. Tu as pris grand soin de mon livre, et je n'aurais pas pu rêver meilleure défenseuse. Merci également à toute l'équipe de Jill Grinberg Literary Management, en particulier à Denise Page pour son aide et ses suggestions, et à Sam Farkas pour la magie des droits étrangers.

À Tiff Liao, les mots ne peuvent exprimer la chance que j'ai de vous avoir comme éditrice. Vos conseils perspicaces m'ont beaucoup appris sur l'écriture. J'aime à quel point vous avez toujours compris et célébré le cœur sombre et romantique de mon livre. Merci de céder à mon enthousiasme pour les petits amis monstrueux et les scènes de baisers à n'en plus finir. J'apprécie énormément tout votre travail et le temps que vous nous avez consacré, à mon histoire et à moi.

À toute l'équipe de Henry Holt BYR et de Mac Kids, je vous suis très reconnaissante de tout ce que vous avez fait pour mettre mon livre au monde. Rich Deas, merci d'avoir créé la couverture la plus glorieusement gothique que j'aie jamais vue. Je serai amoureuse à vie de votre illustration de Leta ! Brian Luster, vos corrections ont été un régal, et je souris encore de la façon dont vous avez mis en évidence la plus grande faille dans le plan du Seigneur d'En Dessous – si seulement ça avait été vous qui aviez conclu ce pacte… Mark Podesta, votre soutien de dernière minute a été merveilleux. Et Morgan Rath, merci beaucoup pour votre magie publicitaire et pour avoir aidé *Le Manoir de Lakesedge* à se retrouver entre les mains des lecteurs. Merci également à Ann Marie Wong, Teresa Ferraiolo et Mandy Veloso.

À l'équipe de Pan Macmillan Australie : débuter dans mon pays d'origine est un rêve devenu réalité ! Merci à Claire Craig, ma merveilleuse éditrice, ainsi qu'à Brianne Collins, Candice Wyman et Kate Butler, pour tout leur travail sur l'édition australienne du *Manoir de Lakesedge*.

À Cat Camacho, Lydia Gittins et toute l'équipe de Titan UK, merci d'avoir aidé *Le Manoir de Lakesedge* à trouver un foyer si parfait au Royaume-Uni. Je suis très heureuse de figurer désormais sur vos rayons de livres d'épouvante !

Aux libraires et bibliothécaires qui ont été mes premiers lecteurs – Cristina Maria Russell chez Books & Books, Kiersten Frost chez Brookline Booksmith, Kel Russell chez Barnes & Noble Indiana, Rachel Strolle de la bibliothèque publique de Glenside, Dymocks Adelaide et le cercle YA – merci pour votre incroyable soutien. Aux auteurs qui ont généreusement fourni des textes de présentation – Juliet Marillier, April Tucholke, Emily Lloyd-Jones, ST Gibson et Dawn Kurtagich – ; j'apprécie énormément le temps que vous m'avez consacré, les conseils que vous m'avez prodigués et la générosité avec laquelle vous avez lu mon livre. Vous m'avez tous énormément inspirée et ce fut un privilège de partager mes écrits avec vous.

À Kim Smejkal, merci de m'avoir guidée lors de mes toutes premières révisions et d'avoir été une présence rassurante lorsque je suis entrée dans le monde chaotique de l'édition. Vous avez vu le potentiel de mon livre dans sa version la plus brute et la plus sauvage et je n'aurais pas pu aller aussi loin sans votre aide.

La vie d'un auteur débutant peut être une tempête chaotique, mais je suis vraiment heureuse d'avoir de si merveilleux amis pour partager ce voyage. Jess Rubinkowski, Cyla Panin, Jessica Olson, Lauren Blackwood, Ashley Shuttleworth, et tous les membres du groupe Monsters & Magic, je suis chanceuse d'être ici à vos côtés et de partager vos histoires gagnantes. Jenny Anderson, Kelly Andrew,

Elora Cook, TJ Duckworth, Jo Fenning, Jordan Gray, Melissza Havas, Lillie Lainoff, Nat Lockett, Meryn Lobb, Leah Tesch, Emily Thiede, Ashley Schumacher et Sarah Street, vous avez été parmi les premiers lecteurs du *Manoir de Lakesedge* et je ne saurais trop vous remercier pour votre enthousiasme et votre gentillesse.

Cass Francis, bien que tu sois à un océan de distance, dans mon cœur nous sommes assises dans un bar miteux de Melbourne à boire des cocktails au gin. Cat Bakewell, pom-pom girl extraordinaire, tu remplis ce monde de joie et ta sagesse a été édifiante. Alex Huffman, merci pour votre art, pour avoir aimé mon livre et pour toute votre magie graphique. Elizabeth Unseth, vous êtes la meilleure et je suis heureuse que nous ayons partagé notre amour d'écrire sur des filles terribles qui veulent embrasser des méchants tout aussi terribles. Saint Gibson, vous êtes une source d'inspiration et je vous adore. Kit Mayquist, vous avez insufflé de la magie dans ma vie. Ivelisse Housman, je vous suis à jamais reconnaissante pour votre enthousiasme, votre gentillesse et vos superbes illustrations de Rowan et Leta.

À Katrine Williamson, Cait O'Callaghan et Mhairi Tocher : votre amitié au cours de la dernière décennie a tout signifié. Merci pour votre soutien, pour tous les rendez-vous autour d'un café, et pour m'avoir rappelé de sortir dans le monde réel de temps en temps.

À ma famille, je vous aime plus que tout. Barry, tu as été là, à mes côtés, à me regarder persister dans ce qui semblait souvent être un rêve impossible. Merci de m'avoir donné le temps d'écrire, d'avoir compris quand je devenais un désordre chaotique à mesure qu'approchait la date fatidique, et de m'avoir toujours encouragée à continuer. Felix et Orson, voir à quel point vous avez appris à aimer écrire vos propres histoires remplit mon cœur de joie. Kim, merci de m'avoir toujours encouragée à embrasser ma créativité. Maman, merci d'avoir encouragé mon amour de la lecture, pour toutes les histoires que tu m'as lues le soir et les descentes à la bibliothèque. Et merci pour toute l'aide que tu m'as apportée en gardant les enfants pendant que je travaillais – je n'aurais pas pu le faire sans ton soutien.

Et à papa, merci pour cette enfance où j'ai pu te regarder opérer de véritables tours de magie avec les plantes. Tu m'as inspiré l'alchimie dans le jardin de Leta.

Imprimé en France par
CPI Bussière
en septembre 2022
N° d'impression : 2067345